Darja Donzowa

Verlieb dich nie in einen Toten

Darja Donzowa (eigentlich Agrippina Donzowa) wurde 1952 in Moskau geboren. Sie studierte Journalistik an der Moskauer Lomonossow-Universität, arbeitete zunächst als Übersetzerin und unterrichtete später Französisch und Deutsch. Seit 1998 schreibt sie Kriminalromane, mittlerweile sind es vier Krimi-Reihen. Sie hat bisher 46 Bücher veröffentlicht, von denen insgesamt 42 Millionen Exemplare verkauft wurden. Darja Donzowa wurde dreimal in Russland Schriftstellerin des Jahres. 2002 und 2003 wurde jeweils eines ihrer Bücher als »Bestseller des Jahres« ausgezeichnet. Darja Donzowa moderiert im russischen Radio eine Talkshow und hat im Fernsehen eine regelmäßige Sendung. Ihre Kriminalromane dienten als Vorlage für Hörspiele und Fernsehserien. Sie lebt mit ihrem Mann, ihren drei Kindern und ihren Hunden in Moskau.

Im Aufbau Taschenbuch Verlag bisher erschienen: Nichts wäscht weißer als der Tod (2006), Spiele niemals mit dem Tod (2007), Perfekt bis in den Tod (2007) und Bis dass dein Tod uns scheidet (2008).

Tanjas Freund bei der Miliz, Wolodja Kostin, soll seine Geliebte ermordet haben. Er wird verhaftet und stirbt im Gefängnis an Herzversagen. Tanja kann es nicht glauben. Wolodja ein Weiberheld, dem man Amtsmissbrauch und Korruption vorwirft? Da taucht Xenia auf, von Wolodja schwanger. Tanja will Wolodjas Ehre wiederherstellen, um jeden Preis. Mit Witz, Charme und Tricks, die fast schon illegal sind, versucht sie zu ergründen, was wirklich vorgefallen ist.

Darja Donzowa

Verlieb dich nie in einen Toten

Kriminalroman

Aus dem Russischen von Helmut Ettinger

aufbau taschenbuch
AUFBAU VERLAGSGRUPPE

Die Originalausgabe unter dem Titel
Канкан на поминках
erschien 2003 bei EKSMO-Press, Moskau

ISBN 978-3-7466-2463-1

Aufbau Taschenbuch ist eine Marke der
Aufbau Verlagsgruppe GmbH

1. Auflage 2008

Umschlaggestaltung Mediabureau Di Stefano, Berlin
unter Verwendung einer Illustration von Martin Haake
Druck und Binden C. H. Beck, Nördlingen
Printed in Germany

www.aufbau-verlagsgruppe.de

Den Freund braucht man nicht lang bitten.
Mit ihm macht kein Unglück mir bang.
Der Freund ist wie eine dritte Schulter,
Steht zu mir ein Leben lang.

Populäres Lied der sechziger Jahre

1. Kapitel

Das Wetter kann – wie die Stimmung des Menschen – sehr wechselhaft sein. Wenn Sie sich morgens, den Tränen nah, zu Ihrer Arbeit schleppen, aber in der Mittagspause schon wieder einen Zentimeter über dem Pflaster schweben, weil Sie gerade in der nächsten Boutique einen hübschen Pulli erstanden haben, dann geht das auch ohne Sonnenschein. Aber der September schien in diesem Jahr alle Rekorde brechen zu wollen. Es war, als sei die Natur in die Wechseljahre gekommen. Schon morgens um acht gingen aus schwarzen, tief über Moskau hängenden Wolken wahrhaft tropische Regengüsse nieder. Man mochte gar nicht aus dem Fenster schauen. Meine Hundemeute musste ich förmlich mit Fußtritten zur Notdurft auf den Hof jagen. Die Staffordshire-Dame Rachel blickte mich mit ihren klaren Augen vorwurfsvoll an und trottete dann ergeben zum Kinderspielplatz. Das pilzförmige Dach des Klettergerüsts hatte es ihr angetan. Dort wollte die schlaue Rachel in Ruhe und im Trockenen ihr Geschäft erledigen. Sie hatte nur nicht bedacht, dass sie bis dorthin viele kalte Pfützen durchqueren musste. Ganz anders unsere Promenadenmischung Ramik. Ihm ist es egal, ob es regnet, hagelt oder schneit. Mit fröhlichem Gebell jagt er über den Rasen und durch alle Pfützen, dass es nur so spritzt. Das konnte ich von Mulja und Ada, den beiden runden Möpsinnen mit ihren kurzen Beinchen, nicht erwarten. Sie hockten sich drinnen hinter der Haustür nieder und ließen meine verzweifelten Rufe – »Gassi gehen!«, »Gassi gehen!« – völlig unbeachtet.

Als ich versuchte, sie mit Gewalt auf die Straße zu befördern, legten sie sich einfach platt auf den Bauch. Haben Sie schon einmal probiert, zwei solche dicke Hundedamen von je zehn Kilogramm Lebendgewicht wegzuschleppen, wenn die sich auch noch schwer machen wie nasse Säcke? Hatte ich die eine unter den Arm geklemmt und wollte die Zweite aufheben, entwand sich mir die Erste wieder – und so weiter, und so fort.

Als ich die freche Ada endlich in den strömenden Regen hinausgejagt hatte, musste ich sehen, dass Mulja bereits auf dem Fußabtreter im warmen, trockenen Vestibül ihr kleines Geschäft verrichtete. Ich drohte ihr mit der Faust. »Na warte!«

Aber Mulja verzog nur grinsend ihr breites Maul, denn sie wusste, dass ich nun keinen triftigen Grund mehr hatte, ihr dieses Sauwetter zuzumuten.

Nach dem ganzen Hin und Her streifte ich mir Jeans und eine warme Jacke über, schlüpfte in meine Turnschuhe und fuhr mit der Metro zur Arbeit. Als ich aber gegen neun wieder ans Tageslicht kam, strahlte die Sonne von einem blauen, wolkenlosen Himmel. Wie war das möglich – in weniger als einer Stunde?

Auf der kurzen Strecke, die ich noch zu gehen hatte, lief mir der Schweiß den Rücken hinunter.

Gestatten Sie, dass ich mich vorstelle: Tanja Romanowa, von Beruf Harfenistin. Ich habe seinerzeit das Moskauer Konservatorium absolviert und sogar Konzerte gegeben, allerdings ohne großen Erfolg. Dann habe ich Michail Gromow, einen gutsituierten Mann, geheiratet und mehrere Jahre sinnlos zu Hause herumgesessen. Plötzlich ging es in meinem Leben jedoch drunter und drüber. Mein Mann wurde verhaftet. Es stellte sich heraus, dass er ein Betrüger, ja sogar ein Mörder war. Sein nächstes Opfer sollte ich selber sein ... Ich habe natürlich sofort die Scheidung eingereicht.

Jetzt wohne ich bei meiner besten Freundin Katja Romanowa. Obwohl wir den gleichen Familiennamen tragen, sind wir nicht miteinander verwandt. Katja ist Chirurgin. Vor einem Jahr hat man ihr eine Stelle in den USA angeboten, wohin sie sich sofort mit ihrem ältesten Sohn Serjosha und dessen Frau Julia aufgemacht hat. Ihr Jüngster, Kira, ist mit seiner ganzen Menagerie bei mir geblieben. Das sind vier Hunde, drei Katzen und die Kröte Gertrud. Genauer gesagt, auch Kira war erst in Amerika, kam mit dem Leben dort aber nicht zurecht und ist mit seinen vierbeinigen Freunden zu mir zurückgekehrt.

»Eins kann ich dir sagen, Tanja«, gestand er mir, als er seinen Koffer auspackte. »Dort ist es eigentlich nicht schlecht: Es gibt alles, was man sich denken kann, und Mama verdient einen Haufen Geld. Aber die Leute find ich blöd. Von ›Spartak Moskau‹ haben die noch nie was gehört, Schlagball spielen sie nicht, und in der achten Klasse nehmen sie in Mathe Multiplikation und Division durch. Nix für mich! Da bleib ich lieber hier bei dir! Die Knete wird Mama schon rüberreichen!«

Ich war froh, dass wieder Leben in die Bude kam. Eigene Kinder habe ich nicht. So kümmere ich mich mit Hingabe um die zwei, die mir schon fertig in den Schoß gefallen sind – Kira und Lisa. Über Kira wissen Sie nun Bescheid. Wie die vierzehnjährige Lisa in unsere Familie kam, ist allerdings nicht ganz einfach zu erklären.

Angefangen hat die Geschichte auf dem Arbeitsamt. Nach meiner Scheidung galt ich als kaum vermittelbar. Denn die »Frau von dreißig Jahren«, der Balzac in seinem Roman ein Denkmal gesetzt hat, ist, wenn sie nicht mehr drauf hat, als ziemlich mittelmäßig auf der Harfe zu klimpern, nicht gerade ein Renner auf dem Arbeitsmarkt. Die langen Gesichter der Vermittler hätten Sie sehen sollen, wenn ich auf die Frage nach meiner Ausbildung stolz erklärte: »Absolventin des Moskauer Konservatoriums, Fach: Harfe.«

Sofort bot man mir eine Umschulung an. Eine Buchhalterin wird nie aus mir, das steht fest. Denn mit den Zahlen stehe ich auf Kriegsfuß. Auch das Friseurhandwerk wollte mir keiner beibringen, als mir schon beim ersten Versuch die Schere aus der Hand fiel und die Versuchsperson am Fuß verletzte. Den größten Reinfall erlebte ich auf einem Computerlehrgang. Wie man das Ding ein- und ausschaltet, habe ich noch begriffen, aber als wir bei »Word« landeten, klappten auf meinem Monitor dauernd Fenster auf und zu, und das Ding stürzte ab. Damit war die Sache für mich erledigt.

Katja, bei der ich untergekrochen bin, hielt von meinen stümperhaften Versuchen, eine Arbeit zu finden, überhaupt nichts.

»Tanjuscha«, flötete sie zuckersüß, »wozu willst du arbeiten gehen? Geld haben wir genug. Wenn du mir die Wirtschaft führst, wäre mir viel mehr geholfen.«

Ich habe mir ehrlich Mühe gegeben, ihren Wunsch zu erfüllen. Bald kochte ich die tollsten Suppen: eine sämige Ochsenschwanzsuppe, eine Zwiebelsuppe mit Croutons, ja sogar zu einer Bouillabaisse habe ich mich aufgeschwungen. Ich habe Fleisch auf vielerlei Weise zubereitet, Pelmeni gekocht und Torten gebacken. Ein Jahr brauchte ich, um zu begreifen, dass es kein schlimmeres

Los gibt als das einer Haussklavin. Gerade erst gespültes Geschirr steht nach einer Stunde erneut schmutzig in der Spüle, ideal gebügelte Hemden sind nach einem Tag verschwitzt, zerknittert und nicht wiederzuerkennen, auf Hochglanz polierte Bücherregale setzen im Handumdrehen neuen Staub an, Piroggen mit würziger Fleischfüllung verschwinden mittags im Sekundentakt in hungrigen Mäulern, und abends geht das Geheule von vorn los: »He, Tanja!, wo bleibt das Essen? Gibt's heute keine Bouletten?«

Wenn ich den lieben langen Tag mit Staubsauger, Schrubber und Küchengerät hantiere, sieht das kein Mensch. Meine Mitbewohner kriegen mich nur am Abend zu Gesicht, wenn sie von der Arbeit kommen und ich, von meiner Tagschicht völlig erschlagen, im Sessel hänge und zum ersten Mal die Nase in einen Krimi stecke.

»Hast du's gut«, seufzte Julia neidisch. »Kein Chef kommandiert dich herum! Ach, Tanja, sei so nett und nähe mir den Knopf an meiner Jacke fest. Ist ein bisschen Abwechslung, wo du doch den ganzen Tag herumsitzt und nicht weißt, was du machen sollst.«

Ich brauchte unbedingt eine eigene Arbeit. Nicht nur deshalb, weil mich alle für eine faule Trine hielten. Auch wenn ich in die Keksschachtel mit dem Wirtschaftsgeld griff, das ich ausschließlich für den Unterhalt der Familie verwendete, wurde ich das Gefühl nicht los, das Geld anderer Leute auszugeben.

Ich ging also wieder auf Arbeitssuche. Was habe ich nicht alles probiert! Als Privatdetektivin habe ich meine Nase in die Angelegenheiten anderer Menschen gesteckt, mit Kollegen habe ich auf Hochzeiten und Begräbnissen Musik gemacht. Schließlich geriet ich als Haushälterin in die Familie des sehr wohlhabenden Schriftstellers Kondrat Rasumow. Dort habe ich dann Lisa aufgelesen. Sie ist

Kondrats Tochter. Der Schriftsteller wurde ermordet, und da das Mädchen keine weiteren Verwandten hatte, sollte sie in ein Heim kommen. Das wollten Katja und ich nicht zulassen. Mit viel Mühe, vor allem aber der Hilfe unseres Freundes Wolodja Kostin, der als Major bei der Kriminalpolizei arbeitet, haben wir die Vormundschaft für Lisa zugesprochen bekommen.

Die Haushälterin hatte sich damit für mich erledigt. Im Moment habe ich eine Tätigkeit, die beinahe meiner Ausbildung entspricht. Ich gebe Musikunterricht in der privaten Musikschule »Glühwürmchen«. Meine Schüler sind Knirpse im Vorschulalter, die nicht in den Kindergarten gehen. Mein Fach trägt die stolze Bezeichnung »Musikalische Früherziehung«. Wir gehen ein bisschen im Kreis herum, lernen Kinderlieder von Birke und Häschen, und ich versuche, den Kleinen die Noten beizubringen. Entweder bin ich eine schlechte Lehrerin oder meine Schüler sind nicht gerade die Hellsten, aber bisher sind wir über die ersten drei Stufen der Tonleiter nicht hinausgekommen.

Wenn ich mich durch die Stunde gequält habe, muss ich zu allem Überdruss vor den erwartungsvollen Müttern und Großmüttern auch noch Loblieder auf ihre Sprösslinge singen. Mein Direktor, der pfiffige Roman Lomow, hörte zufällig in meiner ersten Woche, wie ich zu Olja Nossowas Mutter sagte: »Ihre Tochter ist hier unvorbereitet erschienen. Sie hat ihre Hausaufgabe nicht gemacht.« Sofort rief er mich in sein Büro und erklärte mir freundlich: »Liebe Tanja, bedenken Sie bitte: Wir sind keine Schule, sondern eine Privateinrichtung. Die Leute zahlen für das, was wir hier machen. Deshalb bitte keinerlei Kritik an ihren Kindern. Das sind alles kleine Genies, jeder ein künftiger Mozart.«

»Aber …«, versuchte ich einzuwenden, »sie hat doch wirklich nicht geübt.«

Roman schnaufte und meinte nachsichtig: »Sie können sie doch nicht zwingen, die Noten zu lernen.«

»Tatsächlich?«, gab ich verwirrt zurück. »Wozu mache ich das dann hier?«

»Damit Sie was zu beißen haben«, erklärte mir Lomow geduldig. »Wenn Sie an den Kindern herumnörgeln, wird das den Mamas nicht gefallen, und sie gehen woanders hin. Kapiert?«

»Ja, wenn das so ist …«, sagte ich nur. Seitdem tiriliere ich nach jeder Stunde wie eine Nachtigall.

Die faule Olja, die zu Hause nie ihr Notenheft aufschlägt, der völlig unmusikalische Mischa, der tapsige Senja, Lena mit der kratzigen Bassstimme – sie alle sind außerordentlich fleißig und talentiert, hübsch und klug, singen wunderbar und tanzen herrlich. Dass sie noch nicht einmal die Tonleiter beherrschen, macht nichts. Trockene Theorie brauchen derartige Genies nicht.

»Solche Schüler hatte ich noch nie!«, erkläre ich mit treuherzigem Augenaufschlag, dass den Mamas und Omas vor Begeisterung die Schweißperlen auf die Nase treten. »Richtige kleine Persönlichkeiten!«

Das Ergebnis von Romans kluger Politik liegt auf der Hand: »Glühwürmchen« kann sich vor Kunden nicht retten. Und das mit den kleinen Persönlichkeiten ist nicht einmal gelogen. Ich kann nur immer wieder staunen, wie man ein einfaches Kinderlied über Igel und Tannenbaum so falsch singen kann. Ich muss aufpassen, dass mir nicht die Hand ausrutscht, wenn der dicke Mischa beim zartesten Summen meines Kinderchores sein gewaltiges Maul aufreißt und losbrüllt wie ein hungriger Löwe.

Dann habe ich da noch Petja, der ständig mit Papierkugeln wirft, Lada, die mit ihrem Kaugummi Blasen macht, Nikita, der es fertigbringt, erst lautstark zu pupsen und auf meinen tadelnden Blick herausfordernd zu antworten: »Ich muss kacken!«

Vielleicht sind sie einfach noch sehr klein. Aber ich ging mit sieben schon in die erste Klasse und außerdem in die Musikschule. Ich musste täglich drei Stunden auf meinem Instrument üben und konnte mich nicht beklagen wie die faule Olja, die mir ihre tintenbekleckten Hände hinhält und nörgelt: »Meine Fingerchen sind müde, ich kann nicht mehr schreiben!«

Wahrscheinlich tauge ich überhaupt nicht zur Lehrerin. Ich zerfließe nicht vor Rührung, wenn die Kleinen um mich herumwuseln. Mich hält dort nur das Geld. Roman, der sichtlich stolz ist, unter seinen Lehrkräften eine Dame zu haben, die am Konservatorium studiert hat, zahlt mir 6000 Rubel im Monat. Das ist nur gerecht, denn mein Diplom ist die beste Reklame für die Einrichtung.

Als ich die geforderte Zeit abgearbeitet hatte, wollte ich nach Hause eilen. Draußen goss es wie aus Kannen. Bei der Metrostation angelangt, hatte ich keinen trockenen Faden mehr am Leib und zitterte vor Kälte. Aber damit fing der Ärger erst an.

Ich wollte eine Fahrkarte kaufen, konnte aber meine Geldbörse nicht finden. Lange wühlte ich in der Handtasche, doch ohne Erfolg. Irgendwie überredete ich den Kontrolleur, mich ohne Ticket durchzulassen. Der Zug war voll, alle Plätze besetzt und ich musste stehen. Bald tat mir das Kreuz weh. Im Übergang zur Station Twerskaja trat ich auf einen Schnürsenkel meiner Turnschuhe und schlug auf der Treppe lang hin. Ein Mann, der mit einem riesigen Rolli hinter mir ging, kam ins Stolpern und ließ sich mit seinen einhundert Kilo Körpermasse auf mich fallen. Ein Rädchen seines Koffers fuhr über meine Jeans und hinterließ einen langen Riss. Zu allem Überfluss ging auch noch meine Handtasche auf, und ihr

Inhalt verteilte sich gleichmäßig über die Stufen. Nun musste ich zwischen den Beinen der gleichgültig weitergehenden Passanten Schlüssel, Kamm, Taschentuch, einen Krimi der Poljakowa, ein Päckchen Kaugummi und andere Habseligkeiten auflesen. Dabei fand sich auch mein Portemonnaie wieder ein. Ich starrte es fassungslos an. Wo hatte es sich nur versteckt?

»Willst du hier Wurzeln schlagen?«, herrschte mich ein dickes Weib mit einem riesigen Paket an. »Bist du besoffen? Oder ist das der neueste Bettlertrick? Gib den Weg frei, die Leute haben's eilig!«

Als ich mich dann mühsam die Treppe hinaufschleppte, ging mir durch den Kopf, ob ich denn wirklich wie eine Bettlerin aussah. Ach wo, die Meckerziege hatte nur Dampf ablassen wollen. Schließlich war ich in eine ordentliche khakifarbene Jacke gekleidet und hatte Turnschuhe an den Füßen, beides das Werk fleißiger koreanischer Arbeitshände. Meine Jeans sollten amerikanisch sein, und wenn man den frischen Riss übersah, machte ich doch einen ganz ordentlichen Eindruck. Da fiel mein Blick auf eine Frau, die an der Wand des Durchgangs lehnte, ein schlafendes Kind auf dem Arm. Sie hatte sich ein Pappschild umgehängt, auf dem stand: »Gute Leude, ich bite um eine Schpende, das Kind brauch eine Oberazion.« Die Bettlerin war in Jacke, Jeans und Turnschuhe gekleidet und sah mir zum Verwechseln ähnlich. Nur ihre Hose war ganz. Völlig verunsichert stieg ich in den nächsten Zug und blieb bei der Tür stehen. Ich hatte das Gefühl, alle Fahrgäste starrten auf den Riss in meiner Jeans, durch den das nackte Knie schaute.

Dann hatte der Kiosk an meiner Metrostation kein Brot mehr, und die Milchfrau drehte mir Butter an, die sich später als ranzig herausstellte. Als ich das zu Hause bemerkte, wollte ich zurücklaufen und mich mit ihr anlegen, aber dafür hatte ich einfach keine Kraft mehr.

Das war wirklich nicht mein Tag. Ich wollte einen mit Äpfeln gefüllten Napfkuchen backen, der jeder Anfängerin gelingt. Ich schlug also drei Eier in eine Schüssel, blieb jedoch mit dem Ärmel daran hängen und warf sie zu Boden. Zwischen den Scherben flossen die Eier auf dem Küchenfußboden breit. Was war nur mit mir los? Dabei schrieben wir weder Freitag noch den 13. des Monats. Es waren meine letzten Eier gewesen, und die frischgeschnittenen Apfelstücke wurden langsam braun.

Aber ich ließ mich nicht unterkriegen. Ich borgte mir ein paar Eier bei der Nachbarin, bereitete den Teig und schob den Kuchen in die Röhre.

Der kleine Sieg über widrige Umstände beflügelte mich, die Stimmung stieg, und ich wollte mich ein wenig mit Fernsehen ablenken. Aber kaum hatte ich eingeschaltet, da klingelte das Telefon. Mir gab es einen Stich ins Herz. Warum, weiß ich nicht. Der Apparat wollte keine Ruhe geben. Mit zitternder Hand nahm ich den Hörer ab, und wieder hatte ich die Ahnung, dass es etwas Schlimmes sein müsse.

»Tanja«, sagte die tiefe, ruhige Stimme unseres Freundes, des Majors Kostin, »ich werde einige Zeit abwesend sein. Sei so lieb und nimm Kescha zu dir.« Mir fiel ein Stein vom Herzen, und ich lächelte vor mich hin. Was einem so manchmal in den Sinn kommt! Gott sei Dank war es nur Wolodja. Der Major ist unser guter Freund. Eigentlich gehört er fast zur Familie. Vor nicht allzu langer Zeit ist er in eine eigene Wohnung gezogen. Zuvor hatte er nur ein Zimmer in einem riesigen Gemeinschaftsquartier. Zum Glück stach dieses Grundstück einem Neureichen in die Augen, der dort bauen wollte. Im Handumdrehen hatte er die bisherigen Insassen mit neuen Unterkünften versorgt. Wolodja erhielt eine nette Zweizimmerwohnung mit Küche, allerdings weit draußen am Stadtrand, für einen geborenen Moskauer am Ende der Welt.

Meine Freundin Katja, nicht faul, überredete unsere Nachbarin Lena, die sich mit ihrem sechzehnjährigen Sohn eine Einzimmerwohnung teilen musste, mit Wolodja zu tauschen. So haben wir ihn nun direkt neben uns.

Der Major ist Junggeselle. Natürlich hat er immer wieder Damenbekanntschaften, aber bisher war keine darunter, die ihr Leben mit einem Kriminalpolizisten teilen wollte. Und nach unserem Geschmack waren seine Passionen alle nicht. Die Erste war klein und dünn wie eine streunende Katze und plapperte, ohne Luft zu holen: »Wolodja, mein Katerchen, bring mir Tee.«

Oder: »Wolodja, mein Häschen, gib mir die Decke.«

Und gleich darauf: »Wolodja, mein Mäuserich, schalte doch bitte den Fernseher aus.«

Als sie unseren Freund im nächsten Satz ihr »Auerhähnchen« nannte, hielt ich es nicht mehr aus und fragte: »Arbeiten Sie vielleicht im Zoo?« Sie schnappte ein und ließ sich nie wieder blicken.

Die Nächste war eine überaus energische Dame vom Typ Jodie Foster: großer Mund, blondes Haar und eine sehr gerade Nase. Sie war krankhaft eifersüchtig und brach bei jeder Gelegenheit Streit vom Zaun, dass die Fetzen flogen.

Nach ihr fiel Wolodja Kostin ins andere Extrem. Er verguckte sich in eine aufgedonnerte Dame, die in einem Museum tätig war. Aus unerfindlichem Grund taufte Kira sie die »Schatzkammer«. In ihrer Gegenwart demonstrierte er Manieren, die ich gar nicht an ihm kannte. So aß er zum Beispiel nur noch mit Messer und Gabel. Wolodja trieb er damit fast zur Weißglut. Als die »Schatzkammer« wieder aus unserem Leben verschwunden war, erklärte der Major mit finsterer Miene: »Jetzt reicht's!

Das war die letzte Bekannte, die ich euch vorgestellt habe.«

»Warum denn das?«, fragte ich verwundert.

»So, wie ihr euch aufführt«, gab unser Freund wütend zurück, »hält sich keine Freundin bei mir länger als drei Tage.«

»Was hast du denn?«, fragte Kira unschuldig. »Nun wollte ich deiner ›Schatzkammer‹ gerade demonstrieren, in welch gesitteten Kreisen du dich bewegst. Was hat ihr denn daran nicht gefallen? Ich hab mir solche Mühe gegeben mit diesem blöden Besteck ...«

»Genau!«, knurrte Wolodja. »Besonders beeindruckt hat sie, dass du auch noch das Eclair auf diese Weise verspeist hast!«

»Dir kann man es auch gar nicht recht machen.« Kira seufzte tief auf. »Soll ich das nächste Mal meine Nase ins Tischtuch schnäuzen?«

»Ein nächstes Mal wird es nicht geben!«, erklärte Kostin böse. »Jetzt hört ihr erst wieder von mir, wenn die Hochzeit beschlossen ist. Ihr könnt einem ja alle Bräute vergraulen!«

Bisher hat er Wort gehalten.

»Natürlich nehme ich deinen Papagei zu uns«, antwortete ich. »Gehst du auf Dienstreise?«

Kostin schwieg eine Weile und sagte dann niedergeschlagen: »Nein, ins Gefängnis.«

»Was machst du da?«, fragte ich verständnislos. »Einen Verdächtigen vernehmen? Aber was soll dann Kescha bei mir? Oder willst du im Gefängnis übernachten? Wo soll denn dort ein Bett für dich stehen?«

»In einer Zelle«, antwortete Wolodja.

»Wo?«, rief ich erschrocken aus.

»Ich bin verhaftet«, erklärte der Major.

Vor Schreck fiel mir fast der Hörer aus der Hand.

»Hör auf mit dem Unsinn!«

»Es ist, wie ich sage«, antwortete Wolodja und seufzte. »Entschuldige, ich muss auflegen. Ich rufe schon aus der Untersuchungshaft in der Butyrka an.«

»Moment, nicht so schnell!«, rief ich. »Wie kann das sein? Wofür? Warum?«

»Frag Slawa«, sagte der Major in einem Ton, der keinen Widerspruch duldete, und legte auf.

Völlig außer mir, versuchte ich verzweifelt, Major Slawa Roshkow, einen Kollegen und guten Freund Wolodjas, ans Telefon zu bekommen. Aber der meldete sich weder in seinem Büro noch zu Hause. Ziellos irrte ich in der Wohnung umher, griff bald nach diesem, bald nach jenem. Gott im Himmel, was sollte ich tun?

»He, Tanja!«, ließ sich aus dem Korridor Lisa hören, die aus der Schule kam. »Was riecht bei dir so angebrannt? Und was soll der Rauch in der Küche?«

Ich stürzte zum Herd, riss die Röhre auf und blickte entgeistert auf meinen Napfkuchen, der einem Stück Holzkohle glich. Jetzt war es mit meiner Beherrschung vorbei. Tränen strömten mir über die Wangen. Der Tag, der so merkwürdig begonnen hatte, endete in einem Alptraum.

2. Kapitel

Slawa erreichte ich erst am nächsten Morgen.

»Roshkow«, brummte es mürrisch aus dem Hörer.

»Was ist passiert?«, rief ich aufgeregt. »Warum informiert mich keiner?«

»Sei mittags am Treffpunkt!«, gab der Major kurz angebunden zurück und legte sofort wieder auf.

Damit meinte er ein winziges Café im Supermarkt »Haus des Speisens«.

Punkt zwölf Uhr war ich am vereinbarten Ort, wo sich kleine runde Tischchen drängten. Am Fenster saß Slawa mit finsterem Gesicht vor einem Pappbecher dampfender Brühe, der irgendjemand den edlen Namen Kaffee verpasst hatte.

»Slawa!«, rief ich schon von weitem und stürzte auf ihn zu. »Was für ein Wahnsinn! Ist es wirklich wahr?«

Roshkow nickte. Für einen Augenblick verschlug es mir die Sprache. Dann stieß ich hervor: »Wolodja ist in Haft?«

Wieder nickte der Major.

»Was ist, bist du stumm?«

»Da fehlen einem tatsächlich die Worte.« Slawa seufzte tief auf.

»Wofür haben sie ihn denn eingesperrt?«

Roshkow drehte verlegen den Pappbecher in den Händen. »Für Mord.«

»Waaas?«

»Du hast richtig gehört. Er soll jemanden umgebracht haben.«

»Wen?«

»Eine gewisse Sofja Repnina, geboren 1980, Verkäuferin im Blumengeschäft ›Lilie‹.«

»Herr im Himmel«, stammelte ich, »weshalb sollte Wolodja so ein zwanzigjähriges Ding umbringen? Ich hab schon gehört, dass manch einem von euch während des Verhörs mal die Hand ausrutscht, aber Wolodja ist das noch nie passiert. Oder irre ich mich?«

»Sie war seine Geliebte«, erläuterte Slawa unwillig, »sein Betthäschen. Er hat mit ihr … du weißt schon.«

»Tatsächlich? Das kann nicht sein!«

»Wieso nicht?«

»Die Damen seines Herzens kennen wir alle!«, platzte ich heraus und biss mir sogleich auf die Zunge. Wolodja hatte uns schon lange keine Frau mehr vorgestellt. Die letzte war die aufgedonnerte »Schatzkammer« gewesen.

»Offenbar kanntet ihr doch nicht alle«, brummte Roshkow. »Sie hatte eine eigene Wohnung in der Argunowskaja Uliza. Wolodja ist oft bei ihr gewesen. Nachbarn haben ihn gesehen. Er hat aus der Verbindung auch kein Geheimnis gemacht, die Frau in seinem Auto herumgefahren, ihre Taschen geschleppt und sogar den Müll hinausgetragen.«

Ich schwieg. Den Müll hatte er hinausgetragen ... Das klang nach ernsten Absichten.

»Sofja Repnina hatte vor Wolodja einen anderen Freund, einen gewissen Anton Seliwanow, einen Kerl um die dreißig«, fuhr Slawa fort. »Sie stand offenbar auf Männer, die etwas älter waren als sie. Die Sache ging auseinander, obwohl dieser Seliwanow ein wohlhabender, ja sogar reicher Mann ist, der im Unterschied zu Wolodja nicht jeden Rubel zweimal umdrehen muss.«

Aber wie dem auch sei, Sofja hatte Kostin offenbar den Vorzug gegeben.

Dieser Anton war am Morgen zuvor bei der Miliz erschienen und hatte dem Diensthabenden erklärt: »Ich war mit Sofja Repnina verabredet, aber sie hat auf mein Klingeln nicht aufgemacht. Ihr muss etwas zugestoßen sein!«

Der Diensthabende wollte ihn abwimmeln, aber Seliwanow, ein erfahrener Geschäftsmann, war im Handumdrehen bis zum Abteilungsleiter vorgedrungen und hatte erreicht, dass die Polizei die Wohnung seiner Ex-Geliebten öffnete.

Dort fand man dann Sofja – erstochen mit einem Küchenmesser. Während die Ermittler auf die Spurensicherung warteten, erzählte ihnen Anton, der sich immer wieder mit schmerzverzerrtem Gesicht ans Herz griff, die folgende haarsträubende Geschichte:

Sofja und er hatten sich getrennt, waren aber gute Freunde geblieben. Ab und zu gingen sie gemeinsam in ein Restaurant oder auch in einen Nachtklub. Aus Liebe war Freundschaft geworden. Sofja, die mit dem Lohn einer Verkäuferin auskommen musste, lieh sich manchmal bei Anton Geld und vergaß in der Regel, es zurückzugeben. Seliwanow bestand nicht darauf. Er verdiente gut und lebte allein. Die Summen waren für ihn Peanuts.

Vor einiger Zeit hatte Sofja Anton von ihrem neuen Kavalier erzählt, einem Mann von der Miliz. Die Tatsache, dass sich seine Ex mit einem Bullen einließ, gefiel dem Geschäftsmann gar nicht, was er ihr auch ohne Umschweife sagte: »Da hast du ja den Richtigen gefunden. Das sind doch alles Idioten. Die müssen zu dritt sein, um eine Glühbirne einzuschrauben.«

»Wie – zu dritt?«, fragte Sofja verständnislos.

»Ganz einfach.« Anton musste lachen. »Einer nimmt die Birne und klettert auf den Tisch, die anderen zwei drehen den Tisch in Uhrzeigerrichtung.«

»Blödmann!«, rief Sofja beleidigt. »So einer ist mein Wolodja nicht! Er ist Major und arbeitet bei der Kriminalpolizei an der Petrowka!«

»Dann nimmt er Schmiergeld«, stellte Seliwanow fest.

Sofja war nun ernsthaft böse. Einen Monat lang rief sie Anton nicht an. Erst am Tag zuvor hatte sie sich wieder gemeldet.

»Hallo«, flüsterte Sofja in den Hörer.

»Grüß dich!«, antwortete Anton erfreut. »Wie geht's?«

»Schlecht«, stammelte das Mädchen, »einfach furchtbar, schlimmer kann es nicht gehen.«

»Was ist denn passiert?«, fragte Anton erschrocken.

Sofja schluchzte tief auf. Anton sprang sofort in sein Auto und fuhr zu ihr. Als ihm seine Ex-Geliebte die Tür öffnete, fiel er vor Schreck fast in Ohnmacht. An ihrem

Auge prangte ein riesiger Bluterguss, und auch auf den Armen hatte sie blaue Flecken.

»Wer hat dich denn so zugerichtet?«, konnte Seliwanow nur fragen.

»Wolodja«, antwortete sie unter Tränen. »Dieses Vieh.«

Den Satz – Ich habe dich gewarnt! – verkniff sich Anton, holte aus dem nächsten Supermarkt eine Flasche Kognak, goss Sofja ein großes Glas ein und ließ sich berichten, was vorgefallen war.

Mit zitternden Händen führte das Mädchen das Glas zum Mund, nahm einen kräftigen Schluck und begann dann zu erzählen.

»Er ist furchtbar eifersüchtig. Wenn ich einen anderen nur anschaue oder ein paar Worte mit jemandem wechsele, rastet er gleich aus. Gestern waren wir bei meiner Freundin zum Geburtstag eingeladen. Ich habe einmal mit ihrem Mann getanzt. Solange wir dort waren, hat er freundlich gelächelt, aber kaum saßen wir im Auto, da hat er mich bei den Haaren gepackt und mich mit dem Gesicht aufs Armaturenbrett gestoßen. Ein Glück, dass ich mir dabei nicht die Nase gebrochen habe.«

Eine Woche zuvor hatte er sie verprügelt, weil er dazu kam, als sie mit einem ehemaligen Klassenkameraden telefonierte. Drei Tage später stieß er sie mit solcher Wucht vor die Brust, dass ihr beinahe das Herz stehengeblieben wäre.

»Der bringt mich noch mal um«, schloss Sofja unter Tränen.

»Du musst sofort mit diesem Subjekt Schluss machen und jeglichen Kontakt mit ihm einstellen!«, erklärte Seliwanow kategorisch.

»Ich hab Angst«, flüsterte Sofja, »dass er dann vollkommen durchdreht. Ich habe schon zu meiner Mutter ziehen wollen, aber Wolodja ist auch dort aufgetaucht und hat mir eine schreckliche Szene gemacht. Weißt du, was er gesagt hat?«

»Nein, woher denn?« Anton schüttelte verständnislos den Kopf.

»Vor mir kannst du dich nicht verstecken!«, stieß das Mädchen leise hervor und heulte erneut auf. »Ich habe solche Angst, solche Angst«, jammerte sie.

Seliwanow legte ihr den Arm um die Schulter und wiegte sie wie ein Kind. »Ist ja gut, ist ja gut, beruhige dich. Mir wird schon was einfallen.«

In diesem Augenblick sagte jemand hinter ihnen laut und deutlich: »Guten Tag!«

Sofja stieß Seliwanow von sich, wischte sich hastig die Augen mit dem Ärmel trocken und stammelte aufgeregt: »Oh, Wolodja, dich habe ich jetzt nicht erwartet.«

»Das sehe ich!«, sagte der Mann mit einem bösen Grinsen. Er streifte die angebrochene Flasche Kognak und den verwirrten Anton mit einem unguten Blick. »Deshalb können wir uns trotzdem bekannt machen: Kostin.«

Er streckte Seliwanow eine breite, kräftige Hand hin. Als der sie mechanisch ergriff, stellte er fest, dass der Kerl einen wahnsinnig harten Händedruck hatte. Sofja lief in der Küche hin und her, griff gleichzeitig nach Teekessel, Pfanne und Töpfen.

»Ich mach uns schnell was zu essen! Ein paar Rühreier vielleicht?«

»Nicht nötig«, warf ihr der ungebetene Gast hin. »Ich bin gerade hier vorbeigekommen und wollte mal schauen, was du so treibst. Ich geh gleich wieder. Bis heute Abend, meine Teure.«

Kaum war der Bulle draußen, sank Sofja verzweifelt auf einen Stuhl und schluchzte noch heftiger als zuvor.

»Mein Gott!«, stöhnte sie. »Jetzt bringt er mich um! Heute Abend ist es so weit! Was soll ich nur machen?«

»Hör auf zu heulen!«, herrschte Anton sie an. »Pack deine Sachen und komm mit zu mir. Da bleibst du erst mal eine Weile. Inzwischen überlegen wir, wie es weitergeht.«

»Nein, nein«, murmelte Sofja wie im Fieber. »Ich muss zur Arbeit! Sonst wirft mich mein Chef raus!«

Wieder rannte sie in der Wohnung hin und her, um sich anzuziehen.

»Wo willst du denn hin, so wie du aussiehst?«, fragte Anton. »Mit diesem Gesicht vergraulst du ja die Kunden!«

Sofja warf einen Blick in den Spiegel und heulte auf, dass es einen Stein erbarmte.

Jetzt nahm Anton die Sache in die Hand. Als Erstes rief er in dem Blumengeschäft an und erklärte dem Chef, er sei Arzt auf einem Rettungswagen, der gerade die Bürgerin Repnina mit einer Gallenkolik ins Krankenhaus bringe. Zu Sofja sagte er: »Wasch dein Gesicht kalt ab und pack ein paar Sachen. Ich fahre rasch in die Firma. In zwei Stunden hole ich dich ab. Bis dahin wirst du ja fertig sein.«

Aber nach einer Stunde rief Sofja ihn auf dem Handy an und erklärte, schon wieder obenauf: »Anton, ich danke dir. Gerade ist Mascha Solomatina zu Besuch gekommen. Sie bleibt über Nacht. Wir verschieben den Umzug auf morgen, okay?«

Anton wusste, dass Sofjas Schulfreundin Mascha eine ernsthafte Person war, die an der Sporthochschule studierte und asiatische Kampfsportarten trainierte. Bei einer Größe von 1,75 m brachte sie fast 100 Kilo reine Muskelmasse auf die Waage. Die nahm es glatt mit drei Majoren auf.

»Na wunderbar«, sagte Anton froh. »Aber dass du morgen Punkt neun fix und fertig bist, wenn ich dich holen komme.«

Am nächsten Morgen öffnete niemand, obwohl er lange klingelte. Anton, der das Schlimmste befürchtete, lief sofort zur Miliz.

Nun ging alles sehr schnell. Zuerst wurde mit Wolodja Kostin eine freundschaftliche Unterredung geführt. Der bestätigte ohne Umschweife, er sei mit Sofja Repnina bekannt, sie seien auch eine Zeitlang liiert gewesen, hätten sich aber getrennt. Von Eifersucht wusste er nichts. Er habe die Frau nicht geschlagen und Anton Seliwanow noch nie gesehen. Dann wurde er Anton gegenübergestellt. Der bestätigte, diesem Mann sei er in Sofjas Wohnung begegnet. Kostin aber behauptete steif und fest, sie in der letzten Zeit nicht besucht zu haben. Schon deshalb nicht, weil er inzwischen eine andere Freundin habe, mit der er die letzten drei Tage ununterbrochen zusammen gewesen sei. Dabei hatte er seine zahlreichen Überstunden abgebummelt. Der Major konnte auch ihren Namen nennen – Nadja Kolesnikowa.

Als die befragt wurde, zuckte sie nur die Schultern. Einen Major Kostin kenne sie nicht. Von einem Mann dieses Namens habe sie noch nie gehört. Dem Ermittler gefiel das überhaupt nicht. Er erwirkte einen Durchsuchungsbefehl. Im Kofferraum von Wolodjas Lada fand man dann ein Küchenmesser, lang und scharf. Das Metzgerwerkzeug war sauber abgewaschen, aber dort, wo der Griff an der Klinge befestigt ist, fanden sich Blutpartikel. Als man sie im Labor untersuchte, stellte sich heraus, dass dies die Tatwaffe war, mit der man die unglückliche Sofja Repnina umgebracht hatte.

Kostin konnte nicht erklären, wie dieser schreckliche Gegenstand in seinen Wagen gekommen war. Der Ermittler nahm ihn daraufhin in Haft. In der Untersuchungshaftanstalt der Butyrka, des größten Moskauer Gefängnisses, wo der Major oft zu tun hatte und jeden kannte, erhielt er eine Vorzugsbehandlung. Er durfte nach draußen telefonieren und wurde in einer Fünf-Mann-Zelle untergebracht – nicht mit Gewaltverbrechern, sondern mit wohlerzogenen Leuten, gegen die wegen Wirtschaftsvergehen ermittelt wird. Damit endete Slawas Bericht. Mehr wusste er auch nicht.

»Verschaffe mir eine Besuchserlaubnis!«, forderte ich von ihm.

Roshkow hob die Hände.

»Solange die Ermittlungen laufen, darf er keinen Besuch empfangen. Eine Ausnahme kann nur der Untersuchungsführer gestatten.«

»Und wo ist das Problem?«, fragte ich verwundert. »Dann schreibst du eben so ein Papier.«

»Das kann ich nicht!«

»Wieso nicht?«

»Weil ich nicht die Ermittlungen führe.«

»Nanu?«

»Wir sind doch Kollegen und sogar befreundet.«

»Und wer hat nun den Fall?«

Slawa seufzte tief, schob den Pappbecher mit dem abscheulichen Gebräu hin und her und bekannte schließlich: »Fedja Selesnjow, ein schrecklicher Pedant. Die schlechteste Variante, die man sich denken kann. Übrigens, hast du deinen Pass bei dir?«

»Ja, warum?«

»Dann können wir zur Butyrka fahren.«

»Aber du hast doch gerade gesagt, dass du mir keine Besuchserlaubnis verschaffen kannst!«

»Auf legalem Wege nicht.«

»Und wie dann?«

»Wir müssen uns was einfallen lassen«, antwortete Slawa ausweichend. »Fahren wir. Aber zuerst kaufen wir noch ein paar Sachen ein.«

Wir fuhren zum nächsten Supermarkt, wo Slawa ein geräuchertes Hühnerbein, drei Piroggen mit Fleischfüllung, ein Paket Fruchtsaft, Käse, fünf Schachteln Zigaretten, Nescafé und eine Packung Zucker erstand. All das stopfte er in meine nicht sehr große Tasche.

»He, he!«, rief ich ärgerlich. »Was soll das? Ich brauche das nicht!«

»Es ist auch nicht für dich«, erklärte mir Slawa. »Für Wolodja! Er darf doch noch kein Paket empfangen. Vielleicht hat er Hunger!«

»Wir werden ihm Pakete bringen müssen?«, fragte ich verständnislos. »Was denn für Pakete?«

»Na, was man dort so braucht«, erklärte mir Wolodjas Freund. »Einmal im Monat werden ihm dreißig Kilo gestattet – Kleidung, Lebensmittel, Medikamente ... Er darf sogar einen Fernseher, ein Radio, einen Kühlschrank, Schüssel und Eimer haben.«

»Wozu Schüssel und Eimer?«

»Na, um seine Wäsche zu waschen. Und Tauchsieder, am besten gleich mehrere, denn die gehen im Gefängnis oft kaputt. Und natürlich Zigaretten. Am besten einfache, so acht Stangen monatlich.«

»Er raucht doch gar nicht so viel!«

»Zigaretten sind im Gefängnis bares Geld. Obwohl man auch dort nichts gegen ausländische Währung hat, besonders nichts gegen die grünen Dollar-Scheinchen. Hier, nimm das und steck es am besten in den BH.«

Er hielt mir ein kleines Röllchen hin, das in Folie gewickelt war.

»Was ist denn das?«

»Dollars, die wird er in der Butyrka brauchen.«

»Und warum so komisch verpackt?«

Über so viel Unwissenheit musste Slawa seufzen.

»Wir müssen doch durch die Kontrolle ...«

Ich spürte, wie in meinen Schläfen kleine Hämmerchen zu pochen begannen. In das Leben einer Frau, die in der Familie eines Raketenkonstrukteurs und einer Opernsängerin aufgewachsen war, einer absolut gesetzestreuen Bürgerin, die nur bei Grün über die Straße geht, war plötzlich die schreckliche Realität des Gefängnislebens eingebrochen, wo völlig unverständliche, furchtgebietende Regeln herrschten.

»Die Kontrolle? Was passiert denn da?«

»Eine Leibesvisitation«, erklärte Roshkow kurz und bündig. »Auch die Gefangenen werden ständig kontrolliert. Die Dollars muss Wolodja gut verbergen. Er kann sie sich zum Beispiel in die Backe stecken. Deshalb die Plastikfolie. Wart mal einen Moment.«

Wieder verschwand er in einem Geschäft. Ich war völlig fertig. In meinem Kopf summte es wie in einem Bienenstock. Wieder zurück, drückte mir Slawa eine kleine Schere, zwei Rollen Zwirn, eine Schachtel Nähnadeln und ein Päckchen Rasierklingen in die Hand.

»Auch das tust du am besten in den BH.«

»Wozu?«

Slawa wurde langsam böse. »Weil ich's dir sage!«

»Vielleicht erklärst du es mir?«

Wir stiegen wieder in seinen zerbeulten Lada und jagten durch die Straßen.

»Schneid- und Stichwerkzeuge dürfen nicht ins Untersuchungsgefängnis gebracht werden«, teilte mir Slawa, wieder ruhiger, mit.

»Und womit soll er sich die Nägel schneiden?«

»Er kann sie ja abkauen!«

»Auch an den Zehen?«

»Hör mal, Tanja«, blaffte mich der Major jetzt an, »die Regeln habe nicht ich mir ausgedacht. Natürlich sind das Dummheiten. Denn erstens schleppen die Anwälte sowieso rein, was sie wollen, und zweitens verdienen die Wachmannschaften daran, dass sie den Gefangenen alles gestatten – von Computerspielen bis zu Mobiltelefonen.«

»Computer spielen dürfen sie auch nicht?«

»Nein.«

»Warum nicht? Ist doch ein toller Zeitvertreib!«

Bei diesen Worten trat Slawa so scharf auf die Bremse, dass ich mit der Stirn gegen die Windschutzscheibe prallte.

»Jetzt hör mir mal gut zu, Tanja! Wenn einer, der dir nahesteht, ins Gefängnis kommt, dann bringt es überhaupt nichts, wenn du dich über die Regeln aufregst, die dort herrschen. Nimm sie einfach, wie sie sind. Würfelzucker darf nicht rein, aber Streuzucker, so viel du willst. Seife darf rein, aber Shampoo auf keinen Fall. Suppenwürfel und Suppen in der Büchse, bitte schön, aber Suppe im Tetrapack fliegt sofort in den Müll. Streichhölzer, bitte sehr, aber Feuerzeuge zertritt der Kontrolleur mit dem Absatz. Und völlig unverständlich ist, warum Gurken erlaubt sind und Tomaten nicht. Vor allem solltest du dir eins merken: Antworten bekommst du auf solche Fragen von den Beamten keine. Halt den Mund und mach, was sie sagen, oder …«

Er verstummte.

»Oder?«

»Zahl das Übliche – hundert Dollar für eine Sendung.«

»Na fein!«, rief ich empört. »Wer hat sich denn die Preise ausgedacht? So viel verdient manch einer nicht mal im Monat. Sind die in eurem Innenministerium denn völlig bescheuert?«

Slawa starrte mich wütend an. »Machst du dich lustig über mich? Stellst du dich absichtlich so dumm?«

Mir blieb die Luft weg. »Willst du mir sagen, dass die Gefängnisbeamten für ein Bakschisch das Gesetz verletzen?«

»Na klar!«, zischte Slawa. »Die Schweinebande müsste

selber eingelocht werden! Weißt du, wie oft die Verwaltung der Butyrka schon ausgewechselt worden ist? Und was hat's gebracht? Nach kurzer Zeit waren die Neuen wie die Alten! Alles hat seinen Preis. Ein Handy, eine Flasche Wodka, etwas Persönliches … Wenn die Angehörigen mit diesem System in Berührung kommen, dann reagieren sie genau wie du: ›Was ist da bei euch im Innenministerium los?‹ Dabei hat die Butyrka mit uns überhaupt nichts zu tun!«

»Das ist mir aber neu!«, rief ich, ehrlich verwundert.

»Nein!«, erwiderte Slawa und schüttelte den Kopf. »Sie untersteht der Hauptverwaltung Strafvollzug, und die gehört zum Justizministerium.«

»Aha«, entfuhr es mir, »wo sie neulich den Minister mit nackten Mädchen in der Sauna erwischt haben!«

»Genau.«

»Schöne Gesetzeshüter haben wir«, murmelte ich. »Der Minister geht mit Nutten in die Sauna, und der Generalstaatsanwalt trifft sich mit leichten Mädchen in fremden Wohnungen. Was soll man da von denen erwarten, die in der Butyrka Dienst tun? Wie der Herr, so's Gescherr!«

»Lass uns reingehen«, brummte Slawa.

Wir stiegen eine schmale Treppe hinauf und kamen in einen engen Hof, in dem sich viele Menschen mit prall gefüllten Taschen drängten. Die meisten waren Frauen mit düsteren, verlorenen Gesichtern.

»Bleib hier stehen und rühr dich nicht vom Fleck«, knurrte Slawa im Befehlston. Damit verschwand er.

Ich lehnte mich an eine Mauer und suchte etwas Ordnung in meinen Kopf zu bringen. Aber es wollte mir nicht gelingen. Die Gedanken liefen durcheinander wie Schaben, wenn in der Küche plötzlich das Licht eingeschaltet wird.

»Sie wollen jemanden besuchen?«, fragte neben mir eine leise, einschmeichelnde Stimme.

Ich nickte mechanisch und wandte den Kopf. Vor mir stand ein Mann in grauem T-Shirt und schmutzigen Stiefeln.

»Ich kann Sie in die Gruppe um zwölf einschmuggeln«, fuhr er fort und lächelte, wobei schwarze, faulige Zähne sichtbar wurden.

Das klang interessant.

»Wie viel?«

»Wir werden uns schon einig.«

»Trotzdem, wie viel?«

»Einen Hunderter.«

»Rubel?«

Der Bursche musste lachen. »Nein, mongolische Tugriks.«

»Das ist aber teuer.«

»Dann stell dich doch 'ne Woche lang dreimal am Tag an!«

»Danke, ich überleg's mir.«

»Überleg aber nicht zu lange, ich hab nur noch einen Platz frei. Da finden sich auch andere. Das Geld kriege übrigens nicht ich. Ich hab nichts davon. Wollte nur aus christlicher Nächstenliebe helfen.«

»Tanja!«, rief Slawa, »komm schnell!«

Ich lief ihm entgegen. Plötzlich war mir, als stieße mich etwas hart in den Rücken. Ich schaute mich um. Der »Gutmensch« mit den schlechten Zähnen schickte mir einen finsteren, unguten Blick nach.

3. Kapitel

»Hör mir gut zu«, sagte Slawa, als wir eine breite Treppe hinaufgingen. »Ich weiß nicht, ob es mir ein zweites Mal gelingt, gegen die Regeln ein Treffen zu organisieren.«

»Gegen welche Regeln?«

»Frag nicht so viel und hör lieber zu. Du musst Wolodja davon überzeugen, dass es unklug ist, sich weiter zu sperren. Hast du verstanden?«

»Du denkst also, er ist der Mörder?«

»Nein, der reine Engel! Alle Indizien sprechen gegen ihn. Er soll aufhören, den Unwissenden zu spielen. Je schneller er in den Kahn geht, desto eher ist er wieder draußen. Wenn dieser vernagelte Othello so weitermacht« – Slawa kratzte sich – »dann dauern die Ermittlungen ein Jahr, und so lange wird er in der Butyrka schmoren. Wenn er gleich alles zugibt, ist die Sache in einem Monat gegessen, und wir sehen zu, dass es schnell zum Prozess kommt. Zu Neujahr kann er schon im Lager sein. Da kriegt er wenigstens frische Luft. Und dann sind verschiedene Varianten denkbar …«

»Welche denn?«

»Bei guter Führung kommt er eher raus oder wird irgendwo angesiedelt … Hauptsache, er hat die Butyrka bald hinter sich. Weißt du, wie lange hier manche Leute auf ihren Prozess warten?«

»Wie lange?«

»Zwei oder gar drei Jahre! Er soll keinen Mist machen. Morgen sucht ihn ein Anwalt auf.«

»Wer hat denn den bestellt?«

»Mischa Koslow und ich. Das muss aber niemand wissen. So, jetzt geht's los. Siehst du dort den Burschen am Fenster? Er heißt mit Vor- und Vatersnamen Alexej Fjodorowitsch. Geh zu ihm, ich warte hier so lange.«

Er blieb auf der Treppe stehen. Ich trat an den breitschultrigen Blonden heran, räusperte mich und sagte schüchtern: »Guten Tag.«

Mit steinerner Miene presste der Angesprochene durch die Zähne: »Tatjana Romanowa? Ihren Pass.«

Gehorsam reichte ich das dunkelrote Büchlein einem pausbäckigen Weib hin, das in einer Blechbude vor dem Metalldetektor saß, und erhielt dafür eine kleine Nummer aus Metall, wie man sie in der Theatergarderobe bekommt. In meine Tasche schaute niemand, und durchsuchen wollte man mich auch nicht.

Alexej Fjodorowitsch ging mit großen Schritten voran, und ich trippelte hinterdrein, so gut ich konnte. Wir liefen durch endlose Gänge und über ungezählte Treppen. Hin und wieder passierten wir eine vergitterte Tür, die mit ohrenbetäubendem Krach ins Schloss fiel. Schließlich gelangten wir auf einen breiten Korridor, über dem eine gläserne Tafel mit der Aufschrift »Untersuchungsgefängnis« hing.

Alexej Fjodorowitsch schloss einen Raum auf und befahl: »Warten Sie hier.«

Ich ließ mich erschöpft auf einen Stuhl fallen und schaute mich in dem winzigen Gelass um. Da stand ein zerkratzter Schreibtisch aus den sechziger Jahren, eine schon selten gewordene Tischlampe mit grünem Schirm und ein vorsintflutlicher Panzerschrank. An den Wänden hingen eine Karte mit den Erdhalbkugeln und aus unerfindlichem Grund ein quergestreiftes Seemannshemd. Das Fenster war mit einem dichten Gitter versehen und gab den Blick auf eine Betonmauer frei.

Die Tür ging auf und herein trat Wolodja. Alexej Fjodorowitsch, der hinter ihm stand, sagte finster: »Sie haben eine Stunde. Ich muss Sie leider einschließen.«

»Klar«, erwiderte der Major gleichmütig, »die Dienstvorschrift ist einzuhalten.«

Der Schlüssel klapperte im Schloss, und wir waren allein. Hektisch fing ich an, die Lebensmittel, Zigaretten und Kosmetikartikel aus meiner Tasche zu holen. Wolodja fiel über das Essen her, steckte Nescafé, Zucker und

Zigaretten in die Taschen und sagte: »Dafür gibst du bitte kein Geld mehr aus.«

»Morgen bringe ich dir noch ein paar Lebensmittel.«

»Nicht nötig.«

»Warum …?«

»Ich komm schon durch. Zu essen gibt es hier. Danke für die Nagelschere. Wer hat dich darauf gebracht?«

»Slawa.«

»Also, Roshkow«, stellte Wolodja fest und steckte sich eine Zigarette an. »Soso … Und was sollst du mir von ihm bestellen?«

Ich sah ihn flehend an. »Wolodja, ich bitte dich, gib es zu. Ein aufrichtiges Geständnis verringert die Schuld …«

»… und verlängert die Strafe«, brummte mein Gegenüber. »Was soll ich eigentlich zugeben?«

»Den Mord an Sofja Repnina, geboren 1980. Kennst du die Dame?«

»Nur von der guten Seite«, gab Wolodja nachdenklich zurück. »Wir haben eine kurze Zeit miteinander verbracht, was uns beiden gutgetan hat.«

»Und warum habt ihr euch getrennt?«

Wolodja seufzte tief auf. »Weißt du, solange es nur ums Bett ging, gab es überhaupt keine Probleme. Sofja war eine schöne Frau mit toller Figur, Taille und Busen wie Gina Lollobrigida in ihren besten Jahren, endlose Beine, und eine blonde Mähne wie … Als ich mich dann aber ein wenig an sie gewöhnt hatte und auch mal nur mit ihr reden wollte, ging gar nichts mehr.«

»Warum?«

Wolodja sog mit Genuss den Rauch ein und meinte: »Sofja war dumm wie ein Brot. Zuerst dachte ich, sie verstellt sich nur. Aber wie bringt man es fertig, zwanzig Jahre auf dieser Welt zu leben und so gut wie nichts gelesen zu haben? Für sie ist Puschkin eine Ketchup-Marke und die Metrostation Majakowskaja nach dem Architekten benannt, der sie erbaut hat … Mit ihr konnte man über gar nichts reden. Interessiert hat sie nur Tratsch über Filmschauspieler und Popsänger. Außerdem waren natürlich die Mode und tolle Kosmetik immer ein Thema, über das sie mit ihren Freundinnen stundenlang schwatzen konnte. Selbst ein Frauenmagazin mit Artikeln von der Sorte ›Wie behältst du deinen Mann?‹ oder ›Soll man sich in seinen Chef verlieben?‹ waren ihr zu hoch. Comics und Videos – das war ihre Welt. Besonders solche vom Typ ›Die dümmsten …‹ Wenn der Held bei Tisch einen fahren ließ, bekugelte sich Sofja vor Lachen, schlug sich auf die Schenkel und quietschte: ›Ich kann nicht mehr, gleich mach ich mich ein!‹«

Anfangs fand Wolodja das lustig, aber das Lachen verging ihm mit der Zeit. Als sie ihm nur noch den Nerv tötete, trennten sie sich. Das geschah in aller Freundschaft. Wolodja schickte ihr Glückwünsche zum Geburtstag und zum 8. März, sie revanchierte sich dafür am 23. Februar, dem Tag der Vaterlandsverteidiger. Und dabei blieb es.

»Ich hatte schon seit August eine Neue«, enthüllte mir der Major. »Nadja.«

»Und warum habe ich weder von Sofja noch von Nadja etwas gewusst?«

»Das hätte gerade noch gefehlt«, fuhr mich der Major an. »Wie ihr euch aufgeführt habt! Ich sage nur ›Schatzkammer‹! Außerdem muss ich ja nicht jede vorstellen, mit der ich schlafe! Danke für das Essen, aber künftig brauche ich nichts dergleichen.«

»Wieso?«

»Weil ich hier bald wieder raus bin.«

Ich schaute unseren Freund mitleidig an. »Wie kommst du denn darauf?«

»Das ist alles ein Missverständnis, das sich bald aufklären wird«, sagte Wolodja seelenruhig. »Fedja Selesnjow mag ich überhaupt nicht, aber er kennt sein Metier und bringt die Wahrheit ans Licht. Wenn wir auch in der letzten Zeit allerhand zufälliges Personal bekommen haben, gibt es immer noch so etwas wie Solidarität unter Kollegen. Die werden alles daran setzen, um meine Unschuld zu beweisen. Das würde ich genauso halten.«

»Was würdest du denn tun?«

»Eine ganze Menge. Erstens würde ich mir diesen Anton Seliwanow vornehmen. Was für ein Interesse kann der haben, einen unschuldigen Menschen zu belasten? Und er hat sich wirklich eine tolle Geschichte ausgedacht – mit allen Details ... Dann müssten die Pathologen klären, wann Sofja die Blutergüsse im Gesicht beigebracht wurden – als sie noch lebte, oder als sie schon tot war ... Ich würde auch mit Sofjas Freundinnen und den Verkäuferinnen in dem Blumengeschäft reden. Die wissen über Sofjas Liebesleben sicher bestens Bescheid. Und schließlich wäre auch ein Gespräch mit Nadja Kolesnikowa nötig. Ich habe den ganzen Tag mit ihr verbracht, als ich, wie Seliwanow behauptet, bei Sofja gewesen sein soll. So ungefähr!«

»Nadja ist schon befragt worden. Sie hat ausgesagt, dass sie nicht einmal deinen Namen kennt.«

Wolodja winkte ab. »Das habe ich ihnen doch schon erklärt! Sie haben einfach eine Dummheit gemacht. Sie wollten besonders schlau sein, und das ist dabei rausgekommen: Sie sind gegen zehn Uhr abends bei Nadja aufgekreuzt und haben sie nach mir ausquetschen wollen. Was sollte die arme Frau denn machen? Sie konnte nur die Achseln zucken und die Unwissende spielen. Sie sollen sie ins Büro vorladen, dann bestätigt sie mein Alibi.«

»Merkwürdig«, murmelte ich, »wieso konnte sie denn nicht abends die Wahrheit sagen?«

»Weil sie verheiratet ist! Wahrscheinlich hat der Gatte neben ihr gesessen! Wer gibt denn da eine Liebesaffäre zu?«

»Du hast dich mit einer verheirateten Frau eingelassen?«

»Na und? Sie war es, die mich angemacht hat.«

»Das ist aber interessant.«

»Genau.«

»Und wo?«

»Im Kaufhaus ›Mir‹. Ich brauchte eine Satellitenschüssel.«

»Moment mal, wie lange bist du denn mit ihr bekannt?«

»Am 29. August habe ich sie zum ersten Mal gesehen.«

»Und heute ist der 5. September! Das heißt, ihr kanntet euch kaum, und hopp, ins Bett? Ekelhaft ist das!«, sagte ich empört. »Hast du sie wenigstens gefragt, wie sie heißt?«

»Um miteinander ins Bett zu gehen, muss man das nicht unbedingt wissen«, gab Wolodja zurück und lächelte nun sogar. Als er aber sah, dass ich die Brauen runzelte, fügte er schnell hinzu: »Also, Tanja, sei jetzt nicht prüde! Wir sind doch erwachsene Menschen. Wir mochten uns, da haben wir eben ein Fläschchen gekauft und ... Ihr Mann war gerade nicht da, er ist Fernfahrer und rollt mit seinem Brummi durch ganz Russland. Wir hatten miteinander ein paar gute Tage. Mehr wollten wir beide nicht. Sie hat nicht die Absicht, sich scheiden zu lassen. Und ich will sie auch nicht heiraten ... Es ist eben passiert. Gestern sollte ihr Mann zurückkommen. Also, mach dir keine Sorgen. Fedja redet morgen in seinem Büro mit ihr, und dann klärt sich alles auf.«

Ich sah die Sache durchaus nicht so optimistisch, und Slawa Roshkow offenbar auch nicht.

»Aber wenn diese Nadja gar nicht daran denkt, dir zu helfen?«

»Ihr mit eurem ewigen Wenn und Aber«, erwiderte der Major gereizt. »Dann muss man eben anders vorgehen. Wer mich auch nur ein bisschen kennt, der weiß, dass ich keiner Frau was zu Leide tun kann, auch nicht, wenn ich vor Wut koche. Und sie auch noch grün und blau schlagen! So ein Unsinn! Außerdem bin ich nicht eifersüchtig. Wenn eine Dame mich nicht mehr will, dann bitte schön! Such ich mir eben eine neue. Natürlich weiß ich nicht, wie ich reagieren würde, wenn ich im Schrank den Liebhaber meiner Ehefrau fände ... Wahrscheinlich würde ich ihm ein paar hinter die Löffel geben und mich scheiden lassen ... Aber eine Frau schlagen! Das ist wirklich nicht mein Stil.«

»Und wie ist das Messer in deinen Kofferraum gekommen?«

»Das ist mir wirklich ein Rätsel. Ich habe es nicht dorthin gelegt. Aber du siehst doch selbst, wie blöd das ist. Statt das Messer in eine Schachtel mit einem Stein zu legen und in den nächsten Teich zu werfen, fahre ich die Tatwaffe in aller Ruhe durch die Gegend. Aus welchem Grund hätte ich das tun sollen? Hältst du mich denn für einen kompletten Idioten? Immerhin bin ich ein Profi, vielleicht nicht der beste, aber mein Handwerk beherrsche ich schon.«

»Slawa Roshkow ist auch Profi«, sagte ich langsam, »und er will, dass du ein Geständnis ablegst. Er meint, das wichtigste wäre jetzt ein schneller Prozess, und dann ab ins Lager. Von dort bis zur Freiheit sei es nur ein Schritt.«

»Weißt du, das ist noch merkwürdiger als das Messer im Kofferraum«, sagte Wolodja jetzt ganz ruhig. Aber ich sah, wie heftig eine kleine Ader an seiner Schläfe pochte, was bewies, dass es ihn sehr beschäftigte.

»Was ist daran merkwürdig?«

»Wie sich Slawa verhält«, erklärte Wolodja. »Er kennt

mich seit der Polizeischule. Wie viele Jahre sind wir jetzt befreundet! Wir haben in einer Kreisverwaltung zusammen gedient, von der Leine geklaute Wäsche gesucht und dann zusammen ein juristisches Fernstudium gemacht. Slawa kennt mich in- und auswendig. Selbst alle meine Weiber kann er herzählen, zumindest die, mit denen ich etwas länger zusammen war. Er weiß einfach alles von mir. Und der hält mich für einen Mörder?«

Darauf konnte ich nichts sagen.

»Und du?«, beharrte Wolodja. »Glaubst wenigstens du mir?«

»Ja«, antwortete ich. »Aber mir scheint, ich bin die einzige, die denkt, dass du mit all dem nichts zu tun hast.«

Über Wolodjas Miene senkte sich ein Schatten. Vorsichtig fragte er: »Und wenn sich nun herausstellt, dass ich es wirklich getan habe? Was macht ihr dann, du und Katja?«

Ich schaute ihm in das verzweifelte Gesicht und antwortete ganz ruhig: »Dann gehen wir beide davon aus, dass du in geistiger Umnachtung gehandelt haben musst. Wir schleppen dir ins Lager, was du brauchst. Du bist und bleibst unser bester Freund. Und Freunde, auch wenn sie etwas Schlimmes getan haben, lässt man nicht im Stich. Schon gar nicht, wenn sie in der Patsche sitzen.«

»Danke«, sagte Wolodja mit belegter Stimme. »Ich mag euch sehr, auch wenn ihr manchmal nicht zum Aushalten seid. Und Slawa sagst du: Auf ein Geständnis von mir kann er lange warten. Wer Kostin auf der Anklagebank sehen will, der muss ihm eine Schuld nachweisen!«

»Sei Slawa nicht böse«, bat ich. »Er leidet mit dir. Er und Mischa Koslow haben dir einen Anwalt besorgt.«

»Na, schönen Dank auch!«, knurrte der Major. »Mir kommen gleich die Tränen.«

Da drehte sich der Schlüssel im Schloss, und der unfreundliche Alexej Fjodorowitsch stand in der Tür. Vielsagend klopfte er mit dem Finger auf seine Uhr. Wolodja stand auf. Mir ging es durch und durch, als ich sah, dass er beim Hinausgehen die Arme auf dem Rücken kreuzte.

Slawa Roshkow stand auf dem Hof an einer Glastür, die in einen anderen Teil des Gefängnisses führte. Als er mich erblickte, warf er die angerauchte Zigarette weg und fragte aufgeregt: »Na, hast du ihn überredet?«

Ich schüttelte den Kopf. »Er hält sich für unschuldig und glaubt fest, dass ihr alles tut, um das zu beweisen.«

»Der Idiot!«, entfuhr es Slawa. Dann, schon ruhiger, fügte er hinzu: »Der Heuchler!«

»Du gehst davon aus, dass er der Mörder ist?«

»Ich weiß es«, behauptete Slawa. »Es gibt dafür Indizien noch und noch.«

»Welche denn?«

»Alle möglichen!«

»Geht es nicht etwas genauer?«

»Das Messer!«

»Das kann man ihm untergeschoben haben!«

»Aber seine Fingerabdrücke sind drauf!«

Ich schwieg verwirrt. Zwar bin ich kein Profi, doch ich liebe Krimis und habe in meinem Leben schon Berge davon gelesen. Wenn Fingerabdrücke vorhanden sind, dann wird es ernst. Aber soll Wolodja wirklich so dumm gewesen sein, eine Mordwaffe ohne Handschuhe anzufassen? Doch im Zorn ... Vor Wut hatte er den ersten passenden Gegenstand gegriffen und ihn der unglücklichen Sofja in den Leib gerammt!

Wir stiegen wieder in den Wagen. Ich starrte mit leerem Blick zum Fenster hinaus. Die Sache war dumm gelaufen. Neun Männer von zehn, die im Zorn ihre Partnerin erschlagen, geraten in Panik, laufen davon und machen jede Menge Fehler. Einer wirft die Tatwaffe weg, ein anderer versucht, die Tote beiseite zu schaffen, weil er glaubt, ohne Leiche – kein Verbrechen ... Aber in dem Bemühen, alles klug zu arrangieren, hinterlassen sie jede Menge Spuren, mit denen man sie festnageln kann – ein Haar, Hautpartikel, Tröpfchen von Speichel oder Blut, schließlich ihren Geruch. Wolodja hat mir einmal erzählt, wie es ihm gelungen war, eine Mörderin mit einem winzigen Stück Fingernagel zu überführen. Die Frau, die eine Rivalin beseitigt hatte, brach sich dabei den Fingernagel ab, ohne es zu bemerken. Später behauptete sie steif und fest, sie sei nie im Haus der Ermordeten gewesen ...

Warum ein unerfahrener Mensch so viele Dummheiten macht, um sich seiner Verantwortung zu entziehen, ist vollkommen klar. Der Stress, der Schreck ... Aber Wolodja? Warum war er in Panik geraten und hatte so viel Porzellan zerschlagen? Erst kürzlich hatte er uns voller Bitterkeit davon berichtet, dass einige ehemalige Kollegen wegen der schlechten Bezahlung die Miliz verlassen hätten und ins Lager des Gegners übergelaufen seien, wo sie sich mit Verbrecherbanden einließen.

»Nichts ist schlimmer, als gegen ehemalige Kollegen kämpfen zu müssen!«, meinte er damals verstört. »Da ist einmal die moralische Seite, aber diese Kerle wissen auch ganz genau, wie wir arbeiten. Wie lange haben wir gebraucht, um Solotnikow auf die Schliche zu kommen? Und wenn da nicht seine Geldgier gewesen wäre, hätten wir ihn nie gekriegt.«

Nachdenklich zupfte ich an meinem Haar. Andrej Solotnikow, ein ehemaliger Major, hatte in den letzten Jahren mit Diensten für die Bande eines gewissen Pjotr Rukawischnikow hinzuverdient. Er hatte dessen Raubzüge geplant und war nur durch einen puren Zufall aufgeflogen.

»Außerdem wurden in Sofja Repninas Wohnung Spuren von Kostins Blut gefunden«, fuhr Slawa mit finsterer

Miene fort. »Sie war nicht sofort tot. Bevor Wolodja ihr mit dem Messer den Garaus machte, muss es zum Handgemenge gekommen sein. Dabei hat Sofja ihren Liebhaber so gekratzt, dass Blut geflossen ist. Im Bad, wo er sich offenbar gewaschen hat, waren Blutspuren am Handtuch. Auch ein Tropfen ist unbemerkt zu Boden gefallen. Und den Kratzer in Wolodjas Gesicht hast du ja sicher bemerkt.«

Ich nickte. Tatsächlich hatte Wolodja auf der Wange eine tiefrote Spur, wie wenn er sich beim Rasieren geschnitten hätte. Allerdings weiß ich, dass er einen guten Elektrorasierer der Marke »Braun« benutzt. Den habe ich ihm selber zum letzten Neujahr geschenkt.

»Das Blut beweist überhaupt nichts«, bemerkte ich angriffslustig. »Wolodja war oft bei Sofja. Wer weiß, wann er sich da geschnitten hat!«

Slawa presste die Lippen zusammen und sagte nichts mehr. Als wir angekommen waren und ausstiegen, konnte er aber doch nicht an sich halten. »Tanja, ich weiß, dass du und Katja mit Wolodja eng befreundet seid. Aber denk einmal ruhig über die ganze Sache nach. Wolodja, der Idiot, hat behauptet, er habe sich schon im Winter von Sofja Repnina getrennt. Jetzt haben wir September. Selbst wenn wir davon ausgehen, dass er sich im Dezember geschnitten hat … Meinst du, Sofja hat ein Jahr lang die Handtücher im Bad nicht gewechselt? Und den Fußboden nicht gewischt?«

Ich schwieg betreten.

»Und die Hauptsache«, trommelte Slawa weiter, »das Blut ist frisch! Es ist an dem Tag auf die Kacheln getropft, als der Mord passierte.«

»Das kann nicht sein!«

»Es ist aber so. Und noch eins …«

»Was denn noch?«, fragte ich und ließ alle Hoffnung

fahren. »Haben sie ihn etwa heimlich mit dem Messer in der Hand bei der Leiche fotografiert?«

»Beinahe. Der Kratzer auf seiner Wange …«

»Was ist mit dem?«

»Unter den Fingernägeln des Opfers hat man Wolodjas Hautreste gefunden.«

Dagegen konnte ich nichts mehr sagen. Wolodja hatte also die unglückliche Sofja umgebracht.

»Und was machen wir jetzt?«

»Kümmere dich erst mal um seine Versorgung«, grummelte Slawa unwillig, »Esserei, Wäsche, Hausschuhe, Seife … Hier steht alles drauf.«

Er drückte mir ein Blatt Papier in die Hand. Gedankenlos starrte ich auf die großen, mit fester Hand geschriebenen Buchstaben. Da stand: 4 Stück Butter, der Inhalt einer Dose Kaffee in Plastiktüte verpackt, 1 Kilogramm Zucker …

»Das ist nur das Nötigste«, sagte Slawa.

Offenbar ging auch ihm das Ganze sehr nahe. Erst jetzt fiel mir auf, dass er dunkle Ringe unter den Augen und eingefallene Wangen hatte.

»Die Sachen packst du am besten in so eine große türkische Plastiktasche, die Händler immer mit sich herumschleppen. Ich rufe dich heute Abend an und sage dir, wann und bei wem du dich melden sollst, damit du nicht in der Schlange stehen musst. Wenn es Probleme mit dem Geld gibt – Mischa und ich beteiligen uns natürlich.«

Bei diesen Worten griff Slawa nach seiner Brieftasche.

»Nicht nötig«, sagte ich leise, »vorläufig reicht es noch.«

»Zier dich nicht«, ermahnte mich Slawa. »Einen Gefangenen zu unterstützen ist ein teures Vergnügen.«

Seine letzten Worte störten mich irgendwie. Wollte er sich lustig machen? Sicher nicht, wahrscheinlich war es nur ein falscher Zungenschlag.

4. Kapitel

Den Rest des Tages verbrachte ich auf dem Großmarkt mit meinem Einkaufszettel in der Hand. Während ich Suppenwürfel, Zigaretten, Kaffee, Tee und Zucker im Handumdrehen beisammen hatte, begannen bei den restlichen Artikeln die Probleme.

»Einmal Nutella«, verlangte ich von einem flinken Mädchen mit vielen Goldzähnen.

»27 Rubel«, erklärte die Verkäuferin.

»Im Glas?«, fragte ich.

»Na, in einer Blechbüchse nun nicht«, gab das Mädchen patzig zurück. Sie glaubte wohl, ich wollte sie ärgern.

»Ich möchte es aber in der Plastikdose.«

»Meine Dame«, belehrte mich die Verkäuferin in gereiztem Ton, »seriöse Firmen bieten Lebensmittel längst nicht mehr in Plastikverpackung an. Glas ist viel hygienischer und setzt keine Schadstoffe frei.«

»Ich brauche aber eine Plastikdose!«

»Kunden!«, rief die Verkäuferin, jetzt ernsthaft böse, und nahm das ungewünschte Nutella-Behältnis vom Ladentisch. »Die eine will Glas, die andere Plastik … Das reine Irrenhaus! Warum, zum Teufel, muss es denn Plastik sein?«

Erschöpft und wütend stieß ich hervor: »Kommst du wirklich nicht drauf, wo Glas verboten ist?«

Die junge Frau wechselte schlagartig den Ton. »Doch nicht etwa im Gefängnis?«

Ich nickte.

»Warum sagst du denn das nicht gleich?«, sprach sie nun tadelnd, steckte den Kopf zum Fenster ihres Wagens heraus und rief, so laut sie konnte: »Petja, ich schick dir jetzt eine Dame, pack ihr ein, was man so braucht, du weißt schon wo!«

Damit wandte sie sich wieder mir zu und sagte im Befehlston: »Geh zum Stand Nr. 12. Wer von deinen Leuten sitzt denn?«

»Mein Bruder«, sagte ich seufzend.

»Unterhosen hast du schon?«

»Noch nicht.«

»Nimm keine Slips, nur lange.«

»Woher weißt du denn so was?«, fragte ich verwundert.

Das Mädchen winkte ab. »Mein Mann hat gesessen. Fünf Jahre habe ich Schlange gestanden. Du tust mir ehrlich leid. Gefängnis und Lager können dich an den Bettelstab bringen. Einen Brief nach dem anderen wird er dir schreiben – ich brauche dies und das und jenes auch noch …«

Ich ging zum Stand Nr. 12. Petja, dessen Gesicht mit Sommersprossen übersät war, lächelte breit und stellte Unmengen von Dosen und Schachteln auf den Ladentisch.

»So viel brauche ich nicht.«

»Hör auf mich«, sagte der Verkäufer sachlich. »Ich habe sechs Jahre gesessen, ich weiß, was man da braucht. Zum Beispiel Zahnpasta, inländische, in der Schachtel.«

»He, Petja, bei euch in der ›Matrosenstille‹ waren keine Importsachen erlaubt«, rief jetzt eine Stimme vom Nachbarstand. »Bei uns in der Butyrka haben sie durchgelassen, was man wollte.«

»Zu uns nach Rjasan durfte man sogar Heringe schicken!«, rief jetzt ein Dritter. »Nimm ihm Sardinen mit, auf was Handfestes hat man dort immer Appetit.«

»Nee, lieber Süßes!«, brüllte ein Kerl im schwarzen T-Shirt. »Sahnebonbons, aber importierte! Das Papier muss abgenommen werden, und unsere kleben dann zusammen!« Von all den Ratschlägen schwirrte mir der Kopf.

»Warum muss das Bonbonpapier abgenommen werden?«

Der ganze Markt brüllte vor Lachen. Eine Kundin, eine Dame im eleganten Hosenanzug, erklärte es mir: »Nichts darf in der Verpackung angeliefert werden, auch Zigaretten nicht. Nur ohne Schachtel im Zellophanbeutel.«

Ausgerüstet mit Hunderten guter Ratschläge und mit Waren versorgt, so viel ich tragen konnte, schleppte ich mich nach Hause. Was sollte das alles bedeuten? Die Hälfte der Bevölkerung unseres Landes hatte gesessen, und die andere Hälfte saß zur Zeit hinter Gittern? Nie hätte ich gedacht, dass so viele Leute sich mit Gefängnis und Lager auskannten!

Von den Kindern war weit und breit nichts zu sehen. Kira hatte sein Krafttraining, und Lisa war schwimmen gegangen. Ein Zettel, mit einem Magneten am Kühlschrank befestigt, verkündete: »Tanja, wir waren sehr in Eile, konnten mit den Hunden nicht Gassi gehen.«

Bedrückt schaute ich mich um. Die Hunde winselten schon seit längerem an der Tür. In der Spüle lagen Berge von Geschirr. Offenbar waren Freunde der Kinder da gewesen, denn ich zählte sechs Teller, Tassen und das dazugehörige Besteck. Auf dem Herd stand ein benutzter leerer Suppentopf. Ich habe nichts dagegen, dass sich Kira und Lisa Gäste einladen, aber die Schuhe sollten sie an der Tür schon ausziehen ... Und mir so viel schmutziges Geschirr zu hinterlassen, war nun schon eine Zumutung. Ich dachte gar nicht daran, diesen Mount Everest, an dem überall kaltes Fett klebte, für sie abzubauen. Der erwartete sie am Abend. Um die Hunde aber musste ich mich kümmern.

»Raus mit euch!«, rief ich.

Schubsend und winselnd stürmte die Bande die Treppe hinunter. Ich nahm alle Leinen und lief ihnen nach.

Auf der Bank neben der Haustür saß unsere Concierge Oma Sina.

»Du bist zu Hause?«, fragte sie verwundert.

»Gerade gekommen.«

»Da hast du dich aber vorbeigeschlichen. Ich hab dich gar nicht bemerkt.«

Ich bewahrte taktvolles Schweigen. Etwa vor einem halben Jahr hatten die Bewohner unseres Hauses, von der zunehmenden Kriminalität in Moskau aufgeschreckt, beschlossen, einen Wachdienst einzurichten. Auf einer Versammlung wurde zunächst zwei Stunden lang über eine Wechselsprechanlage gestritten. Alle außer Andrej Gorelow aus Wohnung 75 waren dafür.

»Ich zahl doch nicht für eure blöde Anlage«, zischte er. »Zu mir kommt keiner.«

Nach langer Debatte fand man einen Kompromiss. Man beschloss, Gorelows Anteil auf die übrigen Bewohner umzulegen.

»Das unnütze Ding ist sowieso in drei Tagen kaputt«, schimpfte Gorelow, als er die Versammlung verließ.

Leider sollte er recht behalten. Die Wechselsprechanlage hielt ganze fünf Tage. Sie wurde mehrmals repariert, bis wir einsahen, dass es besser sei, eine Concierge anzustellen. Die sollte taktvoll agieren. Neben der Haustür wurde ein Tisch mit einem Telefon aufgestellt, daneben eine Tafel mit der Aufschrift: »Wenn Sie nach dem Zweck Ihres Besuches gefragt werden, ist das keine Schikane des Diensthabenden, sondern die Ausführung eines gemeinsamen Beschlusses aller Hausbewohner.« Die Concierge sollte jeden Fremden fragen, zu wem er wollte. Dann hatte sie den Mieter anzurufen und sich zu erkundigen, ob der den Gast zu empfangen gedenke. Aber so funktionierte das natürlich nicht.

Anfangs gingen wir davon aus, dass diese Aufgabe ein Wachmann der privaten Sicherheitsfirma »Argus« übernehmen sollte. Aber was die dafür haben wollten! Es musste also eine einfachere Variante her, am besten eine ältere Frau aus dem Haus. So kamen wir auf Oma Sina. Anfangs machte sie sich ganz gut. Sie wohnt mit Tochter und Enkelin im Parterre. Dieser Vorzug erwies sich aber bald als Nachteil.

Marina, Oma Sinas Tochter, ist fast immer im Dienst. Wenn die achtjährige Lena aus der Schule kommt, eilt unsere Concierge in ihre Wohnung, um der Enkelin was zu essen zu machen. Später muss sie ihren Platz noch mehrmals verlassen, um zu kontrollieren, ob Lena an ihren Hausaufgaben sitzt oder stattdessen fernsieht, ob sie nicht am Gasherd spielt ... Das heißt, Oma Sina ist nur selten am Platz. Den Mietern, die sie aus ihrer Tasche bezahlen, gefällt das natürlich nicht. Sie haben sich bereits bei der Hausverwaltung über sie beschwert. Als diese sie abmahnte, saß Oma Sina mit bösem Gesicht von früh bis spät an der Tür und fragte selbst alteingesessene Mieter, die sie gut kannte, was sie im Haus wollten.

Außerdem gibt es noch etwas, weshalb ich unsere Concierge überhaupt nicht mag. Sie ist eine furchtbare Klatschbase, die ihre Nase mit Vorliebe in fremder Leute Angelegenheiten steckt.

»Wie hast du dich nur hier reingeschlichen?«, fragte sie immer wieder ganz entgeistert. »Ich war nicht eine Sekunde weg, nur mal kurz auf der Toilette.«

»Genau das habe ich abgepasst.«

»Und deine Viecher rennen immer so«, sagte sie tadelnd. Ich wusste, dass sie Hunde nicht mochte. »Übrigens hat eine Frau nach dir gefragt«, meinte sie dann ganz nebenbei.

»Wer denn?«, gab ich verwundert zurück.

»Einen Moment«, murmelte Oma Sina und ging ins Haus. Dabei brummelte sie unzufrieden vor sich hin: »Jeder meckert über mich, sogar bei der Hausverwaltung habt ihr euch schon beschwert! Dabei arbeite ich wie ein Uhrwerk, notiere jeden Besucher, lass keinen ohne Kontrolle durch!«

Als ich sah, wie sie ein großes Registrierbuch aufschlug, musste ich lächeln. Erst am Vortag hatte unser Genossenschaftsvorsitzender Oma Sina die Leviten gelesen. Ich kam gerade nach Hause und hörte, wie er sie abkanzelte: »Noch eine solche Beschwerde, und wir müssen uns von Ihnen trennen. Sie kriegen hier 1200 im Monat. In meinem Institut geht ein Dozent mit 900 nach Hause.«

Jetzt war klar, wieso Oma Sina den Namen der unerwarteten Besucherin notiert hatte.

»Hier ist sie«, erklärte die Concierge stolz. »Nadja Kolesnikowa. Kennst du die?«

Ich schaute sie verdutzt an. Nadja? Wolodja Kostins jüngstes Liebesabenteuer, die Frau, die sein Alibi bestätigen konnte! Was wollte die wohl von mir?

»Was hat sie denn gesagt?«

Oma Sina fischte einen Zettel aus der Tischschublade. »Ich habe aufgepasst, wie es sich gehört. Nach oben habe ich sie nicht gelassen. Ich habe ihr gesagt, dass du abends wieder da bist. Sie wollte dir einen Zettel an die Tür hängen. Aber ich weiß, was ich zu tun habe, und ...«

»Geben Sie schon her!«, fuhr ich sie aufgeregt an.

»Da, nimm«, knurrte Oma Sina böse. »Kaum ist man mal fünf Minuten auf dem Klo, gleich wird man angemeckert. Aber wenn man seine Pflicht erfüllt, dann kriegt man nicht einmal ein Dankeschön zu hören.«

Ich wollte sie darauf aufmerksam machen, dass sie für ihre Pflichterfüllung bezahlt wird, winkte aber nur ab und trat auf den Hof. Dort entfaltete ich das kleine Blatt. Nadja hatte offenbar keinen Kugelschreiber bei sich gehabt, so hatte sie mit dem Augenbrauenstift hingekritzelt: »Werte Tanja, ich muss in einer hochwichtigen Angelegenheit dringend mit Ihnen sprechen. Rufen Sie mich auf der hier angegebenen Nummer sofort an, wenn Sie nach Hause kommen. Ich warte auf Ihren Anruf. Es geht um Wolodja Kostin, besser gesagt, um Leben und Tod.«

Rasch holte ich meine Hunde zusammen, lief wieder in die Wohnung hinauf und wählte die genannte Nummer. Es tutete und tutete. Beim zwölften Mal sagte plötzlich eine männliche Stimme in gereiztem Ton: »Hallo!«

»Ich möchte bitte Nadja sprechen.«

»Wer ist denn da?«, kam es scharf vom anderen Ende.

Ich wollte schon sagen: »Tanja Romanowa«, aber da rutschte mir etwas ganz anderes heraus: »Ich rufe von Nadjas Arbeitsstelle an. Sie ist heute morgen nicht zum Dienst erschienen. Der Chef will wissen, was mit ihr los ist.«

»Nennen Sie Ihren vollen Namen und Ihre Telefonnummer«, forderte der Mann.

Ich spürte, wie ich langsam wütend wurde.

»Warum nicht auch die Schuhgröße und den Taillenumfang? Wenn Nadja nicht zu Hause ist, dann sagen Sie es, und wenn doch, holen Sie sie bitte ans Telefon. Der Direktor ist wütend auf sie. Vielleicht wirft er sie sogar raus!«

»Nadja Kolesnikowa ist vor einigen Stunden verstorben«, sagte der Mann nun trocken. »Hier spricht Leutnant Schochin.«

»Um Gottes willen!«, schrie ich auf. »Was ist denn passiert?«

»Ein Unglücksfall. Und wer sind Sie?«

»Tanja Iwanowa«, sagte ich rasch und legte auf.

Ich war wie vor den Kopf geschlagen. Einige Minuten starrte ich stumpfsinnig zum Fenster hinaus. Draußen hatte es zu nieseln begonnen. Dann rief ich Slawa Roshkow an.

»Koslow«, kam es aus dem Hörer.

»Mischa, hallo, hier ist Tanja Romanowa. Ich möchte gern Slawa sprechen.«

»Grüß dich, Tanja«, antwortete Mischa erfreut. »Gut, dass du anrufst. Wo bist du denn jetzt?«

»Zu Hause.«

»Dann warte bitte ein paar Minuten, ich rufe gleich zurück.«

Gehorsam legte ich auf und blieb in der Nähe des Telefons. Was war bei denen nur los? Der vorsichtige Mischa wollte offenbar nicht vom Apparat im Büro mit mir sprechen, wo überall Kollegen herumsaßen. Jetzt suchte er ein ruhiges Plätzchen, um mich vom Handy aus anzurufen.

Bis der Apparat wieder klingelte, vergingen zehn endlose Minuten.

»Hallo, Tanja«, sagte Mischa. »Slawa hat mir gesagt, dass du morgen wieder eine Ladung dorthin bringst, wo du gestern warst.«

»Ja, in die Butyrka.«

»Keine Details!«, warf Mischa ein. Du sollst Punkt 17.00 Uhr da sein, keine Minute früher oder später, verstanden?«

»Ja.«

»Du nimmst den gleichen Weg zum Pförtner wie beim letzten Mal. Dort bittest du die Diensthabende, dass sie 3-26 wählt und Alexej Fjodorowitsch ruft. Er regelt alles Weitere.«

»Was muss ich ihm dafür zahlen?«

»Weiß ich nicht, er wird es dir schon sagen«, meinte Koslow. »Na, dann mach's gut.«

»Einen Moment noch, Mischa.«

»Was ist?«, fragte der ungeduldig. »Fasse dich kurz, das Handy ist ein Dollarfresser!«

»Wo ist Slawa?«

»In Urlaub gefahren.«

»In Urlaub?«

»Wieso wundert dich das? Er kriegt Urlaub wie jeder andere.«

»Davon hat er gestern doch gar nichts gesagt ...«

»Da fragst du jetzt den Falschen. Ruf ihn zu Hause an und klär die Sache ... Küsschen, mach's gut.«

»Mischa!«

»Was denn noch! Meine Karte ist gleich leer!«

Dass Mischa so ein Geizhals ist, hätte ich nicht gedacht.

»Ich brauche dringend die Anschrift von Nadja Kolesnikowa.«

»Von wem?«

»Ich habe nur ihre Telefonnummer. Danach kannst du doch die Adresse herausbekommen.«

»Wozu?«

»Ich brauch sie eben. Ich könnte es dir auch erklären, aber dann ist auf deinem Handy wirklich nichts mehr drauf.«

»Gut, ich rufe dich morgen an.«

»Nein, ich brauche sie gleich, es ist sehr wichtig.«

»Du kannst einem aber auf die Nerven gehen!«, knurrte Mischa. »Okay, wart ein paar Minuten, setz dich aber nicht mit dem Hintern aufs Telefon! Ich lasse es nur einmal klingeln, ein zweites Mal probier ich es nicht!«

»In Ordnung, denk an deine Karte, red nicht so viel, mach lieber!«

Ich ging in die Küche und stellte den hübschen Teekessel mit dem knallroten Plastikdeckel auf den Gasherd, um mir einen Tee zu brühen.

Als das Telefon klingelte, hatte ich sofort den Hörer in der Hand.

»Notieren Sie«, hörte ich Mischa in trockenem, fast eisigem Ton sagen. »Hören Sie mich?«

Er sprach von seinem Büro und wollte nicht, dass die anderen mitbekamen, wen er da in der Leitung hatte.

»Gehen Sie bitte zu folgender Adresse: Uliza Stolpera Nr. 9, Wohnung 12.«

»Wo ist denn das, um Himmels willen?«

»Keine Ahnung«, gab Koslow nur kurz zurück und legte auf, ohne sich zu verabschieden.

Ich lief auf die Straße hinaus. Im Handschuhfach meines Ladas lag ein Stadtplan von Moskau. Ich fahre noch nicht lange Auto und bin darin nicht sehr sicher. Unbekannte Strecken mag ich überhaupt nicht. Wenn ich sie aber fahren muss, dann schaue ich mir den Weg lieber vorher auf der Karte an.

Wie groß war meine Freude, als ich feststellte, dass die Uliza Stolpera ganz in meiner Nähe lag. Dorthin konnten es höchstens fünf Minuten Fahrt sein.

Ich stieg also in mein Wägelchen und ordnete mich vorschriftsmäßig in die zweite Spur von rechts ein. Bald war ich an der Kreuzung und setzte den Blinker ... Manche Leute, zum Beispiel Katja oder Serjosha, rollen dahin, als sei das gar nichts, und schwatzen dabei auch noch über alles, was ihnen gerade einfällt. Ich kann das nicht. Ich muss mich voll auf die Straße konzentrieren, um immer den richtigen Abstand zum vorausfahrenden Wagen zu haben. Fahrer, meist Männer, die sich beim Überholen bedeutungsvoll an die Schläfe tippen, beachte ich nicht. Ich stelle mir dann vor, was für ein Bild sie wohl an der Harfe abgeben. Außerdem klebt an der Rückscheibe meines Gefährts ein Zettel mit der Aufschrift »Ich fahre, wie ich kann«. Die meisten Leute schenken mir ein Lächeln. Und ein Idiot ist immer ein Idiot, nicht nur auf der Straße.

Neben Nadjas Haus war tatsächlich eine Parklücke frei, aber dort hätte ich rückwärts einparken müssen. Das beherrsche ich noch nicht. Daher ließ ich meinen Wagen in der nächsten Straße stehen und lief, so schnell mich meine Beine trugen, zu dem Hochhaus, das unserem zum Verwechseln ähnlich sah.

Vor Nadjas Eingang stand eine Menschentraube, was darauf hindeutete, dass etwas passiert sein musste. Auf dem Gehweg parkte ein Rettungswagen mit einem roten Kreuz auf dem Dach. »Leichenfuhre« hat das unpoetische Volk diese Dinger getauft. Daneben standen zwei Milizautos und ein grauer Wolga.

»Was ist denn hier passiert?«, fragte ich eine Frau mit krankhaft aufgeschwemmtem Gesicht, die etwas weiter weg auf einer Bank saß.

»Nadja Kolesnikowa aus der 12 ist gestorben«, antwortete die gleichmütig. »Gleich werden sie sie rausbringen.«

»Na so was!«, rief ich und schlug die Hände über dem Kopf zusammen. »Das kann doch nicht sein! Nadja! Aus Nr. 12! Das ist ja furchtbar! Noch heute Morgen haben wir miteinander telefoniert!«

»Sie kennen sie?«, fragte die Frau und musterte mich von oben bis unten.

»Das ist aber traurig«, sagte ich seufzend.

»Ihre Freundin?«

»Nein, sie wollte mir ein Zimmer vermieten.«

»Nadja?«

»Ja, was ist denn dabei? Ich wollte es gut bezahlen – 50 Dollar.«

»Merkwürdig«, meinte die Frau gedehnt. »Sie hat doch nur eine Einzimmerwohnung!«

Ich biss mir auf die Zunge. Da hatte ich wohl daneben gegriffen, aber zum Rückzug war es nun zu spät.

»Ich weiß nicht, sie hat gesagt, sie wohnt bei ihrem Mann, und …«

»Wer?«, unterbrach mich das Weib. »Wer wohnt bei seinem Mann?«

»Nadja.«

»Welche Nadja?«

»Nadja Kolesnikowa aus Wohnung 12«, antwortete ich geduldig. »Sie hat gesagt, dass ihr Mann Fernfahrer ist.«

»Da bringst du was durcheinander!«, rief die Nachbarin empört. »Nadja Kolesnikowa hat nie einen Mann gehabt! Sie hat allein gelebt. Ab und zu hat mal ein Kerl bei ihr übernachtet ... Aber so was nennt man doch nicht seinen Mann. Bestimmt hast du mit Nina aus der 13 geredet. Ihr Aljoscha ist Fernfahrer, und die haben auch ein freies Zimmer, wo bis vor kurzem ihre Mutter gewohnt hat. Die ist gestorben. Da steht sie, die im roten Kleid. Die heult wie ein Schlosshund. Sie und Nadja waren dicke Freundinnen.«

Ich pirschte mich gehorsam an die füllige Blondine heran und tippte ihr auf die Schulter.

»Nina? Entschuldigen Sie bitte.«

»Ja?«, reagierte die Dicke und zog die Nase hoch. »Was ist denn?«

»Ich muss mit Ihnen reden ...«

»Sind Sie von der Miliz?«

Ich schwankte einen Moment und sagte dann: »Ja. Es heißt, Sie waren mit der Verstorbenen befreundet?«

In diesem Moment ging eine Bewegung durch die Menge. Die Frauen seufzten auf und traten zurück. Aus dem Eingang kamen zwei Männer in kurzen hellblauen Kitteln mit einer ungewöhnlichen Trage heraus, die an eine gigantische Seifendose ohne Deckel erinnerte. Darin lag ein schwarzer Plastiksack mit zugezogenem Reißverschluss.

»Was für ein Unglück!«, rief Nina schluchzend. »Nadjuscha, du Liebe, was hast du bloß angestellt!«

Nina rieb sich heftig die Augen. Ich fragte vorsichtig: »Können wir uns dort drüben kurz hinsetzen?«

»Besser nicht«, antwortete Nina, die sich rasch wieder beruhigt hatte. »Kommen Sie mit zu mir, da redet es sich besser.«

5. Kapitel

Wir fuhren mit dem Fahrstuhl hinauf und ließen uns in einer Küche nieder, in der man sich kaum drehen konnte. Was es da nicht alles gab! Zwei Waschmaschinen Marke »Wjatka« und »Candy«, auf der Fensterbank ein elektrischer Fleischwolf, dazu unzählige Dosen und Flaschen mit und ohne Inhalt. Auf dem Esstisch, der noch nie eine Wachstuchdecke gesehen hatte, mehrere Stück Brot, ein angefangenes Stück Butter, einige Tütchen Nescafé, daneben ein Notizbuch und ein Kamm, in dem ganze Büschel grauer Haare steckten. Als eine Minute später ein schmutziger grauer Hund auftauchte, wurde mir klar, dass die von seinem Fell stammten.

»Wie lange kannten Sie Nadja Kolesnikowa?«, fragte ich in offiziellem Ton.

Nina seufzte auf. »O Gott, mein Gedächtnis ist nicht das beste. Ich bin 1983 hier eingezogen, da haben meine Eltern diese Wohnung bekommen. Ich war damals vier Jahre alt …«

»Und wie alt sind Sie jetzt?«, blaffte ich, so unhöflich ich konnte.

»Einundzwanzig«, erklärte Nina in aller Ruhe.

Du meine Güte! Ich hätte ihr mindestens dreißig gegeben. Wie konnte man in so jungen Jahren schon so auseinandergehen! Und die Frisur! In Salons, wo man schon für 50 Rubel bedient wird, hieß die wohl »Kaltwelle mit großen Wicklern«. Nach einer Woche hing das Haar dann herunter wie Heu vom vergangenen Jahr. In der ganzen Welt kennt man inzwischen schonende Verfahren, die üppige, lange haltende Locken ergeben, aber die Frauen in Russland schwören immer noch auf die alte Kaltwelle.

»Nadja war damals drei«, fuhr Nina fort. »Wir sind zusammen in den Kindergarten gegangen und später auch in eine Klasse, obwohl ich ein Jahr älter bin.«

Beide waren in der Schule wohl keine Glanzlichter. Sie gingen nach der achten Klasse ab und begannen eine Lehre.

»Wir haben beide Krankenschwester gelernt«, resümierte Nina ihren bisherigen Lebenslauf.

»Sie sind Krankenschwester?«, fragte ich ungläubig zurück. Das passte so gar nicht zu dieser schmuddligen Umgebung.

»Ja.« Nina nickte, als sei das die selbstverständlichste Sache von der Welt. »Ich arbeite im Krankenhaus an der Uliza Topilskowo.«

»War Nadja auch dort angestellt?«

Die Frage war Nina offenbar peinlich. Unvermittelt fing sie an zu jammern, wie schwer die Arbeit einer Krankenpflegerin sei.

»Abends fallen einem fast die Beine ab, der Rücken schmerzt und man ist völlig kaputt. Beim Nachtdienst schlafen ist völlig unmöglich. Dauernd ruft jemand und will etwas. Patienten sind launisch und manchmal nicht zum Aushalten. Bald passt ihnen dieses nicht, bald jenes nicht. Könnten sie nicht still und friedlich sein? Aber nein, alle schreien durcheinander. Dauernd wollen sie Schmerzmittel haben. Aber wo soll ich sie hernehmen? Die Schwester kann nur das verabreichen, was der Arzt verordnet. Die Ärzte sind bei uns ganz in Ordnung. Wenn die Kranken nicht wären, könnte man es aushalten.«

Solche Töne kamen mir bekannt vor. Als Studentin im Konservatorium hatte ich einmal auf der Toilette gesessen, als zwei Lehrerinnen hereinkamen und sich die

Hände wuschen. Eine, die bei uns Musikgeschichte gab, sagte mit einem tiefen Seufzer: »So viele nette Menschen sind an dieser Hochschule – Musiker, Komponisten ... Wie gut könnte es uns gehen, wenn diese Studenten nicht wären ...«

»Hat Nadja auch bei Ihnen gearbeitet?« Ich musste Ninas Gejammer unterbrechen.

»Nein, sie ist weggegangen, ihr wurde das alles zu viel ...«

»Wo war sie denn danach angestellt?«

»Hm«, machte das Mädchen unbestimmt.

»Hat sie zu Hause gesessen?«

»Natürlich nicht. Schließlich musste sie essen und trinken, und was zum Anziehen brauchte sie auch. Ihr hat niemand was geschenkt. Ihre Eltern sind schon lange tot.«

»Nun sagen Sie mir endlich Nadjas Arbeitsstelle!«

Nina drehte verlegen einen schmutzigen Teelöffel zwischen den Fingern.

»Also, ich hocke hier rum und schwatze! Möchten Sie vielleicht einen Kaffee? Ich habe auch was Süßes da oder ein Brötchen ...« Sie sprang auf und lief zum Herd. Dabei redete sie hektisch weiter: »Ich kann Ihnen auch was Warmes machen, es dauert nur ein paar Minuten ...«

»Setz dich wieder hin!«, herrschte ich sie an. »Und hör auf herumzuzappeln. Ich will kein Brötchen, und auch du solltest nicht so viel davon essen, besser Gemüse und gekochtes Fleisch ohne Brot. Joghurt mit Null Prozent Fett, aus Magermilch!«

Nina verzog das Gesicht. »Sahnejoghurt schmeckt mir aber besser ...«

Ich fixierte die Rettungsringe, die sich unter ihrem roten Kleid abzeichneten, und gab es auf. Schließlich war ich nicht hier, um ihr eine Schlankheitsdiät anzupreisen.

»Sofort sagst du mir, wo Nadja gearbeitet hat und hörst auf, um die Sache herumzureden!«

Nina nahm wieder Platz und flüsterte: »Jetzt kann ihr sowieso nichts mehr passieren, sie ist ja tot. Sie hat Handel getrieben – mit dem Magen der schwangeren Eselin.«

»Womit?«, fragte ich verdutzt. »Sag das noch mal!«

»Mit dem Magen der schwangeren Eselin«, wiederholte Nina langsam wie zum Mitschreiben.

Mir blieb der Mund offen stehen. Was es in unserer Zeit nicht alles gab! Von Herbalife, von thailändischen Tabletten mit getrockneten Spulwürmern oder Rindergallensteinen hatte ich schon gelesen, aber von Eselsmagen noch nie!

»Wo hat sie denn den hergenommen?«

»Wen?«

»Na den Magen der Eselin!«

»Im Lebensmittelgeschäft gekauft, an der Leningrader Chaussee.«

»Und was macht man damit? Isst man ihn oder legt ihn auf eine schmerzende Stelle?«

Nina schaute mich schicksalsergeben an. »Nun bleibt mir wohl nichts übrig, als die Wahrheit zu sagen. Also, hören Sie zu.«

Im Krankenhaus hielt es Nadja nicht lange aus. Spritzen, Klistiere und nörgelnde Patienten hatte sie bald satt. Was versuchte sie nicht alles, um zu Geld zu kommen! Sie verkaufte Kinokarten, handelte auf dem Markt mit Kosmetik und Strumpfhosen, ging mit Vitaminpillen hausieren und buk russische Plinsen in einem Kiosk ... Spaß machte ihr das alles nicht, aber auch Geld sah sie kaum. Der Besitzer des Marktstandes gab ihr 50 Rubel am Tag, mit den Plinsen konnte man etwa tausend im Monat verdienen und die Vitamine wurden nach verkauften Packungen abgerechnet. Da konnte man nach einem ganzen Tag auf steilen Treppen abends auch mit leeren Händen dastehen.

Das Leben erschien Nadja grau in grau, worüber sie sich des Öfteren bei Nina beklagte.

»Dauernd heißt es in den Zeitungen, wie scharf reiche alte Männer auf junge Frauen sind! Wo findet man so einen alten Sack? Von vorn und hinten würde ich ihn bedienen! Ich brauche Geld, sonst nichts! Geld! Dollars! Für die wäre ich zu allem bereit!«

Nina betrachtete die Freundin mitleidig und bot ihr an: »Hier hast du 200 Rubel, die brauchst du mir nicht zurückzugeben!«

Nadja verdrehte die Augen. »Und was soll ich damit anfangen? Zu McDonalds gehen? Nein, Nina, ich brauche ein paar tausend. Wenn ich könnte, würde ich glatt als Prostituierte arbeiten, aber mir wird schlecht, wenn ich die schmierigen Kerle sehe ...«

»Und da suchst du einen Alten?«, meinte ihre Freundin kichernd.

»Die sind doch impotent«, erklärte Nadja ernsthaft.

Im Winter holte sich Nadja in der Kälte auf dem Markt eine Eierstockentzündung. Wie alle Frauen dachte sie zunächst, das werde von selber wieder gut, und wollte nicht zum Arzt gehen. Als die Schmerzen aber unerträglich wurden, musste sie einen Gynäkologen aufsuchen.

Das Wartezimmer war voll. Da saßen mindestens sechs schwangere Frauen und zwei nicht mehr ganz junge Damen. Eine der werdenden Mütter klagte, wie schlecht es ihr in diesem Zustand gehe. Nadja wurde beinahe übel davon. Aber die Leidensgenossinnen der Frau stimmten sofort ein und variierten das Thema mit noch drastischeren Schilderungen. Nur eine, deren Bauch bereits riesig war, saß in der Ecke und schwieg. Als schließlich die Sorge laut wurde, dass sich all die Wehwehchen hoffentlich nicht auf das Kind auswirkten, erklärte sie kategorisch: »Klar wirken die sich aus. Meinen Sie, ein fauler Baum trägt süße Früchte? Die Gifte, der hohe Blutdruck, die Verstopfung – all das schädigt das Baby natürlich. Daher kommen die vielen behinderten Neugeborenen.«

»Was kann man denn da machen?«, fragte die jüngste Schwangere besorgt.

»Mir war auch immer schlecht«, kam es von der Frau aus der Ecke. »Dann haben mir kluge Leute geraten, ein Stückchen vom Magen einer schwangeren Eselin zu kochen und den Sud zu trinken. Das Fleisch wird vor dem Schlafengehen gegessen. Wenn man das drei- viermal macht, fühlt man sich wie neugeboren. Mir geht es jetzt blendend. Und mein Baby wird im Unterschied zu Ihren ganz bestimmt gesund zur Welt kommen.«

»Wo kriegt man denn so einen Magen her?«, fragte die Junge aufgeregt.

»Ich habe ihn aus Mittelasien, dort ist er am besten. Mit dem letzten Zug haben sie mir gerade wieder zehn Portionen geschickt. Das Zeug ist allerdings teuer. Eine Portion hundert Dollar. Aber für die Gesundheit meines Sohnes ist mir nichts zu schade. Ich selber brauche es jetzt nicht mehr, denn bei mir geht es in diesen Tagen los, und mir fehlt nichts. Ich habe die Sendung trotzdem gekauft und eingefrostet. Damit helfe ich meinen Freundinnen aus, wenn die schwanger werden.«

Im Wartezimmer wurde es mäuschenstill. Dann sagte plötzlich ein rothaariges Mädchen, das als Nächste an der Reihe war, vorsichtig: »Wenn es Ihnen nichts ausmacht, verkaufen Sie mir doch davon! Hier sind 300 Dollar. Werden drei Portionen reichen?«

»Natürlich! Es genügt auch eine.«

»Kann ich eine haben?«, fragte jetzt eine Brünette, die gegenüber saß. »Ich habe nur hundert Dollar bei mir.«

»Ich rufe gleich meinen Mann an«, warf eine Dritte ein, »der nimmt den Rest.«

»Wieso sollst du das alles haben?«, widersprach jetzt eine Blondine mit Goldzahn. »Ich will auch, dass mein Baby gesund zur Welt kommt!«

Die Händlerin wühlte in einer Plastiktüte und holte etwas heraus, das stark an Rinderpansen erinnerte. Von den aufgeregten Schwangeren sammelte sie glatte tausend Dollar ein. Nadja blieb der Mund offen stehen, als sie sah, wie sie seelenruhig die grünen Scheine wegsteckte.

Der Frauenarzt untersuchte Nadja und ordnete an, sie möge am nächsten Morgen zur Blutabnahme kommen Wie groß war ihr Erstaunen, als sie auf den Bänken vor dem Labor zwei Frauen begegnete, die am Tag zuvor im Wartezimmer gesessen hatten. Wieder fing die eine an zu jammern, wie schlecht es ihr gehe, und stachelte damit die anderen zum allgemeinen Lamento an. Die Zweite setzte erneut höchst erfolgreich ihr Wundermittel ab. Das Interessanteste aber war, dass die dicken Bäuche der beiden verschwunden waren. Jetzt traten sie schlank und rank in Stretch-Jeans auf.

Nadja begriff sofort, was hier lief, und geriet in wahre Begeisterung. Von der Poliklinik fuhr sie schnurstracks in eine Fleischerei, kaufte für 40 Rubel ein Kilo Rinderpansen und forderte Nina auf, die gleiche Vorstellung mit ihr gemeinsam abzuziehen. Aber die Krankenschwester hatte Bedenken, die Leute so dreist übers Ohr zu hauen. Da suchte sich Nadja eine andere Partnerin, und das Duo der Wunderheilerinnen machte sich ans Werk.

»Die haben manchmal tausend Dollar am Tag eingesackt!«, erklärte Nina empört. »Nadja hat sich neue Sachen gekauft, ihre Wohnung renoviert und schick eingerichtet, sich einen Urlaub gegönnt ... Aber jetzt ist sie tot. Und das alles nur wegen des Geldes. Wenn diese

Tausender nicht gewesen wären, könnte sie vielleicht noch leben.«

»Was hat denn das mit dem Geld zu tun?«

»Na, alles!«, behauptete Nina. »Nadja ist an einem Stromschlag gestorben. Sie hat sich eine Geschirrspülmaschine gekauft, so einen Automaten. Wenn Sie mich fragen, ein völlig unnützes Ding. Eine Waschmaschine – meinetwegen! Wäsche waschen ist wirklich schwer, aber die paar Teller – du meine Güte!«

In diesem Punkt konnte ich Nina nicht zustimmen. Ein Gerät, das schmutzige, fettige Töpfe in vor Sauberkeit blinkende Gegenstände verwandelt, ist schon eine tolle Sache. Nach so etwas stand mir seit langem der Sinn.

»Die hat doch kaum schmutziges Geschirr gehabt!«, erklärte Nina empört. »Was fällt denn bei einem einzelnen Weib an? Aber sie musste so ein Ding haben. Und nun ist sie tot!«

»Wieso?«

»Ein Stromschlag hat sie umgebracht!«, rief Nina und zog die Nase hoch. Wir haben im Haus uralte Leitungen. Die sind alle nicht geerdet. Früher, als die Leute nur Kühlschrank und Fernseher hatten, ging es ja. Aber was die sich jetzt alles anschaffen! Nehmen Sie die Fedotows aus der 14. Man denkt, man kommt in ein Elektrogeschäft! Und auch Nadja hatte lauter solches neumodisches Zeug – einen Toaster, einen Grill, eine Mikrowelle ... Bei der sind sogar der Messerschleifer, der Büchsenöffner und der Fleischklopfer elektrisch! Abends wird bei uns das Licht manchmal so trübe ... Die Leitungen im Haus sind total überlastet. Vielleicht hat Nadja den defekten Geschirrspüler mit nassen Händen angefasst? Da hat es sie eben umgelegt. Man hat sie jedenfalls tot neben dem Gerät gefunden.«

Jetzt wurde der einfältigen Nina bewusst, dass sie mit

einer Frau von der Miliz sprach. Deshalb fügte sie rasch hinzu: »Aber das wissen Sie ja alles viel besser als ich.«

Die Bemerkung ignorierte ich und fragte weiter: »In welchem Verhältnis stand die Verstorbene zu Wolodja Kostin? Das müssen Sie als ihre beste Freundin doch wissen. War er Ende August oft bei ihr?«

Nina zog die Mundwinkel herunter. »Von dem habe ich noch nichts gehört. Sie hatte seit dem Frühjahr überhaupt keine Männer mehr.«

»Tatsächlich? Und ihr Ehemann? Sie war doch verheiratet.«

»Wer?«, fragte Nina verwundert. »Wer soll verheiratet gewesen sein?«

»Nadja.«

»Was reden Sie da?« Nina winkte ab. »Nie im Leben! Sie wollte natürlich immer einen Mann haben, aber sie hat keinen gekriegt! Verehrer gab es genug, aber zum Standesamt wollte keiner mit ihr. Wer hat Ihnen denn das erzählt?«

»Es heißt, ihr Mann sei Fernfahrer.«

»Ach so! Dann hat man sie bestimmt mit mir verwechselt!«, sagte Nina jetzt erleichtert. »Mein Mann fährt einen Brummi. Er ist gerade nach Helsinki abgedampft. Nadja hat keinen, die lebte allein. Aber wenn sie wirklich gewollt hätte, wäre auch das drin gewesen, Bewerber gab es genug.«

»Und ein Wolodja Kostin war nicht darunter, meinen Sie?«

»Bestimmt nicht. Das wüsste ich. Sie ist am 28. August in Urlaub gefahren und erst einen Tag vor ihrem Tod zurückgekommen.«

»Wo ist sie denn gewesen?«

Nina dachte nach. »Warten Sie, ich zeig's Ihnen.«

Sie lief aus dem Zimmer und kam mit einem schwarzen T-Shirt zurück, das die Aufschrift »Athen« trug.

»Da war sie. Wo ist das?«

»In Griechenland.«

»Dahin ist sie gefahren.«

»Sind Sie sicher?«

»Natürlich! Nadja hatte vor mir doch keine Geheimnisse«, sagte Nina leicht gekränkt. »Sie ist braungebrannt und in bester Stimmung von dort zurückgekommen.«

Zehn Minuten später war ich wieder an der Metro. Im Moment wusste ich nicht, wie es weitergehen sollte. Defekte Haushaltsgeräte können gefährlich sein. Niemand sollte so ein Ding anfassen, wenn es nicht geerdet ist. Nadja hat einfach Pech gehabt. Das ist Schicksal oder Karma, wie es jetzt heißt.

Bis zum Bahnsteig musste ich an unzähligen Kiosken vorbei. Vielleicht sitzt da oben wirklich jemand, der unsere Geschicke lenkt? Einer drängt sich als Letzter ins Flugzeug und stürzt mit ihm ab, ein anderer verschläft, kriegt kein Taxi, ist erst auf dem Flugplatz, als der stählerne Vogel schon zum Himmel aufgestiegen ist und mit Pfeilgeschwindigkeit der Katastrophe entgegenfliegt ... Warum hat der eine Pech und der andere Glück? An dem Abend, bevor das U-Boot »Kursk« auslief, hatte einer der Marinesoldaten eine Blinddarmreizung. Er wurde mit dem Rettungswagen ins Krankenhaus gebracht, und seinen Platz nahm ein anderer ein, neunzehn Jahre alt wie er. Wer entschied, den einen zu retten und den anderen dem Untergang preiszugeben? Ich wusste keine Antwort. Verhängnis, Schicksal, Karma ...?

Da blieb mein Blick an einem schwarzen T-Shirt mit der Aufschrift »Athen« hängen.

»Verkaufen Sie die schon lange?«, fragte ich die Händlerin.

»Seit Mai«, antwortete die lächelnd. »Cool, was?«

»Was soll denn daran cool sein?«

»Mein Chef hat sich das ausgedacht. Sieh doch her!« Mit großer Geste wies sie auf ihre Auslage. »Die kaufen meist ganz junge Dinger und haben ihren Spaß daran. Ich habe alles: Paris, London, Antalya oder Zypern – für jeden Geschmack.«

»Und was ist der Spaß daran?«, fragte ich bang, denn mein Herz begann wie wild zu schlagen.

»Die jungen Leute haben oft kein Geld für einen teuren Urlaub«, meinte die Händlerin lachend. »Aber keine will zugeben, dass sie in Moskau herumgesessen oder bei Oma auf dem Dorf im Gemüsegarten gebuddelt hat. Unter Freundinnen mit ihrem Verdienst prahlen können sie nicht, da geben sie eben damit an, wo sie im Urlaub waren. Für ein Bräunungsmittel reicht es gerade noch, dazu ein T-Shirt von mir, und fertig ist die Legende. Kostet nur Kopeken. Außerdem kann man die Dinger gut verschenken. Schau mal, ich war in der Türkei oder auf Zypern und hab dir ein Souvenir mitgebracht!«

So ist Nina zu ihrem Geschenk gekommen, schoss es mir durch den Kopf. Völlig durcheinander, ging ich in die Metro und setzte mich auf einen freien Platz. Der Zug stand bewegungslos. Ach so, den Motor anlassen! Ich wühlte in meiner Handtasche und bekam den Zündschlüssel zu fassen, als eine Stimme vom Band sagte: »Vorsicht, die Türen schließen jetzt! Nächste Station: ›Schwimmstadion‹.«

So unauffällig wie möglich schaute ich mich nach den anderen Fahrgästen um und ließ den Zündschlüssel langsam wieder in die Tasche gleiten. Wie blöd kann man eigentlich sein? Zuerst hatte ich vergessen, dass ich mit dem Auto gekommen war. Jetzt stand mein Wägelchen einsam und allein in einer fremden Straße. Dann wollte ich auch noch die Metro anlassen. Am Schwimmstadion stieg ich aus und nahm den Gegenzug.

6. Kapitel

Als ich wieder zu Hause war, dunkelte es bereits. Mein gewohnter Parkplatz vor dem Haus war von einem Feuerwehrauto versperrt. Ich musste meinen Lada im Nachbarhof abstellen. An der Haustür angekommen, stellte ich fest, dass unsere Fenster dunkel waren. Das wunderte mich nicht, Kira erwartete ich heute erst gegen zehn und Lisa gar gegen halb elf.

Im Fahrstuhl roch es nach Rauch. Je höher wir stiegen, desto stärker wurde der widerliche Gestank. Etwas Chemisches war auch dabei. Wenn Piroggen, Fleisch oder Milchreis anbrennen, dann riecht es anders. Endlich hielt der Fahrstuhl im siebenten Stock. Als ich ausstieg, wagte ich meinen Augen nicht zu trauen. Auf unserem engen Treppenabsatz drängten sich Feuerwehrleute in orangefarbenen Anzügen und Helmen. Zwei hantierten mit Eisenstangen, der Rest rollte gerade einen Schlauch aus.

Zwei Wohnungen auf dieser Etage gehören meiner Freundin Katja. Vor einigen Jahren hat ihr älterer Sohn Serjosha Julia aus der Zweizimmerwohnung nebenan geheiratet. Was lag näher, als die Trennwände zu durchbrechen und aus dem Ganzen eine große Wohnung zu machen. In die Einzimmerwohnung auf der anderen Seite ist vor kurzem Wolodja Kostin eingezogen. Und in einem weiteren Zweizimmer-Appartement haust der Schandfleck unseres Aufgangs, eine Trinkerin, die alle nur »Kopeke« nennen. Tagsüber sammelt sie an der Metrostation leere Flaschen, und abends versäuft sie die erstandenen Moneten mit Leuten ihres Schlages beim Absingen schmutziger Lieder. Wenn sich die Runde nebenan in die Haare gerät, muss ich regelmäßig die Miliz rufen. Aber Kopeke lässt sich von keinem etwas sagen. Personen, die die öffentliche Ordnung stören, werden schon lange nicht mehr aus Moskau abgeschoben, weil das ihre Menschenrechte verletzt. Wer aber schützt die Menschenrechte der übrigen Hausbewohner, die fast aus dem Bett fallen, wenn Kopeke um drei Uhr nachts ihre Tür aufreißt und aus vollem Halse brüllt: »Ihr könnt mich alle mal kreuzweise ...«

Am meisten fürchte ich, dass sie irgendwann mit einer brennenden Zigarette im Bett einschläft und wir alle in Flammen aufgehen. Das war nun wohl passiert.

»Also, Jungs, auf drei geht's los!«, kommandierte ein Mann um die vierzig. »Was wollen Sie denn hier, meine Dame?«

»Ich möchte in meine Wohnung. Das ist die Tür neben der, die Sie gerade aufbrechen wollen.«

»Nr. 42?«

»Nein. Ich wohne in der 41«, antwortete ich und wurde bleich.

»Halt, stopp, Jungs«, brüllte der Kerl noch lauter. »Die Besitzerin ist da. Haben Sie den Schlüssel?«

Mit vor Schreck zitternden Händen versuchte ich die Tür aufzuschließen. Aus allen Ritzen quoll bereits der Rauch. Es war unsere Wohnung, die brannte! Meine armen Tiere!

Die Tür sprang auf. Eine dicke Qualmwolke schlug uns entgegen. Oma Sina, unser Vorsitzender Sascha und die Buchhalterin Lena, die, Gott weiß wie, hierher gefunden hatten, schrien auf. Die Feuerwehrleute stürzten hinein, ich hinterher.

In der Küche stand auf der brennenden Flamme des Gasherdes mein schöner Teekessel. Wasser war nicht mehr drin. Auf seinem Boden schmorten die Reste des Plastikdeckels vor sich hin, von denen der schreckliche Gestank ausging. Ein Feuerwehrmann drehte das Gas ab.

»Na, sagen Sie mal, meine Dame, Sie wollten wohl das Haus anstecken?«

Ich schnappte nach Luft wie ein Fisch auf dem Trocknen. Alle unsere Hunde drückten sich zitternd und schrecklich niesend an meine Beine, die Katzen hatten sich auf die höchsten Schränke geflüchtet und miauten kläglich. Selbst die Kröte Gertrud saß ganz unten in ihrem Terrarium und atmete schwer.

»Bei uns brennt's!«, brüllte Kira und rannte mit seinen schmutzigen Straßenschuhen direkt bis in die Küche. »Lisa, schnapp dir die Hunde, wir müssen hier raus!«

»Hier brennt nichts mehr!«, rief einer der Feuerwehrleute, der offenbar etwas zu sagen hatte. »Da habt ihr noch mal Glück gehabt! Wo kann man sich bei euch setzen?«

»Dort, am Küchentisch.«

Ich hatte meine Sprache wiedergefunden.

»Machen Sie die Fenster auf«, schnarrte ein anderer, nahm den Helm ab und fragte: »Kann man auch was zu trinken kriegen?«

»Tee oder Kaffee?«, fragte ich erleichtert zurück. »Und was passiert mit mir? Werde ich bestraft?«

»Ich möchte nur ein Glas Wasser«, antwortete der Brandmeister. »Ihnen passiert nichts, wir sind ja aus gutem Grund gerufen worden.«

Und zu seinen Untergebenen gewandt: »Jungs, wartet bitte draußen auf der Treppe.«

»So ein Mist, alles schon vorbei!«, beklagte sich Kira. »Den Brand habe ich verpasst.«

»Sei froh, dass es so glimpflich abgegangen ist«, brummte der Feuerwehrmann und füllte irgendwelche Formulare aus. »Ein richtiges Feuer ist nichts Schönes.«

»Was ist denn das?«, fragte Kira und zeigte mit dem Finger auf einen merkwürdigen länglichen Gegenstand.

»Ein Schaumlöscher.«

»Was macht man damit?«

»Na, Feuer löschen.«

»Und warum nicht mit Wasser?«

»Hör mal, Kleiner«, knurrte jetzt der Feuerwehrmann, »du siehst doch, ich muss hier was ausfüllen, red mir jetzt bitte nicht dazwischen.«

»Okay«, gab Kira friedfertig zurück.

Kira ist ein netter Kerl – ausgeglichen, offen und freundlich. Er hat meist gute Laune und findet schnell Kontakt zu fremden Leuten. Das Problem ist nur: Manchmal kann er schrecklich neugierig sein.

Vorsichtig lugte Kira über die Schulter des Feuerwehrmannes. »Was Sie da schreiben, ist nicht richtig.«

»Wo?«, fragte der Mann verwundert.

»Hier«, rief Kira freudig und tippte mit dem Finger auf den Bogen. »Sie haben ›Brandhert‹ geschrieben.«

»Na, den muss ich schon angeben …«

»Das heißt aber ›Brandherd‹ mit ›d‹«, erklärte Kira wichtig. »Das hatten wir schon in der fünften Klasse.«

»Na, du bist mir ja ein Lobatschowski«, knurrte der Feuerwehroffizier. »Das ist noch nie jemandem aufgefallen.«

»Lobatschowski war Mathematiker«, mischte sich jetzt Lisa ein. »Ein berühmter, aber mit der russischen Sprache hatte der nichts zu tun.«

Das wurde dem Mann nun doch etwas zu viel. »Ach, seid ihr alle schlau, aber das Gas abdrehen, das schafft ihr nicht!«

Ich wollte schon einwerfen, dass die Kinder damit nichts zu tun hatten, aber Kira gab dem Gespräch eine neue Wendung, als er fragte: »Und wie funktioniert dieser Schaumlöscher?«

»Ganz einfach.«

»Muss man ihn an den Strom anschließen?«

»Nein.«

»Wie wird er dann in Gang gesetzt?«

»Mit dem Knopf ganz oben.«

»Mit welchem? Da sind zwei.«

»Mit dem rechten.«

»Von Ihnen oder von mir aus gesehen?«

»Rechts ist, wo der Daumen links ist«, blaffte der Feuerwehrmann und lief rot an.

»Der hier?« Kira ließ nicht locker. »Richtig? Der? Na, sagen Sie schon!«

»Welchen meinst du denn nun?«, fragte der Feuerwehrmann begriffsstutzig.

»Na den hier!« Und der Junge tippte mit dem Finger kräftig auf den roten Knopf. In der trichterförmigen Öffnung am Kopf des Löschers rauschte es gefährlich, und dann schoss in dickem Strom weißer Schaum hervor.

»Was wird denn das jetzt!?«, brüllte der Feuerwehrmann und stürzte zu dem Gerät.

Aber es war zu spät. Unsere beiden dicken Möpsinnen konnten vor Schreck nicht einmal weglaufen, sondern blieben sitzen, wo sie waren und pressten sich ängstlich aneinander. Wahrscheinlich hatte der Feuerwehrchef keine Erfahrung mit Haustieren, denn wir blicken ganz automatisch zu Boden, wenn wir uns durch die Wohnung bewegen. Er aber stürzte los, um zu retten, was zu retten war. Dabei stolperte er mit dem rechten Fuß über Ada, und sein linker blieb an Mulja hängen. Er warf die Arme in die Luft, stieß einen Schreckensschrei aus und klatschte zwischen Tisch und Spüle zu Boden wie ein nasser Sack. Das Löschgerät drehte sich derweil nach allen Seiten und verteilte seinen weißen Schaum gleichmäßig in der ganzen Küche. Oma Sina kreischte auf und rannte, wie von der Tarantel gestochen, in den Korridor hinaus.

»Wie macht man denn das Ding wieder aus?«, schrie ich und näherte mich dem Unglücksgerät.

»Sch...!«, rief mir der Major zu.

»Der Knopf!«, brüllte Kira, »der Knopf, drück den anderen Knopf, Lisa!« Das Mädchen sprang heran und tat, wie ihr geheißen, aber der Löscher gehorchte nicht. Der Trichter drehte sich weiter im Kreis. Ehe ich mich's versah, hatte ich einen Schwall der übelriechenden Masse im Gesicht, die mir Augen, Mund und Nase verklebte. Ich konnte also nicht mehr verfolgen, was weiter geschah. Nur verschiedene Geräusche drangen an mein Ohr: Die lästerlichen Flüche des Feuerwehrmannes, das Winseln der Möpse, das aufgeregte Fauchen der Katzen, unartikuliertes Stöhnen, das offenbar von Oma Sina und unserem Vorsitzenden Sascha kam, Klappern, Trampeln, Klirren und Klopfen, dann eine Donnerstimme, die alles übertönte.

»Zum Teufel noch mal, was geht denn hier vor?«

»Mischa!«, rief der Feuerwehrchef erleichtert, »endlich ...« Dann verstummte auch er wieder.

»Tanja!«, schrie jetzt Kira, »Wisch ihr das Maul ab!« Ich holte tief Luft, um ihn wegen seiner Ausdrucksweise zu tadeln. »Es heißt nicht Maul, sondern ...« Da bekam ich einen neuen Schwall Schaum in den Mund und wäre an dem furchtbaren Zeug beinahe erstickt.

»Komm, Tanja!«, rief mir Lisa zu und zog mich am Ärmel aus der Küche. »Wasch dich erst mal ab.«

Wasser rauschte, und irgendwie gelang es mir, den fetten, klebrigen Brei vom Gesicht zu spülen. Als ich die Augen wieder öffnen konnte, bot sich mir ein geradezu unwirklicher Anblick. Vor langer, langer Zeit hatte mir meine Mutter aus einem Buch über die Eskimos vorgelesen. Am meisten hatten mich damals die Illustrationen beeindruckt, die das Innere der Behausung jener Bewohner der nördlichen Gefilde zeigten. Bis heute ist mir das wunderbare, rätselhafte Wort »Iglu« im Gedächtnis geblieben. Der Zeichner hatte einen kleinen Raum skizziert, in dem alle Gegenstände – Betten, Tisch, Stühle und selbst der Gasherd aus Eis und Schnee geformt waren. Sicher entsprach das nicht der Realität, aber der Zweck war erreicht. Wieder und wieder betrachtete ich diese Bilder mit angehaltenem Atem und wollte so gern dort sein. Jetzt bot sich mir die Gelegenheit dazu.

Die ganze Küche war mit einer dicken Schicht des ekelhaft stinkenden weißen Zeugs bedeckt. Als die Feuerwehrleute, rot vor Zorn und den leeren Schaumlöscher hinter sich herschleifend, endlich abgezogen waren, musste ich erst einmal tief durchatmen.

»Da brauchen wir ja die ganze Nacht, wenn wir das abkriegen wollen!«

»Das war cool!«, rief Kira begeistert und hüpfte von einem Bein aufs andere. »Schade, dass Aljoscha Koroljow das nicht gesehen hat! Er gibt immer noch damit an, dass bei ihnen im Winter ein Heizkörper geplatzt ist. Aber mein Schaumlöscher toppt das allemal!«

Ich drückte ihm einen Lappen in die Hand. »Red nicht so viel, tu lieber was!«

»Natürlich!«, gab Kira beleidigt zurück. »Immer ich!«

»Du hast auf den Knopf gedrückt!«

»Und du hast den Teekessel auf dem Gas stehenlassen!«

Dagegen konnte ich nichts sagen. Also nahm auch ich mir einen Lappen und sagte: »Gemeinsam geht's schneller!«

»Das habe ich mir gedacht!«, nörgelte Kira weiter. »Wir machen die Arbeit, und Lisa dreht Däumchen!«

»Durchaus nicht.«

»Wo ist sie denn überhaupt?«

»Auf dem Korridor! Hörst du nicht? Da kommt sie schon.«

Jemand tippelte herbei, aber es war nicht Lisa, sondern unsere Nachbarin Kopeke, wie immer leicht angesäuselt und wie immer mit einer brennenden Zigarette im Mundwinkel.

»Das is ja'n Ding! So was hab ich noch nie gesehen!«, rief sie begeistert und schlug sich auf die Schenkel. »Ihr wart das also! Und alle sind zuerst über mich hergefallen! ›Du, Kopeke, wirst uns noch das Haus über dem Kopf abfackeln!‹, haben sie gebrüllt. Und was ist jetzt? Du bist doch eine anständige Frau, Tanja, und immer nüchtern! Wie konnte dir so was passieren?«

»Woher weißt du denn, was hier passiert ist?«, fragte ich und versuchte das glitschige Zeug vom Fußboden aufzuwischen.

»Du denkst wohl, das bleibt geheim?«, erwiderte Kopeke grinsend und blies mir eine Wolke Wodkadunst ins Gesicht. »Oma Sina hat es schon dem ganzen Haus mitgeteilt. Jetzt ist sie im Nebenaufgang beim Bäckerladen und erzählt es allen Leuten.«

»Scher dich nach Hause!«, warf ich ihr mit versteinerter Miene zu. »Was gibt's hier noch zu gaffen?«

»Jetzt krieg dich wieder ein! Als Nachbarin wollte ich reinschauen und sehen, ob ihr klarkommt. Oje, so ein Dreck aber auch! Da hast du ja die ganze Nacht zu tun! So macht man das nicht!«, herrschte mich Kopeke an.

Sie griff sich einen Besen, fegte blitzschnell eine große Menge der weißen Flocken in einen Eimer und erklärte: »Mit dem Lappen schmierst du nur alles breit. Wenn du 50 Rubel für eine Flasche rausrückst, erledige ich das für dich im Handumdrehen.«

»Hier, nimm!« Ich hielt ihr einen blauen Schein hin.

Kopeke entledigte sich ihrer Aufgabe mit einer Geschwindigkeit, als sei sie die indische Göttin Kali, die bekanntlich zehn Hände hat.

»Für 50 Rubel hätte ich mich auch so ins Zeug gelegt!«, rief Kira empört.

Auf den regnerischen Tag folgte unerwartet ein schwüler, feuchter Abend und eine ebensolche Nacht. Ich konnte nicht einschlafen. Zum Fenster strömte warme, schwere Luft herein. Unter der Decke war es nicht zum Aushalten, aber ohne sie fröstelte mich. Ich holte mir aus dem Bad ein großes Frotteetuch und deckte mich damit zu. Nun wurde es etwas erträglicher. Aber mein Kopf konnte einfach keine Ruhe finden. Meine Gedanken liefen wirr durcheinander. Je angestrengter ich grübelte, desto unwahrscheinlicher erschien mir die Geschichte, die Wolodja da passiert war.

Nehmen wir einmal an, in einem Anfall geistiger Umnachtung hatte er seine Freundin erstochen, in ihrer Wohnung jede Menge Spuren hinterlassen, die Tatwaffe in den Kofferraum seines Autos geworfen und sich seelenruhig nach Hause getrollt. Aber Nadja Kolesnikowa! Weshalb sollte sie Wolodja vorgelogen haben, sie sei verheiratet? Frauen tun doch sonst eigentlich genau das Gegenteil. Zufälligen Liebhabern erzählen sie, dass sie frei und ledig sind. Das ist auch verständlich, denn kein Romeo hat Lust, nachts ohne Hemd und Hose vor einem wild gewordenen Ehemann die Flucht ergreifen zu müssen. Und dann dieses merkwürdige Vorspielen einer Urlaubsreise … Aus welchem Grund sollte sie ihrer besten Freundin diesen Bären aufbinden? Und warum hatte sie ihr von Wolodja nichts erzählt? Diese jungen Dinger können es doch nicht lassen, mit ihren Verehrern zu prahlen. Und so ein Major, mag er auch doppelt so alt sein, macht doch etwas her, vor allem wenn er groß, blond und breitschultrig ist … Außerdem ist Wolodja ein ausgezeichneter Unterhalter. Er spielt passabel Gitarre und hat ständig ein paar Geschichten aus dem Milizalltag auf Lager, die zwar meist nicht stimmen, aber höchst unterhaltsam sind. Doch er würde nie eine Frau schlagen, auch wenn die ihm Hörner aufsetzte. Erstens ist er dafür viel zu gut erzogen. Zweitens laufen ihm die Weiber nach, und er hat noch nie ein Problem gehabt, rasch Ersatz zu finden. In dieser Geschichte passte nichts zusammen. Und jetzt war Nadja tot. Die einzige Person, die Wolodjas Alibi bestätigen konnte. Natürlich konnte es ein ganz banaler Haushaltsunfall gewesen sein. Aber wie seltsam sie sich verhalten hatte! Bei der Miliz hatte sie ausgesagt, sie habe noch nie etwas von Kostin gehört. Dann aber hatte sie mich sprechen wollen und diesen Zettel hinterlassen … Um wessen Leben und Tod ängstigte sie sich so? Ging es ihr um Wolodja oder um sich selbst? Und was hatte ich damit zu tun?

All das Grübeln brachte mir keine einzige Antwort auf meine Fragen. Als ich gegen Morgen endlich einschlief, wusste ich immer noch nicht, was ich tun sollte.

Der Wecker zeigte kaum sieben, da nahm ich den Hörer ab und wählte die Nummer von Slawas Wohnung.

»Ja!«, ertönte am anderen Ende die verschlafene, mürrische Stimme seiner Frau Larissa. »Wer bimmelt denn da mitten in der Nacht?«

Slawa und Larissa leben in kaum zu beschreibenden Verhältnissen. Wenn bei ihnen die stürmische Liebe ausbricht, dann können sie ein paar Monate lang gar nicht voneinander lassen. Aber wenn diese unvermittelt in Hass umschlägt, fliegen Tassen und Teller, und schließlich zieht Larissa zu ihrer Mutter. Kinder haben die Roshkows keine, weshalb sie dieses Wechselbad der Gefühle endlos fortsetzen können. Was für schlimme Sachen Larissa über Slawa dann so ablässt … Er ist ein Geizkragen und ein Unhold, er ist impotent, strohdumm, ein Weiberheld … Und das alles auf einmal. Aber wie bringt es ein Mann fertig, impotent und zugleich ein Weiberheld zu sein? Doch Larissa pfeift auf die Logik, wenn sie richtig in Fahrt kommt, sie kippt kübelweise Schmutz über Slawa aus. Im Moment musste das Barometer auf Liebe stehen, da Larissa um sieben Uhr morgens in ihrer Wohnung anzutreffen war.

»Hol mal Slawa ran«, forderte ich.

»Na, so eine Unverschämtheit!«, heulte Larissa auf. »Was heißt hier – hol Slawa ran? Wer spricht da überhaupt?«

»Na ich, Tanja.«

»Ach so«, sagte Larissa, schon etwas ruhiger. »Er ist nicht da.«

»Wo ist er?«

»Bei meiner Großmutter. Hilft ihr, die Kartoffeln rausholen.«

»Weshalb denn das?«

»Na deshalb, weil sie nicht mehr alleine übers Feld kriechen kann!« Larissa geriet schon wieder in Fahrt. »Schließlich wird sie bald neunzig. Im Winter mag jeder gern gute Kartoffeln futtern, nicht das faulige Zeug aus dem Supermarkt, sondern eigene. Mit sauren Gurken und eingelegten Pilzen. Meine Oma, die gute Seele, verschenkt alles, was sie erntet und einkocht. Aber wir können sie doch nicht so ausnutzen! Da habe ich eben zu Slawa gesagt: ›Fahr hin, hilf ihr die Kartoffeln rauszuholen und in den Keller zu schaffen. Und dann bringst du mit, so viel du tragen kannst.‹«

»Wann kommt er denn zurück?« Ich musste ihren Wortschwall unterbrechen.

»Keine Ahnung … In fünf, sechs Tagen, denke ich. Er hat eine Woche Urlaub.«

»Warum hat er mir nichts davon gesagt?«

»Weiß ich nicht. Wir haben uns erst vorgestern wieder

versöhnt«, erklärte mir Larissa. »Er hat sich ganz kurzfristig entschieden. Gestern sind wir mit Nikolai Koschechin in Moskau herumgefahren, einen Fernseher kaufen. Und abends sind dann beide zu meiner Großmutter aufs Dorf abgedampft. Nikolai holt ihn mit dem Auto auch wieder ab, denn mit den Säcken …«

»Slawa hat doch selber ein Auto!«

»Die Klapperkiste ist kaputt, steht nutzlos auf unserem Hof herum. Was willst du eigentlich von Slawa?«

»Ach, nichts weiter«, antwortete ich und legte auf.

Bis vier Uhr nachmittags holte ich dann geduldig Karamelbonbons aus dem Papier, Zigaretten aus den Schachteln und wickelte Brühwürfel aus. Alles wurde neu in kleine Plastiktüten verpackt, ebenso Kaffee, Zucker, Tee und Kakao. Mit letzter Kraft schleppte ich die riesige Tasche zu meinem Auto und fuhr los.

Der Hof der Butyrka war heute menschenleer. Schnaufend schleppte ich meine Last bis in den ersten Stock und bat die Diensthabende: »Rufen Sie doch bitte diese Nummer an, Alexej Fjodorowitsch soll kommen.«

Das junge Mädchen, das diesmal in der Bude saß, maß mich mit einem prüfenden Blick, machte aber keine Einwände, sondern wählte wortlos die genannte Nummer. Zehn Minuten später stand Alexej Fjodorowitsch vor mir. Er blickte noch finsterer drein als am Tag zuvor. Als er mich verschwitzt und zerzaust neben der riesigen Tasche stehen sah, zog er die Brauen hoch und brummte: »Konnte es nicht noch etwas mehr sein?«

Über diesen Empfang erschrocken, stammelte ich: »Slawa Roshkow hat gesagt, das geht … Und die hundert Dollar habe ich auch dabei!«

Alexej Fjodorowitsch lief rot an, warf einen Blick in Richtung der Diensthabenden, schwang sich mein schweres Gepäckstück über die Schulter, als sei es eine Damenhandtasche, und knurrte: »Kommen Sie schon! Nein, diese Verwandten! Nichts können sie sich richtig merken! Mitbringsel werden im Keller angenommen.«

Wieder im Hof ließ er die Tasche auf den Boden plumpsen und zischte mich an: »Du hast sie wohl nicht alle?«

»Wieso?«, fragte ich verwundert zurück. »Was ist denn los?«

»Wie kannst du mit dieser riesigen Tasche bei der Diensthabenden aufkreuzen und auch noch von den Dollars anfangen! Hast du etwa nichts als Stroh im Kopf? Dabei hat Slawa gesagt, du wärst in Ordnung.«

»Entschuldigen Sie nur«, stammelte ich. »Das ist für mich das erste Mal! Es passiert bestimmt nicht wieder. Nehmen Sie die Tasche! Es ist alles nach Vorschrift verpackt, nichts Verbotenes drin. Und hier ist das Geld.«

»Rutsch mir ... mit deinem Geld«, antwortete der Mann leise.

Mir klappte die Kinnlade herunter.

»Für Wolodja mach ich das auch so«, raunte er mir zu. »Wir kennen uns seit zehn Jahren. Er ist ein feiner Kerl. Und da ist eine Sache, für die ich ihm bis ans Ende meiner Tage Dank schulde. Aber deine Tasche kann ich ihm nicht geben.«

»Warum denn nicht?«

»Weil man ihn fortgebracht hat.«

»Wohin?!«

»Ins Krankenhaus.«

»Was ist denn passiert?«, fragte ich und spürte, wie mir die Knie weich wurden.

»Er hatte heute Nacht einen Herzanfall, vielleicht einen Infarkt. Ein Glück, dass seine Mitgefangenen gleich Krach geschlagen haben. Als der Arzt kam, war er noch am

Leben. Aber es geht ihm schlecht. Sie haben ihn in die ›Matrosenstille‹ eingeliefert.«

»Wohin?«

»In ein anderes Untersuchungsgefängnis, an der Straße ›Matrosenstille‹.«

»Und warum gerade dorthin?«, stieß ich mühsam hervor, denn meine Lippen wollten mir kaum noch gehorchen.

»Die haben ein großes Krankenhaus. Komplizierte Fälle, mit denen unsere Ärzte in der Butyrka nicht fertig werden, schaffen sie immer dorthin.«

»Ist es denn so schlimm?«

»Es reicht«, seufzte der Gefängniswärter. »Ehrlich gesagt, habe ich schon Angst gehabt, dass er dort nicht lebend ankommt. Was mit ihm weiter passiert, weiß ich nicht. Vielleicht bringen sie ihn auch ins Krankenhaus Nr. 21.«

»Und warum das jetzt?«

»Dort haben sie zwei Sonderetagen für Gefangene«, erläuterte mir Alexej Fjodorowitsch. »Für Wolodja wäre das bestimmt gut, denn dort gibt es bessere Ärzte und mehr Medikamente als in der ›Matrosenstille‹. Nur sind diese Verlegungen bei Herzinfarkt das reine Gift ...«

»Warum haben sie ihn denn nicht gleich in die Nr. 21 gebracht?«

»Nach der Vorschrift muss er zuerst in die ›Matrosenstille‹.«

»Was für eine Idiotie!!«

»Tja, so sind nun mal die Bestimmungen.«

»Und was soll ich jetzt machen?«, fragte ich und schaute ihn ratlos an.

»Nehmen Sie Ihre Sachen und fahren Sie wieder nach Hause. Ich rufe Sie morgen an. Geben Sie mir bitte Ihre Nummer.«

Ich diktierte ihm meine Telefonnummer und schaute dann auf die riesige Tasche, die mich so viel Mühe und Arbeit gekostet hatte. Ich konnte sie einfach nicht wieder nach Hause schleppen, obwohl so viel Geld darin steckte.

»Hören Sie, Alexej Fjodorowitsch, hier sitzen doch bestimmt auch Leute ein, die nie etwas von draußen bekommen, stimmt's?«

»Jede Menge.«

»Dann nehmen Sie das jetzt und verteilen es unter denen.«

»Das geht doch nicht!« Der Gefängniswärter sah mich entgeistert an. »Was das alles gekostet hat …«

»Ich bitte Sie sehr«, sagte ich müde. »Ich habe nicht die Kraft, das Zeug zurückzuschleppen.«

7. Kapitel

Als ich gegen sieben Uhr abends wieder zu Hause war, ließ ich mich auf die Couch fallen und war sofort weg. Ohne jeden Hoffnungsschimmer fiel ich in ein tiefes schwarzes Loch. Aus Morpheus' Armen riss mich ein Klingeln an der Tür. Die Beine wollten mir kaum gehorchen, als ich mich durch die Diele schleppte und, ohne durch den Spion zu schauen, die Tür öffnete. Ein Schrei blieb mir im Halse stecken.

Vor mir stand Wolodja. Aus unerfindlichem Grund war er nackt, besser gesagt, ohne Hose und Jackett und nur in ein großes weißes Tuch gehüllt, etwa so, wie die Inderinnen ihren Sari tragen. Sein Gesicht war kreidebleich, das Haar geschoren, und auf dem Kopf trug er eine Dornenkrone.

»Wolodja«, flüsterte ich und breitete die Arme aus. »Wo kommst du denn her?«

»Von dort«, antwortete er traurig und bewegte kaum die blutleeren Lippen.

»Wo hast du deine Haare gelassen?«

»Die haben sie mir weggenommen, Tanja.«

»Und was ist das für ein merkwürdiges Gewand?«

»Das trägt man dort, meine Liebe.«

Ich fühlte meine Sinne schwinden, wollte unseren Freund umarmen und trat über die Schwelle, aber der Major wich vor mir zurück.

»Komm mir nicht zu nahe, meine Liebe, leb wohl.«

»Wolodja!«, schrie ich, so laut ich konnte. »Wolodja! Bleib hier! Warte doch! Wo willst du denn hin?«

»Es muss sein, Tanja«, antwortete unser Freund und ging langsam die Stufen hinab.

Ich sah, dass er gleichsam die Treppe hinunterschwebte, ohne sie mit seinen Füßen zu berühren. Beinahe wäre ich in Ohnmacht gefallen. Dann begann Wolodja zu verschwinden. Zuerst löste sich der untere Teil seines Körpers in Nichts auf, danach Brust und Arme. Schließlich sah ich nur noch den Kopf mit der Dornenkrone … Er wandte sich noch einmal um, und ich hörte diese liebe, leicht heisere Stimme sagen: »Tanja, verzeih mir, ich liebe euch. Leb wohl und vergesst mich nicht.«

»Wolodja!«, kreischte ich auf und wollte ihm nachlaufen. Aber meine Beine versagten mir nun endgültig den Dienst. Ich konnte mich nicht halten und stürzte durchs Fenster des Treppenhauses. Die Erde raste mir entgegen, und es rauschte ohrenbetäubend … Noch einmal schrie ich auf … Dann öffnete ich die Augen. O Gott, ich hatte nur geträumt! Mein Blick suchte den Wecker. Es war acht Uhr abends. Mit schweißnassen Händen fasste ich mir an den Kopf. Da vernahm ich einen schrillen Ton. Draußen hatte es geklingelt.

Völlig benommen und mit butterweichen Knien kroch

ich fast zur Tür. Diesmal warf ich erst einen Blick nach draußen. Im Treppenhaus stand eine junge, sympathische, aber sehr füllige Frau. Als ich öffnete, wurde mir klar, dass sie hochschwanger war, bestimmt schon im neunten Monat.

»Entschuldigen Sie die Störung«, sagte das Mädchen höflich.

Sie war hübsch und noch sehr jung. Keine zwanzig, dachte ich bei mir. Ihre runden Wangen waren leicht gerötet, die großen blauen Augen strahlten, die vollen Lippen lächelten, und glänzendes dunkles Haar fiel ihr auf die Schultern herab. Die ganze Erscheinung wirkte nicht nur jung, sondern auch kerngesund.

»Entschuldigen Sie«, sagte der ungebetene Gast noch einmal. »Wissen Sie nicht, wo ich Ihren Nachbarn Wolodja aus Wohnung Nr. 42 finden kann? Ich habe mehrmals geklingelt, aber er ist offenbar nicht da.«

»Was wollen Sie von ihm?«, fragte ich misstrauisch.

Das Mädchen wurde sichtbar verlegen.

»Hm, also, wissen Sie, ich erwarte ein Kind von ihm … Ich habe ihm geschrieben. Er hat mir versprochen, mich am 10. September auf dem Bahnhof abzuholen. Ich möchte das Kind in Moskau zur Welt bringen … Aber es hat sich so ergeben, dass ich eher kommen musste. Verzeihen Sie, er ist bestimmt auf Arbeit … Kann ich bei Ihnen auf ihn warten?«

Ich gab mir alle Mühe, den dicken Kloß herunterzuwürgen, der mir in der Kehle saß, und murmelte: »Natürlich, treten Sie ein. Wolodja ist unser Freund, fast wie ein Bruder. Er musste gerade auf eine längere Dienstreise gehen.«

»O je«, rief das Mädchen. »Was mache ich denn jetzt? Ich kenne doch in Moskau keinen Menschen!«

»Kommen Sie erst einmal herein!« Jetzt hatte ich mich wieder im Griff. »Möchten Sie etwas essen?«

»Sehr gern«, erwiderte die Unbekannte und fügte errötend hinzu: »Ich habe kaum Geld. Ich dachte, Wolodja wird mir helfen.«

Wir gingen zusammen in die Küche. Ich füllte ihr einen Teller mit panierten Hühnerbrüstchen und Kürbisgemüse. Das Mädchen hatte wirklich einen Bärenhunger. Als der Teller leer war, schaute sie schon etwas fröhlicher drein und sagte: »Ich habe mich noch gar nicht vorgestellt: Xenia.«

»Tanja«, antwortete ich und schob gleich die Frage nach: »Wo haben Sie Wolodja kennengelernt? Er hat uns gar nichts von Ihnen erzählt.«

Ich seufzte tief auf. Nach der Affäre mit der »Schatzkammer« hatte der Major uns über seine Liebesabenteuer völlig im Unklaren gelassen.

Xenia lächelte und erzählte mir freimütig ihre ganze Romanze mit Wolodja Kostin.

Kennengelernt hatten sie sich im November vergangenen Jahres. Wolodja machte Urlaub in einem kleinen Ferienheim an der Oka, wo Xenia als Kellnerin arbeitete.

»Er ist so ein wunderbarer Mensch«, schwärmte sie, »sieht gut aus, ist immer fröhlich, spielt Gitarre und kann herrlich Geschichten erzählen ...«

Mit einem Wort, sie verfiel ihm mit Haut und Haaren. Obwohl sie verheiratet war, stürzte sie sich in eine Affäre.

»Über meinen Mann ist nicht viel zu sagen«, teilte mir Xenia mit. »Er säuft wie ein Loch, und wenn er genug hat, schlägt er um sich ... Seine Mutter lag mir ständig in den Ohren: ›Du bist schuld! Wenn die Frau gut ist, trinkt der Mann nicht!‹«

Zwei Jahre »Familienleben« mit ihm brachten Xenia keine Freuden, weder emotionale noch sinnliche. Der ständig betrunkene Ehemann rührte seine junge Frau ein halbes Jahr lang überhaupt nicht an, und wenn er doch einmal zu ihr ins Bett kam, lief alles so brutal und schmerzhaft ab, dass die arme Xenia danach in die Kissen heulte, so erniedrigt fühlte sie sich. Wolodja war da ganz anders – aufmerksam, zärtlich und vor allem nicht betrunken. Seine vierundzwanzig Urlaubstage waren im Nu verflogen. Am 15. Dezember fuhr er nach Moskau zurück. Von einer Fortsetzung ihrer Beziehung war keine Rede. Xenia begriff, dass sie sich besser keine Hoffnungen machen sollte. Sie war zufrieden, dieses einmalige Liebesabenteuer erlebt zu haben. So ein Glück hatte nicht jede.

Anfang Januar stellte Xenia jedoch fest, dass sie schwanger war. Der Vater konnte nur Wolodja sein. Ihr Angetrauter hatte sie das letzte Mal im August »beglückt«. Bis Mai unternahm sie nichts. Aber nach den Feiertagen um den 1. Mai fragte ihre Schwiegermutter, die seit längerem argwöhnisch beobachtete, wie sie allmählich zunahm, mit drohendem Blick: »Wieso gehst du derart auseinander? Na, raus mit der Sprache!«

Es gab einen Riesenskandal, und Xenia musste nachts fast nur im Hemd das Weite suchen. Sie hatte Glück und kam zunächst bei einer Freundin unter. Verwandte oder eine eigene Wohnung besaß sie nicht. Sie hatte sofort nach Abschluss der Schule, besser gesagt, nach ihrer Entlassung aus dem Waisenhaus geheiratet. Schwiegermutter und Ehemann nannten sie immer nur eine Hungerleiderin, Bettlerin und zugelaufene Katze.

Den ganzen Sommer über kroch Xenia tageweise bald bei der einen, bald bei der anderen Freundin unter. Mitte August wurde klar, dass es so nicht weitergehen konnte. Nach langem Zögern entschloss sie sich, Wolodja einen Brief zu schreiben. Viel Hoffnung machte sie sich nicht. Die Antwort kam unerwartet schnell. Er schrieb, er habe immer Kinder haben wollen und denke oft an die gemeinsam verbrachten Tage zurück. Mit einem Wort, Xenias

Schicksal schien sich, völlig unerwartet, zum Besseren zu wenden. Sie vereinbarten, dass Xenia am 10. September mit dem Zug nach Moskau kommen sollte. Unerwartet fuhr aber ein Bekannter im eigenen Wagen in die Hauptstadt, und Xenia, die jede Kopeke dreimal umdrehen musste, wollte sich die Gelegenheit nicht entgehen lassen. Wolodjas Adresse hatte sie. Da er sie freudig zu erwarten schien, wollte sie ihn überraschen. Und nun stand sie vor seiner verschlossenen Tür.

»Wohin ist er denn gefahren?«, fragte sie schließlich.

Vor Schreck wusste ich nicht, was ich antworten sollte. Da war ich vielleicht in eine Lage geraten! Wolodja hatte mir von Xenias Existenz nichts gesagt. So ein Casanova aber auch! Im Dezember hatte er diesem Mädchen den Kopf verdreht und fast zur gleichen Zeit eine Affäre mit Sofja Repnina angefangen. Im August, als er schon wusste, dass die von ihm schwangere Frau jeden Tag eintreffen musste, ließ er sich mit Nadja ein. Manche Männer brauchen wohl vor der Hochzeit unbedingt noch einen Junggesellenabend, wo sie sich in Gesellschaft leichter Mädchen von ihrem Single-Dasein verabschieden. Wahrscheinlich war das die Rolle, die Nadja in Wolodjas Leben gespielt hatte. Das letzte Abenteuer vor dem Sprung in den Ehestand. Aber wie sollte ich das der schwangeren Xenia erklären? Ich konnte ihr doch nichts vom Gefängnis, von Sofja und Nadja erzählen!

»Wolodja haben sie nach …, äh, … Workuta geschickt!«

»Wozu denn das?«

»Es hat etwas mit einem Fall zu tun, mehr weiß ich auch nicht.«

»Hat er eine Telefonnummer hinterlassen?«

»I wo«, log ich, so überzeugend ich konnte, »er ist nicht direkt in Workuta, sondern auf einer Rentierfarm in der Tundra … Da gibt es kein Telefon!«

»Wie hat es ihn denn in die Tundra verschlagen?« Xenia wunderte sich.

Aus Ärger über mein ungeschicktes Schwindeln platzte ich ziemlich grob heraus: »Woher soll ich das wissen?«

»Aber …«, wollte Xenia gerade sagen, da ging die Tür auf. Herein stürmten Lisa und Kira, die vom Englischunterricht kamen.

Auch in dieser Nacht fand ich keinen Schlaf. Es genügte nicht, dass Wolodja im Gefängnis saß. Nein, zu allem Unglück musste er auch noch krank werden … Und nun tauchte diese Xenia mit ihrem Bauch hier auf … Ein Unglück kommt selten allein …

Kaum waren die Kinder am nächsten Morgen aus dem Haus, da klingelte das Telefon. Eine strenge Männerstimme sagte: »Ich möchte Tanja sprechen.«

»Am Apparat.«

»Hier ist Aljoscha.«

»Wer?«, fragte ich verwundert.

»Alexej Fjodorowitsch,« wiederholte der Anrufer offiziell.

»Oh, einen Moment, bitte«, rief ich erfreut, hielt mit der Hand den Hörer zu und öffnete vorsichtig die Tür zu dem Zimmer, wo ich Xenia wusste. Als ich sah, dass sie in Lisas Nachthemd fest schlief, schloss ich die Tür wieder und sagte: »Worum geht es?«

»Ich muss mit Ihnen reden.«

»Dann tun Sie's doch.«

»Nicht am Telefon!«

»Ist schon wieder was passiert?«

»Das sage ich Ihnen, wenn wir uns sehen.« Der Gefängniswärter blieb abweisend. »Können Sie in einer Stunde an der Metrostation Mendelejewskaja sein?«

»Ich geb mir Mühe«, antwortete ich, legte auf und streifte rasch meine Sachen über.

Als ich schwitzend und schnaufend aus der Unterführung kam, saß Alexej Fjodorowitsch bereits in einem kleinen Straßencafé.

Er empfing mich mit den Worten: »Setz dich und hör zu!« Offenbar merkte er gar nicht, dass er zum Du übergegangen war. Ich sank verdutzt auf einen weißen Plastikstuhl.

Alexej wischte sich mit seiner breiten Hand den Schweiß von der Stirn, holte dann einen Flachmann hervor, goss ein wenig braune Flüssigkeit in ein Glas und sagte: »Trink.«

»Danke, ich trinke so gut wie nie Alkohol, und frühmorgens schon gar nicht.«

»Los, trink!«

»Aber...«

»Runter damit!«

Da musste ich wohl gehorchen. Ein feuriger Strahl schoss mir durch die Speiseröhre. Ich spürte ihn bis in den Magen. Im Kopf begann es sich leicht zu drehen.

»Was ist passiert?«, fragte ich und merkte, dass mir die Zunge schwer wurde.

Alexej musterte mich eindringlich.

»Bist du verheiratet?«

»Nein.«

»Magst du Wolodja?«

»Ja, aber wir sind nur Freunde.«

»Er ist nicht dein Geliebter?«

»Das ist er nie gewesen«, antwortete ich. Allmählich verlor ich die Beherrschung. »Was geht hier eigentlich vor? Mit welchem Recht ...«

»Wolodja Kostin ist gestern verstorben«, sagte Alexej leise.

Für einen Augenblick wurde mir schwarz vor Augen.

»Wie ist das passiert?«

»Es ist eben geschehen.«

Für mich selbst unerwartet fragte ich: »Um acht Uhr abends? Punkt 20.00 Uhr?«

»Woher weißt du …?«, fragte Alexej erstaunt. »Genau um diese Zeit ist es gewesen.«

»Er war bei mir«, flüsterte ich und spürte, wie mir die Tränen in die Augen stiegen. »Ganz in ein weißes Tuch gehüllt … War es ein Herzinfarkt?«

»Zuerst dachte man, sein Herz hätte versagt«, berichtete Alexej seufzend. »Aber es muss wohl eine Entzündung, ein unbekannter Virus gewesen sein. Das ist noch nicht klar. Ermittlungen wird es nun keine mehr geben …«

Wie ich nach Hause gekommen bin, kann ich mich nicht erinnern. Nicht einmal, womit … Ich habe wohl ein Taxi genommen. Jedenfalls hat mich jemand bis zur Wohnungstür gebracht. Danach weiß ich gar nichts mehr. Kira und Lisa haben sich bestimmt um mich gekümmert. Aber wieso eigentlich? Sie waren doch in der Schule. Dann tauchte das Gesicht eines Arztes aus dem Nebel auf … Und ein kleiner Stich in den Arm … Das Letzte, was ich hörte, war das Schnurren unseres Katers Pingu, der sich mir auf die Brust legen wollte.

Heller Sonnenschein stach mir in die Augen. Ich hob den Kopf und sah in der Zimmerecke gegenüber Kira auf dem Fußboden schlafen.

»He, Kira, was ist los?«

Der Junge sprang auf und kam zu mir gelaufen.

»Tanja? Du musst uns was erklären! Wir sind nach Hause gekommen und haben dich auf der Couch gefunden, ganz in Tränen aufgelöst. Wir haben dich gefragt, was los ist, aber du hast nicht geantwortet, nur immer den Kopf geschüttelt! Wir mussten den Arzt holen. Er hat dir ein Beruhigungsmittel gegeben und du hast zwei Tage lang geschlafen. Stell dir vor, heute ist schon Montag!«

In diesem Moment war alles wieder da. Wolodja! Ich heulte laut auf.

»Tanja!« Kira war zu Tode erschrocken. »Hast du wieder das Portemonnaie mit dem ganzen Geld verloren? Nimm's nicht so schwer, das ist doch keine Katastrophe!«

»Dann ist's ja gut«, murmelte ich und taumelte ins Bad. Auf der Leine hing Wäsche zum Trocknen. Ich drehte den Hahn auf und ließ das eiskalte Wasser direkt über mein Gesicht laufen. Dann schaute ich in den Spiegel.

Eine von Wasser glänzende Visage mit tiefdunklen Augenringen und spitzer Nase blickte mich an. Da sah mancher im Sarg besser aus. Im Sarg! Wer sollte Wolodja unter die Erde bringen? Er hatte keine Verwandten! Wie sollte ich die schlimme Nachricht den Kindern sagen? Vor allem, wie Xenia? Sie war schwanger, und große Aufregung konnte nicht nur ihr, sondern auch dem Kind schaden. Was sollte ich bloß tun?

Das Wasser lief und lief. Ich schaute zu, wie der blitzende Strahl Blasen schlug. Schließlich reifte in meinem Kopf ein Entschluss. Bis zu Xenias Entbindung blieben höchstens noch zehn Tage. Sie sollte in Ruhe ihr Kind zur Welt bringen. Auch danach hatte sie noch mindestens zwei Wochen lang jede Aufregung zu vermeiden. Dann musste ich ihr allerdings die Wahrheit sagen. Die Kinder durften vorher ebenfalls nichts erfahren. Danach wollte ich weitersehen.

Vor ungefähr einem halben Jahr war Wolodja einmal zu mir gekommen und hatte ein Papier auf den Tisch gelegt.

»Was ist das?«, fragte ich verwundert, als ich sah, dass Stempel darauf waren.

»Mein Testament.«

»Wozu soll das gut sein? Was dir so einfällt!«

»Hör mal, Tanja …« Die Stimme des Majors klang deprimiert. »Ich lebe allein und habe keine Verwandten. Wenn mir mal was zustoßen sollte, fällt meine Wohnung an den Staat. Wenn ihr aber dieses Papier vorweisen könnt, gehört sie euch. Hier wachsen zwei Kinder heran, ihr werdet den Platz brauchen.«

»Was soll denn passieren?«, rief ich wütend. »Du bist noch nicht mal vierzig! Du kannst noch heiraten! Und überhaupt – wer denkt in diesem Alter schon an den Tod?«

»Wenn ich eine Frau finde«, brummte unser Freund, »dann schreibe ich den Wisch eben um. Und was den Tod betrifft … Bei meiner Arbeit kann das mal ganz schnell gehen.«

Nun konnten wir, wenn es so weit war, Xenia mit ihrem Baby in Wolodjas Wohnung unterbringen. Ich denke, ihn hätte das gefreut. Und natürlich lassen weder ich noch Katja das unglückliche Ding im Stich, auch wenn sie jetzt nicht mehr Wolodjas Angetraute werden kann.

»Tanja!«, hörte ich da Kira brüllen. »Mach sofort die Tür auf, hörst du? Wenn nicht, trete ich sie ein!«

Ich steckte den Kopf in den Korridor hinaus.

»Was ist denn los?«

»Warum hast du dich eingeschlossen?«

»Ich werde mich doch nicht bei offener Tür waschen!«

»Genau das tust du jetzt!«

»Aber ich will duschen.«

»Na und? Denkst du vielleicht, ich habe noch keine nackte Frau gesehen?«, erklärte Kira großspurig.

»Tatsächlich?«, gab ich verwundert zurück. »Wo denn?«

Der Junge warf mir einen mitleidigen Blick zu.

»Tanja, der ›Playboy‹ liegt doch an jedem Kiosk rum! Da kann ich nackte Weiber sehen, so viel ich will!«

»Aber ich bin nicht mehr so jung und knackig wie die

Damen auf diesen Bildern. Deshalb wasche ich mich lieber ohne Zuschauer!«

»Und warum heulst du?«

»Weil ich das Portemonnaie mit dem ganzen Geld verloren habe!«

»Also, weißt du!«, rief Kira und spuckte aus. »So ein Theater zu machen wegen ein paar blöder Moneten!«

»Ohne diese Moneten, wie du dich auszudrücken beliebst, kriegst du nicht mal einen Kanten altes Brot«, gab ich zurück und trocknete mir das Gesicht ab.

»Warte einen Moment«, sagte Kira und lief weg.

Zwei Minuten später war er wieder da und hatte seine Sparbüchse in der Hand.

»Nimm, das sind 3 000 Rubel.«

»Wo hast du denn das viele Geld her?«

»Ich wollte mir ein paar ordentliche Inline-Skater kaufen. Die kosten 300 Dollar. Nimm das, doch heul bitte nicht mehr. Lisa hat auch noch was. Aber ich glaube, es sind nur 1 000 Rubel.«

»Wo ist sie überhaupt?«

»In der Schule.«

»Und wieso bist du zu Hause?«

»Gute Frage«, erwiderte Kira. »In dem Zustand konnte ich dich doch nicht allein lassen.«

Ich nahm die Sparbüchse, stellte sie auf den Küchentisch und rief die Hunde zum Gassi gehen. Das musste schließlich auch erledigt werden.

8. Kapitel

In unserem Briefkasten steckten mehrere Nummern des *Moskowski Komsomolez*. Die Kinder hatten nicht daran gedacht, die Zeitungen herauszunehmen. Ich mag dieses

Boulevardblatt überhaupt nicht, aber Lisa und Kira finden es super. Während die Hunde in der Morgensonne herumtollten, blätterte ich die neueste Ausgabe durch. Als ich Seite drei aufschlug, wäre ich fast in Ohnmacht gefallen. Die Schlagzeile, die in den üblichen riesigen Lettern über die ganze Seite lief, lautete: »Der korrupte Bulle«. Es war ein Artikel über Wolodja Kostin.

»Kleine Leute, die Opfer von Verbrechen werden, rufen nicht gern die Miliz zu Hilfe. Ich kann sie gut verstehen. Denn bei der Kriminalpolizei könnten sie an einen korrupten Bullen geraten, wie Major Kostin einer ist.« Mit diesen Worten begann der Beitrag. Er triefte vor Gift und Hass. Aber wenn es nur der Fall Sofja Repnina gewesen wäre, der in allen Einzelheiten beschrieben war. Der Verfasser, ein gewisser Konstantin Rebrow, verbreitete darüber hinaus erlogene Schauermärchen, dass den Lesern die Haare zu Berge stehen mussten. Major Kostin hielt angeblich ständig die Hand auf, schlug für gute Bezahlung Anzeigen nieder, brachte arme, unschuldige Menschen hinter Gitter und ließ erwiesene Banditen laufen. »Woher mag ein ganz gewöhnlicher Mitarbeiter der Miliz das Geld für eine neue Eigentumswohnung in einem vornehmen Viertel nehmen?«, fragte Rebrow. »Vier Zimmer kosten eine Menge Geld, auch am Stadtrand. Die luxuriöse Einrichtung ebenso, und auch der flotte Jeep, der in der Garage steht. Wissen Sie, was man für so ein Wägelchen hinblättern muss? Nein? Dann sage ich es Ihnen: etwa das Gehalt, das ein Milizionär in zehn Jahren bekommt. Es kann natürlich sein, dass Herr Kostin diese ganze Zeit nicht gegessen und getrunken, sich auch nichts zum Anziehen gekauft hat, um das Geld zusammenzukratzen. Aber das will mir nicht einleuchten. Ich weiß natürlich nicht, woher der Major diese riesige Summe genommen hat, aber ich bin fest überzeugt: Wegen solcher Kerle wie Kostin macht das Wort vom ›korrupten Bullen‹ die Runde.«

Wutentbrannt zerriss ich die Zeitung in kleine Stücke. Die Hunde glaubten, ihr Frauchen habe sich ein neues Spiel ausgedacht, und schnappten nach den Papierfetzen. Als ich wieder in der Wohnung war, hatte ich mich noch nicht beruhigt. Ich musste sofort die Redaktion anrufen.

In der Ausgabe vom Vortag fand ich die Telefonnummer.

»Sekretariat«, klang es aus dem Hörer.

»Ich möchte Konstantin Rebrow sprechen.«

»Wen?«

»Ihren Korrespondenten Konstantin Rebrow.«

»So einen haben wir hier nicht.«

»Aber in der Zeitung steht ein Artikel von ihm!«

»Einen Moment, bitte.«

Im Hörer raschelte es, und nach einer Weile sagte dieselbe Stimme: »Der stammt von unserer Nachrichtenabteilung, rufen Sie bitte dort an.«

Fünfzehn Minuten lang wurde ich nun von einer Nummer zur anderen gereicht, bis schließlich eine gereizte Männerstimme fragte: »Und, was passt Ihnen an dem Artikel nicht?«

»Alles! Sind Sie Rebrow?«

»Nein, Schlykow.«

»Dann rufen Sie bitte Rebrow.«

»Das ist ein freier Mitarbeiter. Ihre Kritik können Sie auch bei mir los werden.«

»Wie kommen Sie dazu, einen ehrlichen Menschen zu verleumden?!«

»Ich verstehe nicht ganz«, brummte Schlykow. »Sind Sie Major Kostin?«

»Jetzt ist es aber gut! Ich bin eine Frau, das hören Sie doch!«

»Ich will Sie nicht beleidigen«, erklärte der Kerl ungerührt. »Auch Männer haben manchmal hohe Stimmen, besonders wenn man ihnen ihr bestes Teil in der Tür abgeklemmt hat. Und wenn Major Kostin wegen gerechtfertigter Kritik beleidigt ist, dann soll er sich selber dazu äußern oder uns meinetwegen verklagen. Aber ich sage Ihnen gleich: Solche Verfahren gewinnen wir reihenweise.«

»Wolodja Kostin ist ein durch und durch ehrlicher, anständiger Mann. Sie haben sich schon deshalb gegen das Recht vergangen, weil sie einen unbescholtenen Bürger Verbrecher genannt haben, bevor ein Gericht ihn verurteilt hat.«

»Der soll sich gefälligst selber melden und keine Weiber vorschicken!«

»Major Kostin kann seine Ehre leider nicht mehr selbst verteidigen. Er ist verstorben.«

»Wann?«

»Gestern«, wollte ich sagen. Aber dann fiel mir ein, dass ich ja ganze zwei Tage verschlafen hatte. »Am Freitag«, antwortete ich daher.

»Na, das ist ja wunderbar!«, erklang es vom anderen Ende erfreut.

Mir blieb fast die Luft weg.

»Was soll daran wunderbar sein?«

»Er hat den Artikel gar nicht gelesen.«

»Da haben Sie wohl recht.«

»Dann ist doch alles klar! Leben Sie wohl. Ich hab gleich eine dringende Sitzung.«

»Aber …«

»Schreiben Sie uns einen Brief. Darauf erhalten Sie eine offizielle Antwort.«

Im Hörer tutete es. Ich schluckte meine Wut herunter und rief in Wolodjas Büro an.

»Koslow«, hörte ich Mischas Stimme sagen.

»Hier ist Tanja Romanowa. Von dem Unglück hast du gehört?«

»Ja«, kam es von Wolodjas Kollegen.

»Und wie geht es jetzt weiter?«

»Der Fall wird geschlossen.«

»Weshalb?«

»Wegen Todes des Hauptverdächtigen.«

»Und wenn er es gar nicht war?«

»Das tut nichts zur Sache. Der Fall wird geschlossen, die Ermittlungen werden eingestellt.«

»Und keiner sucht den wahren Mörder?«

»Alle Indizien sprachen gegen Wolodja.«

»Das heißt, er bleibt für immer ein Mörder?«

»Ach lass mich doch in Ruhe, Tanja!« Koslows Ton wurde ungeduldiger.

»Gleich bist du mich los! Ich dachte, ihr seid Freunde gewesen! Da kann dir sein ehrlicher Name doch nicht egal sein!«

»Jetzt hör mir mal zu!«, zischte Mischa leise. »Die Sache ist zu Ende, Punktum! Es gibt keine weiteren Untersuchungen. Kostin ist tot! Dem kann es doch egal sein!«

Wütend drückte ich die rote Taste. Natürlich, Wolodja konnten wir nicht zurückholen. Aber mir war durchaus nicht egal, wie die Welt von ihm dachte. Und das Kind? Vielleicht wollte es, wenn es groß war, einmal Jurist werden. Und dann würde man ihm sagen: »Dein Papa war ein Mörder, ein korrupter Lump!«

Wenn ein Mensch nicht mehr da ist, kann einem seine Ehre doch nicht gleichgültig sein. Außerdem kannte ich Wolodja durch und durch. Er hatte nie etwas Unrechtes getan. Der Artikel war eine einzige Lüge. Wolodja bewohnte eine Einzimmerwohnung, die fast ärmlich eingerichtet war. Von einer Garage konnte er nur träumen. Vor dem Haus stand sein alter, zerbeulter Lada. Geld war bei ihm stets knapp gewesen. Und jetzt, da er im Grab lag ... Das Grab!

Ich drückte die Wahlwiederholung.

»Koslow!«, schnarrte Mischa.

»Wann bekomme ich den Leichnam?«

»Wessen Leichnam?«

»Wolodjas.«

»Tanja!« Mischa erregte sich immer mehr. »Wer bist du denn für ihn? Seine Mutter? Seine Frau? Seine Schwester? Seine Tante? Oder stehst du in einer anderen unbekannten Beziehung zu dem Verstorbenen? Warum solltest du seinen Leichnam bekommen?«

»Aber du weißt doch ...«

»Ich will überhaupt nichts wissen! Er ist bereits eingeäschert.«

»Wieso? Wann denn? Warum hat mir niemand etwas davon gesagt?«

»Weshalb sollte man dir das mitteilen, einer völlig fremden Person? Wenn dich Begräbnisse so interessieren, gebe ich der Pathologie der Sklifossowski-Klinik deine Telefonnummer! Die sagen dir dann jeden Tag Bescheid. Und hör endlich auf, mich anzurufen! Vor allem nicht im Dienst! Wolodja war selber schuld! Er hat eben Mist gebaut! Erst bringt er eine Frau um, und dann macht er sich einfach ins Jenseits davon! Lass mich in Ruhe!«

»Hören Sie, Bürger Koslow! Ich rufe Sie nie, nie wieder an! Und wenn Sie heute aus der Straßenbahn steigen, dann sollen Sie stolpern und sich den Hals brechen!!!«

Nachdem mir dieser Satz entfahren war, wollte ich den Telefonhörer wütend auf den Tisch knallen, verfehlte ihn aber, und das Ding landete weit weg am Fenster. Dann riss ich die Seite mit dem Buchstaben K aus meinem Telefonbuch heraus und ruhte nicht eher, als bis ich sie in winzige Stücke zerfetzt hatte. Das bedauerte ich sofort. Koslow war zwar ein Schweinehund, doch mit seiner Telefonnummer hatte ich nun auch die aller übrigen Freunde vernichtet, deren Name mit K beginnt.

Um mich etwas zu beruhigen, steckte ich mir eine Zigarette an und starrte zum Fenster hinaus. Welch tiefe Wahrheit lag doch in der Redensart: Freunde erkennt man im Unglück. Wir hatten Koslow für unseren Freund gehalten! Und wie benahm er sich, als das Unglück an die Tür klopfte? Armer, armer Wolodja, den gleichgültige Menschen vor der Zeit verbrannt hatten, der ohne Begräbnis von dieser Welt scheiden musste, verleumdet und entehrt!

Aber das durfte nicht sein! Mit einem Ruck war ich wieder auf den Beinen, warf die Kippe zum Fenster hinaus und griff entschlossen nach dem Telefon, das immer noch am Boden lag. Ich konnte nicht zulassen, dass Wolodjas ehrlicher Name in den Schmutz getreten wurde. Mochte es ihm selbst auch wirklich schon gleichgültig sein, doch ich konnte Xenia nicht in die Augen sehen. Ich war verpflichtet, den Namen Kostin zu verteidigen. Aber wie sollte ich das tun? Sehr einfach – ich musste den wahren Mörder Sofja Repninas finden und dann den *Moskowski Komsomolez*, dieses Wurstblatt, zwingen, einen neuen Artikel zu drucken. Den wollte ich eigenhändig schreiben.

Jetzt war Handeln gefragt. Als Erstes rief ich auf meiner Arbeitsstelle an. Ich hielt mir die Nase zu und sagte ins Telefon: »Hallo, wer ist dort? Sind Sie das, Roman? Entschuldigen Sie bitte tausendmal, dass ich mich krank melden muss. Ich habe mich erkältet, meine Nase läuft ununterbrochen.«

»Wir haben schon bei Ihnen angerufen«, entgegnete Lomow. »Aber Kira hat gesagt, dass Sie schlafen.«

»Ja, ich konnte zwei Tage lang nicht aufstehen.«

»Meine liebe Tanja, machen Sie sich keine Sorgen und kurieren Sie sich richtig aus!« Mein Chef floss förmlich über vor Liebenswürdigkeit. »Werden Sie das in einer Woche schaffen?«

»Das hoffe ich!«

»In Ordnung.«

Ich lief zum Kleiderschrank und warf mich in die Sachen.

Sofja Repninas Adresse – Argunowskaja Uliza Nr. 6, Wohnung 15, die Slawa Roshkow so nebenbei fallenließ, hatte sich mir ins Gedächtnis gebrannt. Die würde ich mein Leben lang nicht mehr vergessen.

Es war ein unscheinbarer Backsteinbau von fünf Etagen. Ich quälte mich die enge Treppe hinauf. Als ich sah, dass an der einfachen Holztür von Sofjas Wohnung kein Papiersteifen mit Siegel klebte, klingelte ich. Drinnen trippelte jemand zur Tür und öffnete. Vor mir stand eine hagere Frau in abgeschabten Jeans und einem gelben, mit Farbe bekleckten T-Shirt. Es roch nach Farbe und Tapetenkleister.

»Zu wem möchten Sie?«

»Ich komme auf die Annonce«, antwortete ich. »Entschuldigen Sie, dass ich nicht vorher angerufen habe. Ich wohne hier ganz in der Nähe.«

»Auf welche Annonce?«, fragte die Frau verwundert und wischte sich die Hände an der schmutzigen Hose ab.

»Über den Verkauf dieser Wohnung.«

»Wo haben Sie denn die gelesen?«

»In der Zeitung ›Zweite Hand‹ von heute.«

Ich musste sehr überzeugend gelogen haben. Mein Gegenüber bekam immer größere Augen.

»Ich bin daran sehr interessiert, deshalb habe ich mich beeilt, damit ich die Erste bin. Ich wohne hier gleich im Nebenhaus und brauche eine Unterkunft für meinen

Sohn. Der Preis von 20000 scheint mir angemessen. So viel hätte ich gerade. Und auch für Sie scheint es dringend zu sein, oder? In der Annonce ist von ›kurzfristigem Verkauf‹ die Rede. Könnte ich einen kurzen Blick hineinwerfen?«

»Du verdammtes Miststück!«, entfuhr es der Dürren.

»Meinen Sie etwa mich?«, frage ich beleidigt. »Achten Sie auf Ihre Worte! Dafür kann ich Sie verklagen!«

»Um Gottes willen, entschuldigen Sie«, sagte die Beschuldigte rasch. »Natürlich meine ich nicht Sie, sondern Tonja oder Galja! Ich weiß ja nicht, wer von beiden die Annonce aufgegeben hat. Die haben absolut kein Recht auf diese Wohnung! Sie gehört mir!«

»Ich glaube, ich kann Ihnen nicht ganz folgen.«

»Kommen Sie herein, wenn Sie schon mal da sind«, sagte die Frau und zog mich über die Schwelle. Eine Diele gab es hier nicht. Man stand sofort mitten im Zimmer. »Nehmen Sie bitte Platz!« Die Frau wies auf einen Stuhl. »Und entschuldigen Sie die Unordnung. Ich löse den Haushalt auf und muss auch gleich das Fenster streichen. Es ist so morsch, das es bald herausfällt. Sofja war ein faules Mädchen, der Herr möge mir verzeihen. Im Bad fallen die Kacheln ab, das Linoleum in der Küche hat Löcher, und in der Toilette blättert der Putz von der Decke. Das ist eine Bruchbude, aber keine Wohnung. Da werde ich eine Menge reinstecken müssen, bis die wieder bewohnbar wird.«

»Das macht nichts!«, sagte ich rasch. »Wenn nur vier Wände da sind und ein Dach darüber. Mein Sohn hat goldene Hände und eine Frau, die zupacken kann. Die machen im Handumdrehen ein gemütliches Nest daraus.«

»Aber ich verkaufe nicht!«, rief die Frau jetzt wütend.

»Und was soll dann die Annonce?«

»Das waren diese Schlangen! Denen werde ich's zeigen!«, fauchte die Frau. »Hinter meinem Rücken so was auszuhecken! Die haben noch nicht mal das Erbe angetreten und wollen schon darüber verfügen! Die Wohnung gehört mir, mir, Vera Saltykowa, und nicht denen! Die sind mit Sofja überhaupt nicht verwandt! Außerdem wollen Sie bestimmt nicht, dass Ihr Sohn hier wohnt.«

»Warum denn nicht?«

»In diesem Raum ist eine Frau ermordet worden.«

»Waaas?«, rief ich mit gespieltem Entsetzen.

»Genau da, wo Sie jetzt sitzen, hat sie gelegen.«

Ich sprang auf und wich einen Schritt zurück.

»Das ist ja furchtbar«, murmelte ich. »Wen hat man hier umgebracht? Und weshalb? Ging es um Geld?«

Vera runzelte die Brauen.

»I wo! Es ging um Liebe! Sofja hat sich einen Galan zugelegt, der mir gleich nicht geheuer war. Ich habe ihr von Anfang an gesagt: ›Dein Bulle ist ein wildes Tier!‹ Und was hat sie geantwortet? ›Du hast doch keine Ahnung, den wickle ich um den Finger.‹ Das hat sie nun davon. Sofja liegt auf dem Friedhof, und ich muss hier ohne Essen und Trinken in ihren ungewaschenen Sachen wühlen. Und diese Miststücke geben auch noch Annoncen auf!«

»Wissen Sie, was?«, sagte ich mit meinem schönsten Lächeln, »Sie sind sicher schon ganz fertig von der Plackerei. Ich laufe rasch nach Hause und hol uns was zu essen! Darf es auch ein Fläschchen sein?«

»Wodka trinke ich nicht«, behauptete Vera, aber ich sah, wie ihre Augen glänzten.

»Ich mag auch keine harten Sachen, aber etwas für Frauen, so was Süßes, Schnuckliges habe ich bestimmt noch im Schrank. Wir müssen doch der Verstorbenen gedenken.«

»Tu das«, sagte Vera, schon wieder guter Dinge. »Ich brauche wirklich eine Pause, bin hier schon seit dem frühen Morgen zu Gange, kann kaum noch den Rücken gerade machen. Ich koch uns schnell ein paar Kartoffeln!«

Ich lief auf die Straße und ins nächste Lebensmittelgeschäft. Es traf sich gut, dass Vera Saltykowa offenbar gern einen trank. Schlecht war etwas anderes: Ich vertrage überhaupt keinen Alkohol. Schon von dem Geruch wird mir schlecht. Aber ich musste wohl mit ihr trinken, um ihr die Zunge zu lösen.

Vor dem Ladentisch lungerten zwei Typen von unbestimmbarem Alter mit aufgedunsenen Gesichtern herum.

»Hast du nicht ein paar Kopeken für Brot?«, krächzte der eine.

»Nein«, gab ich zurück.

»Wenn nicht für Brot, dann vielleicht für Wodka?«, barmte kläglich der Zweite.

Für Menschen, die die Wahrheit sagen, habe ich immer etwas übrig. Ich drückte also dem Zweiten einen Rubel in die Hand. Dann kaufte ich zwei Flaschen Dessertwein, öffnete eine davon und wollte sie gerade in der Anlage neben dem Geschäft ausgießen.

»Um Gottes willen, nein, warte!«, rief mir einer der Trinker zu und rannte so schnell herbei, wie ich es ihm nie zugetraut hätte. »Was machst du da?«

»Ich kippe den Wein weg. Ich brauche die leere Flasche.«

»Den kann man doch trinken!«

»Meinetwegen, aber nicht aus der Flasche! Wenn du einen Becher hast?«

»Kein Problem!«, rief der Kerl erfreut und holte irgendwoher ein Literglas herbei. »Rein damit.«

Ich tat, wie mir geheißen. Dann kaufte ich ein Paket Kirschsaft, mit dem ich die leere Flasche füllte. Der Unterschied war selbst auf kurze Entfernung nicht zu erkennen. Ausgerüstet mit einer ganzen Wurst, einer Büchse

Erbsen, 300 Gramm Käse und einem Stück Butter tauchte ich wieder bei Vera auf.

»Ich habe einfach gegriffen, was da war.«

»Na, wunderbar!« Vera freute sich. »Die Kartoffeln sind schon gut. Was für Wurst ist das? ›Doktorskaja‹? Genau das Richtige! Fette mag ich nicht.«

»Ich auch nicht.«

Erfreut darüber, dass wir den gleichen Geschmack hatten, setzten wir uns in der Küche zu Tisch. Da fiel mir ein: »Und was ist mit Brot?«

»Kommt sofort!«, rief Vera und ging zum Küchenschrank.

Ich goss ihr rasch ein Glas Portwein ein, mir selber Kirschsaft und schlug vor: »Trinken wir, ohne anzustoßen, damit die Verstorbene ihre Ruhe findet.«

Vera nahm den Trinkspruch ernst und leerte das Glas bis zum Grund. Ich tat es ihr nach. Ehrlich gesagt, trinke ich lieber Tomatensaft, doch Kirschsaft bekam mir allemal besser als Portwein.

Wir legten uns Kartoffeln auf, da klingelte das Telefon. Als Vera ins Zimmer hinüberging, schenkte ich neu ein. Nach der zweiten Dosis bekam mein Gegenüber rote Wangen. Dann musste sie zur Toilette, und als sie wieder zurück war, erwartete sie bereits das dritte Glas. Mit einem Wort, nach einer halben Stunde stützte sie den Kopf schwer auf die Ellenbogen und fragte mit leicht lallender Zunge: »Magst du Liebesromane?«

»Die vergöttere ich!«, log ich hemmungslos. »Ich lese den ganzen Tag nichts anderes!«

»Dann erzähle ich dir jetzt einen über Sofja und unsere Sippe! Willst du?«

»Ich bin ganz Ohr!«, rief ich erfreut.

9. Kapitel

Sofja Repninas Mutter muss eine liebeshungrige Dame gewesen sein, die sich immer wieder neu verheiratete. Jeder verdirbt sich sein Leben, so gut er kann. Einer verfällt der Flasche, ein anderer nimmt Rauschgift. Lydia wechselte die Männer wie die Hemden. Wie viele es tatsächlich waren, konnte Vera Saltykowa, ihre älteste Tochter, nicht genau sagen. Veras Vater Andrej hatte die Mutter 1970 verlassen. Da war das Mädchen gerade fünf Jahre alt. Sie konnte sich noch gut an ihn erinnern. Eigentlich nicht so sehr an den Mann, sondern an die Szene bei seinem Weggang, denn er hatte einen Schemel nach ihrer ruhig lächelnden Mama geworfen, bevor er verschwand. Der verfehlte sie um Haaresbreite und landete im Spiegel des großen Kleiderschranks, der in tausend Stücke zersprang.

»Scher dich zum Teufel!«, rief Veras Mutter ihm hinterher. Obwohl Vera noch sehr klein war, waren ihr deftige Flüche durchaus geläufig. Ihre Mutter sang in Kneipen, wo die Gäste oft stritten und fluchten.

»Wer soll sich zum Teufel scheren?«, fragte das Mädchen, »Papa oder der Schrank?«

»Alle beide!«, antwortete die Mutter. Dann fügte sie hinzu: »Aber eigentlich ist der Schrank nützlicher, und den Weibern rennt er auch nicht hinterher.«

Nach Veras Vater kam Onkel Senja, der seine Tochter Galja mitbrachte, die zwei Jahre älter war als Vera. Er hielt es mit Lydia zwei Jahre aus, wonach er das Zeitliche segnete. Lydia adoptierte Galja und hatte nun zwei Mäuler zu stopfen. Allein konnte sie nicht lange bleiben. Schon nach wenigen Monaten heiratete sie wieder. Ihr neuer Ehemann hieß Nikolai, war zehn Jahre jünger als sie und brachte sein fünfjähriges Schwesterchen Tonja ins Haus.

Onkel Nikolai gefiel Vera und Galja überhaupt nicht. Er spielte Gitarre in einem Trio und soff alles, was er kriegen konnte, ob es nun hart oder weich, süß oder sauer war. Hatte er zu viel getrunken, wurde er handgreiflich. Lydia und die Mädchen bekamen ihr Teil ab. Veras Mutter wollte sich schon von dem Kerl scheiden lassen, da besiegelte er sein Schicksal selbst. Betrunken wurde Nikolai von einem Auto überfahren. Natürlich blieb auch Tonja bei Lydia. Die nächsten Männer im Leben der Sängerin waren Iwan, Alexander und Alexander. Da die letzten beiden Ehemänner denselben Namen trugen, nannten die Kinder sie wie Zaren – Alexander I. und Alexander II. Eigene Sprösslinge besaßen beide zum Glück nicht. Nach ihnen hatte Lydia Affären mit Viktor und Semjon.

1978 kehrte schließlich Andrej Saltykow, Veras leiblicher Vater, zu ihr zurück. Die Musik hatte er zu jener Zeit schon an den Nagel gehängt und nähte jetzt Handtaschen. Er hatte etwas gegründet, das man in der fernen Sowjetzeit eine Kooperative nannte. In einer kleinen Fabrik in dem gottverlassenen Nest Penkin bei Moskau wurden grundhässliche Handtaschen hergestellt. Allerdings aus hervorragendem Leder. Andrej entdeckte hier eine lukrative Einnahmequelle. Durch verbesserten Zuschnitt erreichte man eine beträchtliche Materialeinsparung. Aus dem verbliebenen Leder nähten geschickte Hände elegante Taschen und versahen sie mit dem Etikett »Paris«. Den Absatz übernahmen befreundete Verkaufsstellenleiter. Bald wurde Saltykow mutiger, kaufte im Großhandel selbst Leder ein und zog seine nicht genehmigte Produktion in großem Stil auf. Auf ähnliche Weise entstanden in jenen Jahren moderne Jeans und »Marken«-Hemden mit elegantem Schnitt und den in der Sowjetunion damals völlig unbekannten Button-Down-Kragen.

1980 wurde Sofja geboren, Veras einzige leibliche

Schwester. Zwar trennten beide fünfzehn Jahre, aber sie gingen liebevoll miteinander um. Die Ältere kümmerte sich rührend um die Jüngere. Galja und Tonja konnte Vera dagegen nicht leiden. Als Jugendliche war sie rasend eifersüchtig, wenn ihre Mutter sich ihnen zuwendete. Die Mädchen standen permanent auf Kriegsfuß miteinander. Dem machte Vater Andrej ein Ende. Auch ihm passte es nicht, ständig fremde Kinder um sich zu haben, die ihn an die zahlreichen früheren Partner seiner Frau erinnerten. Andrej Saltykow fand eine einfache Lösung. Bei Galja entdeckte man plötzlich einen Herzfehler, so dass sie in einem Sanatorium bei Moskau untergebracht werden musste. Tonja wurde als Lungenkranke in eine »Waldschule« mit reiner Luft abgeschoben. Man ließ sie nicht im Stich. Lydia und Andrej besuchten sie, versorgten sie mit Kleidung, Süßigkeiten und Spielzeug. Aber in ihr Haus kamen sie nie wieder, nicht einmal zu Neujahr. 1986, während der Perestroika, konnte Saltykow seine Firma legalisieren.

Es ist merkwürdig, dass viele Kinder absolut nicht in die Fußstapfen ihrer Eltern treten wollen. Obwohl Vera eine hübsche Stimme und ein gutes Gehör besaß, wollte sie um keinen Preis Sängerin werden wie ihre Mutter. Sie liebte Tiere. So studierte sie Veterinärmedizin und war jetzt in einer Tierklinik tätig. Sie war unverheiratet. Die Ehe lockte sie nicht, damit hatte sie in ihrer Kindheit genug erlebt.

Sofja war ihr genaues Gegenteil – kokett, etwas dümmlich und ziemlich faul. Wie sehr sich Vater und Mutter auch mühten, für ein Studium taugte sie nicht. Andrej wollte sie in einer privaten Hochschule unterbringen, aber da verliebte sich Sofja zum ersten Mal und heiratete mit siebzehn Jahren Sergej Repnin. Andrej war hocherfreut, kaufte der Tochter eine Wohnung und gab es auf, ihr eine Ausbildung angedeihen zu lassen. Nach einem halben Jahr war Sofja allerdings schon wieder geschieden. Ihren neuen Familiennamen behielt sie, weil ihr der Papierkram zu viel war. Zum Arbeiten hatte sie keine Lust. So lag sie ihren Eltern auf der Tasche und ließ es sich wohl sein. Dafür brauchte Sofja nicht viel – gutes Essen und Trinken, dazu einen erstklassigen Liebhaber. Und wenn sie auf die ersten beiden Dinge zur Not verzichten konnte, so ging ohne Männer bei ihr gar nichts. Ihre Passion waren die über dreißig. Gleichaltrige, für sie allesamt unerfahrene, mittellose Jüngelchen, ließen sie kalt.

»Ihr Verbrauch an Geliebten war enorm. Sie konnte sich einfach nicht bremsen«, erzählte Vera.

Schon nach kurzer Zeit roch der eine schlecht, der andere hatte krumme Beine, ein Dritter schnarchte, ein Vierter hatte nichts im Kopf, und der Fünfte ... Selbst ihre Mutter Lydia, die ja auch nicht gerade wählerisch gewesen war, wunderte sich. Vater Andrej wurde dieses Treiben bald zu viel. Er verlangte von der Tochter, sie möge eine Arbeit aufnehmen. Aber Sofja hörte nicht auf ihn und flatterte weiter durch Klubs und Restaurants. Da wurde der Vater ernsthaft böse und drehte ihr den Geldhahn zu. Sofja zuckte nur die Achseln und sagte schnippisch: »Du denkst wohl, ich kann ohne deine Kopeken nicht leben, du alter Esel?«

»Wie redest du denn mit mir?«, brüllte der Vater sie an. »Eine Hure bist du geworden! Von wem hast du das nur?«

»Von dir und Mama!«, parierte Sofja.

Sie hatte ein loses Mundwerk und setzte auch das hemmungslos ein.

»Entschuldige dich sofort bei deiner Mutter!«, forderte Andrej.

»Das fehlte gerade noch!«, gab Sofja zurück. »Sie konnte so viele Männer haben, wie sie wollte! Und ich nicht?«

»Ich habe immer geheiratet!« Lydia suchte sich zu rechtfertigen. »Ich habe stets in ordentlichen Verhältnissen gelebt. Aber du hüpfst von einem Bett ins andere!«

»Als ob der Stempel daran was ändert!«, rief die respektlose Tochter und lachte laut auf. »Wie viele Papas hat Vera denn gehabt? Zehn? Oder zwölf?«

Da verschlug es selbst Lydia die Sprache. Andrej aber packte die Tochter an ihren zarten Handgelenken, warf sie zur Tür hinaus und rief ihr hinterher: »Dass du dich hier nie wieder blicken lässt, du verdorbenes Dreckstück!«

»Auf euch mach ich einen riesigen Haufen!«, schrie Sofja vom Hof zu ihren Fenstern hinauf. »Krepiert doch alle, ihr Heuchler!«

Damit waren zwischen Eltern und Tochter alle Brücken verbrannt. Sofja geriet in Schwierigkeiten. Als der Vater sie aus dem Hause warf und von ihm kein Geld mehr floss, versiegte justament auch der »Strom« von Sofjas Liebhabern für kurze Zeit. Plötzlich stand sie völlig mittellos da. Vera half der Schwester natürlich, aber viel konnte sie ihr nicht geben.

Sofja musste sich also, ob sie wollte oder nicht, nach einer Arbeit umsehen. Da sie eine echte Schönheit war, stellte man sie sofort in dem teuren Blumengeschäft »Lilie« ein, das ein zahlungskräftiges Publikum mit üppigen Buketts, Ikebana-Gebinden und Blattpflanzen versorgte. Der Lohn war zwar bescheiden, aber reiche Kavaliere gaben sich dort die Klinke in die Hand, und Sofja blühte förmlich auf. Erneut wechselten ihre Liebhaber wie die Szenen in einem Film.

Aber einmal im Frühjahr, entweder im März oder April, das wusste Vera nicht mehr so genau, schaute sie bei Sofja herein, ohne vorher anzurufen. Sie tat damals Dienst auf einem tierärztlichen Rettungswagen und hatte buchstäblich in Sofjas Nachbarwohnung zu tun. Es war gegen elf Uhr abends, und Vera meinte, ihre Schwester müsste um diese Zeit zu Hause sein. Dass sie einen Mann bei sich haben könnte, ging der Älteren erst auf, als Sofja auf ihr Klingeln öffnete und ungnädig brummte: »Was willst du?«

»Nur mal nach dir schauen«, antwortete Vera und musterte das knappe schwarze Negligé, das sich die Schwester rasch übergeworfen hatte.

Dann erspähte sie die Männerjacke an der Garderobe und roch den Duft guter Zigaretten. Bei all ihrem leichten Lebenswandel achtete Sofja auf ihre Gesundheit: Sie rauchte und trank nicht, besuchte sogar Fitness-Studios.

»Wir sehen uns morgen, ja?«, sagte Sofja. »Ich habe einen Gast.«

»Natürlich«, antwortete Vera achselzuckend. »Ich will nicht stören.«

Aber am nächsten Tag hatte sie keine Zeit. Erst nach einer Woche machte sie sich schließlich auf, die Schwester zu besuchen. Durch die Erfahrung klug geworden, rief sie diesmal vorher an.

»Ja?«, antwortete Sofja am Telefon mit schwacher Stimme.

»Bist du krank?«

»Ach, nichts Ernstes.«

»Ich komme gleich bei dir vorbei.«

»Nicht nötig, ich habe nur einen Schnupfen.«

Aber Vera machte stutzig, wie niedergeschlagen die Schwester klang. Auf der Stelle fuhr sie zu ihr.

Als Sofja öffnete, hätte die Ältere beinahe aufgeschrien. Ihre Schwester hatte ein verschwollenes Gesicht. Sie war grün und blau geprügelt, die Augen bildeten schmale Schlitze, und von den Lippen war fast nichts zu sehen.

»Was ist mit dir passiert?«, rief Vera aus, als sie drin waren.

Sofja begann zu weinen. Zwischen den Schluchzern erfuhr die ältere Schwester nach und nach, was geschehen war. Einer ihrer Liebhaber hatte ihr übel mitgespielt. Eifersüchtig wegen ihres leichtfertigen Lebenswandels, hatte er sie grün und blau geschlagen.

»Zieh dich an und komm mit«, befahl Vera.

»Wohin?«, stammelte Sofja.

»Zuerst ins Unfallkrankenhaus, wo wir uns deinen Zustand bestätigen lassen, und dann zur Miliz.«

»Nur das nicht!«, wehrte Sofja ab. Aber die Ältere ließ nicht locker.

»Zieh dich an!«

»Ich gehe nirgends hin!«, stieß die Jüngere zwischen Schluchzern hervor.

»Warum nicht?«, fragte Vera verwundert.

Sie musste sich sehr anstrengen, um zu verstehen, was die Schwester da mühsam lallte, dann aber wollte sie ihren Ohren nicht trauen. Sofja hatte sich verliebt.

»Er ist so ein toller Mann«, kam es von Sofja, »so zärtlich und schön! Ich will nur ihn! Ich werde ihn heiraten.«

»Wo arbeitet er?«

»Das geht dich nichts an!«, antwortete Sofja.

Vera blieb der Mund offen stehen.

»Sag schon, wo?«

»Was kümmert's dich?«, gab Sofja zurück.

»Das heißt, er hat kein Geld«, stellte Vera sachlich fest. Bei sich dachte sie, diese Leidenschaft wird nicht lange halten.

Doch da setzte sie ihre Schwester wieder in Erstaunen.

»Das Geld ist mir egal, ich will nur bei ihm sein. Er vergöttert mich, er ist einzigartig, er …«

»… hat dich fast zu Tode geprügelt!«, ergänzte Vera.

»Wer schlägt, der liebt!« Sofja glaubte tatsächlich an diese uralte Redensart. »Er ist eben sehr eifersüchtig. Du solltest mich am besten nicht mehr besuchen.«

»Warum denn das?«, fragte Vera verwirrt.

»Er will das nicht. Ich soll nur mit ihm zusammen sein.«

»Hat er auch einen Namen?«

»Hat er.« Zum ersten Mal zeigte Sofja ein kleines Lächeln.

»Und wie heißt nun dein Romeo?«

»Iwan Iwanow!«

Vera warf ihrer Schwester einen empörten Blick zu, drehte sich um und ging zum Fahrstuhl. Sofja hielt sie nicht zurück. Vera besuchte sie auch nicht mehr. Sofja rief sie manchmal an und schwärmte ihr von dem Traummann vor. Aber die Gespräche endeten immer gleich.

»Gib mir etwas Geld«, bat Sofja, »nur ein wenig, er hat keine Zigaretten mehr.«

»Dann soll er doch Waggons ausladen gehen!«, erwiderte Vera und legte auf. Aber ihre Schwester war nicht gekränkt und rief wieder an.

Die Ältere blieb fest und wollte von finanzieller Unterstützung nichts hören. Einmal erklärte ihr Sofja: »Er arbeitet, verdient aber sehr wenig.«

»Das ist nicht mein Problem!«, parierte Vera.

Den geheimnisvollen Liebhaber ihrer Schwester bekam sie nie zu Gesicht. Sie hörte immer nur, er sei groß und breitschultrig, ein Blonder von »himmlischer Schönheit«.

»Das Verrückteste aber war«, sagte Vera nachdenklich, »dass sie in dieser Zeit nur ihn hatte. Vorher hielt sie es mit keinem länger als eine Woche, maximal zehn Tage aus. Sie bekam ihre Männer immer sehr schnell satt. Was hatte der, das andere nicht hatten? Vielleicht war er besonders gut im Bett? Sie liebte ihn bis zur Besinnungslosigkeit. Ehrlich gesagt, hätte ich nie gedacht, dass sie zu so etwas überhaupt fähig ist. Sie hatte völlig den Kopf verloren. Sie konnte anrufen und völlig aufgelöst flüstern: ›Ach, Vera, er liebt mich so sehr … Gestern sind wir in ein Geschäft gegangen, ich wollte ihm ein Hemd kaufen. Da sagt der Verkäufer zu mir: ‚Eine so schöne Frau wie Sie könnte glatt als Model arbeiten.' Kannst du dir vorstellen, was er zu Hause gemacht hat? Er hat mit dem Rasiermesser vor meinem Gesicht herumgefuchtelt und gebrüllt: ‚Wenn du einen anderen auch nur ansiehst, zerschneide ich dir dein schönes Frätzchen!' So sehr vergöttert er mich!‹«

Vera war ratlos. Der Schwester zu erklären, dass krankhafte Eifersucht mit Liebe nichts zu tun hat, brachte sie nicht übers Herz.

»Irgendwann bringt dein Romeo dich um«, sagte sie einmal, als sie gar nicht mehr an sich halten konnte. Jetzt machte sie sich deswegen schwere Vorwürfe.

»Ich habe das Unglück förmlich herbeigeredet! Mit einem Messer hat er sie ermordet! Mit einem Küchenmesser! Zum Glück haben sie den Kerl rasch gefunden. Du wirst nicht glauben, was für einer das ist.«

»Was denn?«

»Er ist Major bei der Miliz! Als die Ermittler hier ankamen und den Frauen am Eingang Fotos zeigten, haben die ihn sofort erkannt. Sie sagen, er ist im Winter hier ein und aus gegangen, so ein ganz höflicher. Einer alten Frau hat er die Einkaufstaschen in die Wohnung getragen und sie dann auch noch zur Apotheke gefahren …«

»Welche alte Frau?«

»Eine aus dem Haus«, meinte Vera obenhin. »Oma Lena von Wohnung 23. Steht oft vor der Haustür rum. Und ich muss jetzt mit dem ganzen Schlamassel fertig werden! Ich rackere mich hier ab, und da tauchen doch Galja und Tonja auf und wollen sich die Wohnung untern Nagel reißen! Sofjas leibliche Schwestern wollen die sein, sogar eine Annonce haben sie aufgegeben! Dabei hatten die mit Sofja überhaupt nichts zu tun, diese Giftnattern! Los, heben wir noch einen!«

Ich schenkte ihr rasch das Glas wieder voll. Vera stürzte die dunkelrote Flüssigkeit hinunter und gähnte hemmungslos. Dann meinte sie: »Ich bin auf einmal so müde ...« Und ließ den Kopf auf die Arme sinken.

Ich wartete ab, bis ein leichtes Schnarchen ertönte, zog leise die Tür hinter mir zu und ging davon.

Wohnung 23 lag in der fünften Etage des Nebenaufgangs. Die Uhr zeigte halb eins. Die richtige Zeit, um eine Frau im Rentenalter zu Hause anzutreffen. Ihre Familienangehörigen waren sicher auf der Arbeit, und sie schaute selbstvergessen »Manuela« oder irgendeine andere Seifenoper, die gerade lief. Meine Intuition täuschte mich nicht. Oma Lena vertrieb sich die Zeit vor dem Fernseher. Als sie die Tür öffnete, ertönte im Hintergrund gerade ein leidenschaftlicher Monolog: »Meine Liebe, du bist so schön, dass mir die Augen schmerzen, wenn ich dich nur ansehe ...«

Ich musterte die gedrungene Alte, die trotz des warmen Septembertages in einen dicken Bademantel gehüllt war.

»Sie sind Jelena ..., Verzeihung, Ihren Vatersnamen weiß ich nicht.«

»Sag einfach Oma Lena zu mir«, erklärte die merkwürdige Gestalt großzügig und frage nun ihrerseits: »Worum geht es? Du bist doch keine Hausbewohnerin, die kenne ich alle.«

»Ich komme vom Fernsehen, von der Sendung *Die Kriminalpolizei berichtet*.«

»Na so was!« Oma Lena war ehrlich verwundert. »Und was willst du von mir?«

»Darf ich eintreten?«

»Immer rein«, sagte die Alte bereitwillig. »Nur die Schuhe musst du ausziehen, damit du mir keinen Dreck reinschleppst.«

Ich tat, wie mir geheißen, und trat in ein geräumiges Zimmer, das mit einfachen, aber neuen Möbeln eingerichtet war. Oma Lena machte es sich auf der Couch bequem, ich in einem Sessel.

»Also, was willst du von mir wissen?«

»Hier im Haus ist ein Mädchen umgebracht worden, Sofja Repnina …«

»Ein Mädchen …?«, brummte die Alte. »Das war sie nun gerade nicht.«

»Was denn?«

»Eine Rumtreiberin!«, erklärte Oma Lena. »Jeden zweiten Tag hat sie einen neuen Mann angeschleppt. Hat sich angemalt, die Haare aufgezwirbelt, mit Parfüm begossen und ist dann auf ihren Absätzen davongestöckelt! Zurück kam sie meistens mit dem Auto … Alles teure Kutschen! Und die Kerle – hochnäsig wie sonst was, haben nicht mal gegrüßt. Wenn Sofja dabei war, ist auch die vorbeigeflattert, als ob sie einen nicht kennt. Die war zu stolz, die Nachbarn zu grüßen! Was sind wir gegen die, immer mit dem Rüssel im Dreck …«

»Waren alle ihre Männer so?«

»Ein Einziger kam mir anders vor. Er hat einen zerbeulten Lada gefahren. Ist im Winter hier aufgekreuzt. Wann genau, weiß ich nicht mehr. Wohl im Dezember. Ich habe gerade mein Enkelchen ausgeführt, da sehe ich, wie ein Auto kommt. Sofja steigt aus, und hinter ihr der Mann. Als sie an mir vorbeikommen, sagt der Mann ganz höflich: ›Guten Tag.‹ Ich war total überrascht.«

Am nächsten Tag wollte Oma Lena zur Apotheke. Vorsichtshalber nahm sie den Stock mit, denn der Weg war weit. An der Metro gibt es jede Menge Buden, die Arznei verkaufen, aber die auf Rezept bekommt man nur in der Apotheke.

Da es glatt war, tastete sich die Alte vorsichtig mit

ihrem Stock über den Hof. Da hielt der Lada neben ihr, Sofjas Kavalier schaute heraus und fragte: »Wo wollen Sie denn hin, Großmutter, bei dieser Glätte?«

»Zur Apotheke, Söhnchen.«

»Steigen Sie ein, ich fahre Sie.«

Völlig überrascht, stieg Oma Lena zu ihm in den Wagen. Im Handumdrehen hatte sie ihre Medikamente und war wieder zu Hause.

»So ein wohlerzogener Mensch«, meinte die Alte nachdenklich. »Aber vom Winter zum Frühjahr hat er sich total verändert!«

»Wie das?«

Oma Lena zuckte die Schultern.

»Ich kann es mir nicht erklären. Vielleicht war das Sofjas Einfluss. Das Schlechte siegt immer über das Gute, so sehr man sich auch müht. Schlechte Beispiele verderben gute Sitten.«

»Entschuldigung, Sie haben mich nicht richtig verstanden. Woraus haben Sie geschlossen, dass er sich so verändert hat?«

»Ach, das lag doch auf der Hand!«

Den ganzen Winter über bekam Oma Lena den freundlichen Mann nicht mehr zu Gesicht. Sofja hatte dauernd Herrenbesuch, aber es waren immer andere. Und dann, im März, stand sein zerbeulter Lada wieder vor dem Haus. Oma Lena freute sich und trat dem Mann wie einem nahen Verwandten entgegen.

»Guten Tag, Söhnchen, dich habe ich aber lange nicht gesehen.«

Aber er, der vor kurzem noch so freundlich gewesen war, zog den Kopf tief in den Kragen seiner Pelzjacke und schlüpfte an der alten Frau vorbei, ohne ein Wort zu sagen. Danach begegnete sie ihm noch öfter, doch es war, als sollte sie sein Gesicht nicht sehen. Mal klappte er den

Kragen der Pelzjacke hoch, dann den seines Mantels, schließlich setzte er sich gar eine Mütze mit riesigem Schild und eine dunkle Brille auf. Und grüßte Oma Lena nie wieder. In seinen Wagen lud er sie natürlich auch nicht ein. Dann ging plötzlich das Gerücht um, der Galan habe Sofja umgebracht. Ein Milizionär kam zu Oma Lena und legte ihr Fotos vor. Aus den vielen Bildern fischte sie ohne Probleme den Mann heraus, der sie zur Apotheke gefahren hatte.

»Sind Sie sicher, dass Sie im Winter und im Frühjahr ein und denselben Mann gesehen haben?«, fragte ich vorsichtig.

»Natürlich.«

»Wie können Sie das so genau wissen?«

»Wer soll es denn sonst gewesen sein? Er war groß, breitschultrig, hatte blondes Haar ... Und das Auto war auch dasselbe.«

»Was für ein Auto war es denn?«

»Na, ein Lada! Die kenne ich genau, mein Schwiegersohn hat auch so einen.«

»Farbe?«

»Dunkelblau, nein, schwarz ... oder vielleicht braun?« Jetzt war Oma Lena unsicher. »Jedenfalls ein dunkler.«

Schweigend trat ich vor die Tür und ließ mich auf einer Bank nieder. Dunkelblau, schwarz, braun – ein dunkler ... Das klang nicht sehr präzise. Und noch etwas: Wolodja hatte nie eine Pelzjacke besessen. Also konnte auch er es nicht gewesen sein, der im März mit hochgeschlagenem Kragen an Oma Lena vorbeilief. Das war nicht Wolodja! Aber wenn nicht er, wer dann?

10. Kapitel

Als ich wieder nach Hause kam, war ich völlig durcheinander. Ich öffnete die Wohnungstür und traute meinen Augen nicht. Die Diele und das Stück Korridor, das ich vom Eingang sehen konnte, blitzten vor Sauberkeit. Aus der Küche duftete es köstlich nach einer kräftigen Fleischbrühe.

»Ist jemand zu Hause?«, rief ich.

»Hier sind wir!«, ertönte ein vielstimmiger Chor.

An unserem großen Küchentisch waren alle Plätze besetzt. Da saßen Lisa, Kira, Mascha Gawrjuschina, Sascha Krotow ... Die Kinder mussten die halbe Klasse angeschleppt haben. Am Herd hantierte Xenia. Das Haar hatte sie mit einem Tüchlein aufgebunden. Als sie meiner ansichtig wurde, errötete sie leicht.

»Entschuldigen Sie, ich habe ein bisschen Hausfrau gespielt. Da kein Essen im Kühlschrank war, habe ich schnell etwas gekocht. Ich habe genommen, was ich im Tiefkühlfach fand.«

Ich starrte auf die duftende Brühe und einen ganzen Berg knuspriger Bouletten, die mit Kräutern und Knoblauch bestreut waren. Im Kühlschrank hatten doch nur ein paar Stücke billiges Fleisch gelegen, das eigentlich die Hunde kriegen sollten.

»Sie sind sicher müde«, sagte Xenia und holte einen Teller aus dem Schrank, wobei sie sich mit ihrem riesigen Bauch sehr geschickt bewegte. »Setzen Sie sich und probieren Sie meine Bouletten. Das Fleisch war nicht toll, sehr sehnig, aber immerhin frisch.«

Ich verschlang gleich drei von den appetitlichen Dingern. Wie mochte sie aus dem Hundefutter nur so etwas Köstliches gezaubert haben? Auch die Kinder saßen still und stopften die guten Sachen in sich hinein. Die Hunde lagen satt auf der Couch und blinzelten zufrieden vor sich hin.

»Die müssen Gassi gehen«, sagte ich und ächzte. Es hatte wieder zu regnen begonnen, und die Aussicht, noch einmal auf den dunklen Hof zu müssen, war nicht gerade erfreulich.

»Schon erledigt«, teilte mir Xenia sachlich mit. »Ich mag Tiere. Die Dicke da« – sie wies mit dem Finger auf die vollgefressene Mulja – »hat mich zuerst angeknurrt, aber als ich ihr das Futter hingestellt habe, war sie gleich freundlich zu mir. So leicht sind Hunde rumzukriegen.«

Bei diesen Worten lachte Xenia fröhlich auf. Dieses fast kindliche Lachen erfüllte die ganze Küche. Es gibt solche reinen, unverbildeten Menschen, bei denen einem leicht und froh ums Herz wird, wenn sie nur da sind.

Ich musste lächeln. Mit vollem Mund – es war schon die vierte Boulette – murmelte ich: »Du darfst dich nicht so anstrengen. Sogar den Fußboden hast du gescheuert.«

»Und die Wäsche gewaschen!«, rief Kira dazwischen. »Und aus meinem Zimmer den ganzen Dreck rausgeschafft!«

»Das tust du nicht wieder«, sagte ich in vollem Ernst. »Vor der Entbindung musst du Kräfte sammeln.«

»Ach, was!« Xenia winkte ab. »Sie laufen den ganzen Tag herum, und ich werde hier auf der faulen Haut liegen! Ich kann nicht untätig herumsitzen. Schade, dass Sie keine Stricknadeln haben.«

»Du kannst stricken?«

»Wie eine Maschine«, antwortete Xenia, »einen Westover in drei Stunden.«

»Kannst du auch Napfkuchen backen?«, rief Kira mit vollem Mund.

»Mit welcher Creme? Vanille oder Schokolade?«

»Weiß ich nicht«, sagte Kira verwirrt. »Bei Tanja gibt's

keine Creme, nur den Kuchen mit ein paar Apfelstücken.«

»Mach doch gleich beide!«, rief Lisa.

»Jetzt hört aber auf!« Ich wurde ernsthaft böse. »Als ob ihr am Verhungern seid! Schämt ihr euch nicht, von einer Schwangeren so etwas zu verlangen?«

»Das macht mir doch Spaß!«, meinte Xenia.

Da klingelte es an der Tür.

Auf der Schwelle stand ein junger Mann mit einem Köfferchen.

»Guten Abend, ich komme von ›Zerberus‹.«

»Von wem?«, fragte ich verblüfft.

»Sind Sie Tatjana Romanowa?«

»Bin ich.«

»Ihre Wohnung soll beim Sicherheitsdienst der Miliz angeschlossen werden. Sie haben einen Antrag gestellt. Jetzt bin ich da – am 6. September, wie vereinbart.«

»Entschuldigen Sie bitte!«, rief ich aus. »Das hatte ich ganz vergessen! Man wird eben langsam alt!«

»Kein Problem«, sagte der junge Mann höflich. »Ich bringe meine Termine auch manchmal durcheinander.«

Ende August hatten wir mehrmals so merkwürdige Anrufe. Irgendwer schnaufte in den Hörer, sagte aber keinen Ton. Anfangs dachte ich, Klassenkameraden unserer Kinder wollten uns ärgern. Als ich aber Wolodja davon erzählte, nahm der die Sache ernst.

»Es kann sein, dass jemand eure Wohnung ausspioniert. Am besten wir machen eine Sicherheitsschaltung zur Miliz.«

»Das ist doch bestimmt teuer.«

»Nicht sehr. Die Installation kostet 600 Rubel, und danach sind jeden Monat 50 Rubel fällig. Dafür kannst du beruhigt aus dem Haus gehen.«

»Na, meinetwegen.«

Wolodja hatte alles eingeleitet, und nun war der Monteur da.

»Möchten Sie einen Alarmknopf?«, fragte er.

»Was ist denn das?«

»Eine nützliche Sache«, antwortete der Monteur und holte etwas hervor, das wie ein alter Lichtschalter aussah. »Wenn jemand, was wir nicht annehmen wollen, in ihre Wohnung einbricht, dann drücken Sie einfach auf diesen Knopf, und im Handumdrehen ist die Miliz da.«

»Bringen Sie das Ding an«, sagte ich zustimmend.

Der Monteur begann Drähte auszurollen, immer umringt von den Kindern und den Hunden. Die Katzen sahen sich das Ganze aus sicherer Höhe an. In der Küche lief der Mixer. Xenia kam dem Wunsch der Kinder nach und rührte einen Napfkuchen ein.

Ich ging ins Wohnzimmer, schlug das Moskauer Telefonbuch auf, suchte die Nummer des Blumengeschäfts »Lilie« und wählte.

»Guten Tag«, erklang eine melodische Frauenstimme. »Was kann ich für Sie tun? Möchten Sie einen Hochzeitsstrauß bestellen? Oder die Dekoration für ein Bankett? Vielleicht einen Kranz? Wir liefern alles komplett.«

»Wie lange haben Sie geöffnet?«

»Rund um die Uhr«, zwitscherte die Stimme weiter. »Sie sind uns willkommen, wann immer Sie mögen.«

»Ihre Anschrift bitte«, bat ich.

Eine halbe Stunde später rief der Monteur: »Die Hausfrau bitte!«

Fertig angezogen für den Gang ins Blumengeschäft, trat ich in den Korridor hinaus.

»Was gibt's?«

»Ich bin jetzt fertig. Ich muss Ihnen noch zeigen, wie das Ganze funktioniert. Wenn Sie weggehen, wählen Sie diese Nummer und sprechen Ihren Code in den Hörer:

754. Dann meldet sich unsere Diensthabende mit ihrem Namen, zum Beispiel Belowa, und der Bezeichnung einer Stadt.«

»Welcher Stadt?«

»Irgendeiner in Russland, zum Beispiel Moskau, Orjol oder Kursk …«

»Und wozu das?«

»Es ist die Parole. Sie wechselt jeden Tag.«

»Alles klar!«, rief Kira. »Wenn wir dann zurückkommen, teilen wir ihr die Parole mit! Toll! Und so einfach!«

Auch mir schien das alles verständlich zu sein.

»Den Alarmknopf rühren Sie ohne Not nicht an. Am liebsten wäre mir, Sie brauchten ihn überhaupt nicht.« Damit verabschiedete sich der junge Mann.

»Wir gehen jetzt ein bisschen raus!«, teilte Lisa mit.

»Und die Hausaufgaben?«

»Die machen wir später«, meinte Kira. »Xenia soll mitkommen und sich Moskau anschauen, solange das Kind noch nicht da ist.«

»Vergesst die Schlüssel nicht!«, sagte ich und lief aus dem Haus.

Das Blumengeschäft »Lilie« machte einen umwerfenden Eindruck. An einem solchen Ort weilte ich zum ersten Mal. Ehrlich gesagt, kaufe ich Blumen lieber bei den Händlern an der Metrostation. Geschäfte wie »Lilie« ignoriere ich, denn dort kostet ein Sträußchen, von den Händen eines wunderschönen Blumenmädchens gebunden, ein Wahnsinnsgeld.

Der Raum von mindestens hundert Quadratmetern war als Dschungel gestaltet. Von der Decke schaukelten grüne Seile, die Lianen darstellen sollten, an denen riesige Plüschaffen hingen. In der Mitte des Raumes plätscherte ein Springbrunnen in einem Meer von Blumen und Grünpflanzen aller Art: von kleinen unscheinbaren Veilchen bis zu riesigen Feigenbäumen, oder wie diese Dinger mit den gewaltigen fleischigen Blättern auch immer hießen. Für Botanik hatte ich nie viel übrig, und eine Gartenfreundin wird aus mir auch nicht werden. Auf der Datsche geht mir selbst der Dill ein, von dem alle Nachbarn behaupten, der wachse wie Unkraut überall.

Kaum hatte ich meinen Fuß auf den weichen Teppichboden von der Farbe frischen Salats gesetzt, da erklang Musik aus unsichtbaren Lautsprechern. Davon verstehe ich etwas, aber dieses Werk des genialen Ludwig van Beethoven hörte ich in solcher Umgebung zum ersten Mal. Geht es doch bei ihm meist um die Überwindung des Bösen und den Sieg über sich selbst. Hier dröhnte der zweite Satz seiner Klaviersonate Nr. 7, *Largo e mesto* in mein Ohr. Wer dieses traurige Stück ausgewählt hatte, den würde ich gern einmal kennenlernen. Mozart überm Ladentisch oder an anderen öffentlichen Orten hatte ich schon erlebt, mitunter auch Tschaikowski. Aber Beethoven?

»Womit kann ich dienen?« Eine zarte Stimme riss mich aus meinen Gedanken. Ich fuhr herum und erstarrte. Ein wunderschönes Mädchen von etwa zwanzig Jahren lächelte mich an. Sie war ... als Kätzchen verkleidet. Sie hatte sich ein Pelzkäppchen mit spitzen Ohren aufgesetzt und trug einen enganliegenden graugestreiften Anzug mit langem Schwanz, der ihre schlanke Figur sehr vorteilhaft zur Geltung brachte. Ihre zarten Finger endeten in blutroten, spitz geschnittenen Nägeln.

»Kann ich Ihnen helfen?«, wiederholte das Kätzchen.

Verdattert murmelte ich: »Ich brauche einen Blumenstrauß.«

»Na, wunderbar«, säuselte das liebe Tier, »folgen Sie mir bitte.«

Sie führte mich zu zwei tiefen Sesseln, zwischen denen

ein Zeitungstischchen stand, und fragte: »Zu welchem Anlass sollen die Blumen sein? Zu einer Hochzeit? Einem runden Geburtstag? Oder sind sie als Liebeserklärung gedacht?« Plötzlich war das Lächeln aus ihrem Gesicht wie weggewischt, und sie fragte betreten: »Für eine Beerdigung?«

»Nein«, sagte ich rasch, »zum Geburtstag.«

»Für einen Herrn oder eine Dame?«

»Schenkt man denn Blumen nach Geschlecht?«

»Natürlich«, antwortete das Mädchen und belebte sich sichtlich. »Auch einem Mann kann man ein sehr ansprechendes Bukett schenken, allerdings muss es streng arrangiert sein, ohne alle Schnörkel.«

»Der Strauß ist für eine gute Freundin gedacht, die bald vierzig wird.«

»Ein schöner Anlass«, erklärte die Verkäuferin erfreut, »dafür kann ich Ihnen ein wundervolles Angebot machen.« Sie hüpfte von Vase zu Vase.

»Diese, diese, die und die.«

»Vielleicht ein hübsches Band hinein?«

»O nein, auf keinen Fall«, erwiderte die Floristin. »Hat Ihre Freundin Kinder?«

»Ja.«

»Dann kann man ein, zwei Figürchen hineinstecken. Vielleicht noch eine Bonbonniere dazu?«

»Was kostet das alles zusammen?«

»Dreihundert«, antwortete die Dame ungerührt. Gerade wollte ich mich darüber freuen, dass ich noch 400 Rubel im Portemonnaie hatte, da fügte sie hinzu: »Ich rechne Ihnen die Dollars rasch in Rubel um.«

Sie zückte einen Taschenrechner und verkündete einige Sekunden später: »8 400 Rubel, ohne Lieferung.«

Krampfhaft bemüht, mein Entsetzen zu verbergen, erklärte ich forsch: »Ihr Bukett gefällt mir nicht.«

»Möchten Sie es lieber in roten Tönen?«, fragte das Kätzchen nun und sprang wieder von Vase zu Vase.

»Als ich kürzlich bei Ihnen einen Kranz für eine Beerdigung erworben habe, hat mich eine andere Verkäuferin bedient, deren Zusammenstellung hat mir besser gefallen«, sagte ich frech.

»Wissen Sie ihren Namen?« Das Kätzchen lächelte immer noch.

»Woher soll ich den wissen?«

»Hier liegt immer eine Karte.« Die Verkäuferin wies auf das Zeitungstischchen. Dort las ich: »Heute bedient Sie Lena.«

»Ich glaube, auf der Karte stand ›Sofja‹. Ja, jetzt erinnere ich mich genau! Rufen Sie sie doch bitte!«

Lenas Miene verfinsterte sich.

»Leider hat sie heute frei. Aber ich könnte Ihnen Sweta rufen, unsere Schichtleiterin, sie ist Doktor der Botanik!«

»Ich will keine Sweta«, sagte ich launisch, »ich will Sofja. Übrigens, dieser Strauß für meine Freundin ist nur der Anfang. Ich wollte Ihren Salon eigentlich mit der Ausgestaltung des Bankettsaals von 200 Quadratmetern für meinen Geburtstag beauftragen. Ich dachte, das bewältigen Sie. Aber jetzt sehe ich, dass Sie sich so gar nicht auf Ihre Kunden einstellen. Wahrscheinlich brauchen Sie einen solchen Auftrag nicht. Entweder Sie bringen mir jetzt Sofja, oder ich gehe zur Konkurrenz!«

»Oh, gedulden Sie sich bitte einen Moment«, bat das Mädchen. »Entschuldigen Sie die Umstände, ich rufe Ihnen sofort unsere Geschäftsstellenleiterin!«

Wie der Blitz verschwand das Kätzchen in einer Seitentür. Die Musik verstummte. Einen Moment später erschien eine seriöse Dame von etwa vierzig Jahren mit tadellosem Make-up und schlichtem, aber teurem Schmuck, der ideal zum eleganten Kostüm passte.

»Darf ich vorstellen«, flötete das Kätzchen, »Natalja Konstantinowna.«

»Lena, bediene bitte den nächsten Kunden«, wies sie die Verkäuferin an und fragte höflich, aber ohne jede Unterwürfigkeit im Ton: »Sie möchten Sofja sprechen?«

»Allerdings!«, entgegnete ich spitz. »Nur Sofja, mit einer anderen rede ich erst gar nicht!«

Natalja Konstantinowna wollte gerade etwas erwidern, da setzte die Musik ein, und ich spielte die Erstaunte: »Was ist denn das?«

»Gefällt Ihnen etwas nicht?«, fragte die Direktorin nicht gerade freundlich. Offenbar mochte sie mich gar nicht.

»Es ist die Musik.«

»Nicht Ihr Geschmack?«

»Ich liebe Beethoven, aber Sie spielen hier etwas, das in dieser Umgebung schon sehr merkwürdig klingt: das Rondo von der ›Wut über den verlorenen Groschen‹! In einem Geschäft wie Ihrem, na, wissen Sie …«

Jetzt war es an der Direktorin, sich zu wundern. »Sie sind Musikerin?«

»Jetzt nicht mehr, aber ich habe am Moskauer Konservatorium Harfe studiert.«

Natalja Konstantinowna schlug vor Verwunderung die Hände zusammen. »Das gibt's doch nicht! Ich bin auch Absolventin des Konservatoriums und ebenfalls Harfenistin!«

Wir starrten uns an. Dann sagte mein Gegenüber: »Kommen Sie doch bitte in mein Büro. Dort können wir in Ruhe reden.«

Der Kontrast zu dem weitläufigen Blumensalon konnte nicht größer sein. Die Direktorin saß in einem winzigen Raum ohne jeden Hinweis darauf, dass sie mit Blumen handelte. Wahrscheinlich hatte Natalja Konstantinowna die üppigen Orchideen, Rosen und Chrysanthemen gründlich satt.

»Trinkst du einen Kaffee mit?«, fragte sie mich und schlug sogleich einen kollegialen Ton an.

Ich mag Nescafé überhaupt nicht, aber vielleicht regte er ja die Unterhaltung an. Ich sollte mich getäuscht haben. Die Direktorin schaltete eine winzige Kaffeemaschine ein und stellte im Handumdrehen zwei Tassen duftenden Kaffees auf den Tisch.

»Wie heißt du?«

»Romanowa.«

»Hattest du früher einen Zopf? So einen langen bis zur Taille?«

»Hatte ich«, gab ich verwundert zurück. »Erst im vierten Studienjahr habe ich ihn abgeschnitten. Meine Mutter hat fast einen Herzanfall bekommen. Alle hatten längst moderne Frisuren, und ich lief immer noch mit diesem altmodischen Ding herum!«

»Dann hat mich meine Erinnerung nicht getäuscht«, sagte Natalja lächelnd. »Du hast bei Emma Teodorowna studiert, stimmt's?«

»Ja.«

»Ich auch. Nur drei Studienjahre höher.«

»Und wie heißt du?«

»Amiranowa.«

»Moment mal, das warst doch du, die im fünften Studienjahr auf dem Wettbewerb von Varna den zweiten Preis gewonnen hat!«

»Das war ich«, bestätigte Natalja mit einem versonnenen Lächeln.

»Du spielst also nicht mehr.«

»Und du, gibst du noch Konzerte?«

»Nein.«

»Warum nicht?«

Ich murmelte verlegen: »Weil ich geheiratet habe. Und dann, wer will heute noch Harfenmusik hören? Stellen in Orchestern sind rar, und Solokonzerte veranstaltet kaum noch einer. Die Harfe passt nicht in den Kommerz von heute.«

»Genau so ist es mir ergangen«, bestätigte Natalja seufzend. »Ich habe geheiratet, wurde geschieden und stand dann mit meinem Kind allein da. Ich musste Geld verdienen. Dabei habe ich es noch gut getroffen. Ich handle mit Blumen … Kannst du dich an Serjosha Laptew erinnern? Den Kontrabassisten, dem man eine große Karriere vorausgesagt hat?«

Ich nickte. »Seine Eltern haben beide im Orchester des Bolschoi-Theaters gespielt.«

»Die sind schon lange tot«, sagte Natalja nachdenklich. »Und Serjosha ist heute Friedhofsdirektor.«

»Was?!«

»Er vergibt Grabstellen. Kürzlich ist er in unserem Salon aufgetaucht – im schwarzen Anzug mit schwerer Uhrkette und einem dicken Goldring am Finger. Blumen sind ein einträgliches Geschäft. Und was machst du?«

Die Lüge rutschte mir ganz von selbst heraus. »Ich arbeite in einer Privatdetektei.«

»Ach, so ist das!« Natalja war gar nicht verwundert. »Deshalb wolltest du unbedingt Sofja sprechen. Wahrscheinlich hat dich eine betrogene Gattin angeheuert, ihrem Mann nachzuspionieren!«

»Du hast nicht geglaubt, dass ich Blumen kaufen will?«

Natalja lachte. »Natürlich nicht. Entschuldige schon, aber dir sieht man an, dass du keine Kundin von uns bist. Allerdings schicken die manchmal auch ihre Dienstboten vorbei. Dafür war aber dein Ton zu unverschämt. Lena hat gleich gesehen, dass du nichts kaufen wirst.«

»Deine Mädchen sind gut dressiert«, bemerkte ich anerkennend. »Sie hat immer nur gelächelt …«

»Natürlich kann man sich irren«, erzählte Natalja. »Vorgestern kam hier ein Mann herein, der wie ein echter Obdachloser aussah. Die Hose mit einem Strick zusammengehalten und auf dem Kopf ein speckiger Strohhut. Er hat den halben Laden leergekauft. In schwierigen Fällen, wenn die Verkäuferinnen nicht weiterwissen, holen sie mich.«

»Hat das Sofja auch so gemacht?«

Die Direktorin atmete schwer, nahm sich eine Zigarette und erklärte: »Sofja wusste immer genau, was sie tat. Die hatte ein Gespür für Menschen. Sie war ein sehr aktives Mädchen.«

»Warum sprichst du von ihr in der Vergangenheit? Hast du sie hinausgeworfen?«

»Sofja ist vor einigen Tagen ermordet worden.«

»Was du nicht sagst!«, rief ich und klatschte mit gespieltem Erstaunen in die Hände. »Wer war es?«

»Ich weiß nicht, bestimmt einer ihrer Liebhaber.«

»Hatte sie denn viele Männer?«

Natalja drückte die nicht zu Ende gerauchte Zigarette im Aschenbecher aus.

»Unzählige. Sie war außerordentlich schön, zugleich aber auch strohdumm. Bildung war für sie ein Fremdwort. Doch den meisten unserer männlichen Kunden rutschte beim Anblick ihrer Beine der Verstand in die Hose. Sofja war von der Aura einer geradezu animalischen Sexualität umgeben. Sie brauchte einen Vertreter des starken Geschlechts mit ihren riesigen Augen nur einmal anzuschauen, und es war um ihn geschehen.«

»In solchen feinen Geschäften wie eurem mag man es doch eigentlich nicht, wenn die Verkäuferinnen den Kunden schöne Augen machen.«

»Da hast du recht, und auch ich verbiete meinen Damen jedes Kokettieren am Arbeitsplatz. Aber was die Mädchen in ihrer Freizeit machen, geht mich nichts an. Übrigens trat Sofja keinem Kunden zu nahe, darauf verstand sie sich. Und viele ihrer Kavaliere kamen immer wieder zu uns. Ihr ausschweifendes Liebesleben war dem Geschäft durchaus zum Nutzen.«

»Hat es denn nie Probleme gegeben?«

Natalja runzelte die Brauen.

»Doch, aber nur ein einziges Mal.«

»Was ist da passiert?«

Die Direktorin druckste ein wenig. Schließlich presste sie hervor: »Eine Gattin hat einen Skandal gemacht.«

»Und weiter?«

Natalja Konstantinowna versuchte einen Moment ernst zu bleiben, musste dann aber lachen. »Ach, wo wir so alte Bekannte sind, kann ich es auch erzählen!«

11. Kapitel

Am 8. März dieses Jahres, also genau am Frauentag, erschien im Blumensalon »Lilie« eine elegante Dame. Ihren prächtigen Chinchilla-Pelz schleifte sie hinter sich her wie ein dreijähriges Krokodil seinen Schwanz. An ihren Händen und in ihrem Ausschnitt blinkte schwerer Goldschmuck mit enormen Steinen. An den Füßen hatte sie Riemchensandalen auf Stilettoabsätzen, was darauf hinwies, dass sie im Wagen vorgefahren sein musste. Den hatte sie offenbar nicht selbst gesteuert, denn ihr folgte ein junger Mann, der sich lässig am Eingang postierte und dabei den Zündschlüssel bedeutsam um den Finger kreisen ließ.

»Rufen Sie Sofja!«, sagte die Unbekannte in befehlsgewohntem Ton.

Was dann passierte, musste sich Natalja Konstantinowna selbst zuschreiben. Hatte man sie doch als Leiterin dieses Etablissements eingesetzt, damit sie Zwischenfällen solcher Art zuvorkam. Aber an diesem Tag wusste sie nicht, wo ihr der Kopf stand. In der »Lilie« waren gewöhnlich kaum zwei Kunden gleichzeitig anzutreffen. Die Preise, die hier verlangt wurden, konnten sich nur sehr wohlhabende Leute oder Organisationen leisten. An diesem 8. März jedoch hatte man immer mindestens fünfzehn Männer gleichzeitig bedienen müssen. Natalja Konstantinowna achtete nicht darauf, dass an Gesicht und Hals der Kundin bereits hektische rote Flecken erschienen, und rief nach hinten: »Sofja, bitte zum Eingang, eine Kundin für Sie.«

Die Gerufene tauchte aus einem Dschungel von Tradescantien und Orchideen auf und flötete, so zart sie konnte: »Stets zu Ihren Diensten. Was kann ich für Sie tun?«

Natalja Konstantinowna, die wegen des ungewöhnlichen Ansturms ausnahmsweise ebenfalls bediente, hörte nur mit halbem Ohr, wie die aufgedonnerte Dame zischte: »Ja, deine Dienste sind wirklich erstklassig, du Schlampe!«

Erschrocken über so grobe Worte aus dem Munde der vornehmen Person trat Natalja einen Schritt nach vorn, aber da ging es schon los! Als Erstes versetzte die Kundin Sofja einen kräftigen Stoß. Die Verkäuferin, die damit nicht gerechnet hatte, konnte sich auf ihren hohen Absätzen nicht halten und plumpste in einen riesigen Palmentopf. Die Dame lachte hämisch auf, griff sich eine Gießkanne und verpasste dem verdatterten Mädchen eine Dusche aus flüssigem Blumendünger. Sofja kreischte auf. Da packte die aufgebrachte Person sie am Genick, drückte ihr Gesicht in die feuchte Erde und schrie: »Dreck sollst du fressen für deine Schönheit! Friss Dreck, oder ich bring dich um!«

»Hören Sie sofort auf!«, schrie Natalja Konstantinowna und stürzte zu der Frau, die sich so wahnsinnig aufführte.

Die aber holte aus ihrer Handtasche eine Pistole und schoss in die Luft. Sie traf eine Leuchtröhre, die mit ohrenbetäubendem Knall explodierte. Dann Totenstille. Die männlichen Kunden erstarrten. Es war, als habe man bei einem Video die Stopptaste gedrückt.

»Keine Angst!«, rief die Dame und drückte Sofja Erdklumpen ins Gesicht. »Ihnen tue ich nichts! Aber mit dieser Nutte muss ich abrechnen! Mischen Sie sich nicht ein! Wer mir zu nahe kommt, den knall ich ab!«

Die Kunden schlichen sich an ihr vorbei zum Ausgang. Die Verkäuferinnen waren hinter den Grünpflanzen in Deckung gegangen. Nur der Chauffeur stand immer noch am selben Fleck und beobachtete gleichmütig das wilde Treiben.

Zu ihm stürzte nun Natalja Konstantinowna. »Bitte, stoppen Sie Ihre Chefin!«, bat sie ihn.

»Das ist mir nicht gestattet«, erklärte der junge Mann seelenruhig und sah interessiert zu, wie die Furie Sofja die Kleider vom Leibe riss. »Sie macht das doch toll, oder? Genau das hat das Weib verdient.«

»Wofür denn?«, rief Natalja.

»Dafür, dass sie zu fremden Männern ins Bett kriecht«, kam die Antwort.

Natalja blieb nichts weiter übrig, als den Dingen ihren Lauf zu lassen. Natürlich gab es in der »Lilie« einen Sicherheitsmann. Aber in diesem Laden für Superreiche passierte sonst kaum etwas. Die Kunden waren feine Leute, und Obdachlose oder Betrunkene trauten sich gar nicht erst herein. Daher hatte Natalja den Wachmann vor zehn Minuten ohne Bedenken in die Mittagspause entlassen. Und die Miliz durfte sie nicht rufen. Der Besitzer hatte ihr eingebleut, jeden Konflikt selbst zu regeln und die Behörden außen vor zu lassen.

»Ich will keine Bullen in meinem Geschäft, verstanden?«, hatte er der ehemaligen Harfenistin erklärt, als er sie einstellte.

»Wenn du das nicht schaffst, bist du ganz schnell wieder draußen!«

Daher flatterte Natalja nur völlig entgeistert um das wild gewordene Weib herum und flehte: »Hören Sie doch auf, beruhigen Sie sich, lassen Sie uns reden!«

Als der Wachmann fünfzehn Minuten später satt und zufrieden wieder in der »Lilie« aufkreuzte, war alles vorbei. Die Rachegöttin hatte den Ort des Geschehens bereits verlassen, nicht ohne Natalja eine Visitenkarte mit den Worten vor die Füße zu werfen: »Für den Schaden kommt der auf!«

Sofort wurde nun das Schild mit der Aufschrift »Inventur« an die Tür gehängt. Das Geschäft musste geschlossen werden. Und das am 8. März, dem Tag mit dem höchsten Umsatz im ganzen Jahr! Auf der Toilette halfen die Verkäuferinnen der schluchzenden Sofja, sich wieder etwas herzurichten.

»Die Schreckschraube kenne ich überhaupt nicht! Ich sehe sie zum ersten Mal!«, rief Sofja verzweifelt aus. »Die muss aus dem Irrenhaus ausgebrochen sein!«

Natalja Konstantinowna nahm die Visitenkarte und las: »Pjotr Pantelejew, General. Kennst du den auch nicht?«, fragte sie Sofja.

Die machte runde Augen. »Petja!«, entfuhr es ihr. Erschrocken biss sie sich auf die Lippen.

»Hast du ihn angerufen?«, fragte ich Natalja.

»Natürlich.«

»Und?«

»Zehn Minuten später war er da: ein Mann wie aus dem Bilderbuch, etwa vierzig Jahre alt, groß und stattlich. Ohne eine Frage zu stellen, hat er sofort alles bezahlt – die abgebrochene Palme, den verdorbenen Teppich, die zerschossene Beleuchtung …«

Natalja Konstantinowna dachte bei sich, dass sie ihren Chef über den Vorfall nicht unbedingt informieren musste. Daher forderte sie: »Und noch 2000 Dollar dazu. Für den Verlust, den wir durch die Schließung unseres Geschäfts am besten Handelstag des Jahres erlitten haben.«

Der General zückte noch einmal die Brieftasche und legte 2500 auf den Tisch.

»Der Rest ist Schmerzensgeld für Sofja.«

»Die ist doch selber schuld!«, erklärte Natalja Konstantinowna.

»Nein, nein«, unterbrach sie der General. »Sofja hat damit nichts zu tun. Mich hat der Hafer gestochen! Das ist auch nicht verwunderlich, so schön wie sie ist, einfach ein Bild von einer Frau! Aber entschuldigen Sie schon, meine Frau ist sehr eifersüchtig, wir sind seit der Schulzeit zusammen …«

»Weißt du, was für ein General er ist?«

»Wie meinst du das?«, fragte Natalja verständnislos. »Ein echter muss er sein, wo er ohne mit der Wimper zu zucken so viel Geld rausgerückt hat.«

»Ich meine, ob er bei der Infanterie, der Artillerie, den Raketentruppen ist oder vielleicht bei der Miliz …«

»Er war in Zivil hier«, sagte Natalja. »Im Anzug, einem sehr eleganten …«

»Und weitere Zwischenfälle gab es mit Sofja nicht?«

»Nein, aber … Warum willst du das alles eigentlich wissen?«

»Einer ihrer Kavaliere, der sie offenbar wirklich liebte,

hat mich beauftragt, ihren Mörder zu finden. Deshalb muss ich alle ihre Partner befragen.«

»Na, da findest du eher eine Stecknadel im Heuhaufen«, gab Natalja mit einem unguten Grinsen zurück. »Ich glaube, die hätte sie selber nicht mehr alle aufzählen können. Aber vielleicht hat sie ja ein Tagebuch geführt, damit sie sich im Alter an etwas freuen kann!«

Die bösartige Härte, mit der Natalja den letzten Satz hervorstieß, berührte mich unangenehm. Ich spürte, dass da persönlicher Groll mitschwang. Oder war es nur der Neid der Vierzigjährigen, die ihr Kind hatte allein aufziehen müssen, auf das junge Ding, bei dem die Männer Schlange standen?

»Wie ist Sofja in euer Geschäft gekommen? Mit dem Personal seid ihr doch sicher sehr wählerisch.«

»Selbstverständlich! Bei uns muss man eine Empfehlung haben, auf Annonce nehmen wir niemanden.«

»Und wer hat Sofja empfohlen?«

»O je, mein Gedächtnis ...« Natalja strengte ihren Kopf mächtig an. »Ach ja, natürlich, Anja Werjowkina. Sie war früher bei uns. Dann hat sie einen Seemann geheiratet und ist nach Seweromorsk gezogen. Sie kannte Sofja aus der Friseurlehre und war eng mit ihr befreundet. Bei uns kommt es in erster Linie auf die äußere Erscheinung an. Sofja passte in jeder Hinsicht, sie war eine Schönheit.«

»Hast du vielleicht noch irgendwo Anja Werjowkinas Telefonnummer?«

»Irgendwo bestimmt«, antwortete Natalja und blätterte in ihrem Telefonbüchlein. Dann hatte sie die Nummer gefunden, die ich sofort notierte.

»Es ist jammerschade, dass Anja nicht mehr in Moskau ist.«

»Warum?«

»Sie war eine tolle Frau. Genau so schön wie Sofja, nur

im Unterschied zu der auch noch klug, mit guten Manieren und gebildet ... Wir haben uns sogar ein paarmal besucht und ein wenig angefreundet, obwohl sie viel jünger ist als ich ...«

Ich verabschiedete mich. Draußen schaute ich auf die Uhr. Nun aber rasch nach Hause und ans Telefon.

Schon an der Wohnungstür sprangen mir die Hunde entgegen. Ich trat in den Korridor, der vor Sauberkeit glänzte. Als ich mich umwandte, um die Tür hinter mir zu schließen, erblickte ich einen Zettel, den Kira von innen daran befestigt hatte: Tanja, Tante Revi aus Orjol hat angerufen. Wenn du nach Hause kommst, ruf sie sofort zurück. Nicht vergessen. Revi aus Orjol.

Ich drehte und wendete die merkwürdige Mitteilung in den Händen. Nachdenklich ging ich in die Küche. Kira, der gern seinen Spaß mit anderen treibt, hatte bestimmt angenommen, dass ich sofort zum Telefon stürze und die hingekritzelte Nummer anrufe. Was dachte der eigentlich von mir? Erstens war das eindeutig eine Moskauer Nummer, denn in dem Nest Orjol waren die bestimmt noch nicht achtstellig. Außerdem: Welche Frau hieß schon Revi? Kira musste mich wirklich für sehr dumm halten. Es wäre allerdings nicht das erste Mal, dass er mich hinters Licht geführt hätte.

Mit Tante Revi aus Orjol würde er mich nicht hereinlegen! Lieber wollte ich mir einen Tee brühen und in Ruhe nachdenken, wie ich das Gespräch mit der Frau des Generals am besten anfinge. Aber ich hatte kaum den Wasserhahn aufgedreht, da sprang die Wohnungstür mit einem Knall auf, ich hörte Stiefel trappeln, und mehrere Männer in Milizuniform stürzten in die Küche.

»Hände hoch, Gesicht zur Wand!«, brüllten sie.

Unsere mutigen Möpse waren sofort hinter mir verschwunden, Rachel und Ramik sprangen auf die Couch. Keiner der vier dachte auch nur im Traum daran, sein Frauchen zu verteidigen.

»Was soll das, Jungs!?«, rief ich verwundert. »Wer hat euch hereingebeten?«

»Mund halten!«, blaffte einer.

»Ab in den Wagen!«, kommandierte ein Zweiter.

»Jetzt ist's aber gut!«, herrschte ich sie an und setzte mich auf einen Stuhl. »Zuerst erklärt ihr mir, was hier vorgeht.«

Einer der Männer trat einen Schritt auf mich zu. Da erschienen die Kinder und Xenia in der Küche.

»Das habe ich mir gedacht!«, rief Kira. »Stopp, stopp, Arshannikowa, Orjol!«

Die Milizionäre fuhren zu ihm herum.

»Sie hat vergessen, auf dem Revier anzurufen!«, sprudelte Kira aufgeregt hervor.

»Ihren Pass, bitte«, sagte einer der Ordnungshüter, nun schon fast höflich. Ich begriff immer noch nicht ganz, worum es ging, tat aber, wie mir geheißen. Der Mann drehte das Dokument lange hin und her. Vor allem prüfte er sorgfältig den Eintrag der Meldestelle samt Stempel. Dann sagte er, fast enttäuscht: »Ich bekomme von Ihnen 21 Rubel, 80 Kopeken.«

»Wofür?«

»Für blinden Alarm. Beim nächsten Mal melden Sie sich sofort auf dem Revier, wenn Sie die Wohnung betreten.«

Erst jetzt begriff ich, dass die Kinder beim Weggehen den Sicherheitsdienst benachrichtigt hatten. Kaum war die Patrouille aus der Tür, setzten mir Kira und Lisa mit Vorwürfen zu.

»Wie kann man nur so dumm sein!«

»Ich wusste doch nicht ...«

»Hast du denn das rote Lämpchen an der Tür nicht gesehen?«

»Nein.«

»Du bist doch nicht blind!«, schimpfte Lisa.

»Und den Zettel?«, fragte nun Kira.

»Den habe ich schon gesehen!«, gab ich wütend zurück.

»Und warum hast du nicht angerufen?«

»Was sollte denn der Quatsch? Macht euch nur noch lustig über mich!«

»Aber das war doch ein Code!«, erklärte Kira.

»Was für ein Code?«

»Tante Revi – das ist das Revier, und Orjol die Stadt, die du nennen solltest, um die Sicherheitsschaltung wieder aufzuheben! Ist denn das so schwer zu begreifen?«

»Ich hab dir doch gleich gesagt, da kommt die nie drauf!«, warf Lisa ein.

»Hättet ihr doch gleich geschrieben: Ruf auf dem Revier an, Parole: Orjol!«

Jetzt warf mir Lisa einen mitleidigen Blick zu.

»Tanja, was für eine Sicherheit wäre denn das? Jeder Dieb, der hier einbricht, hätte damit seelenruhig auf dem Revier anrufen und die Sicherheit abschalten können. Das geht doch nur verschlüsselt!«

Darauf konnte ich nichts mehr sagen. Einen Vorteil hatte die Sache. Nun wussten wir wenigstens, dass das System funktionierte und die Miliz im Ernstfall zur Stelle war.

»Jetzt lasst endlich Tanja in Ruhe!«, mischte sich Xenia ein. »Wir trinken erst mal alle einen Tee. Und dann gibt's Abendbrot.«

Als wir uns gerade die Hände wuschen, klingelte es wieder an der Wohnungstür. Ich hoffte sehr, dass es nicht noch einmal die Miliz war, und schaute vorsichtig durch den Spion. Draußen stand Karina, eine Hausbewohnerin aus dem neunten Stock.

»Komm rein«, sagte ich freundlich, »wir trinken gerade Tee. Möchtest du eine Pirogge?«

»Danke, nein, ich habe überhaupt keine Zeit. Kannst du mir helfen, Tanja?«

»Womit denn?«

»Ich fahre in Urlaub, in die Türkei.«

»Na wunderbar, dort soll es sehr schön sein!«

»Ich weiß nicht, was ich mit meiner Katze machen soll! Eine Freundin wollte sie nehmen. In vier Stunden geht mein Flieger, ich muss bald los, aber von Lena ist weit und breit nichts zu sehen. Ich habe sie angerufen. Da stellt sich heraus, sie ist krank geworden!«

Was nach diesem Klagelied folgen würde, wusste ich schon, daher sagte ich schicksalsergeben: »Lass sie einfach hier!«

Karina drückte mir den Korb in die Hand, in dem ihre schwarze Katze Lina saß.

»Tausend Dank!«, rief Karina und war schon wieder auf der Treppe. »Es ist nur für zwei Wochen. Sie frisst kein Trockenfutter, nur Kalbfleisch. Kauf ihr bitte welches!«

Ich trug den Korb in die Wohnung. Als ich die Katze herausließ, sagte ich streng zu ihr: »Nein, meine Liebe, Kalbfleisch für hundert Rubel das Kilo gibt es nicht einmal für uns jeden Tag. Du frisst das, was hier alle kriegen. Wenn es dir nicht passt, musst du eben fasten!«

Die Neue stellte den Schwanz steil auf und schritt schweigend in Richtung Küche. Ihre ganze Körperhaltung drückte abgrundtiefe Verachtung aus.

12. Kapitel

Kaum hatte ich am nächsten Morgen die nörgelnden Kinder zur Schule verabschiedet, griff ich zum Telefon. Es ist natürlich nicht sehr fein, Menschen zu dieser frühen Zeit zu behelligen, andererseits hat man die Chance, die Gewünschten zu Hause anzutreffen.

»Hallo«, sagte eine muntere Frauenstimme.

»Entschuldigung, bin ich dort bei Pantelejew?«

»Nein, falsch verbunden.«

Sorgfältig wählte ich die Nummer noch einmal.

»Ja, bitte?« Es war dieselbe Stimme.

Ich legte sofort wieder auf. Eine Fehlschaltung – so was gibt es doch manchmal im Telefonnetz. Ich trank erst einmal eine Tasse Kaffee. Dann machte ich einen dritten Versuch. Wieder diese Person! Da platzte mir der Kragen und ich sagte: »Entschuldigen Sie schon, aber ich werde immer wieder mit Ihnen verbunden. Haben Sie die Nummer 152-60-51?«

»Ja.«

»Ist das nicht die Wohnung der Familie Pantelejew?«

»Nein.«

»Sind die umgezogen?«

»Diese Wohnung gehört seit ewigen Zeiten mir«, antwortete die junge Frau. »Mein Name ist Werjowkina, Pantelejews haben hier nie gewohnt.«

»Sie sind Anja?!«, rief ich erfreut.

»Ja«, erwiderte die Frau verwundert. »Und wer sind Sie? Warum fragen Sie ständig nach Pantelejew, wenn Sie mit mir reden wollen?«

»Entschuldigen Sie bitte vielmals! Die Chefin des Blumengeschäfts ›Lilie‹, Natalja Konstantinowna, hat mir zwei Telefonnummern gegeben, Ihre und die eines Generals. Ich habe sie offenbar durcheinandergebracht. Aber

Sie suche ich noch viel dringender. Allerdings sagte mir Natalja Konstantinowna, Sie seien schon lange nicht mehr in der Hauptstadt ... Sie ist Ihnen doch ein Begriff?«

»Natürlich«, antwortete Anja gelassen. »Ich habe drei Jahre lang in der ›Lilie‹ gearbeitet, dann geheiratet und bin weggezogen. Sie haben großes Glück, dass Sie mich hier antreffen. Ich bin nur für zwei Tage nach Moskau gekommen, weil meine Mutter krank ist.«

»Anja«, bat ich in flehendem Ton, »ich muss unbedingt mit Ihnen sprechen.«

»Wer sind Sie überhaupt? Und worum geht es?«

»Haben Sie Sofja Repnina gekannt?«

»Sehr gut sogar. Wir sind zusammen in die Friseurlehre gegangen. Später habe ich sie dann der ›Lilie‹ als meine Nachfolgerin empfohlen. Aber warum sprechen Sie von ihr in der Vergangenheit?«, fragte Anja misstrauisch.

»Sofja ist tot.«

»Ach, du meine Güte!«, kam es vom anderen Ende der Leitung. »Sie war doch noch so jung! Was ist passiert?«

»Sie wurde ermordet.«

»Um Gottes willen!«, entfuhr es Anja.

»Darf ich bei Ihnen vorbeikommen? Dann erzähle ich Ihnen alles.«

»Unbedingt! Notieren Sie meine Adresse.«

Ich sprang in meine Sachen und rief Xenia zu: »Heute machst du bitte überhaupt nichts, bäckst keine Piroggen und brätst keine Bouletten! Wenn ich zurückkomme, koche ich selber.«

»Hat es denn nicht geschmeckt?«, fragte Xenia erschrocken.

»Nein, es war ein Genuss!«

»Warum soll ich dann nicht kochen?«

»Weil du dich nicht so abrackern darfst, das ist nicht gut so kurz vor der Entbindung.«

Xenia musste lachen. »Ich rackere mich doch nicht ab! Mit schweren Tabletts durchs Restaurant laufen – das ist anstrengend! Abends sind mir fast Arme und Beine abgefallen. Ich habe mich nach Hause geschleppt und konnte vor Erschöpfung kaum schlafen. Aber zu Hause am Herd – das ist doch keine Mühe! Außerdem sind Kira und Lisa so dankbare Esser, das macht richtig Spaß!«

»Keine Widerrede! Du nimmst dir ein Buch und ab auf die Couch! Die Köchin bin ich.«

»Na gut, wenn's sein muss«, lenkte Xenia ein. »Aber die Hunde darf ich doch ausführen.«

Ich seufzte schwer. Mit unserem Rudel über den Hof zu stapfen ist noch nie meine Lieblingsbeschäftigung gewesen. Meist versuche ich das auf Kira oder Lisa abzuwälzen. Nur, die Kinder sind zur Zeit den ganzen Tag eingespannt. Und frische Luft kann einer Schwangeren sicher nicht schaden …

»Na gut«, erklärte ich versöhnlich. »Geh meinetwegen mit den Hunden Gassi. Aber danach mit einem Krimi auf die Couch!«

»Ich mag keine Krimis, lieber Gedichte.«

»Meinetwegen auch das. Schau bei Kira nach, unter seinen Schulbüchern findest du bestimmt was.«

»Hat Wolodja nicht gesagt, dass er mal anruft?«

Die Frage traf mich wie ein Hammerschlag. Vor Schreck entfuhr mir etwas zu heftig: »Nein!«

»Seltsam …«, sagte Xenia gedehnt.

»Das ist doch nichts Besonderes. Heutzutage wird's teuer, wenn man ewig herumschwatzt.«

»Tatsächlich? Ich glaube, er hat gesagt, dass er immer auf Staatskosten telefonieren kann.«

»Bestimmt nicht!«, gab ich mürrisch zurück. »Außerdem ist er in der Tundra, da gibt's kein Telefon.«

»Na, dann eben nicht«, antwortete Xenia einsichtig.

»Vielleicht ist er ja bald wieder da. Und jetzt, Jungs und Mädchen, Gassi gehen!«

Rachel, Ramik, Mulja und Ada sprangen zur Tür.

»Nicht so schnell«, rief Xenia lachend. »Ihr rennt mich ja um!«

Schon wieder mit sich und der Welt zufrieden, ging sie zum Fahrstuhl. Als ich ihr nachschaute, spürte ich, wie mir die Augen feucht wurden. Nein, Xenia, Wolodja ruft nie wieder an und kommt auch nicht zurück. Wir alle werden lernen müssen, ohne ihn weiterzuleben.

Anja Werjowkina war in der Tat eine schöne Frau. Riesige dunkle Augen mit unergründlichem Blick, eine pechschwarze Haarflut, die ihr leicht gewellt auf die schmalen Schultern fiel, dazu kein dunkler, sondern ein zart rosa Teint… Und eine Traumfigur. Anja hätte ein hervorragendes Model abgegeben. Sie war etwa 1,75 m groß und gertenschlank. Dabei hatte sie im Unterschied zu den meisten klapperdürren Mannequins mindestens BH-Größe 3. Wenn sie lächelte, zeigte sie ein schneeweißes Gebiss, und an ihren schlanken Fingern saßen mandelförmige Nägel. Hin und wieder trifft man solche Glückskinder, denen die Natur einfach alles geschenkt hat.

»Sie haben bei mir angerufen?«, fragte sie höflich, als sie auf mein Klingeln öffnete, und trat einen Schritt zurück.

»Ja, entschuldigen Sie die Störung.«

»Sie stören nicht«, antwortete Anja höflich und bat mich in die Küche.

»Was ist mit Sofja passiert?«, fragte sie dann. »Ich bin erst gestern Nachmittag in Moskau angekommen, sofort zu meiner Mutter geeilt und habe die ganze Nacht an ihrem Bett gesessen. In dieser Wohnung bin ich seit ein paar Stunden. Gerade wollte ich Sofja anrufen. Ich habe ihr sogar ein Geschenk mitgebracht. Sehen Sie!«

Sie stand auf und schwebte durchs Zimmer. Vom Fensterbrett nahm sie ein Dreiliterglas voll von rotem Kaviar.

»Bei uns auf Sachalin bekommt man den fast umsonst. Allerdings darf man ihn nicht ausführen, aber ich habe einen Piloten beschwatzt. Mein Mann ist Militärflieger, und wir haben in dem Milieu eine Menge Freunde. Sofja isst Kaviar so gern, besonders den roten. Schwarzen kann sie nicht ausstehen. Diesen hier isst sie gleich mit dem Löffel ohne etwas dazu. Ich habe mich immer gewundert, wenn ich ihr dabei zusah. Mir wäre davon schlecht geworden.«

Merkwürdig, Wolodja hatte die gleiche Schwäche. Katja und ich haben ihm manchmal eine Zweihundertgrammdose gekauft und dann feierlich auf einem Teller überreicht. Die löffelte er im Handumdrehen aus und verdrehte dabei die Augen vor Behagen.

»Nimm wenigstens ein Stück Brot dazu«, ermahnte ihn die Ärztin Katja, »oder einen Zwieback! Was du da machst, ist ungesund!«

»Nein, meine Lieben«, antwortete Wolodja dann lachend. »Ihr habt keine Ahnung von Kaviar! Rot muss er sein und möglichst viel davon auf dem Teller liegen. Und dazu ein Glas süßen Tee! Was Besseres gibt es nicht!«

Ich begreife nicht, wie man sich den Mund mit gesalzenen Fischeiern vollstopfen und süßen Tee dazu trinken kann! Mich schüttelt es, wenn ich nur daran denke. Aber jedem schmeckt etwas anderes. Ich habe auch schon Leute Gurke mit Honig oder Wassermelone mit Schinken essen sehen.

»Wissen Sie, was sie gern dazu getrunken hat? Tee mit viel Zucker!«, rief Anja angewidert.

Ich starrte sie an und konnte mich über eine so vollkommene Übereinstimmung der Geschmäcker nicht genug wundern. Aber Anja verstand mein Erstaunen auf ihre Weise, denn sie fügte lächelnd hinzu: »Das klingt alles ziemlich verrückt, aber meine Schwester isst sogar Hering mit süßer Kondensmilch.«

Wir schwiegen eine Weile. Dann fragte Anja mit zitternder Stimme: »Und Sofja ist wirklich umgebracht worden?«

»Leider ja.«

»Wie denn?«

»Mit einem Küchenmesser.«

»Wie sah das denn aus?«, schrie Anja auf. »Lang, sehr scharf und mit rotem Griff? Wie furchtbar! Das habe ich ihr geschenkt!«

Ich wusste nicht, wie das Messer aussah, mit dem man Sofja erstochen hatte, sagte aber spontan: »Nein, nein, es war kurz, hatte eine breite Klinge und einen grünen Griff.«

Anja atmete ein wenig auf und zückte eine »Goldene Java«, womit sie mich leicht verwunderte. Einer so eleganten Person hätte ich eine teurere Zigarettensorte zugetraut, »Parlament« zum Beispiel. Aber das war nicht das Einzige, worüber ich mich wundern musste.

»Ihr Mann ist Flieger?«

Anja tat einen tiefen Zug und nickte. »Deswegen mussten wir ja von Moskau nach Sachalin ziehen. Ich hoffe, dass Pawel irgendwann in die Hauptstadt versetzt wird.«

»Natalja Konstantinowna hat gesagt, er fahre zur See und Sie wohnten in Seweromorsk ...«

Anja zog erstaunt die Brauen hoch. »Nein. Da muss sie wohl etwas durcheinandergebracht haben. Geschrieben haben wir uns allerdings nicht, obwohl wir beinahe Freundinnen geworden wären. Auch Sofja und ich haben uns keine Briefe geschickt. Für so etwas bleibt keine Zeit, immerhin habe ich zwei Kinder zu versorgen. Und sie hatte mit der Schreiberei überhaupt nichts am Hut.«

»Sie haben zwei Kinder?« Und das bei der Figur, dachte ich bei mir.

»Ja, Zwillinge«, sagte Anja, als sei überhaupt nichts dabei. »Sie sind jetzt ein Jahr alt. Mein Mann kümmert sich um sie. Der wird sich umgucken, der Gute!« Dann fragte sie ohne Übergang: »Hat Sofja noch immer in der ›Lilie‹ gearbeitet?«

»Ja, bis zum letzten Tag.«

»Das ist seltsam«, meinte Anja.

»Weshalb?«, fragte ich verwundert.

»Nur so.« Anja wich einer direkten Antwort aus. »Ich dachte, sie sei längst woanders.«

»Wieso?«, fragte ich noch einmal.

Anja sah mich mit ihren lackschwarzen Augen eindringlich an.

»Sie sind doch von der Miliz, nicht wahr?«

Die Moskauer sind recht unbekümmerte Leute. Obwohl das Verbrechen sich in der Stadt schleichend ausbreitet, reißen die meisten auf den ersten Klingelton ihre Wohnungstür auf, ohne sich vorher zu erkundigen, wer draußen steht. Wenn einer fragt und zur Antwort erhält: »Sozialamt« oder »Gasversorger«, dann lässt er einen Unbekannten in die Wohnung, ohne den Ausweis zu verlangen. Und eine Uniform flößt immer Vertrauen ein. Am besten wirkt ein weißer Kittel oder eine Milizjacke. Dabei müsste jeder wissen, dass man das Original problemlos samt Mütze, Achselklappen und Gummiknüppel im Militärkaufhaus erwerben kann. Einen weißen Kittel zu beschaffen ist schon gar kein Problem. Bei solchen Käufen verlangt niemand einen Dienstausweis. Übrigens stellt auch der kein Problem mehr dar, seitdem überall Scanner, Farbkopierer und Laserdrucker stehen, mit denen jeder Ausweis im Handumdrehen hergestellt werden kann. Unsere Bürger, vor allem die, die in der Sowjetunion aufgewachsen sind, stehen bei dem Wort »Miliz!« augenblicklich stramm und sind bereit, den »Organen« jede

Unterstützung zu erweisen. Wahrscheinlich wirkt hier das genetische Gedächtnis unserer Eltern und Großeltern, die 1918 und 1924, 1937 und 1952 überlebt haben. Daher hätte ich auf Anjas Frage ohne weiteres sagen können: Ja.

Aus unerfindlichem Grund sagte ich aber: »Nein.«

»Wer sind Sie dann?«, fragte Anja ungerührt weiter.

Nun erzählte ich ihr die ganze Geschichte von Wolodja und Xenia. Warum ich das tat, weiß ich selber nicht. Anja hörte schweigend zu, ohne mich zu unterbrechen. Als ich fertig war, sah sie mich lange an und sagte dann: »Ich wollte diese Sache eigentlich vergessen, aber wenn das so ist, habe ich Ihnen auch etwas zu beichten.«

Sofja und Anja lernten sich in der Berufsschule kennen. Sofja wählte das Friseurhandwerk, weil ihr Zeugnis nicht mehr hergab. Bei Anja war das anders. Sie hatte ausgezeichnete Lernergebnisse, denn ein gütiges Schicksal hatte ihr zur Schönheit auch noch Intelligenz geschenkt. Eine seltene Kombination, finden Sie nicht? Meist versucht der da oben gerecht zu verteilen – gibt der einen ein hübsches Lärvchen und der anderen ein helles Köpfchen. Vielleicht war der Schöpfer, als Anja geboren wurde, gerade in Spendierlaune. Dann muss er aber gedacht haben, dass er es auch nicht übertreiben sollte. Anja war keine besonders glückliche Kindheit beschieden. Ihr Vater verdiente gut, versoff jedoch alles, und ihre Mutter war fast ständig krank.

Als Anja die achte Klasse beendet hatte, nahm sich ihr Vater eine junge, gesunde Frau und ließ die kranke mit der Tochter allein zurück. Sie bekamen von ihm keine einzige Kopeke. Die Mutter war seit langem arbeitsunfähig und erhielt nur eine winzige Invalidenrente. Anja musste die Schule verlassen und den Traum vom Studium aufgeben. So wurde sie Friseuse.

Sofja und sie freundeten sich augenblicklich an. Es war Sofja, die sich zu Anja setzte und naiv fragte: »Hast du Ahnung von Algebra? Dann lässt du mich doch abschreiben, oder? Mathe begreif ich nie!« Bald stellte sich heraus, dass es bei ihr in Russisch, Literatur, Chemie, Physik oder Geografie auch nicht besser aussah. Im Englischunterricht wurde sie gar nicht erst gefragt. Die mitfühlende Lehrerin, die dem Mädchen keine Schwierigkeiten machen wollte, sah sofort, dass Sofja niemals den Wunsch verspüren würde, Shakespeare oder Dickens im Original zu lesen. Sie gab ihr schweigend eine Zwei.

Was Sofja an Geist fehlte, erreichte sie mit Bravour durch ihr Aussehen. Die Jungen rissen sich um sie. Wenn der Ausbilder ihnen etwas erklärte, dann hielt auch er sich stets lange in ihrer Nähe auf.

Nach der Lehre hatten beide Mädchen keine Lust auf ihren Beruf. Sofja heiratete bald und war viel zu bequem, um den lieben langen Tag mit Kamm und Schere zu hantieren. Außerdem gaben ihr die Eltern, was sie zum Leben brauchte. Auch Anja fand keine große Freude daran, in fremden Haaren zu wühlen. Doch im Unterschied zu ihrer Freundin brauchte sie dringend Geld. Selbst als sich bei ihr eine Allergie auf Haarlack und andere Chemikalien einstellte, konnte sie den Job nicht einfach an den Nagel hängen. Hustend und niesend arbeitete sie weiter und freute sich über jedes Trinkgeld, auch wenn es noch so klein war. Dann erlitt sie einen Asthmaanfall, und das vor den Augen einer feinen Kundin, die sie entsetzt anstarrte.

Als der Notarzt fort war, erklärte die mit gerunzelten Brauen: »Das ist keine Arbeit für dich!«

Anja kamen die Tränen. Sie erzählte von ihrer kranken Mutter und den ewigen Geldsorgen. Unerwartet milde gestimmt, hörte die Dame sich das an und meinte dann:

»Wenn du Lust hast, Blumen zu verkaufen, komm zu mir.«

Es war keine andere als Natalja Konstantinowna. Anja nahm das Angebot an und sollte es nicht bereuen. Als sie auch auf die Blütenpollen allergisch reagierte, übertrug ihr die Chefin den Papierkram. Zwischen den beiden Frauen keimte so etwas wie Freundschaft auf. Anja frisierte Natalja nach wie vor, und die förderte sie, wo sie nur konnte. Sie spielte ihr reiche, großzügige Kunden zu oder beauftragte sie mit der sehr einträglichen Ausstattung großer Bankette. Als sie einmal von einem zufriedenen Bankier einhundert Dollar Trinkgeld erhielt, wollte sie die Hälfte ihrer Chefin abtreten. Die runzelte die Brauen.

»Was soll denn das, Kindchen?«

Sie gingen sogar hin und wieder gemeinsam in Konzerte, denn Anja liebte klassische Musik und kannte sich darin aus.

»Es tut mir so leid«, sagte Anja seufzend, »dass ich ihr die Güte so schlecht vergolten habe. Aber daran war Sofja schuld ...«

Die beiden hatten immer noch telefonischen Kontakt miteinander. Sofja besuchte Anja zuweilen und verließ sie nie mit leeren Händen. Anja wurde bald klar, dass Sofja gar nicht daran dachte, Schulden zurückzuzahlen. Aber sie mochten sich nach wie vor und hatten stets eine gute Zeit miteinander. Und wenn Sofja kam, brachte sie immer ein kleines Geschenk mit – Parfüm, Strumpfhosen oder Kosmetik. Gewiss meist Dinge, die ihr Liebhaber geschenkt hatten und die sie selber nicht mochte.

»In Sofjas Leben ging es ständig auf und ab«, erklärte Anja. »Hatte sie einen reichen Liebhaber, schwebte sie auf Wolke sieben, speiste in den teuersten Restaurants, kaufte sich schicke Sachen und warf mit Geld um sich. War sie dann wieder solo, lebte sie von Kefir und ließ sich von mir aushelfen. Zuweilen hatte sie auch wenig begüterte Männer, aber die hielten sich bei einem Mädchen, das an das süße Leben gewöhnt war, nie lange.«

Dann lernte Anja Dmitri kennen, verliebte sich in ihn, heiratete und bereitete ihren Umzug nach Sachalin vor. Da gab es ein kleines Problem.

»Schau dich nach Ersatz um«, bat sie Natalja Konstantinowna. Anja blätterte ratlos ihr Telefonbüchlein durch. Für die »Lilie« kamen nur Mädchen von erlesenem Äußeren in Frage – entweder wahre Schönheiten oder exotische Frauen, zum Beispiel Mulattinnen. Während Anja krampfhaft nachdachte, rief Sofja an und heulte ihr die Ohren voll. Von ihren Eltern erhielt sie keine Kopeke mehr, einen Liebhaber hatte sie gerade nicht, das Leben war abscheulich, und sie brauchte dringend eine Arbeit.

Anja fiel ein Stein vom Herzen. »Nimm meine Stelle! Das Gehalt ist gut, die Kunden sind wohlhabende Leute, es gibt immer Trinkgeld, die Chefin ist nett, und Blumen sind doch auch etwas anderes als fremder Leute fettige Haare.«

Sofja willigte ein und wurde Natalja Konstantinowna vorgestellt. Die sah das hübsche Kind mit Wohlwollen, und Sofja bekam den Job. Anja zog beruhigt mit ihrem geliebten Mann nach Sachalin. Sie konnte ja nicht ahnen, welch schreckliche Folgen ihre Aktion haben sollte.

Natalja Konstantinowna war damals verheiratet. Ihr Ehemann hatte einen einträglichen Posten, der mit der Vergabe von Lizenzen an Einzelhändler zusammenhing. Er hatte dem Chef der »Lilie« den günstigen Standort für das Geschäft verschafft. Michail nahm ganz sicher beträchtliche Schmiergelder, denn er fuhr einen teuren Wagen, war elegant gekleidet und hatte das Auftreten eines mit allen Gütern dieser Erde versorgten Mannes. Ihm verdankte auch Natalja ihren Posten. Was sie und Michail füreinander empfanden, wusste Anja nicht. Aber das Paar lebte seit zehn Jahren zusammen und machte auf Außenstehende einen durchaus glücklichen Eindruck. Zwar war Natalja keine berühmte Harfenistin geworden, doch sie gab eine gute Verkaufsstellenleiterin ab, die aufmerksam und gerecht war und Konflikte zu schlichten verstand. In der Belegschaft der »Lilie« herrschten Ruhe und Frieden. Es gehörte schon einiges dazu, zwanzig hübsche Frauen so zu lenken, dass sie sich nicht ständig in den Haaren lagen. Natalja brachte dieses Kunststück fertig. Wenn Michail seine Frau abends abholte, schenkte er ihr hin und wieder einen Blumenstrauß. Eine schöne Geste, bei der so manche Verkäuferin neidisch aufseufzte.

In der ersten Woche wurde Sofja von Anja angelernt. Am Mittwoch tauchte Michail im Geschäft auf und begegnete der Neuen zum ersten Mal. Die warf ihm einen raschen Blick zu und leckte sich die ohnehin grell geschminkten Lippen. Anja, die Zeugin dieser Szene wurde, glaubte zu spüren, wie die feuchte Luft in der »Lilie« drückend schwül wurde. Etwas braute sich da zusammen ...

Ohne ein Wort verließ Michail mit seiner Gattin das Geschäft, aber Blumen gab es für sie an diesem Tag nicht.

Anja zog nach Sachalin und tauchte erst im März des übernächsten Jahres wieder in Moskau auf. Natürlich rief sie sofort Sofja an. Die begann von ihren Affären und Kavalieren zu schwärmen. Anja kündigte ihr als Geschenk ein großes Glas roten Kaviar an. Sie wollte auch mit Natalja Kontakt aufnehmen, der sie ebenfalls ein Glas roten Kaviar mitgebracht hatte. Ihre ehemalige Chefin ging lange nicht ans Telefon. Dann erklang es schwach aus dem Hörer: »Hallo.«

»Hier ist Anja, ich möchte ...«

»Du Dreckstück, du Hure, du wagst es ...?«, kreischte die sonst so korrekte Natalja auf.

Anja bekam einen furchtbaren Schreck. Hatte Natalja

den Verstand verloren?! Aber als sie Sofja danach fragte, klärte sich rasch alles auf.

»Du hast sie zur Unzeit angerufen«, teilte die ihr kichernd mit. »Sie ist heute von Michail geschieden worden. Vielleicht war sie betrunken?«

»Moment mal«, murmelte Anja, »du hast doch damit nichts zu tun?«

Sofja wies das empört von sich.

»Der Kerl hat von sich aus entschieden, sie zu verlassen. Es war eben aus mit der Liebe. Wenn nicht ich, dann wäre es eine andere gewesen. Was kann ich dafür, wenn ich bei den Männern solchen Erfolg habe?«

Anja fühlte sich ganz elend. Das bedeutete ja, sie hatte Sofja ins Geschäft gebracht und damit Natalja einen furchtbaren Bärendienst erwiesen. Nachdem sie eine Weile gezögert hatte, fasste sie sich schließlich ein Herz, nahm den Kaviar und suchte ihre ehemalige Chefin zu Hause auf.

An der Tür fand sie einen Zettel, auf dem stand: »Bitte die Tür nicht aufbrechen, sie ist offen.« Erstaunt trat Anja ein und erstarrte zur Salzsäule. In der Diele war Natalja dabei, an dem Haken, von dem sie soeben einen prächtigen Kronleuchter abgenommen hatte, eine Schlinge zu befestigen. Als sie Anja erblickte, ließ sie ein hysterisches Lachen hören, das bald in Schluchzen überging. Sie warf den Strick beiseite und schrie: »Was willst du hier?«

»Ich hab dir Kaviar mitgebracht.« Anja sagte das Erste, was ihr in den Sinn kam, und hielt Natalja das Glas hin. Die packte es und schleuderte es gegen die Wand. Es gab ein dumpfes Klatschen, Splitter und rote Kaviarkügelchen spritzten nach allen Seiten. Die rot gesprenkelte Wand sah beinahe hübsch aus. Natalja sank auf dem Teppich in sich zusammen und war nur noch ein heulendes Häufchen Elend. Zwischen einzelnen Schluchzern stieß sie hervor: »Das Miststück, diese Hure, diese …«

13. Kapitel

Anja lief aufgeregt in der Wohnung hin und her und versuchte, Natalja Kognak, Valokordin und Tee gleichzeitig einzuflößen. Nach und nach legte sich die Hysterie. Am Ende wischte Natalja sich mit dem Saum ihres Kleides die Augen und sagte unvermittelt: »Entschuldige, du kannst überhaupt nichts dafür. Ich bin einfach ausgerastet. So etwas passiert mir zum ersten Mal. Ich hatte tatsächlich mit meinem Leben abgeschlossen.« Dabei wies sie auf das Zeitungstischchen, wo Anja einen Zettel liegen sah. Sie las: »An meinem Tod ist niemand schuld.«

»Warum wolltest du so etwas tun?«, stammelte Anja. »Das geht doch nicht! Es wird sich schon wieder einrenken ...«

Natalja atmete tief durch, blickte auf die blitzenden roten Kügelchen an der Wand und sagte, nun schon wieder ruhig: »Nein, da ist wohl nichts mehr zu ändern. Der Zug ist abgefahren. Ich bin dir dankbar, dass du gerade jetzt kommst. Ich muss mir das alles einmal von der Seele reden. Fast hätte ich es nicht mehr gekonnt. Dafür bin ich dir dankbar.«

»Ich bin an allem schuld!«, flüsterte Anja.

»Keine Spur!« Natalja winkte ab. »Die Würfel sind eben so gefallen. Das kommt vor im Leben. Gehen wir in die Küche.«

Bei einer Tasse sehr starken, fast schwarzen Tees berichtete die ehemalige Chefin Anja, was seit ihrem Weggang geschehen war. Ihr geliebter und sie liebender Mann Michail war nicht wiederzuerkennen. Anfangs behauptete er, er müsse auf eine längere Dienstreise gehen, aber Natalja kam bald zu Ohren, dass er bei Sofja eingezogen war. Außer sich vor Zorn, kündigte Natalja der Übeltäterin sofort. Die zuckte nur die Schultern und blieb an diesem

Tag bis Ladenschluss. Abends erhielt Natalja einen Anruf von ihrem noch angetrauten Gatten. Der zischte in den Hörer: »Wenn du Sofja auch nur ein Haar krümmst, bring ich dich um! Wenn du versuchst, sie aus dem Geschäft zu werfen, landest du augenblicklich selber auf der Straße, wenn nicht sogar auf dem Friedhof!«

Natalja musste zurückstecken. Ihr Mann hatte Kontakt zu Kriminellen, die in Massen in der Geschäftswelt Unterschlupf gefunden hatten. Eine Frau wie sie in Moskau aus dem Wege zu räumen war einfach und kostete nicht viel. Ein Auftragsmörder war schon für tausend Dollar zu haben. Daher befahl Natalja Sofja, als diese am nächsten Morgen mit einem frechen Grinsen wieder in der »Lilie« auftauchte: »Geh in den Keller. Es ist Erde abzupacken.«

Diese schmutzige Arbeit erledigten sonst zwei Putzfrauen, doch Natalja kochte vor Wut. Wenn sie schon dieses Weibsstück neben sich dulden musste, dann sollte die wenigstens die Trinkgelder wohlhabender Kunden verlieren und allein fürs mickrige Gehalt arbeiten. Sofja weigerte sich nicht.

»Gut«, sagte sie gelassen und verschwand im Untergeschoss. Natalja konnte sich nur wundern, dass ihre glückliche Rivalin so ruhig reagierte. Nach einer Stunde wurde sie eines Besseren belehrt. Michail erschien auf der Bildfläche.

»Wo ist Sofja?«, fragte er drohend.

Natalja fuhr der Schreck in die Glieder, doch sie ließ sich nichts anmerken.

»Sie arbeitet heute im Keller.«

Ihr Gatte fluchte und lief zur Treppe. Einige Minuten später stand er mit Sofja in Nataljas Büro. Sofja war zwar eine dumme Gans, wusste aber genau, was sie zu tun hatte, um bei dem Mann Mitleid und Wut zu erzeugen. Auf Kittel, Schürze und Gummihandschuhe hatte sie verzichtet. Nun stand sie da, den unverschämten Blick gesenkt, und sah grauenhaft aus. Ihre zarten Arme waren bis zu den Ellenbogen mit schwarzer Erde beschmiert, die Nägel abgebrochen und das Kleid so schmutzig, als käme sie geradewegs aus dem Kuhstall. Der Kontrast zur elegant gekleideten Natalja konnte nicht größer sein.

»Jetzt hör mir mal zu!«, brüllte Michail. »Sofja bringt sich in Ordnung, und dann wird sie im Geschäft die besten Kunden bedienen! Hast du verstanden, du Miststück?«

Natalja Konstantinowna, einen solchen Umgangston nicht gewohnt, wollte entgegnen, was sie von Sofja hielt, doch ihr Mann packte sie beim Arm. Als sie vor Schmerz aufschrie, griff er sich ein paar Rechnungen von ihrem Schreibtisch und schlug ihr damit ins Gesicht – zuerst auf die rechte und dann auf die linke Wange. Das tat nicht weh, konnte aber demütigender nicht sein. So bestraft man einen Hund, der etwas ausgefressen hat, man lässt ihn nicht körperlich, sondern seelisch leiden.

»Und merke dir«, stieß der einst so aufmerksame und liebende Gatte hervor, »wenn ich noch einmal höre, dass du Sofja schikanierst, dann ist es aus mit dir!«

Als Natalja ihm in die Augen schaute, begriff sie: Michail war imstande, sie wegen dieser hübschen Schlampe umzubringen. Seitdem wurde Sofja nicht mehr in den Keller geschickt. Und wenn in der «Lilie« ein besonders einträglicher Kunde auftauchte, wurde er von ihr bedient. Man muss es Sofja lassen – sie benahm sich von Stund an zurückhaltend, ja tat sogar, als fürchte sie ihre Chefin. Darunter litt Natalja noch mehr, als hätte sie ständig Streit gesucht. Es zeigte sich jedoch, dass Sofja nicht so töricht war, von sich aus Grund zur Klage zu geben.

Aber es dauerte nicht lange, da wurde Natalja mit wachsendem Erstaunen Zeugin eines regelrechten Dramas. Ein anderer Mann machte Sofja den Hof. Michail kehrte zu Natalja zurück und begann zu trinken. Dann ließ ihn Sofja wieder zu sich und wies ihn erneut ab. So ging das mehrere Male hin und her. Sofja spielte mit Michail Katz und Maus. Irgendwann riss Natalja der Geduldsfaden. Als Sofja, unbekümmert vor sich hin trällernd in der Garderobe vor dem Spiegel stand, trat Natalja dicht an sie heran und sagte scharf: »Lebe entweder mit Michail oder lass ihn in Ruhe! Was quälst du ihn so?«

Sofja wandte sich ihrer Chefin zu und antwortete in unerwartet familiärem Ton: »Du kannst ihn gern zurück haben, mir ist er schon lange über! Aber er will nicht gehen. Er wird sogar handgreiflich!«

Völlig durcheinander, zog sich Natalja in ihr Büro zurück. Sie wusste nicht, wie ihr geschah. Einerseits empfand sie Schadenfreude. Das geschah Michail ganz recht. Sollte auch er sich quälen, nachts nicht schlafen können und an die Decke starren ... Andererseits presste Mitleid ihr Herz zusammen. Als etwas Zeit vergangen war, ließ Michail sich scheiden.

Anja war sehr bedrückt nach Sachalin zurückgeflogen. Nun, als sie einmal wieder in Moskau war, hatte sie von mir gerade das tragische Ende der Geschichte erfahren.

»Ich denke«, sagte sie leise, »Michail ist Sofjas Mörder. Er hat sie sehr geliebt, konnte aber wild werden vor Eifersucht und hat sie bestimmt auch geschlagen ...«

»Woher wollen Sie das wissen?«, fragte ich verwundert.

Anja lächelte verlegen.

»Natalja hat mir damals sehr leid getan, vor allem, weil sie sich umbringen wollte. Irgendwie fühlte ich mich schuldig. Deswegen habe ich, nachdem ich bei ihr war, noch einmal Sofja aufgesucht.«

Anja, die gute Seele, wollte ihrer Freundin den Kopf waschen. Aber die sagte betreten: »Mir macht das Ganze gar keinen Spaß mehr. Er ist furchtbar eifersüchtig, wollte mich schon schlagen und hat gebrüllt: ›Wenn ich dich nicht haben kann, dann kriegt dich auch kein anderer!‹ Sogar mit der Pistole hat er mir gedroht!«

»Das ist ja furchtbar!«, rief Anja erschrocken. »Der bringt dich noch um!«

»I wo«, meinte Sofja leichthin. »Alles nur Theater …«

»Bestimmt ist er es gewesen«, vermutete Anja. »Du meine Güte, warum hat sie sich nur so aufgeführt! Es hat ihr wohl einfach Spaß gemacht. Sie hat es fertiggebracht, die Frau eines ihrer Liebhaber anonym anzurufen und in den Hörer zu flöten: »Wissen Sie, wo Ihr Mann seine Zeit verbringt? An Ihrer Stelle würde ich mich dafür interessieren.«

Sofja liebte Skandale. Sie genoss es, Menschen aufeinander zu hetzen. Männer, die sie in ihr Bett locken konnte, bekam sie bald wieder satt. Eine Affäre dauerte bei ihr zehn Tage, maximal zwei Wochen. Dann war ihr Interesse dahin. Die meisten begriffen nicht, was da ablief, und fragten naiv: »Was ist mit dir?«

Dann runzelte Sofja die Brauen, zog einen Flunsch und schenkte dem Verehrer nur noch böse Blicke. Je stärker er sich mühte, desto mehr zeigte sie ihm die kalte Schulter. Rief er aber nicht mehr an, kehrte zu seiner Frau zurück und demonstrierte seinerseits Gleichgültigkeit, spielte sie wieder die Zärtliche und schluchzte ins Telefon: »Du glaubst gar nicht, wie ich leide, seit du mich verlassen hast!«

Überglücklich eilte der Romeo zu seiner Julia zurück, aber statt zärtlicher Umarmung erwartete ihn eine kalte Dusche. Das waren die Spielchen, die Sofja liebte.

»Manch einer durchschaute sie bald und ließ sie links liegen«, berichtete Anja weiter. »Bei anderen dauerte es länger. Einmal hatte sie zum Beispiel einen gewissen

Anton Seliwanow, der konnte einem richtig leidtun! Sofja trampelte ihm förmlich auf der Seele herum und zerstörte seine Familie. Er aber rief immer wieder an und fragte klagend: ›Sofja, sag mir doch, was ist nur mit uns geschehen?‹«

»Anton Seliwanow war nicht nur ein guter Freund?«, fragte ich lauernd.

»Wer – Anton? Wo denken Sie hin! Er hat den ganzen langen Weg von leidenschaftlicher Liebe bis zu brennendem Hass durchlaufen müssen. Nein, nur ein Freund war er nie. Anfangs hat er Sofja in den Himmel gehoben, geradezu vergöttert, später konnte er sie nicht mehr sehen. Sofja hat ihm sogar die Miliz auf den Hals gehetzt. Was wirklich zwischen ihnen vorgefallen ist, weiß ich nicht, aber Anton wurde verhaftet. Meine Mutter war gerade wieder einmal krank, und ich habe zu der Zeit einen ganzen Monat in Moskau verbracht. Das Drama hat sich quasi vor meinen Augen abgespielt. Das war im vorigen Frühjahr. Man hat ihn zwar wieder laufen lassen, doch seitdem konnte er Sofja nicht mehr ausstehen.«

»Und sie haben auch keinen Kontakt mehr miteinander gehabt? Nicht einmal Tee miteinander getrunken?«

»Lieber hätte sich Anton mit einer Klapperschlange an den Tisch gesetzt!« Anja musste lachen. »Fragen Sie ihn doch selbst! Wollen Sie seine Telefonnummer?«

Ich nickte. »Ja, geben Sie sie mir bitte.«

Als ich Anja verließ, war ich völlig durcheinander. Was ich nicht alles erfahren hatte! Die gute Natalja, die Beethoven so liebte, hatte mich also von vorn bis hinten belogen. Erstens konnte sie Sofja nicht ausstehen. Zweitens hatte sie mir Anjas wahren Aufenthaltsort verschwiegen und drittens Anjas Mann einen falschen Beruf angedichtet. Allerdings hatte sie mir ihre Moskauer Telefonnummer gegeben. Sie glaubte Anja in Sachalin und dachte, in ihrer Moskauer Wohnung würde ich sie nicht erreichen.

Vor allem aber hatte sie mir vorenthalten, dass ihr Ex-Gatte tief in den Fall der bezaubernden Blumenverkäuferin verstrickt war. Und dann dieser Anton Seliwanow! Von ihm stammte die entscheidende Aussage, die Wolodja Kostin hinter Gitter gebracht hatte. Er hatte behauptet, er habe seiner besten Freundin helfen wollen, sie mit einem blauen Auge angetroffen und sich furchtbar erschrocken, als Wolodja genau zum richtigen Zeitpunkt auftauchte … Es war auch Seliwanow gewesen, der Kostin später identifizierte. Wie konnte ich nur so dumm sein! Diesen »besten Freund« Sofjas musste ich jetzt als Nächsten aufsuchen und nach allen Regeln der Kunst auseinandernehmen. Dem glaubte ich kein Wort! Interessant war für mich nur, wer Anton dazu gebracht hatte, falsches Zeugnis gegen Wolodja abzulegen, und wie man es ihm vergolten hatte.

Als ich mit dröhnendem Kopf nach Hause kam, stieß ich in der Küche auf einen Braten, der verführerisch duftete, Kartoffelsalat mit Mayonnaise, Bratäpfel und einen Napfkuchen. Die Kinder schliefen schon. Warum, war nicht schwer zu erraten. All die Köstlichkeiten hatten sie einfach umgehauen, und sie waren nicht wie sonst gegen Mitternacht, sondern schon um zehn ins Bett gefallen. Offenbar war es falsch, wenn ich ihnen abends immer etwas Leichtes vorsetzte – Joghurt, Quark oder Haferbrei. In jedem einschlägigen Buch kann man lesen, dass Fleisch nach neun Uhr abends schlechten Schlaf bringt. Nun stellte sich heraus, dass das ein Irrtum war. Lisa und Kira gerieten nach meinen so gesunden Milchprodukten oft in Streit, jagten sich gegenseitig mit schrecklichem Geschrei durch die Zimmer und hatten kein Ohr dafür, wenn ich sie ermahnte, sie sollten schlafen gehen, um am nächsten Tag für die Schule fit zu sein.

Bei uns wurde es immer spät. Morgens wollten sie dann

nicht aus den Federn, waren nicht ausgeschlafen und deshalb schlecht gelaunt. Jetzt aber schlummerten sie wie Engelchen, und das alles wegen einer ordentlichen Portion Schweinebraten. Die Hunde hatten offenbar ebenfalls ihr Teil bekommen. Auch sie gerieten abends oft in Streit oder jagten den Katzen hinterher. Heute aber lagen sie satt und zufrieden alle auf einem Haufen. Und doch kann es nicht gesund sein, zur Nacht fetten Schinken und Mayonnaisensalat in sich hineinzustopfen, dachte ich bei mir. Während mir das alles durch den Kopf ging, schnitten meine Hände fast von allein ein ordentliches Stück Fleisch ab, und eine reichliche Portion Salat landete auf meinem Teller.

Fünfzehn Minuten später konnte ich mich kaum noch auf den Beinen halten. Ich wankte in mein Zimmer. Ich war zu absolut nichts mehr in der Lage. Nur die Balkontür riss ich weit auf, denn die Luft in Moskau war wieder einmal unerträglich schwül, dann ließ ich mich angezogen in die Kissen fallen. Da sah ich einen schwarzen Schatten aus einer Ecke des Zimmers durch die offene Balkontür huschen und bekam einen leichten Schreck. Aber dann fiel mir ein, dass es die Katze Lina sein musste, die so gern Kalbfleisch fraß und die mir unsere Nachbarin vor ihrer Urlaubsreise in die Türkei für zwei Wochen in Pension gegeben hatte.

Vielleicht sollten künftig doch alle zur Nacht mit fettem, ungesundem Fleisch abgefüttert werden, ging es mir noch durch den Kopf, bevor ich sanft entschlummerte.

14. Kapitel

Ein wilder Schrei riss mich aus dem Schlaf. Er schien nicht von einem Menschen zu kommen, denn er blieb auf einer Tonhöhe: »A-a-a-a …!«

Erschrocken fuhr ich hoch und rief: »Was ist los?«

In der Wohnung war es still. Alle schienen friedlich zu schlafen, was ich an den verschiedenen Schnauftönen meiner Mitbewohner erkennen konnte. Lisas Atem pfiff etwas höher, Kiras schon männlich stärker, dazu das gleichmäßige Schnarchen der Hunde und dazwischen ein paar Seufzer, die von Xenia zu kommen schienen.

Ich ließ mich wieder auf mein Kissen sinken. Wahrscheinlich hatte ich nur geträumt.

»A-a-a-a ...!«, kam es erneut von der Straße. »Hilfe, Mörder!«

Ich rannte auf den Balkon hinaus. Die Schreie kamen aus der Wohnung direkt unter uns. Dort wohnt Eleonora Jewgenjewna, eine nette und sehr wohlhabende alte Dame. Sie war einmal eine berühmte Operettensängerin. Seitdem sie weiß, das ich ausgebildete Harfenistin bin, kommt sie zu mir als ehemaliger »Kollegin« gern einmal zum Tee, ganz ungezwungen, im Morgenrock. Nein, hier bringe ich etwas durcheinander. Im Morgenrock habe ich sie noch nie gesehen. Wenn sie sich außerhalb der Wohnung zeigt, ist sie stets elegant gekleidet, sorgfältig frisiert und in vollem Make-up. Einmal stach mich der Hafer, und ich fragte sie: »Eleonora Jewgenjewna, tragen Sie auch zu Hause immer volle Kriegsbemalung?«

»Ach, meine Liebe«, antwortete die Sängerin lächelnd, »wenn man jung ist, kann man es sich leisten, zu Hause im schlabbrigen T-Shirt und mit zersausten Haaren herumzulaufen. Auch in den Dreißigern kann wahre Schönheit nichts verderben. Aber eine Dame, die, sagen wir, über vierzig ist, muss schon auf sich achten, sonst wirkt sie bald wie ihre eigene Großmutter. Und gar im Alter ist gediegene Kleidung und Schmuck ein Muss, um nicht anderer Leute Mitleid zu erregen ...«

Besonders von Letzterem hat sie mehr als genug: Ohrstecker, Ringe, Broschen, Ketten und Armbänder. Eines trägt sie sogar am Knöchel, was ihr schon viele scheele Blicke eingebracht hat. Ihre Wohnung ist mit Antiquitäten vollgestopft wie ein Museum – überall teure Bilder, elegantes Geschirr, Kristall, Bronzefiguren, Stilmöbel ... Zu ihrem 80. Geburtstag hat ihr Sohn ihr eine supermoderne HiFi-Anlage geschenkt. Nun hat Eleonora an CDs Gefallen gefunden ... Für Einbrecher gäbe es in ihrer Wohnung viel zu holen.

»Hilfe!«, kreischte es wieder. »Mörder ...!«

In der Wohnung der alten Dame mussten Einbrecher sein! Ich rannte zum Telefon und bemerkte nicht einmal, wie ich meine Pantoffeln verlor. Zuerst die Miliz rufen, und dann hinunterlaufen! Aber wo war dieser verdammte Apparat wieder einmal? Da fiel mein Blick auf ein Ding, das wie ein alter Lichtschalter aussah. Der Alarmknopf! Ich drückte ihn heftig und hoffte, dass sofort die Miliz vor der Tür stehen werde. Da klingelte es auch schon. Waren die aber schnell! Hatten sie schon vor der Haustür gewartet? Ohne erst in den Spion zu schauen, riss ich die Tür auf.

»Um Gottes willen!«, entfuhr es mir.

Auf der Schwelle stand mit schlotternden Knien – Eleonora. Aber wie sie aussah! Über Gesicht und Hände liefen lange, dünne Schnitte, aus denen es blutete. Ihr Nachthemd aus teurem Batist war völlig zerfetzt, und die Haare standen ihr nach allen Seiten. Sie trug Ohrgehänge mit Brillanten und schwere Ringe an den blutverschmierten Händen.

»Was ist passiert?«, riefen die Kinder, die inzwischen in den Korridor herausgelaufen waren. Hinter ihnen sah ich die aufgeregte Xenia.

»Ich sollte umgebracht werden!«, flüsterte Eleonora. »Mit dem Rasiermesser!«

»Von wem denn?«

»Da unten!« Unsere Nachbarin wies mit dem Finger nach unten. »In meiner Wohnung!«

Sie verdrehte die Augen und rutschte langsam an der Wand herunter. Kira konnte sie gerade noch auffangen, Xenia schob ihr rasch einen Stuhl hin. Lisa und ich standen völlig entgeistert da und wussten nicht, was wir tun sollten. Da schaltete sich der Fahrstuhl ein. Mehrere Milizionäre sprangen heraus. Als sie die alte Frau erblickten, pfiffen sie betroffen, und einer fragte streng: »Bürger, was geht hier vor?«

»Das ist unsere Nachbarin von unten«, versuchte ich zu erklären. »Ein Einbrecher hat sie mit dem Rasiermesser attackiert. Offenbar konnte sie ihm entkommen und hat ihn in der Wohnung eingeschlossen.«

»Sergej und Leonid, ab nach unten, Konstantin an die Haustür, und ruf den Rettungswagen!«, kommandierte der Ranghöchste routiniert.

Mit einem Wischer bewaffnet, lief ich den Milizionären hinterher. Aber weder mich noch die aufgeregt umherspringenden Kinder ließ man in Eleonoras Wohnung hinein. Mehrere Minuten lang traten wir auf dem Treppenabsatz aufgeregt von einem Bein aufs andere und lauschten gespannt, was sich hinter der mit rotem Leder bezogenen Tür tat. Kein Laut drang heraus. Endlich ließ sich einer der Männer sehen.

»Und?«, riefen wir alle auf einmal. »Habt ihr den Kerl?«

»Er ist weg«, sagte der junge Mann ärgerlich. »In der Wohnung ist niemand außer der Katze dort.«

Als er die Tür weit öffnete, sahen wir eine pechschwarze Katze, die sich ängstlich unter einen Stuhl geflüchtet hatte. Ihre grünen Augen leuchteten böse, sie sträubte das Fell, als wollte sie sagen: »Rührt mich nicht an, sonst geht es euch schlecht!«

Ich wusste noch gar nicht, dass sich Eleonora eine Abessinierin zugelegt hatte, die unserer Einquartierung Lina aufs Haar glich.

Nachdenklich kehrten wir in unsere Wohnung zurück. Eine halbe Stunde später hatte sich Eleonora etwas erholt, in unserem Bad gewaschen und notdürftig zurechtgemacht. Ängstlich erkundigte sie sich: »Ist sie weg?«

»Wer?«, fragte ich begriffsstutzig. »Die Ärztin vom Rettungswagen? Ja. Die ist wieder abgefahren. Sie hat gesagt, wir sollen uns keine Sorgen machen. Die Schnitte sind zwar tief, aber nicht gefährlich. Sie müssen nicht genäht werden.«

Eleonora schüttelte heftig den Kopf.

»Nein, nicht die Ärztin, sie …! Ist sie weg?«

Ich schaute die alte Dame mitleidig an. Von der Aufregung war sie offenbar völlig durcheinander.

»Beruhigen Sie sich erst mal. Ich verstehe ja, dass Sie Angst haben. Wenn Sie wollen, bleiben Sie doch über Nacht bei uns!«

»Nein, nein«, murmelte unsere Nachbarin eigensinnig. »Sagen Sie mir nur: Wo ist sie jetzt?«

Ihre knochigen Finger mit den schweren Ringen zitterten, ihre Stimme klang angstvoll, und das Entsetzen war noch nicht aus ihrem Blick gewichen.

»Soll ich mit zu Ihnen kommen?«, schlug ich als Alternative vor. »Wir gehen jetzt alle zusammen hinunter und schauen uns gründlich in der Wohnung um. Sie können sich selbst davon überzeugen, dass niemand mehr da ist.«

Eleonora nickte erfreut.

»Gut! Und Kira soll eine große Decke mitnehmen!«

»Warum Kira? Ich bleibe doch bei Ihnen.«

»Um sie zu fangen!«, stieß Eleonora hervor und zitterte schon wieder.

Ich strich der alten Dame beruhigend über die knochigen Schultern.

»Keine Sorge, wir verjagen sie sofort.«

»Wen denn?«, fragte Kira verdutzt.

Ich stieß ihn gegen das Schienbein und tippte hinter Eleonoras Rücken vielsagend mit dem Finger an die Schläfe.

»Ach, die!« Der fixe Junge nahm das Spiel auf. »Die haben wir im Handumdrehen gefangen und ersäuft!«

»Danke, Kira«, flüsterte Eleonora. »Was sollte ich ohne euch nur machen!« Wieder kamen ihr die Tränen. Dann zeigte sie uns ihre verletzten Arme und murmelte: »Das Miststück! Schaut euch an, was sie mit mir gemacht hat!«

Langsam dämmerte es bei mir.

»Wollen Sie sagen, eine Frau hat Sie überfallen?«

»Ich kann nicht behaupten, das es eine Dame ist, vielleicht ist es auch ein Kavalier!«

»Sie können Mann und Frau nicht unterscheiden?«, fragte jetzt Lisa verblüfft.

Eleonora, die inzwischen sogar ihren Humor wiedergefunden hatte, meinte nur: »In meinem Alter kann man so etwas durchaus schon mal vergessen. Aber kannst du den Unterscheid immer eindeutig feststellen, Lisa?«

»Natürlich!«, erklärte das Mädchen. »Das ist doch ganz einfach!«

»Und woran erkennst du es?«

»Na, Kerle haben einen Bart, eine tiefe Stimme, größere Füße und laufen in Hosen rum.«

»Zumindest in der Regel, obwohl das heute auch nicht mehr so eindeutig ist«, warf ich ein, um ihr beizuspringen. »Womit war denn Ihr nächtlicher Gast bekleidet?«

»Gar nicht«, kam die Antwort.

»Er war nackt?«, riefen jetzt Kira, Lisa und Xenia wie aus einem Munde.

»Nicht ganz«, antwortete Eleonora, »aber irgendwie schon.«

Jetzt glaubte ich, langsam den Verstand zu verlieren, denn ich hörte mich dümmlich fragen: »Und ohne Hosen konnten Sie den Unterschied nicht sehen?«

»Was haben denn die Hosen damit zu tun?«, lautete Eleonoras merkwürdige Antwort. Dann fügte sie hinzu: »Bei der Behaarung!«

»Willst du meine Meinung wissen?«, fragte mich Kira leise, als wir alle gemeinsam die Treppe zu Eleonoras Wohnung hinuntergingen.

»Na?«

»Es war ein Tschetschene!«

»Wie kommst du denn darauf?«

»Na überleg doch mal – die Behaarung! Die sind alle so zottig, das habe ich am Strand gesehen. Die haben Haare an den Beinen, an den Armen, auf der Brust und sogar auf dem Rücken!«

»Aber warum sollte ein Einbrecher nackt sein?«

»Das kann ich nun wieder verstehen«, kam es von Kira. »Er hat sich ausgezogen, um besser klauen zu können. Wenn ein Dieb die Flucht ergreift, woran packt man ihn zuerst? An den Klamotten!«

Ich zuckte die Schultern. Die Version von dem nackten Tschetschenen als Einbrecher hielt keiner Kritik stand. Vielleicht hatte der Idiot die Sachen abgeworfen, um die alte Frau zu Tode zu erschrecken. Aber wie wollte er nackt auf der Straße weiterkommen?

Hinter Eleonoras Wohnungstür war es totenstill. Wie übrigens auch hinter allen anderen Türen im Haus. Schließlich zeigte die Uhr erst die fünfte Morgenstunde.

Wir blieben stehen. Ich musterte unser »Überfallkommando«. Kira hielt einen furchterregenden Schaschlikspieß in der Hand, Lisa war auf die Idee gekommen, sich mit einer riesigen Emailleschüssel zu bewaffnen, und Xenias Hände umklammerten ein Nudelholz. Wozu diese Ausstattung dienen sollte, war mir nicht klar. Immerhin hatten die Milizionäre doch eindeutig erklärt, die Wohnung sei leer. Aber auch ich hielt immer noch den Wischer unter den Arm geklemmt, den ich mir von der Fernsehwerbung hatte aufschwatzen lassen. Große Pfützen wischte er nur in dem Werbespot weg, ohne Spuren zu hinterlassen, in meiner Küche war er faktisch nutzlos.

»Auf geht's!«, kommandierte Lisa im Flüsterton. Kira trat mit dem Fuß gegen die Tür. Sie sprang auf, und vor uns lag die leere Diele.

»Habe ich nicht gesagt ...«, hub ich an. Da stieß Eleonora wieder diesen wilden, hohen Schrei aus. Warum er so klang, begriff ich erst jetzt. Bei der ehemaligen Sängerin waren Lunge und Stimmbänder offenbar immer noch hervorragend in Form.

»A-a-a-a!«, schallte es durch das ganze Treppenhaus. »A-a-a-a! Da ist sie! Schnell, werft die Decke drüber! Haut zu, haut kräftig zu!«

Lisa fiel vor Schreck die Emailleschüssel aus der Hand. Das riesige Ding holperte mit ohrenbetäubendem Krach die Stufen hinunter. Kira drang, martialisch mit dem Schaschlikspieß fuchtelnd, in die Wohnung ein. Xenia griff sich plötzlich mit beiden Händen an den Bauch. Das Nudelholz, das sie fallen ließ, polterte der Schüssel hinterher und verursachte nicht weniger Lärm. Bumm, bumm, bumm, klang es von jeder Stufe. Dann tönte von unten ein dumpfes Donnern an unser Ohr. Das Nudelholz hatte die Schüssel eingeholt, und beide waren mit voller Wucht gegen die Stahltür der Familie Fedotow geprallt. Die schien eher für einen unterirdischen Bunker gemacht, wo im Falle eines Atomkrieges die Regierung des Landes hätte Zuflucht finden können. Ich ließ vor Schreck Eleonoras

Arm los. Ohne meine Stütze fiel die alte Dame auf den gekachelten Fußboden und kreischte immer noch: »Haut sie, schlagt sie ...!«

Eleonora hatte ihre Ausbildung nicht vergessen: Selbst im Liegen unterbrach sie ihre Soloarie nicht.

Jetzt knackten überall Türschlösser, und verschlafene Nachbarn warfen uns böse Blicke zu.

»Was ist denn passiert?«, blaffte Mischa aus Wohnung 48. »Eine Explosion?«

»Nein!«, antwortete ich.

»Na, Gott sei Dank!«, rief Alina aus Nr. 53. »Und was soll der Lärm?«

Nun wollten alle gleichzeitig die Lage erklären. Währenddessen blieb es in Eleonoras Wohnung nach wie vor totenstill.

»Kira ist da drin!«, bemerkte ich schließlich. »Allein, nur mit einem Schaschlikspieß bewaffnet!«

»Ja, wenn das so ist«, sagte Mischa gedehnt und rief in Wohnung 50 an. »He, Iwan, mach mal auf, ich bin's.«

Die Tür ging auf, und heraus wälzte sich Iwan Kissin, bestens bekannt in der Moskauer Unterwelt. Den massigen Nacken des Burschen umspannte eine dicke Goldkette, und seine mächtige Gestalt steckte in einem dicken Bademantel. Hinter ihm lugte vorsichtig der zerzauste Kopf eines Mädchens hervor, das eindeutig nicht in unserem Haus gemeldet war.

»Sag bloß nicht, die Bullen machen 'ne Wohnungsdurchsuchung und wollen mich als Zeugen haben!«, knurrte Iwan. »Was gibt's denn? 'ne Bombe?«

»Hör mal, Iwan, du musst uns helfen.« Mischa schilderte ihm kurz, was geschehen war. Iwan erfasste die Lage so schnell, wie ich es ihm gar nicht zugetraut hätte.

»Moment mal«, rief er und verschwand hinter seiner Tür.

Das Mädchen, das nur ein durchsichtiges schwarzes Nachtkleidchen trug, schaute mich mit großen Augen an. Aus Höflichkeit sagte ich: »Guten Tag.«

»Guten Abend, äh, guten Morgen«, antwortete sie.

»Immer noch ziemlich schwül, was?«, gab ich zurück, um ein Gespräch anzufangen. Aber da war Iwan schon wieder da, in der rechten Hand eine Pistole und in der linken eine Handgranate F-1. Im Nu waren alle Nachbarn hinter ihren Türen verschwunden.

»Vielleicht werfen Sie nicht gleich die Granate?«, wandte ich schüchtern ein.

»Die ist doch nicht echt!« Iwan kicherte. »Nur, damit der da drin einen Schreck kriegt.« Dann brüllte er: »Ergib dich, Kanaille, verdammte!«

Eleonora stieß einen weiteren spitzen Schrei aus. Aus der Wohnung stürzte Kira, heil und gesund, und meldete: »Guten Tag, Onkel Iwan, niemand drin.«

»Keine Menschenseele?«, fragte Kissin.

»Genau.«

»Überall nachgeschaut?«

»Sogar im Klobecken!«, erklärte Kira wie ein erfahrener Profi.

»Na also«, sagte ich aufatmend zu Eleonora, »Sie haben sich das nur eingebildet.«

Die öffnete den Mund, um empört zu widersprechen, da kam ich ihr mit der Frage zuvor: »Na, wo sehen Sie denn jemand?«

»Da, unter dem Stuhl«, antwortete Eleonora mit einem Mal ganz friedlich. Iwan bückte sich schnell und zog eine schwarze Katze hervor, die wie wild fauchte und sich ihm zu entwinden suchte.

»Na, du bist ja ein richtiges Ungeheuer«, sagte Kissin verwundert, »und kratzen kannst du auch!«

»Richtig zerfleischt hat sie mich!«, piepste jetzt Eleonora und suchte hinter Lisas Rücken Schutz. Nun ging mir endlich ein Licht auf.

»Ihre Katze hat Ihnen also Arme und Gesicht so zugerichtet?«

»Ich habe keine Tiere!«, erklärte Eleonora empört. »Ich bin aufgewacht, weil es mir die Brust zusammengedrückt hat, als ob ein Stein darauf liegt. Ich mach die Augen auf und sehe eine schwarze Schnauze mit Schnurrbart und gefletschten Zähnen ganz dicht vor mir. Da habe ich vor Schreck aufgeschrien, und dieses Vieh ist mit seinen Krallen auf mich losgegangen. Vor Angst bin ich zu euch gelaufen, weil ich dachte, sie hat die Tollwut! Seht doch, wie ihr der Schaum vor dem Maul steht, die ist bestimmt krank! Wie ist die nur zu mir hereingekommen, und woher?«

Entgeistert starrte ich die Katze Lina an. Ich weiß nicht, wer unser Hochhaus projektiert hat, aber wir haben so etwas Seltsames wie eine Feuerleiter. Die läuft nicht an der Hauswand herunter, sondern von Balkon zu Balkon. Haben Sie so etwas schon einmal gesehen? Theoretisch kann man über sie vom neunten bis zum ersten Stock hinunterklettern. Weil es so schwül war, ließ ich die Balkontür über Nacht offen stehen. Möglicherweise hatte Eleonora dieselbe Idee … Lina, die Übernachtung in einer fremden Wohnung nicht gewohnt, war bestimmt nach draußen spaziert, eine Etage nach unten geklettert, in Eleonoras Zimmer gelangt und hatte ihren gewohnten Schlafplatz aufgesucht. Katzen ruhen gern in der Nähe von Menschen. Ich kann mir vorstellen, wie erschrocken beide waren, als sie den Irrtum bemerkten. Eleonora, weil sie die Katzenschnauze direkt vor ihrer Nase erblickte, und Lina, weil die frühere Sängerin mit ihrer geschulten Bühnenstimme so laut aufkreischte. Vor Entsetzen war sie ihr mitten ins Gesicht gesprungen.

»Wem gehört das Vieh?«, ratterte indessen unsere Nachbarin wie aufgezogen weiter. »Die muss ersäuft werden!«

Jetzt die Wahrheit zu bekennen kam bei der Aufregung nicht in Frage. Daher griff ich mir die Katze und drückte sie gegen meine Brust. Lina kennt mich und beruhigte sich sofort.

»Ersäufen!«, kreischte Eleonora wieder.

»Das machen wir«, versprach ich ihr.

»Aber das ist doch ...«, wollte Lisa sagen.

Ich trat ihr mit aller Kraft auf den Fuß. Lisa erschrak und schwieg augenblicklich.

»So ein Aufstand, und alles wegen einer Katze!« Iwan Kissin hielt sich den Bauch vor Lachen.

Da hörte ich plötzlich hinter mir ein leises Stöhnen. Xenia hatte sich auf einer Treppenstufe niedergelassen, und um sie herum war alles nass.

»Was ist das nun wieder?«, fragte ich erschrocken. Das Mädchen schnaufte nur schwer.

»Die Fruchtblase ist geplatzt!«, erklärte das Mädchen in dem schwarzen Nachtkleidchen. »Bei der geht's los!«

Nun war ich ernsthaft erschrocken. »Was machen wir denn jetzt?«

»Dumme Frage, sie muss in die Klinik! Habt ihr ein Auto?«

»Haben wir«, antwortete ich völlig durcheinander, »aber ...«

»Was ist, Iwan, bringen wir sie?«

»Klar!«, antwortete der Vertreter der Unterwelt. »Schlafen kann ich sowieso nicht mehr.«

Rasch wurde Xenia in eine Decke gehüllt, und ab ging's. Jetzt war ich heilfroh, dass ich bereits mit Nastja Lewitina, Katjas Freundin in der Klinik, wegen Xenia telefoniert hatte. Die Gynäkologin arbeitete auf der Entbindungsstation. Ich hatte großes Glück. Nastja war im

Dienst. Auf mein aufgeregtes: »Es geht los!!!« antwortete sie ruhig und sachlich: »Na dann kommt her, so schnell ihr könnt!«

Als unsere ganze Kavalkade ins Foyer der Klinik stürzte, meinte Nastja, die sich gerade am offenen Fenster eine Zigarette gegönnt hatte, mürrisch: »Mehr waren wohl nicht da?«

»Nein«, antwortete ich einfältig.

»Ihr könnt alle wieder nach Hause gehen. Außer der Schwangeren brauchen wir hier niemanden. Der Vater kann bleiben. Sind Sie der Vater?«, fragte sie Iwan.

»Nein«, antwortete der erschrocken, »ich bin nur der Nachbar.«

»Soso, der Nachbar«, murmelte Nastja verständnisvoll. Dann schrie sie auf: »Und was ist das? Bist du verrückt geworden, Tanja? Wirf das sofort weg!« Verständnislos schaute ich an mir herunter. Aus meiner Westentasche baumelte die Handgranatenattrappe F-1, einer echten zum Verwechseln ähnlich. Wie war ich zu der gekommen? Und wieso hatte ich sie nicht bemerkt, als wir eng gedrängt im Auto saßen? Iwan packte das Ding und steckte es seiner Freundin in die Handtasche.

»Verzeihen Sie, Frau Doktor, die tut niemandem was.«

»Ach, Tanja!«, zischte Nastja böse, als sie Xenia den Gang entlangführte. »Ich hab's gewusst! Wer sich mit dir einlässt, muss mit allem rechnen!«

15. Kapitel

Als ich gegen neun Uhr morgens wieder zu Hause war, griff ich gleich zum Telefon. In Anton Seliwanows Wohnung wurde sofort abgenommen. Aus dem Hörer klang es leise: »Hallo?«

»Ich möchte bitte Anton sprechen.«

»Das geht nicht«, antwortete eine müde Frauenstimme. »Es ist unmöglich.«

»Weshalb?«

»Er ist gestorben.«

»Wie denn das?«, fragte ich erschrocken.

»Ganz einfach«, sagte die Stimme, »ein Haushaltsunfall.«

»Und wer sind Sie?«, fragte ich hartnäckig weiter.

»Seine Frau, Aljona«, antwortete die Person am anderen Ende und schniefte geräuschvoll.

»Aljona, ich muss dringend mit Ihnen sprechen! Ich bin gleich bei Ihnen!«

»Worüber wollen Sie mit mir sprechen?«

»Hm ..., Anton hat mir Geld geliehen, das möchte ich zurückgeben«, platzte ich heraus, ohne lange nachzudenken.

»Natürlich!« Aljona willigte sofort ein. »Ich gehe jetzt zur Arbeit. Nach 22.00 Uhr bin ich wieder da.«

»Aber es müsste sofort sein! Wo arbeiten Sie denn?«

»Im Kaufhaus GUM.«

»Können wir uns nicht dort treffen?«

»Im Prinzip schon«, antwortete Seliwanows Angetraute unsicher und fügte hinzu: »Ich möchte nur nicht, dass meine Kolleginnen das mitkriegen.«

»Das müssen sie ja nicht. Sicher gibt es im GUM ein erschwingliches Café?«

»Ja, das ›Rostix‹.«

»Dann lade ich Sie dorthin zum Essen ein. Wo finde ich Sie?«

»In der zweiten Etage, Reihe drei, Schuhsalon ›Birmolina‹.«

Ich ging in mein Zimmer, um mich anzuziehen. Ich konnte es noch gar nicht fassen. Anton war tot. Gestorben an einem Unfall im Haushalt! Die Sache wurde immer verwickelter …

Ich war gerade in eine Hose geschlüpft, da klingelte das Telefon.

»Herzlichen Glückwunsch!«, sagte Nastja Lewitina.

»Hat sie entbunden?!«, rief ich erfreut.

»Hat sie!«, erklärte Nastja stolz. »Das machen bei uns alle!«

»Und was ist es?«

»Ein Junge, ein Prachtkerl! Allein die Stimme! Nicht zu überhören. Wiegt 3520 Gramm und ist 52 Zentimeter groß.«

»Was kann ich ihr zur Stärkung mitbringen?«

»Erst mal gar nichts«, antwortete Katjas Freundin. »Ich komme gerade aus dem Kreißsaal. Jetzt wird sie sicher bis zum Abend schlafen. Bevor du morgen kommst, rufe ich dich an, und dann reden wir.«

»Aber …«

»Entschuldige, ich habe gar keine Zeit!«, warf Nastja hin und legte auf.

Mir zitterten die Knie so sehr, dass ich mich auf die Couch setzen musste. Ein Junge! Wolodja hatte einen Sohn, den er nie kennenlernen würde. Und es war an mir, dafür zu sorgen, dass der Junge mit einem unbefleckten Namen durchs Leben gehen konnte.

Im GUM war ich lange nicht gewesen. Das letzte Mal wohl 1990, als ich nach Winterstiefeln suchte. Ich erinnere mich noch an die endlose Schlange, die sich vom Parterre bis in den ersten Stock erstreckte, an die erbosten Schreie: »Sie haben hier nie gestanden!« oder »Nur zwei Paar pro Person!« … Stiefel hatte ich damals nicht ergattert. Schließlich besorgte meine Mutter mir ein Paar bei einem Schwarzhändler für den doppelten Preis. Wohl habe ich mich in dem größten staatlichen Kaufhaus der Hauptstadt nie gefühlt. Die Verkäuferinnen wirkten wie uneinnehmbare Festungen, und die Auswahl war kümmerlich. Wenn es Sonderangebote gab wie polnische Kosmetik oder ungarische Pullover, dann bildeten sich augenblicklich Schlangen. Zum GUM gehörte allerdings auch die Abteilung 200, wo sich die Kreml-Führung versorgte. Es hieß, dort gäbe es alles, was das Herz begehrt – angefangen von warmen Lammfellmänteln bis zu so hübschen Kleinigkeiten wie mit Plastikblumen verzierten Haarspangen. Ich bin nie drin gewesen. Als ich später einen erfolgreichen Geschäftsmann heiratete, zog ich die neuen Markenläden oder die kleinen Boutiquen vor. Dann kam die Scheidung, und die gutsituierte Dame stürzte auf das Niveau von Marktständen und U-Bahn-Kiosken ab. Gegenwärtig verdiene ich gar nicht schlecht, aber aus alter Gewohnheit kaufe ich immer noch dort ein. Außerdem schickt uns Katja hin und wieder aus Amerika einen »Malboro«-Karton voller Sachen.

Als ich diesmal das GUM betrat, erkannte ich es kaum wieder. Käufer sah ich so gut wie keine. Nur ganz vereinzelt schnürte jemand durch die luxuriös ausgestatteten Läden, die vor teuren, bunten Sachen überquollen. Und erst die Verkäuferinnen! Anstelle dicker Weiber kurz vor dem Rentenalter in blauen Kitteln standen jetzt überall junge Frauen herum, die es jedem Kunden recht machen wollten. Der Schuhsalon »Birmolina« bildete da keine Ausnahme.

Kaum hatte ich einen Fuß auf den beigefarbenen Teppich gesetzt, da kam mir bereits eine von ihnen im enganliegenden weinroten Kostüm entgegengelaufen.

»Treten Sie ein, bei uns ist gerade Sale.«

»Wer ist bei Ihnen?«, fragte ich verständnislos.

»Wir haben Schlussverkauf.«

»Aha! Sagen Sie, ist Aljona da?«

Die Verkäuferin blickte mich enttäuscht an und rief nach hinten: »Aljona, komm doch mal bitte.«

Aus derselben Richtung näherte sich eine zweite Mitarbeiterin, ebenso uniformiert wie die erste.

»Was wünschen Sie?«

»Wir hatten uns im ›Rostix‹ zum Essen verabredet.«

»O ja, grüß, dich!«, rief Seliwanows Frau erfreut aus. »Wie lange haben wir uns nicht gesehen! Schön, dass du da bist, komm!«

Sie wandte sich ihrer Kollegin zu, die mich misstrauisch musterte, und sagte fröhlich: »Rita, du kommst doch einen Augenblick allein klar? Das ist eine alte Freundin, die ich ewig nicht gesehen habe!«

»Geh schon!«, sagte Rita und nickte.

Wir verließen den Schuhsalon und gingen die Reihe der Läden entlang.

»Entschuldigen Sie«, sagte Aljona leise. »Rita ist furchtbar neugierig und schwatzhaft. Ich möchte nicht, dass sie etwas von unserem Gespräch mitbekommt. So ist es besser. Kurz mal eine Bekannte zu treffen ist kein Problem.«

Im »Rostix« angekommen, nahmen wir jede ein Hühnerbrüstchen und machten es uns an einem großen halbrunden Fenster bequem, das vom Fußboden bis zur Decke reichte. Von dort hatten wir den Haupteingang des Kaufhauses voll im Blick.

»Wie war Ihr Name?«, fragte Aljona unerwartet.

»Romanowa«, antwortete ich verwundert.

»Romanowa, Romanowa ...« Aljona murmelte meinen Namen vor sich hin und blätterte in einem dicken, zerschlissenen Notizbuch.

Ich beobachtete aus den Augenwinkeln, was sie da trieb.

»Romanowa ...«, wiederholte Aljona noch einmal und schaute mich dann zweifelnd an. »Ich finde Sie hier nicht!«

»Wo wollen Sie mich denn finden?«

»Na hier drin«, antwortete sie und tippte auf das Buch. »Anton hat jeden eingetragen, mit dem er finanzielle Angelegenheiten zu regeln hatte. Ich muss Sie allerdings enttäuschen. Ich führe sein Maklergeschäft nicht weiter. Ich war zwar bis zum Schluss mit ihm verheiratet, aber wir haben getrennt gelebt, deshalb komme ich für seine Verbindlichkeiten nicht auf. Wenn er also Vorauszahlungen von Ihnen erhalten hat, von mir können Sie die nicht zurückerwarten.«

Ich wollte etwas erwidern, da schlug Aljona plötzlich aufgebracht mit der flachen Hand auf das Tischchen, an dem wir saßen. Das volle Cola-Glas schwappte über, und eine braune Lache breitete sich aus.

»Einer hat gar versucht, mir Geldeintreiber auf den Hals zu hetzen«, rief sie wütend. »Aber bei mir gibt's nichts zu holen. Sie sehen ja, ich bin Verkäuferin, stehe den ganzen Tag hinterm Ladentisch. Würde ich wohl Leuten Schuhe aufschwatzen, wenn ich ein Kapitalpolster hätte? Anton hat keinen Kunden übers Ohr gehauen, er ist einfach unerwartet verstorben. Ich kenne mich in seinen Geschäften nicht aus. Ich weiß nur, dass er alle Summen in diesem Buch verzeichnet hat.«

»Verzeihen Sie!« Ich versuchte ihren Redefluss zu stoppen. »Woran ist er denn gestorben?«

»An einer kleinen Unachtsamkeit!«, sagte die Frau, nun wieder ruhiger, und seufzte schwer. »Es ist einfach dumm gelaufen. In seiner Küche steht ein alter sowjetischer Elektroherd. Der muss mindestens hundert Jahre alt sein. Wie oft habe ich ihm gesagt, er soll sich einen neuen zulegen! Aber er wollte nichts davon hören. ›Wozu? Ich koche keine Suppe und backe keine Piroggen‹, hat er immer gesagt. Und das hat er nun davon!«

»Ein Stromschlag?!«, entfuhr es mir.

»Genau!«, antwortete Aljona. »Und er war sofort tot! Der Elektriker kann sich das nicht erklären. So etwas kommt äußerst selten vor. Der Strom ist sofort durch den Körper geflossen. Ein gesunder Mensch hätte das überlebt, aber Anton hatte ein schwaches Herz. Es ist stehengeblieben. Der Arzt meinte später, er hätte durchaus gerettet werden können, wenn jemand bei ihm gewesen wäre. Anton hat sich schon lange von mir und unserer Tochter getrennt. Zwei Tage hat er da gelegen. Ich habe mir regelmäßig die Alimente bei ihm abgeholt. Als ich diesmal die Tür öffnete und in die Küche trat, sind dort schon die Würmer herumgekrochen.« Aljona krümmte sich angewidert zusammen. Ich sagte nichts und versuchte meine wirren Gedanken zu ordnen.

»Bis heute verstehe ich nicht, was er in der Backröhre gesucht hat«, fuhr Aljona fort. »Sonst hat er immer nur die Mikrowelle benutzt.«

»In der Backröhre?«

»Ja«, sagte die Verkäuferin, »die Tür der Backröhre des Elektroherdes stand offen, als ich ihn fand.«

»Vielleicht hat er sie beim Fallen aufgerissen?«

Aljona zuckte die Schultern.

»Das ist wenig wahrscheinlich. Er hatte einen Handschuh an der rechten Hand, weil er offenbar etwas Heißes herausnehmen wollte. In der Backröhre lag ein Hähnchen in Folie. Das hatte er dort gebraten!«

»Dann ist doch klar, was er dort wollte. Das Brathähnchen herausnehmen!«

»Nein, ich habe mich etwas unklar ausgedrückt. Anton hat sich nie selbst etwas gekocht! Er konnte höchstens Pelmeni in heißes Wasser werfen oder sich einen Toast machen. Nicht einmal Rührei brachte er zustande. Er hat sich immer Fertiggerichte gekauft oder auswärts gegessen. Und was wollte er an dem alten Elektroherd, wenn daneben eine funktionierende Mikrowelle steht? Dort wäre das doch viel einfacher und schneller gegangen! In der Röhre hätte das Brathähnchen mindestens zwei Stunden gebraucht!«

»Vielleicht hatte er eine Frau zu Besuch«, mutmaßte ich, »die hat das Hähnchen dort hineingelegt und ihn dann gebeten, es herauszunehmen. Dabei könnte es passiert sein.«

»Na, und weiter?«, rief Aljona empört aus. »Sie hat gesehen, dass er umfällt, und ist weggelaufen? Hat ihren Geliebten sterben lassen? Hätten Sie das getan?«

»Natürlich nicht. Aber manchmal gibt es Situationen …«

»Was denn für Situationen?«, fuhr Antons Angetraute mich an. »Was kann einen dazu bringen, einen sterbenden Menschen hilflos liegen zu lassen?«

»Vielleicht«, murmelte ich, »war sie verheiratet und wollte nicht von der Miliz als Zeugin vernommen werden. Wie sollte sie später erklären, was sie in der Wohnung eines fremden Mannes gesucht hat?«

Aljona regte sich immer mehr auf. »Unter all seinen Weibern, und er hatte viele davon, wäre nur eine zu so etwas fähig! Die Repnina!«

»Sofja?«, rief ich. »Die Blumenverkäuferin?«

Aljona zuckte zusammen. »Sie kennen sie?«

»Nicht persönlich. Es heißt, sie sei ein sehr nettes Mädchen, geradezu eine Schönheit!«

»Nett?«, rief Aljona empört. »Das letzte Dreckstück, eine richtige Schlange!«

»Na, na …«

»Was heißt hier, na, na?« Meine Zweifel brachten Aljona noch mehr auf. »Sie hat unsere Familie zerstört!«

»Ein harmonisches Paar lässt sich nicht so leicht auseinanderbringen. Wenn der Mann fremdgeht, dann muss es dafür Gründe geben. Mein Mann macht so was auch, kommt aber immer wieder angekrochen. Etwas Besseres als seine Frau findet er also doch nicht!«

»Genauso war meiner!«, zischte Aljona wütend. »Aber dann ist er an diese Repnina geraten! Wieso bin ich nicht schon längst darauf gekommen, dass sie ihn in der Küche liegengelassen hat? Das würde zu ihr passen, sich aus dem Staub machen, wenn es ernst wird.«

Ich wollte einwerfen, dass Sofja tot sei, aber Aljona war einfach nicht zu bremsen.

»Dieses verdammte Weib hat ihn zu einem anderen Menschen gemacht! Aus einem anständigen Mann ist ein richtiger Mistkerl geworden!«

»Jetzt übertreiben Sie aber!«

»Kein Stück!« Aljona hielt es nicht mehr auf ihrem Stuhl. Unvermittelt zum Du übergehend, stieß sie hervor: »Du hast ja keine Ahnung, was bei uns gelaufen ist! Dass so ein Aas überhaupt die Erde trägt ...«

Ich sah in ihr leichenblasses Gesicht, das sich jetzt hektisch rötete, in ihre hasserfüllten Augen und dachte mir mein Teil. Sofja Repnina musste Aljona tief getroffen haben, wenn die bereit war, ihre intimsten Familiengeheimnisse vor einer völlig Unbekannten auszubreiten.

Vielleicht war sie es leid, diese Last allein mit sich herumzuschleppen? Bei ihren Freundinnen konnte sie sich bestimmt nicht ausheulen. Die heuchelten Mitleid, tratschten und lachten aber vielleicht hinter dem Rücken über sie. Hier hatte sie eine Frau vor sich, die sie nach dieser Begegnung garantiert nie wiedersehen würde. Die Psychologen nennen das den »Reisegefährten-Effekt«. Menschen packen in einem Bahnabteil ihren Reiseproviant aus, teilen ihn mit einer Zufallsbekanntschaft und beichten der alles, was sie auf dem Herzen haben, weil sie wissen, dass sie ihr nie wiederbegegnen. Wolodja hat uns einmal erzählt, wie ein Mann, der natürlich nicht wissen konnte, dass er einen Miliz-Offizier vor sich hatte, ihm im Zug von Adler am Schwarzen Meer nach Moskau beichtete, wie er vor zehn Jahren seine Frau im Affekt erschlagen und das Ganze dann als Unfall getarnt hatte … Offenbar wollte auch Aljona sich einmal richtig Luft machen.

»Wen soll die Erde nicht tragen?«

»Solche wie dieses Luder!«, erwiderte Aljona. »Jetzt ist schon alles egal! Hör zu!«

Anton hatte die Juristische Fakultät der Moskauer Universität abgeschlossen, eine sehr angesehene Hochschule, deren Absolventen in der Regel Karriere machen. Ihm wollte allerdings nichts recht gelingen. Einige Jahre versuchte er sich erfolglos als Anwalt. Er hatte immer nur mittellose Mandanten, meist junge Straftäter, denen die Eltern den Anwalt bezahlten. Aber selbst solche einfachen Verfahren verlor Seliwanow meistens. Die Richter mochten ihn einfach nicht. Vielleicht, weil er leise sprach und mit Zitaten aus dem Römischen Recht um sich warf? Die Damen mittleren Alters auf dem Richterstuhl runzelten schon die Brauen, wenn sie sein »ab ovo«, »alter ego« oder »dura lex« hörten. Dafür brummten sie Antons Mandanten auf, so viel sie konnten … Bald hatte er den Ruf eines ewigen Verlierers und wurde nur noch für die Rechtsberatung eingesetzt. Das brachte weder Ruhm noch Befriedigung und schon gar kein Geld.

Aljona zankte nicht mit ihrem Mann, denn sie sah, dass er tat, was er konnte. Vor drei Jahren wurde dann plötzlich alles anders. Eine Dame kam in seine Beratung und bat ihn, ein Geschäft zu überprüfen. Sie war dabei, eine Wohnung zu kaufen, und fürchtete sehr, übers Ohr gehauen zu werden. Jeder Mensch hat einmal einen Glückstag. Anton Seliwanow hatte seinen, als er das mit der Sache befasste Maklerbüro betrat. Der Chef hörte den

Juristen, der mit Fachbegriffen um sich warf und sogar lateinische Zitate benutzte, aufmerksam an. Im Unterschied zu den Richtern war er von ihm so begeistert, dass er ihm eine Stelle in seiner Firma anbot. Anton ging das Risiko ein und kündigte bei der Rechtsberatung. Dass es bei Maklern nicht immer streng nach Recht und Gesetz zugeht, wusste er, aber worauf er sich da eingelassen hatte, wurde ihm erst nach mehreren Monaten klar.

Wenn eine alleinstehende Person ohne alle Verwandten stirbt, fällt ihre Eigentumswohnung an den Staat, falls sie es in einem Testament nicht anders bestimmt hat. Zur Sowjetzeit gab es dafür eine eiserne Regel: Wurde eine solche Wohnung frei, waren die Mitarbeiter der Wohnungsverwaltung verpflichtet, dies binnen drei Tagen zu melden. Heute aber kümmert sich der Staat nicht besonders um solche Fälle. Entweder kommen die Verantwortlichen nach alter Gewohnheit ihrer Pflicht nach oder sie kennen einen Makler, dem sie die Wohnung verkaufen. Die Firma, in der Anton nun tätig wurde, spürte solche »toten Seelen« auf. Die Kette nahm ihren Anfang ganz unten bei der einfachen Hausverwalterin und zog sich über Wohnungsverwaltung, Bezirksamt, Staatsanwaltschaft und Miliz bis zum Käufer hin. Dabei hielten sich alle, die damit zu tun bekamen, für unbescholtene Menschen. Schließlich brachten sie niemanden um, warfen keine Waisenkinder auf die Straße, machten keine Rentner oder Trinker obdachlos und betrogen die Käufer nicht. Einziger Leidtragender war der Staat. Alle übrigen – vom Hausverwalter bis zum Neubesitzer – waren mit der Aktion hochzufrieden. Und der Staat ist etwas Gesichtsloses, Unkonkretes ... Mit einem Wort, niemand litt an Gewissensbissen, und Anton blühte richtig auf. Seine Beredsamkeit, die Brille, die ihm eine intellektuelle Ausstrahlung verlieh, dazu das Latein – all das wirkte unfehlbar auf jeden Käufer. Der Mann kam zu Geld, mit dem er sich ein neues Auto, schicke Sachen, neue Gewohnheiten und … Frauen leisten konnte.

Aljona sah das Ganze gelassen. In den langen Jahren ihrer Ehe war die Leidenschaft ziemlich abgekühlt. Aber den Mann, der jetzt gerade zu Geld kam, einer anderen Frau überlassen, das wollte sie denn doch nicht. Alleinerziehende Mutter wollte sie nicht werden. Sie ließ Anton eine Zeitlang gewähren, gab ihre Arbeit auf, spielte die Hausfrau und dachte bereits über ein zweites Kind nach. Bis im Februar dieses Jahres das Unglück über die Familie hereinbrach. Anton lernte Sofja kennen. Ironie des Schicksals: In die »Lilie« kam er, weil er Aljona Blumen zum Geburtstag kaufen wollte. Es ging auf den Abend zu, bis zum Schichtwechsel blieb noch eine halbe Stunde. Sofja maß den seriösen, hochgewachsenen Mann mit einem prüfenden Blick und bückte sich, um ein abgefallenes Blütenblatt vom Boden aufzuheben. Der Ausschnitt gab die ganze Pracht ihres Körpers preis … Anton war wie vom Blitz getroffen. Nach Ladenschluss lud er Sofja in ein teures Restaurant ein. Danach landeten sie in ihrer Wohnung. An ihrem Geburtstag bekam Aljona ihren Mann nicht mehr zu Gesicht. Auch nicht am nächsten Tag. Als sie ihn am dritten Tag im Büro erreichte, schäumte sie vor Zorn. Bisher hatte Anton bei seinen Seitensprüngen stets den Schein des Anstands gewahrt. Wenn er bei einer Geliebten übernachten wollte, rief er an und log, ohne mit der Wimper zu zucken: »Ich muss leider auf eine kurze Dienstreise, meine Liebe. Bin am Freitag wieder da. Ich bring dir was Schönes mit.«

Das kam aber recht selten vor. Anton erfüllte sich seine Wünsche in der Regel während der Arbeitszeit. Und nun so etwas! Ausgerechnet an ihrem Geburtstag!

Anton wartete ab, bis seine zornige Gattin geendet

hatte, und gab dann unerwartet scharf zurück: »Mich siehst du nicht wieder!«

»Was soll denn das?«, fragte Aljona verständnislos.

»Ich habe mich in eine andere Frau verliebt«, erklärte er ohne Umschweife. »Aber mach dir keine Sorgen, ich lasse euch nicht im Stich. Ich zahle, wozu ich verpflichtet bin. Die Wohnung kannst du behalten. Ich kauf mir eine neue.«

So kam es dann auch. Eine Woche später zog Seliwanow aus. Aljona war völlig durcheinander und begriff überhaupt nichts. Von ihrer Rivalin wusste sie nur die Arbeitsstelle und dass sie schöner sei als alle Rosen und Orchideen, die sie verkaufte.

Was folgte, war ein wahrer Alptraum. Am 20. Februar tauchte Anton, in Tränen aufgelöst, wieder auf. Sofja hatte ihn hinausgeworfen. Aljona, die sich heimlich freute, tröstete ihren Gatten so einfühlsam, dass dieser bekannte: »Was war ich nur für ein Esel! Eine Bessere als dich gibt es nicht!«

Das Idyll hielt drei Tage. Von Scheidung war keine Rede mehr. Da kam ein Anruf. Anton verlor den Kopf und war wieder zwei Tage verschwunden. Dann kehrte er zu Aljona zurück. Dann wieder zu Sofja. Aljona-Sofja-Aljona-Sofja. Das Ganze nahm ein schlimmes Ende. Am 18. März rief die Miliz an und teilte Aljona mit, Anton sei festgenommen, weil er die Bürgerin Sofja Repnina geschlagen habe. Außer sich vor Entsetzen, lief Aljona aufs Revier. Dort geriet sie an einen dicken, kurzatmigen Milizionär

»Was soll ich Ihnen sagen, Bürgerin?«, brummte der und musterte Aljona von Kopf bis Fuß. »Gehen Sie hin und bitten Sie die Geschädigte, ihre Anzeige zurückzuziehen. Sonst kommt Ihr Mann ins Loch.«

Aljona fiel fast in Ohnmacht. In ihren schlimmsten

Träumen hätte sie sich nicht vorstellen können, mit diesem Weib auch nur ein Wort zu wechseln. Aber konnte sie Anton im Stich lassen? Also ließ sie sich die Adresse geben und fuhr zu der Rivalin. Sofja öffnete und fauchte Aljona an: »Was willst du hier?«

Der armen Aljona klebte vor Aufregung die Zunge am Gaumen, aber sie musste ihr Anliegen vorbringen. Sofja hörte sich das Gestammel schweigend an und gab dann zurück: »Meinetwegen. Ich denke darüber nach.«

Sie hatte Aljona nicht einmal in die Wohnung gebeten. Die empfand nach dieser Begegnung einen Ekel, als sei sie in einen stinkenden Haufen getreten.

Am nächsten Morgen Punkt acht klingelte es an Aljonas Wohnungstür. Sie wollte gerade zur Arbeit gehen. Vor einigen Tagen hatte sie die Stelle im GUM angetreten. Als sie öffnete, stand Anton vor ihr, zerzaust und übernächtigt. Er blickte sie finster an.

»Danke«, brummte er nur, ohne seine Angetraute eines weiteren Blickes zu würdigen. »Du hättest dich nicht vor Sofja auf die Knie zu werfen brauchen. Ich löse meine Probleme allein!«

»Hast du sie wirklich geschlagen?«, fragte Aljona ungläubig.

»Sie hat mich so in Rage gebracht, dass ich ihr vor Wut einen Stoß versetzt habe«, berichtete Anton. »Dabei ist sie gestürzt und hat sich eine Rippe gebrochen. Es war reiner Zufall! Das wollte ich nicht.«

»Halt dich bloß von diesem Weib fern«, riet ihm Aljona. »Ein schlimmes Frauenzimmer ist das.«

»Recht hast du«, sagte Anton und seufzte. »Die kann mir gestohlen bleiben!« Er nahm eine Dusche und bat dann um einen Kaffee. Nach alter Gewohnheit kochte ihm Aljona rasch seinen Morgenbrei, den Anton wortlos hinunterschlang.

»Wer hätte gedacht, dass unsere Ehe einmal so endet«, meinte Aljona versonnen. »Wie gut ist es uns gegangen, bevor dieses Luder auftauchte.«

»Können wir nicht noch einmal von vorn anfangen?«, fragte Anton unerwartet.

Aljona trommelte mit den Fingern auf die Tischplatte.

»Mit der bin ich fertig!«, erklärte Anton mit Nachdruck.

»Man soll den Tag nicht vor dem Abend loben«, erwiderte Aljona und lächelte traurig. »Wie oft hast du das schon gesagt. Du bist ihr einfach verfallen!«

Anton schluckte schwer, sagte aber nichts. Bald verschwand er wieder, und Aljona wusste nicht, wie es mit ihm und Sofja weitergegangen war. Ihr Verhältnis zu Anton blieb freundschaftlich. Einmal wöchentlich gab er ihr Geld für das Kind und bot ihr sogar an, sie möge ihre Arbeit als Verkäuferin aufgeben. Aber Aljona wollte nicht mehr von ihm abhängig sein. Sie trafen sich regelmäßig, gingen sogar wie gute Freunde ab und zu ins Theater. Von Sofja war nie mehr die Rede. Beide mieden das Thema.

»Das kann nur sie gewesen sein!«, wiederholte Aljona zornig und rollte aus Brot kleine Kügelchen. »Sie hat das Hähnchen in die Backröhre gelegt und ihn gebeten, es herauszunehmen. Als er von dem Stromschlag getroffen wurde, ist sie abgehauen, um es nicht mit der Miliz zu tun zu bekommen. Dabei hätte sie den Notarzt rufen müssen! Wieso habe ich nicht gleich kapiert, wer uns das eingebrockt hat! Kann man sie nicht wegen unterlassener Hilfeleistung rankriegen?«

Ich schaute bedrückt zu dem Panoramafenster hinaus. Nein, Sofja mochte ein Luder sein, aber mit dieser Sache hatte sie nichts zu tun. Als Anton sterben musste, lag seine Ex-Geliebte bereits in der Pathologie…

»In Ihrer Situation kann ich Ihnen nur eines raten«, sagte Aljona niedergeschlagen.

»Was?«

»Gehen Sie zu Andrej Malachow.«

»Wer ist das?«

»Der Chef der Maklerfirma, wo Anton gearbeitet hat«, erklärte Aljona, die sich wieder etwas beruhigt hatte. »Sie verstehen, ich kann Ihnen Ihr Geld nicht zurückgeben, aber er muss es tun, wenn Sie einen Beleg vorweisen können. Anton wird Ihnen doch eine Quittung ausgestellt haben?«

»Welches Geld?«, fragte ich verdutzt, denn ich hatte meinen Gedanken nachgehangen.

»Merkwürdige Frage«, meinte jetzt mein Gegenüber. »Sie haben mir doch am Telefon gesagt, Sie wollten Ihre Dollars zurückhaben. Eine Anzahlung, vermute ich.«

Eigentlich hatte ich als Vorwand für unser Treffen behauptet, ich wollte Anton Seliwanow geliehenes Geld zurückgeben, aber Aljona hatte das offenbar falsch verstanden.

»Ja, natürlich, danke für den Rat. Wo finde ich diesen Herrn?«

Aljona kritzelte Malachows Telefonnummer auf eine Serviette und reichte sie mir. Ich steckte sie in die Tasche. Auf dem Weg zur Metro würde sie im nächsten Papierkorb landen. In diesem Maklerbüro hatte ich absolut nichts zu suchen. Obwohl ..., eigentlich wusste ich im Moment überhaupt nicht, was ich weiter tun sollte. Am besten, ich ging noch einmal zu Natalja Konstantinowna, der Chefin des Blumengeschäfts, und verlangte von ihr Telefonnummer und Adresse ihres Ex-Gatten. Ich konnte nur hoffen, dass dem in der Zwischenzeit nichts Schlimmes zugestoßen war. Merkwürdig war das Ganze schon! Zwei Personen, deren Aussagen, genauer gesagt, deren wahrheitsgetreue Aussagen Wolodja Kostin hätten entlasten können, kamen fast zur selben Zeit ums Leben. Und beide bei Haushaltsunfällen. Nadja Kolesnikowa hatte eine defekte Geschirrspülmaschine eingeschaltet, Anton Seliwanow an einem uralten Elektroherd hantiert …

Mein Blick wanderte wieder nach draußen. Durch das vor Sauberkeit blinkende Fensterglas sah man die Menge vor dem Eingang zum GUM wie auf einem Präsentierteller. Dort standen sechs Frauen, die Pullover, Westen und Strickjacken feilboten. Leute blieben stehen, betasteten die Sachen und gestikulierten. Der eine oder andere zückte die Geldbörse. Selbst aus der Ferne war zu erkennen, dass dort billige Sachen verkauft wurden, die wahrscheinlich nur Kopeken kosteten. Jetzt fixierte ich einen rosa Pulli, der mir bestimmt gut stehen würde. Vielleicht sollte ich doch einmal bei den Händlerinnen vorbeischauen?

In diesem Moment trat ein Mann an die Frau heran, deren Ware mir gerade ins Auge gefallen war, und schien sie etwas zu fragen. Sie wies mit der Hand mehrmals in eine Richtung. Wahrscheinlich erklärte sie ihm den Weg. Als der Mann mir sein Gesicht zuwandte, durchfuhr es mich wie ein Schlag. Es war kein anderer als … Wolodja Kostin.

16. Kapitel

Ich sprang auf wie von der Tarantel gestochen, stürzte aus dem Café, wobei ich Stühle umstieß und unter dem wütenden Geschrei der Gäste Cola-Gläser von einem Nachbartisch fegte, rannte aus dem Kaufhaus direkt auf die Händlerin mit dem rosa Pulli zu und schrie: »Der Mann, der eben hier stand, was hat er dich gefragt?«

»Wie er zum Zentralkaufhaus ZUM kommt«, antwortete die Frau und ließ vor Schreck den Bügel mit dem Pulli fallen.

Ich lief in die angegebene Richtung. Zu allem Unglück war die Straße voller Leute. Unter kräftigem Gebrauch meiner Ellenbogen drängte ich mich durch die Menge. An der Treppe zur Metrostation sah ich ihn wieder. Wolodja ging ruhig seines Weges und würdigte die Schaufenster links und rechts keines Blicks. Wahrscheinlich hätte ich abwarten sollen, bis er unten war und etwas mehr freie Fläche um sich hatte. Aber alle Vernunft war dahin. Mit dem wilden Aufschrei »Wolodja!« sprang ich ihn von hinten an. Ein unendlich vertrauter, lieber Geruch stieg mir in die Nase – ein Gemisch von Tabak, Rasierwasser und etwas Unbeschreiblichem, das nur Wolodja eigen war.

»Junge«, schluchzte ich, umarmte ihn und wollte ihn nicht wieder loslassen. »Wolodja, du lebst!«

Der Mann wandte sich um, und der letzte Schluchzer blieb mir im Halse stecken. Aus einem fremden Gesicht schauten mich graue, nicht blaue Augen verwirrt an. Sein Kinn war nicht so ausgeprägt wie Wolodjas und sein Haar zwar blond, aber mit einem Stich ins Gelbe, wie frisches Stroh. Das Einzige, worin dieser mir unbekannte junge Mann Wolodja sehr ähnlich sah, war die Figur. Von hinten konnte man die hochgewachsene schlanke Gestalt mit den breiten Schultern und den schmalen Hüften wirklich mit ihm verwechseln.

»Entschuldigen Sie«, murmelte ich erschrocken und betrachtete unter Tränen die mir völlig fremden Gesichtszüge. »Um Gottes willen, verzeihen Sie mir, ich habe mich geirrt.«

»Das soll vorkommen«, gab der Mann lächelnd zurück und fuhr sich mit einer Bewegung durch das Haar, die wieder von Wolodja hätte sein können.

Nun liefen mir die Tränen wie Sturzbäche über die Wangen.

»Was ist passiert?«, fragte der Mann. »Kann ich Ihnen helfen?«

Ich schüttelte heftig den Kopf.

»Benötigen Sie Geld? Hier, nehmen Sie.« Er versuchte mir einen Hundertrubelschein in die Hand zu drücken.

»Nicht nötig.«

»Nehmen Sie nur«, murmelte er. »Sie werden es brauchen.«

Ich nickte, weil ich ihn nicht vor den Kopf stoßen wollte. »Danke.«

»Na, sehen Sie«, sagte der Unbekannte erfreut. »Weinen Sie nicht mehr. Es ist doch nur Geld. Das kann man wieder verdienen. Gesundheit kann man nicht kaufen.« Dann wandte er sich um und ging die Treppe hinunter. Wie betäubt folgte mein Blick der Wolodja so ähnlichen Gestalt, die bald in der Menge verschwunden war. Ich ließ die Arme sinken, meine Hand wurde schlaff, und der Geldschein segelte langsam zu Boden. Gedankenlos starrte ich darauf.

»He, Kindchen«, sprach mich jetzt eine alte Bettlerin an, die bisher an der Wand der Unterführung gestanden hatte. »Pass auf, dir ist ein Hunderter runtergefallen. Was ist mit dir?«

Ich bückte mich mühsam, hob den Schein auf und hielt ihn der alten Frau hin. »Nehmen Sie ihn.«

»Danke, meine Liebe«, stammelte die Frau überrascht. »Möge Gott dir ewiges Glück und Gesundheit schenken! Dazu einen guten Mann. Reich, großzügig und gut soll er sein!«

Wie zerschlagen, schleppte ich mich zur Metro. Die Beine waren mir schwer und wollten mir kaum noch gehorchen. Wieso sahen eigentlich die Zigeunerinnen, die vor den Bahnhöfen wahrsagten, oder die Bettlerinnen, die dort die Hand aufhielten, sofort, dass ich nicht verheiratet war? Als ich die schwere Schwingtür zur Metrostation aufstieß, ging mir plötzlich durch den Kopf: Mein Gott, wie oft sollte mir Wolodja noch erscheinen?

Natalja Konstantinowna saß in ihrem Büro. Als sie mich erblickte, verfinsterte sich kurz ihre Miene, dann aber nahm sie sich zusammen und setzte ein Lächeln auf. »Oh, meine Liebe, was führt dich her?«

Die Begegnung an der Metro hatte mich wohl doch mehr mitgenommen, als ich mir eingestehen wollte. Ohne eine Aufforderung abzuwarten, ließ ich mich auf einen Stuhl fallen, streckte die Beine von mir und presste durch die Zähne: »Lügnerin!«

»Wer soll eine Lügnerin sein?«, fragte Natalja zurück.

»Du!«

»Wie kannst du es wagen …«

»Ich wage es einfach!«, rief ich und unterbrach sie mitten im Satz. »Warum hast du mir erzählt, Anja Werjowkinas Mann fahre zur See?«

»Was tut er denn sonst?«

»Er ist Flieger. Und du hast behauptet, sie sei nach Seweromorsk gezogen!«

»Richtig!«

»Jetzt reicht's aber! Anja lebt auf Sachalin, und das weißt du genau!«

»Wie kommst du denn darauf?«

»Ich weiß es eben. Sie hat dir ein großes Glas roten Kaviar mitgebracht. Und als Anja dich daran gehindert hat, dich selber aufzuknüpfen, hast du zum Dank ihr Geschenk an die Wand geschmissen. Anja fand das zwar ganz hübsch – die roten Pünktchen an den Tapeten … Gekränkt hat es sie aber bestimmt. Das Glas war schwer, und sie hat es über Tausende Kilometer bis zu dir nach Moskau geschleppt!«

»Aber«, stammelte Natalja und wurde blass, »woher weißt du …?«

»Es ist nichts so fein gesponnen …«, sagte ich giftig. »Ich kriege alles raus! Jetzt ist mir auch klar, warum du nicht willst, dass ich mit deinem Ex-Mann rede. Doch genau das werde ich tun. Also, heraus mit der Sprache, wo finde ich ihn?«

Natalja drehte mir den Rücken zu. Eine Weile herrschte Totenstille in dem kleinen Raum. Als sie sich umwandte, hatte sie eine steinerne Miene aufgesetzt. Sie nahm sich eine Zigarette und sagte in gleichmütigem Ton: »Von Michail bin ich geschieden.«

Die Stimme klang ruhig, aber ihre stark klopfende Halsschlagader sagte mir, dass sie sich nur mit Mühe beherrschte.

»Ich habe keine Ahnung, wo er jetzt wohnt.«

»Das ist wieder gelogen.«

Natalja warf mir einen finsteren Blick zu. »In diesem Ton lasse ich nicht mit mir reden!«

»Na gut«, sagte ich und stand auf. »Dann leb wohl.«

Natalja, die einen so leichten Sieg nicht erwartet hatte, fragte verwundert: »Du gehst?«

»Ja«, erwiderte ich in aller Ruhe. »Ich ziehe mich zurück, aber ich komme bald wieder, dann allerdings nicht allein.«

»Mit wem denn?«, fragte Natalja erschrocken.

Ich seufzte mitleidig. »Ich will dir ja keine Schwierigkeiten machen, doch der arme Major Kostin, der beschuldigt wird, Sofja Repnina ermordet zu haben, hat einen guten Freund, fast einen Bruder im ›Milieu‹, bei der Solnzew-Bande. Ein netter Kerl, zwei Meter groß und ungefähr 100 Kilo schwer. Der wird mit dir reden. Ich sage dir gleich: Es hilft dir nichts, wenn du dich vor ihm versteckst. Der findet dich überall …«

Natalja, die mit einem Bleistift spielte, presste ihre Fäuste so fest zusammen, dass sie ihn zerbrach. Ich ging zur Tür.

»Einen Moment noch«, erklang es jetzt hinter meinem Rücken. »Ich weiß wirklich nicht, wo er jetzt wohnt.«

»Du wiederholst dich.«

»Im April war seine Adresse Boltowskaja Uliza Nr. 8, Wohnung 74. Bei seiner Mutter.«

»Danke«, sagte ich höflich und ging.

Draußen begann es zu regnen. Zum GUM war ich nicht mit dem Auto gefahren. In der Gegend um den Roten Platz gibt es so gut wie keine Parkmöglichkeiten, und mit der Metro brauche ich bis zur nahe gelegenen Station »Platz der Revolution« kaum fünfzehn Minuten. Allerdings war ich nun den ganzen Tag auf die öffentlichen Verkehrsmittel angewiesen. Dabei hatte ich nicht mal einen Regenschirm mitgenommen.

Mit schnellem Schritt lief ich zur Metro. Die Boltowskaja Uliza kannte ich. Dort gibt es eine gute Werkstatt für Saiteninstrumente. Während des Studiums hatte ich manchmal meine Harfe dorthin schaffen müssen. Ich fuhr bis zur Pawelezkaja, nahm die Walowaja Uliza und bog in einen großen Hof ein. Wenn mich meine Erinnerung nicht täuschte, konnte ich so den Weg beträchtlich abkürzen.

Nummer 8 ragte zwischen kleinen dreistöckigen Häusern auf wie ein riesiges Kreuzfahrtschiff zwischen lauter Flussdampfern. Zwar bröckelte die Fassade und waren die Fensterrahmen über die Jahre stark gedunkelt, aber mit seinen Säulen und Erkern machte das Haus immer noch einen imposanten Eindruck.

In dem geräumigen Foyer hätte man Fußball spielen können. Dafür gab es keinen Fahrstuhl, und Wohnung Nr. 74 lag ganz oben unter dem Dach. Schwer atmend hatte ich schließlich die sechste Etage erreicht und suchte die Tür mit der angegebenen Nummer. Ich konnte sie nicht finden. Da quietschte es hinter meinem Rücken, und in der hintersten Ecke des Treppenabsatzes öffnete sich ein Spalt, der glatt der Zugang zu einem Fuchsbau hätte sein können.

»Kann ich Ihnen helfen?«, fragte eine Frau freundlich.

»Ich suche Wohnung Nr. 74. Müsste hier irgendwo sein. Aber ich kann sie nicht finden. Und was ist dort, wo Sie gerade herkommen?«

Die Dame lachte und stellte ihre schwere Einkaufstasche ab.

»Der Fahrstuhl.«

»Der Fahrstuhl? Und wo ist der Fahrstuhlschacht?«

»Den hat man außen angebaut, so eine Glasröhre.«

»Aber im Foyer habe ich gar keinen Zugang gesehen, dort war nur eine einzige Wohnungstür.«

Die Frau lachte wieder.

»Sie sind zum ersten Mal in unserem Haus, nicht wahr?«

Ich nickte.

»Der Fahrstuhl kann nur vom Hof aus benutzt werden. Im Parterre und im ersten Stock hat er keinen Ausgang. Schauen Sie ...«

Und sie öffnete eine winzige Tür, die auf mich wirkte wie das Loch, in das Alice kroch, um ihr Kaninchen wiederzufinden, wodurch sie ins Wunderland kam.

»Wohnung 74 ist dort«, erklärte die nette Dame und wies auf eine schmale Treppe, die noch weiter nach oben führte.

»Auf dem Boden?«

»Heute sagt man dazu Dachgeschoss«, belehrte mich die Frau. »Aber im Prinzip haben Sie recht. Der Boden wurde ausgebaut. Die Larins stoßen sich fast den Kopf an der Decke.«

»Wer?«

»Na, Olga Petrowna Larina. Wissen Sie denn nicht, zu wem Sie wollen?«

»Zu ihr eigentlich nicht …«

»Tatsächlich?«, meinte die Frau und steckte ihren Schlüssel in das Türschloss von Wohnung 73. »Zu wem denn dann?«

»Zu Michail.«

Die Frau ließ ihr Schlüsselbund klirrend in die Tasche fallen, trat in ihre Wohnung und brummte dabei: »Zu Michail? Das wundert mich aber sehr.«

Erstaunt über diese Reaktion stieg ich die steile Treppe hinauf. In alten Moskauer Gebäuden findet man zuweilen die merkwürdigsten Wohnungen. Bei einer meiner Freundinnen führt die Eingangstür direkt in die Küche. Das heißt, man muss erst an Herd und Spüle vorbei, bevor man den Mantel ablegen kann, denn die Diele liegt dahinter. Ein Glück, dass man nicht zuerst in die Toilette kommt.

Wohnung 74 besaß keine Klingel. Ich klopfte. Als niemand zu hören schien, nahm ich die Faust, und schließlich sogar den Fuß.

Nach längerer Zeit ging die Tür plötzlich doch noch auf. Vor mir stand ein Mann – klein, vertrocknet und in einen billigen Trainingsanzug gekleidet, den er ganz sicher auf dem Vietnamesenmarkt gekauft hatte. Sein Kopf war von schütterem grauem Flaum bedeckt, so dass er wirkte wie eine überreife Pusteblume. Aber er trug einen dichten und fast noch ganz schwarzen Schnurrbart.

»Zu wem möchten Sie denn?«, piepste der Großvater mit unerwartet dünner Stimme.

»Zu Olga Larina oder zu Michail.«

»Ich höre.«

Ich glaubte, der Alte hätte nicht richtig mitbekommen, was ich gesagt hatte, und wiederholte noch einmal, bemüht, möglichst deutlich zu sprechen: »Seien Sie so nett und rufen Sie bitte Olga Larina oder, noch besser, Michail.«

»Ich höre!«, sagte der alte Mann noch einmal.

Da konnte ich nur staunen. Dieser Michail musste doch hundert Jahre alt sein! Weder Natalja noch Aljona hatten sich je über sein Alter geäußert. Es kommt natürlich vor, dass die Frau die Enkelin ihres Gatten sein könnte. Meine Freundin Katja geriet einmal in eine peinliche Situation, als in ihrer Sprechstunde ein etwa achtzehnjähriges Mädchen mit einem glatzköpfigen dicken Mann erschien, der weit über sechzig sein musste. Sie untersuchte das Mädchen und sagte dann erfreut zu dem Mann: »Das haben Sie richtig gemacht, gleich zu kommen, solange die Erkrankung noch im Anfangsstadium ist. So werden wir leicht damit fertig. Achten Sie bitte darauf, dass Ihre Enkelin dieses Medikament regelmäßig nimmt.«

Bei ihren Worten lief der Mann rot an, aber Katja bemerkte es nicht und fuhr fort: »Sie können das Medikament für Ihre Enkelin in der Apotheke nebenan kaufen. Ihrer Enkelin wird es dann bald besser gehen ...«

»Frau Doktor!«, zischte der Alte. »Das ist meine Frau!«

Doch so verwunderlich war das eigentlich nicht. Schließlich hatte Natalja das Recht zu heiraten, wen sie wollte. Stutzig machte mich etwas anderes. Wieso interessierte sich eine Frau wie Sofja Repnina für so einen Großvater? Michail war für sie ja geradezu ein Methusalem! Irgendwie musste es mir gelingen, dass dieser Zeitgenosse von Adam und Eva mir erzählte, was er wusste. Deshalb flötete ich, so liebenswürdig ich konnte: »Sehr angenehm, Michail, entschuldigen Sie die Störung, aber ich müsste dringend, sehr dringend mit Ihnen sprechen.«

Der Mann warf mir einen ungnädigen Blick zu, seufzte auf und sagte: »Kommen Sie schon rein, wenn Sie einmal da sind.«

Über einen langen gewundenen Korridor gelangten wir

schließlich in eine Küche, die so klein war, dass ich mich wie in einen Hamsterbau versetzt fühlte. Nur ein Tischchen mit einem einzigen Hocker, eine kleine Spüle und ein zweiflammiger Kocher hatten darin Platz.

»Setzen Sie sich«, sagte der Hausherr.

Ich ließ mich auf die einzige Sitzgelegenheit sinken und legte los: »Sehen Sie, Michail …«

»Ich bin nicht Michail!«, brummte der Alte.

»Ja? Wer sind Sie dann?«

»Ich bin Olga Larina.«

Mir war, als hätte ich gerade einen K.O.-Schlag empfangen. Entgeistert murmelte ich: »Na, das ist ja … äh …, äh, entschuldigen Sie schon, aber Sie …«

Unerwartet für mich grinste Olga verschmitzt und meinte: »Wollen Sie sagen, dass Damen meines Alters Männern immer ähnlicher werden?«

Völlig verwirrt platzte ich heraus: »Und außerdem tragen Sie Hosen!«

Nataljas Schwiegermutter parierte sofort: »Sie laufen doch auch nicht im Rock herum!«

Zum ersten Mal im Leben wusste ich überhaupt nicht mehr, was ich sagen sollte. Nach einer Weile bat ich: »Seien Sie so nett und rufen Sie Michail.«

»Er ist nicht da.«

»Wann kann ich ihn antreffen?«

»Niemals.«

»Ist er weggefahren?«, fragte ich. »Wie schade! Ins Ausland? Oder ist er umgezogen?«

Die so maskulin wirkende Dame nahm sich eine Zigarette und fragte: »Wer sind Sie überhaupt, und was wollen Sie von meinem unglücklichen Sohn?«

Nun unterlief mir ein verhängnisvoller Fehler. Mit einem freundlichen Lächeln sagte ich: »Ihre Adresse hat mir Natalja gegeben, Michails geschiedene Frau.«

»Mach, dass du rauskommst!«, blaffte da Olga Larina.

»Meinen Sie mich?«

»Wen denn sonst! Raus, und zwar schnell!«

»Aber …«

»Wenn du jetzt nicht sofort verschwindest …!!!«, kreischte die Großmutter und griff nach einer schweren gusseisernen Pfanne.

Völlig verstört rannte ich den gewundenen Korridor zurück, die alte Frau mit der Pfanne dicht hinter mir her. Ohne zu begreifen, womit ich sie so erzürnt hatte, stolperte ich die enge Treppe hinunter. Ich war noch nicht ganz unten, da ertönte hinter mir ein grässlicher Fluch, und die Pfanne pfiff knapp an meinem Kopf vorbei. Sie knallte gegen die Tür von Wohnung 73, wo sie in zwei gleiche Teile zersprang. Völlig durcheinander starrte ich auf die kläglichen Reste des imposanten Küchengerätes. Mit welcher Kraft musste man es geschleudert haben, dass es so weit flog? An Olga Larina war wohl eine Olympiasiegerin im Diskuswerfen verlorengegangen, die der Stolz der russischen Nationalmannschaft hätte sein können. Nie wäre es mir gelungen, ein so schweres Stück so weit zu werfen.

Jetzt ging die Tür von Nummer 73 auf und die Frau, die mir zuvor den Weg gewiesen hatte, steckte ihren Kopf heraus. »Was ist passiert?«, fragte sie, als sie die Reste der Pfanne erblickte.

»Ihre Nachbarin Olga Larina hat mich rausgeschnissen und sogar mit einer Bratpfanne nach mir geworfen!«

Die Frau lachte laut auf. »Das sieht ihr ähnlich!«

»Wie ich schon sagte, wollte ich ihren Sohn Michail sprechen, aber sie hat behauptet, er sei nicht da. Und als ich dann seine Ex-Frau erwähnte, ist sie völlig ausgerastet.«

Jetzt blickte mich die Nachbarin sehr ernst an. »Ich heiße Nina Michailowna, kommen Sie rein.«

Ich folgte ihr gehorsam durch einen ebenso gewundenen und engen Korridor, der mir jetzt wie ein Darm vorkam.

»Michail ist gestorben«, teilte mir Nina Michailowna ohne jede Einleitung mit.

»Um Gottes willen!«, rief ich. »Etwa an einem Stromschlag?«

»Wieso?«, fragte jetzt Nina Michailowna verwundert. »Behauptet das jemand? Nein, es soll ein Herzinfarkt gewesen sein. Kein Wunder, denn er hat furchtbar viel getrunken. Zumindest habe ich ihn in der letzten Zeit nie nüchtern gesehen. Seine Mutter meint, daran sei Natalja schuld. Sie hätte ihn verlassen, worauf er vor Kummer zu trinken anfing.«

»Das ist nicht wahr«, murmelte ich. »Michail hat seine Frau wegen einer Geliebten verlassen. Haben Sie davon nichts gehört?«

Die Nachbarin zuckte die Achseln. »Nein. Das Leben anderer Menschen ist immer voller Geheimnisse. Ich weiß nur, dass Michail wieder bei seiner Mutter einzog und ständig soff. Olga konnte Nataljas Namen nicht mehr hören. Aber was wirklich geschehen ist, wer weiß das schon?«

»Wann ist er denn gestorben?«

»Ganz genau kann ich das nicht sagen, aber es war in diesem Jahr während der Maifeiertage. Am 2. Mai oder vielleicht auch am 8.?«

Ich dankte ihr und ging. Natürlich hätte Michail Sofja umbringen können. Vielleicht wollte er das sogar tun, so schäbig, wie sie ihn behandelt hatte. Doch er konnte es nicht getan haben, denn er hatte ein unwiderlegbares Alibi. An dem Tag, als der Unbekannte Sofjas Leben mit dem Küchenmesser ein Ende setzte, lag Michail schon im Grab. Dort, wo einen keine Gefühle mehr quälen – weder Liebe, noch Schmerz, noch Eifersucht.

17. Kapitel

Als ich auf die Straße trat, begann es zu nieseln. Ich kaufte mir am nächsten Kiosk eine Zeitung, hielt sie mir über den Kopf und lief, den Pfützen ausweichend, zur Metrostation Pawelezkaja. Der Regen nahm zu. Am Eingang der Station angekommen, sah ich eine Frau, an der gleich mehrere Kinder hingen. »Mama«, nörgelte das eine, »ich will ein Eis.«

»Ich hab Durst«, jammerte das Zweite.

»Und ich muss mal Pipi«, verkündete das Dritte.

Die Frau wirkte abgestumpft und schritt beharrlich aus, ohne sich um die Wünsche ihrer Sprösslinge zu kümmern. Wahrscheinlich war sie derlei Szenen gewohnt.

Da fiel mir Xenia ein. Wie konnte ich sie nur vergessen? Ich haderte mit mir selbst. Bestimmt hatte sie Hunger, denn ich wusste, wie Krankenhausessen schmeckte. »Das frisst kein Hund«, sagt der Volksmund. Dem kann ich eigentlich nicht zustimmen, denn Tiere fressen nichts Schlechtes. Unsere Möpse verachten standhaft jeden Kefir, dessen Haltbarkeitsdauer abgelaufen ist. Irgendwie spüren sie, wann man das Zeug besser in die Spüle schütten sollte. Rachel wendet angewidert den Kopf von ihrem Napf, wenn sie darin ein Stück Wurst vorfindet, das ich gekocht habe, weil es schon zu lange im Kühlschrank lag. Iss das Zeug doch selber, wenn du willst, gibt sie mir mit ihrer ganzen Haltung zu verstehen. Selbst unsere Promenadenmischung Ramik, die Frucht der Liebe unbekannter Eltern, macht einen Bogen um eine Schüssel mit Hühnerleber, die von weitem ganz frisch aussieht. Nur der Mensch bringt es fertig, ohne mit der Wimper zu zucken, eine Suppe zu schlürfen, die schon zwei Tage alt ist, oder leicht angeschimmeltes Brot im Toaster noch einmal aufzufrischen.

Inzwischen war ich an der Metrostation Belorusskaja angekommen und lief die Lesnaja Uliza entlang, wobei ich in alle am Wege liegenden Lebensmittelgeschäfte hineinschaute.

Die Klinik erreichte ich, mit Beuteln und Päckchen behängt. Als Erstes stieß ich auf ein Schild, auf dem stand: »Päckchen für Patienten nur von 10.00–12.00 Uhr«. Gleich darunter hing eine »Liste erlaubter Lebensmittel«. Mit großem Interesse las ich da: Mineralwasser ohne Sprudel – 1 Flasche, Kefir – 1 Tüte, Äpfel – 0,5 kg …

Das Ganze wirkte auf mich wie eine chinesische Großwandzeitung. Eine ähnliche Liste hatte ich irgendwo schon gesehen. Der Schalter mit der Aufschrift »Information« war geschlossen. Daneben, wo man »Erkundigungen über den Zustand der Schwangeren« einholen konnte, saß hinter einem Schalter ein schwergewichtiges Weib mit ungepflegter Haartolle.

»Guten Tag«, sagte ich höflich und wollte ein Gespräch anfangen. »Ein Regen ist das heute, ich bin ganz durchnässt.«

Das Weib runzelte die Brauen und quetschte durch die Zähne: »Ich nehme nichts an, was nicht genehmigt ist …«

Jetzt ging mir ein Licht auf, wo ich eine solche Liste schon gesehen hatte. In der Butyrka! Im Gefängnis hatte so ein Ding gehangen, das diesem zum Verwechseln ähnlich sah. Dort hatte ich das Problem mit Hilfe von ein paar grünen Scheinen gelöst. Vielleicht funktionierte das ja auch hier?

Ich fischte aus meinem Portemonnaie eine Fünfzigrubelnote und setzte ein Lächeln auf. »Entschuldigen Sie, dass ich störe …«

»Das macht doch nichts«, sagte das Weib und lächelte sogar, als sie das Scheinchen unauffällig verschwinden ließ. »Was kann ich für Sie tun?«

»Ich möchte etwas abgeben …«

»Selbstverständlich! Für wen soll es denn sein?«

»Für Xenia Schljagina. Ich weiß nicht, in welchem Zimmer sie liegt, sie hat heute Nacht entbunden.«

»Na, da schauen wir doch mal nach«, sagte die Frau mit einem zuckersüßen Lächeln und arbeitete damit ihr Trinkgeld ehrlich ab. »Soso, in Nummer fünf. Da haben Sie aber Glück!«

»Wie meinen Sie das?«

»Die ersten vierundzwanzig Stunden sind für ein Neugeborenes am wichtigsten«, erklärte mir die Angestellte liebenswürdig. »Und seit heute früh neun Uhr hat Sinaida Samuilowna Dienst, sie …«

»He, Muttchen, hör mal«, erklang es da plötzlich hinter meinem Rücken. Ich wandte mich um. Am Fenster lümmelte ein junger Kerl von der Sorte, die wir heute »Neurussen« nennen. Genauer gesagt, war er eher eine Karikatur auf diesen Typ und wirkte, als sei er einem der zahlreichen Witze über seinesgleichen entsprungen. Sein runder Kopf war glattrasiert, der mächtige Brustkorb steckte in einem enganliegenden schwarzen T-Shirt, an seinem Hals baumelte eine schwere Goldkette, und an den Füßen trug er dicksohlige hohe Schuhe.

Der Kerl knallte sein Schlüsselbund mit einem »Mercedes«-Anhänger, sein Handy und eine Schachtel Zigaretten Marke »Parlament« mit lässiger Geste auf das Bord vor dem Schalter.

»Sag mal«, tönte er wieder, »hat die Mamajewa schon entbunden?«

Die Frau am Schalter runzelte die Brauen, da hielt er ihr eine Zwanzigdollarnote unter die Nase. Mit einer katzenhaften Bewegung schnappte sie den Schein, klappte ihr Registrierbuch auf und verkündete triumphierend: »Glückwunsch, junger Vater, Sie haben einen Sohn!«

»Bringst du da auch nichts durcheinander?«, fragte der »Geschäftsmann« misstrauisch.

»Aber woher denn! Hier, sehen Sie: Albina Mamajewa, ein Junge.«

»Das is ja'n Ding!«, jauchzte der Besucher auf. »Zum Verrücktwerden! Beim Ultraschall haben sie ein Mädchen gesehen! Cool! Ein Bengel! Klasse gemacht, Albina! Wie viel?«

»3 520«, verkündete die Auskunftsdame stolz.

»Kein Problem!«, sagte der Kerl merkwürdigerweise auf die Information über das Gewicht seines neugeborenen Kindes. »Aber warum so wenig?«

»Na, na«, meinte die Frau, »genau richtig, wissen Sie, wie viel es normalerweise ist? 2 200, manchmal sogar unter 2 000.«

»Ist ja gut«, sagte der junge Vater versöhnlich, »schließlich bin ich kein Bettler!« Den letzten Satz begriff ich überhaupt nicht. Was sollte hier seine Vermögenslage? Der Kerl benahm sich immer merkwürdiger. Ob die frohe Kunde ihn so durcheinandergebracht hatte? Nun zückte er seine Brieftasche aus feinem Leder und fing an, knisternde grüne Scheine abzuzählen.

Die Diensthabende am Schalter und ich sahen ihm verdutzt zu. Als er die letzte Einhundertdollarnote auf das Häufchen gelegt hatte, schob er es der völlig entgeisterten Auskunftsdame zu und erklärte: »Das sind jetzt 3 600. Der Rest ist für dich.«

Betretenes Schweigen. Ich weiß nicht, was die Frau hinter dem Schalter dachte, aber mir klebte die Zunge am Gaumen.

»Na, was ist?«, fragte der Neurusse grob. »Was glotzt du so? Ich hab doch richtig verstanden, der Preis in Dollars?«

»Welcher Preis?«, fragte die Angesprochene und starrte auf das Geld.

»Na, für das Kind! Du hast doch selber gesagt: 3520!«, erklärte der frischgebackene Vater ungehalten. »Nimm das, und gut! Eine Quittung brauch ich nicht. Ich bin keinem Rechenschaft schuldig!«

Das arme Weib war wahrscheinlich zum ersten Mal in einer solchen Lage. Ihr Mund klappte auf und zu, aber es hatte ihr die Sprache verschlagen. Da beschloss ich, ihr zu Hilfe zu kommen.

»Verzeihung, hier liegt offenbar ein Missverständnis vor. Sie hat das Gewicht des Kindes gemeint ...«

»Ach so!« Der Kerl lachte laut auf. »Hab ich mir doch gleich gedacht, dass das zu wenig sein muss. Alles klar! Also, wie viel?«

»Überhaupt nichts!«, presste die Frau hinter dem Schalter endlich durch die Lippen. »Unsere Klinik ist kostenlos. Sie ist eine staatliche Einrichtung!«

»Überhaupt nichts?!«, rief der Besucher enttäuscht. »Na, wenn bloß meine Teilhaber nicht mitkriegen, dass Albina ihr Kind wie eine Bettlerin geboren hat!«

»Warum haben Sie sie denn hierhergebracht?« fuhr ich ihn böse an. »In Moskau gibt es genug Orte, wo Sie für jeden Handgriff einen Haufen Geld loswerden können!«

»Ich hatte doch schon alles klargemacht!«, rief der Kerl erregt. »Aber nein, ihre Mutter musste mit ihr gestern noch einen Pelzmantel kaufen gehen! Im September und mit einer schwangeren Tochter! Ich war gleich dagegen! Doch die Weiber wissen ja immer alles besser! Haben das Auto genommen und sind losgefahren. Unterwegs gingen dann, wie bestellt, die Wehen los. Ihre Mutter hat natürlich sofort einen Rettungswagen gerufen, und der hat sie dann hier eingeliefert, in ein Krankenhaus für arme Leute!«

Bei den letzten Worten griff er nach seinen Dollars,

steckte sie nachlässig in die Tasche und ging. Die Diensthabende und ich starrten uns wortlos an.

»Das gibt's doch nicht!« Die Frau am Schalter fand als Erste ihre Sprache wieder. »Hat man so was schon erlebt? Ein kostenloses Krankenhaus für Bettler! Blödmann, der! Oder? Wedelt hier mit seinen Dollars rum!«

»Ein kompletter Idiot«, sagte ich zustimmend in der Hoffnung, sie werde sich wieder beruhigen und endlich Xenia mein Päckchen bringen.

Aber die Dame am Schalter wurde immer wütender.

»Dabei ist unsere Entbindungsklinik in ganz Moskau bekannt. Hier muss man sich rechtzeitig anmelden! Unsere Ärzte haben goldene Hände, und Sinaida Samuilowna erst ...«

Als sie wieder diesen Namen nannte, fragte ich: »Wer ist das eigentlich?«

»Die kennen Sie nicht?« Die Frau wunderte sich. »Sind Sie nicht wegen ihr in unsere Klinik gekommen?«

»Nein, ich habe eine Freundin, die hier arbeitet. Nastja Lewitina.«

»Die ist auch nicht schlecht«, gab die Frau zu. »Aber sie ist Gynäkologin. Sinaida Samuilowna ist viel wichtiger.«

»Spielt in einer Entbindungsklinik nicht die Hebamme die Hauptrolle?«

Die Diensthabende lächelte nachsichtig. »Natürlich nicht! Am wichtigsten ist der Kinderarzt, besonders der, der die Babys bis zu einem Monat betreut. Das macht bei uns Sinaida Samuilowna. Sie ist einfach genial. Übrigens, sie sitzt gerade in ihrem Zimmer. Sie können hingehen und sich nach Ihrer Tochter erkundigen.«

»Nach welcher Tochter?«

»Nun, der Wöchnerin, die Sie besuchen wollen! Wie das Kind beschaffen ist, ob es Probleme gibt. Oder ist das Ihre Schwiegertochter?«

Ich musste erst einmal tief Luft holen. Mit meinen fünfunddreißig Jahren wollte mich dieses blinde Weib tatsächlich zur Großmutter stempeln! Aber ihre Brille lag auf der Zeitung, die sie gerade gelesen hatte. Vielleicht konnte sie ohne die kaum über ihre Nasenspitze sehen.

»Gehen Sie schon!«, drängte mich die Frau. »Eine seltene Gelegenheit, dass gerade niemand nach ihr fragt.«

Ich schwankte. Ich hatte kaum noch Geld in der Tasche, ganze zehn Rubel für die Rückfahrt.

»Seien Sie nicht so schüchtern!«

»Besser morgen«, stammelte ich verlegen. »Dann bringe ich ihr eine Torte mit und ein paar Blumen …«

Die Diensthabende musste lachen. »Das brauchen Sie nicht.«

»Es ist mir aber unangenehm – so mit leeren Händen.«

»Sinaida Samuilowna kann Geschenke nicht ausstehen«, sagte die Diensthabende seufzend. »Die nimmt nichts! Sie ist noch vom alten Schrot und Korn, nicht wie die heutige Jugend, diese Raffkes!«

Ich war so taktvoll, sie nicht an die fünfzig Rubel zu erinnern, die sie von mir genommen hatte, und ging gehorsam über den nach Desinfektionsmitteln riechenden Korridor. Eine große füllige Frau mit altmodischem Dutt stand vor einem Aktenschrank. Auf mein schüchternes »Ist es gestattet?« antwortete sie etwas grob: »Kommen Sie rein.«

Ich hatte noch gar nichts sagen können, da fuhr mich Sinaida Samuilowna scharf an: »Ich hoffe, Sie haben es sich überlegt?«

»Was denn?«, fragte ich verdutzt.

Sinaida Samuilowna lief rot an und schnarrte: »Nehmen Sie Platz!«

Gehorsam ließ ich mich auf einem abgeschabten Stuhl nieder. Die Kinderärztin zwängte sich hinter ihren Schreibtisch, zog aus einer Schublade ein vergilbtes Blatt Papier hervor, schob es mir zusammen mit einem Kugelschreiber zu und sagte im Befehlston: »Schreiben Sie!«

»Was?«

»Eine Erklärung an die Chefärztin. Ich, … wie ist Ihr Familienname?«

»Romanowa.«

»Also, oben rechts: An J. K. Feoktistowa. Darunter Erklärung von Romanowa, danach Ihr voller Vor- und Vatersname und Ihre Passnummer. Dann folgender Text …«

Sie warf mir eine Karteikarte zu, die beinahe in meinem Gesicht gelandet wäre. Darauf las ich: »… verzichte auf mein neugeborenes Kind, Geschlecht …«

Jetzt begriff ich, warum die Kinderärztin so wütend war.

Ich legte den Stift beiseite. »Entschuldigen Sie, aber ich habe nicht die Absicht, auf ein Kind zu verzichten.«

Sinaida Samuilowna schaute mich verdutzt an, zückte ihre Brille, setzte sie auf und sagte gedehnt: »Sind Sie nicht heute Morgen bei mir gewesen?«

»Nein.«

»Entschuldigen Sie vielmals«, sagte sie erschrocken. »Jetzt sehe ich es auch, aber Sie sind der Frau sehr ähnlich.«

Ich musste lächeln. »Macht nichts, es ist mir sogar angenehm, als junge Mutter durchzugehen. Vor zehn Minuten hat mich Ihre Diensthabende schon zur Großmutter gemacht.«

Sinaida Samuilowna hatte die Fassung wiedergefunden. »Heutzutage bringen Frauen auch in Ihrem Alter Kinder zur Welt und verzichten danach auf sie.«

»Kommt das häufig vor?«, fragte ich, ehrlich interessiert.

Die Ärztin schaute auf die Uhr. »Jetzt weiß ich, wer Sie sind! Wie war doch gleich Ihr Name?«

»Romanowa.«

»Also, verehrte Frau Romanowa, ist Ihnen klar, dass Sie eine Stunde zu spät kommen? Wegen Ihrer Zeitung habe ich meine Sprechstunde verschoben und wollte gerade gehen! Es ist äußerst unhöflich, so mit meiner knappen Zeit umzuspringen!«

Jetzt griff Sinaida Samuilowna schon zum zweiten Mal daneben. Zuerst hatte sie mich für eine Rabenmutter gehalten und nun hielt sie mich offensichtlich für eine Dame von der Presse.

»Aber …«, wollte ich entgegnen.

»Geschenkt!«, sprach die Kinderärztin sofort dazwischen. »Das Thema des Interviews, das Sie vorgeschlagen haben, ist sehr aktuell. Mütter, die ihre Kinder im Stich lassen! Ich denke allerdings, man müsste das Thema etwas anders formulieren: Wöchnerinnen, die auf ihren Säugling verzichten. Solche Frauen kann man doch nicht Mütter nennen!«

Nun strömten aus Sinaida Samuilownas Mund druckreife Sätze. Keine Chance, ein Wort oder auch nur ein Komma einzuwerfen. Was sollte ich tun? Bekennen, dass ich mit der Presse nichts zu tun hatte? Ich konnte mir vorstellen, wie es die Dame aufbringen würde, dass sie sich schon zum zweiten Mal geirrt hatte. Am Ende ließ sie das noch an Xenias Kind aus. Katja hatte manchmal durchblicken lassen, dass es unter den Ärzten auch nachtragende Typen gab, vor allem unter Zahnklempnern und Gynäkologen. Sinaida Samuilowna war zwar Kinderärztin, aber auf einer Entbindungsstation, also in unmittelbarer Nachbarschaft der Gynäkologie … Nein, ich sah keinen anderen Ausweg, als das Spiel mitzumachen. Die echte Reporterin kam sicher nicht mehr, wenn sie schon eine Stunde überfällig war. Bestimmt hatte sie Wichtigeres zu tun. Ich wollte also geduldig zuhören, diese und jene

Frage stellen und dann einflechten, dass am Tag zuvor in dieser Klinik eine Verwandte entbunden hatte und ich gern das Baby sehen wollte. Das machte sich doch gut! Die Schwester einer Reporterin konnte vielleicht auf Sonderbehandlung hoffen. Wenn diese Ärztin schon keine Geschenke nahm, dann hatte sie vielleicht Respekt vor einer so einflussreichen Berufsgruppe?

Sinaida Samuilowna redete ungefähr zwanzig Minuten. Schließlich griff sie nach einer Zigarette. Sofort warf ich die Frage ein: »Vielleicht sind ja die sozialen Bedingungen schuld. Die Leute sind arm geworden, ein Kind ist ein teures Vergnügen, daher der Verzicht. Früher hat es so etwas doch praktisch nicht gegeben, oder?«

»Wer hat Ihnen denn den Unsinn erzählt?«, fragte Sinaida Samuilowna verwundert. »Ich bin seit Jahrzehnten in dieser Klinik. Glauben Sie mir, auch in den sechziger Jahren sind Kinder von ihren Müttern verlassen worden. Und was die Armut betrifft ... Die Ursachen können sehr verschieden sein. An einen Aufsehen erregenden Fall aus dem Jahre 1960 erinnere ich mich gut. Er ist mir deshalb im Gedächtnis geblieben, weil er sich an meinem ersten Arbeitstag abspielte, weil die Geschichte später eine Fortsetzung hatte und weil mein Lehrer, Samuil Schnejerson, der damals die Kinderabteilung leitete, zum ersten Mal einen grässlichen Mutterfluch von sich gab. Selbst der Name der Wöchnerin ist mir im Gedächtnis geblieben: Lydia Saltykowa, eine Sängerin mit einer Stimme wie eine Nachtigall. Schade nur, dass sie meist in Restaurants auftrat. Die hätte auf die Opernbühne gehört.«

»Wer?«, fragte ich fassungslos zurück.

»Lydia Saltykowa«, wiederholte Sinaida Samuilowna. »Es gibt natürlich das Arztgeheimnis, aber seitdem sind vierzig Jahre vergangen. Den Namen dürfen Sie in Ihrem Artikel natürlich nicht nennen. Aber die Geschichte will ich Ihnen erzählen. Die dürfen Sie in Ihrer Zeitung veröffentlichen. Vielleicht bringt das die eine oder andere zum Nachdenken. Aber ohne Namen, darauf bestehe ich!«

»Natürlich.« Ich nickte und war ganz Ohr.

18. Kapitel

Lydia Saltykowa kam allein in die Klinik, ohne Begleitung und zu Fuß. Zwar war ihr Erscheinen ohne Verwandte oder Begleitperson merkwürdig, aber man konnte die Schwangere nicht abweisen. Sie hatte eine vorschriftsmäßig ausgefüllte Karte mit allen Ergebnissen der notwendigen Analysen und eine Überweisung mit vielen Stempeln bei sich. Zunächst wurde sie in ein Vorbereitungszimmer gelegt und kam dann in den Kreißsaal. Am nächsten Tag, dem 29. September 1960, gegen acht Uhr morgens gebar sie einen Jungen, ein gesundes, kräftiges Kerlchen wie aus dem Bilderbuch. Sinaida Samuilowna war überglücklich, als die Hebamme ihr das Neugeborene zu einer ersten Untersuchung übergab. Ihr erstes »richtiges« Neugeborenes, das sie nach all der Büffelei in den Lehrbüchern betreuen durfte, und gleich so ein Prachtkerl! Samuil Schnejerson, der der jungen Ärztin zusah, war ebenfalls gerührt und sagte lächelnd zu ihr: »Ich kann Sie gut verstehen, Kollegin. Ein gesundes Kind ist immer eine große Freude.« Sinaida Samuilowna errötet rasch und bei jeder Kleinigkeit. Damals lief sie an wie eine Tomate, denn zum ersten Mal hatte man sie »Kollegin« genannt. Bisher war sie nur Studentin gewesen.

»Wir wollen den Kleinen der Mutter bringen«, sagte Sinaida aufgeregt, denn sie konnte es gar nicht erwarten, wie die sich freuen würde.

Aber diese, noch sehr jung, stieß nervös hervor: »Nein, ich will es gar nicht sehen und … auch nicht haben.«

Sinaida hätte den nach allen Regeln der Kunst gewickelten Prachtkerl beinahe fallen lassen. Aber Samuil Schnejerson klopfte der jungen Ärztin beruhigend auf die Schulter. »So was kommt vor, ein Schock von den Wehen, eine Art reaktive Psychose. Morgen wird sie das Kind küssen und herzen. Natürlich gibt es immer wieder Frauen, die ihre Kinder verstoßen, aber die ist nicht so eine.«

Schnejerson schaute sich die Akte der Wöchnerin an und wiederholte zufrieden: »Nein, die ist verheiratet, eine Sängerin. Vielleicht sollte der Psychologe mit ihr sprechen.«

Doch Lydia Saltykowa blieb auch am nächsten Tag unerbittlich.

»Ich brauche das Kind nicht, ich überlasse es dem Staat.«

Chefarzt Schnejerson, ein Psychologe, Sinaida und zwei ältere Hebammen suchten Lydia zu überreden. Die aber wollte nichts hören. »Ich will es nicht, und Schluss!«

Da bestellte der zutiefst verstimmte Samuil Schnejerson den Vater, Andrej Saltykow, zu sich.

»Wissen Sie, dass Ihre Frau das Kind abgeben will?«

»Ja«, antwortete der geradeheraus. »Wir wollen den Jungen beide nicht!«

Der Chefarzt war betroffen. »Aus welchem Grund? Sie sind verheiratet, es ist Ihr erstes Kind …«

»Wir haben mehrere Gründe«, erklärte Andrej ungerührt. »In Lydias Familie werden immer wieder Kinder mit der Bluterkrankheit geboren. Sicher ist die Ihnen ein Begriff?«

»Natürlich«, bestätigte Schnejerson, »ein besonders in Adelsfamilien verbreitetes Leiden. Es tritt niemals bei Frauen auf, die geben das defekte Gen nur weiter, sondern nur bei Männern. Das Blut gerinnt nicht, der Junge kann schon verbluten, wenn er sich einmal die Knie aufschlägt.«

»Genau«, sagte Andrej. »Dazu kommen häufiges Fieber, Schmerzen in den Gelenken, Glasknochen … Ein solches Kind ist schwer behindert. Lydia hat einen Onkel, der Bluter ist. Ein Alptraum! Das Leben der ganzen Familie richtet sich nur nach ihm.«

»Woraus schließen Sie, dass Ihr Sohn ein Bluter sein soll?«, fragte der Arzt verwundert. »Er ist ein völlig gesundes Kind!«

»Jetzt, ja«, brummte Andrej. »Lydias Onkel hat das auch erst mit vierzehn Jahren bekommen.«

»In der Pubertät können verschiedene Erkrankungen auftreten«, murmelte Schnejerson. »Das passiert, aber äußerst selten. Glauben Sie meiner fünfzigjährigen Erfahrung! Ihr Sohn …«

»Also, Doktor«, unterbrach ihn Andrej. »Wir wollen den Jungen nicht. Uns kann niemand helfen. Wir sind nicht wohlhabend, Lydia singt in Restaurants, und ich verdiene auch nur Kopeken. Mit einem behinderten Kind kann meine Frau nicht arbeiten. Sollen wir vielleicht verhungern?«

»Aber das Kind ist gesund!«

»Bis jetzt! Und wenn es mit vierzehn Jahren krank wird?«

»Aber …«

»Für mich ist das Gespräch beendet.«

»Warum hat Ihre Frau es dann überhaupt zur Welt gebracht? Warum hat sie nicht abgetrieben?«

Andrej brummte verlegen. »Ich mag Kinder, und wir wollten ein Kind, aber nur ein Mädchen.«

»Das könnte das defekte Gen aber weitertragen!«

»Das kann uns doch egal sein! Es würde die Krankheit selbst nicht bekommen!«

Schnejerson schaute Andrej Saltykow eindringlich an. Der ließ sich nicht beirren. »Lydia hätte doch ein Mädchen im Bauch haben können. Warum sollten wir die Frucht abtreiben?!«

1960 stand den Ärzten noch kein Ultraschallgerät zur Verfügung, und das Geschlecht des Kindes stellte sich erst bei der Geburt heraus.

»Alles klar?«, fragte Saltykow, erhob sich und ging, ohne eine Antwort abzuwarten.

»…!«, brüllte der sonst so korrekte und wohlerzogene Samuil Schnejerson. »Entschuldigen Sie, Sinaida, das musste jetzt raus!«

»Ich bin völlig Ihrer Meinung«, flüsterte die Kinderärztin. »Das Kind ist doch gesund!«

»Was die Pubertät betrifft, so hat der Kerl allerdings recht«, sagte der Chefarzt mit einem Seufzer. »Zwar kann man Hämophilie frühzeitig erkennen, aber in der Literatur sind auch Fälle erwähnt, wo sie sich tatsächlich erst in der Pubertät zeigt. Notieren Sie in der Akte des Jungen unbedingt, weshalb die Eltern ihn freigegeben haben. Schreiben Sie: »Erbliche Hämophilie.«

Sinaida tat, wie ihr geheißen. Aber ihr erstes Kind konnte sie nicht vergessen. Immer hatte sie diesen hübschen, kräftigen Jungen vor Augen. Einmal besuchte sie unter einem Vorwand das Kinderheim Nr. 148, wohin man solche Neugeborene aus ihrer Klinik gab. Sie wollte zu gern wissen, was aus dem Jungen geworden war. Die Direktorin konnte der Ärztin eine freudige Mitteilung machen. Der Säugling war von einem kinderlosen Ehepaar adoptiert worden. Man hatte sie auf das Problem aufmerksam gemacht, aber die Leute winkten ab.

»Was dem Jungen vorbestimmt ist, können wir sowieso nicht ändern.« Die Adoptivmutter war in Tränen aufgelöst, denn sie hatte erst kurz zuvor ihr Kleinkind verloren.

Sinaida Samuilowna beruhigte sich und hätte die

Geschichte sicher irgendwann vergessen, wenn sie nicht unerwartet eine Fortsetzung gefunden hätte.

Als sie einmal bei Dienstbeginn die Karten der Neuzugänge durchsah, durchfuhr sie ein kalter Schreck. Auf einer fand sie den Namen Lydia Saltykowa.

Aufgeregt lief sie in den Kreißsaal und kam gerade recht. Lydia hatte soeben ein kräftiges, gesundes Kind geboren – ein Mädchen.

Am nächsten Tag suchte Sinaida Samuilowna die junge Mutter auf und setzte sich zu ihr ans Bett. Die stillte gerade das Kleine und hatte leuchtende Augen.

»Tut es Ihnen wirklich nicht leid um Ihren Sohn?«, fragte die Ärztin leise. »Vielleicht wird er geschlagen oder muss Hunger leiden?«

In Lydias Gesicht zuckte es, aber sie hielt sich tapfer. »Ich hoffe, dem Kind geht es gut«, gab sie äußerlich ruhig zurück. »In unserem Lande fehlt es Waisenkindern an nichts. Wenn Sie mir aber weiter auf die Nerven gehen, dann schreibe ich eine Beschwerde ans Gesundheitsministerium!«

Sinaida zog sich zurück und versuchte von Stund an, nicht mehr an den Jungen zu denken. Im Unterschied zu Lydia kannte sie die Verhältnisse in den Kinderheimen und wusste auch, dass Pflegeeltern so und so sein können.

Wie groß aber war ihr Erstaunen, als sie einige Jahre später bei Bekannten erneut auf Lydia Saltykowa stieß. Die hatte drei Mädchen bei sich. Unerwartet für sie selbst packte die Ärztin der Zorn. Als die Gäste sich etwas in der großen Wohnung verteilt hatten und Lydia gerade auf dem Treppenabsatz eine Zigarette rauchte, trat sie an die Frau heran und fragte: »Sie erinnern sich wohl nicht an mich?«

Lydia lächelte und sagte ruhig: »Entschuldigen Sie, ich habe jeden Tag mit so vielen Menschen zu tun.«

»Singst du immer noch in Kneipen?«

»Schon lange nicht mehr«, erwiderte Lydia und überhörte den spitzen Ton. »Ich gebe Konzerte.«

»Dann hast du es also geschafft?«

»Das kann man so sagen«, antwortete Lydia Saltykowa.

Sie sah hervorragend aus. Man hätte ihr nicht mehr als fünfundzwanzig gegeben. Sie duftete nach einem unbekannten, herben Parfüm, und ihr Make-up war tadellos. Sie trug ausländische Sachen und kam offenbar gerade von einem teuren Friseur. In Sinaida Samuilowna stieg böse Hitze auf, und sie zischte: »Wie viele Jungen hast du denn dem Staat überlassen, bevor drei Mädchen zusammenkamen?« Plötzlich glaubte sie in Lydias Augen etwas wie Angst zu sehen.

»Ach, Sie sind das!«

»Ja«, bestätigte Sinaida Samuilowna.

»Das sind nicht alles meine Kinder«, sagte Lydia leise.

Die Ärztin zog erstaunt die Brauen hoch. »Wie das?«

»Vera ist meine Tochter«, korrigierte Lydia sofort. »Sie sind ja bei ihrer Entbindung dabei gewesen. Galja und Tonja sind nicht meine Töchter, sie leben nur bei mir.«

»Soso«, sage Sinaida Samuilowna gedehnt, »von dem Mann, der das kranke Kind nicht wollte, bist du also geschieden?«

Lydia nickte stumm.

»Das hast du richtig gemacht«, lobte die Ärztin. »Ein unangenehmer Typ!«

Für Sinaida Samuilowna völlig unerwartet, ergriff Lydia mit eiskalten Fingern ihre Hand. »Gott ist mein Zeuge, das war alles er, Andrej! Ich wollte den Jungen behalten, aber er hat mir gedroht, dass er mich verlässt, wenn ich das Kind nicht abgebe!«

»Eine Frau löst ein solches Problem eigentlich zugunsten des Kindes«, sagte Sinaida Samuilowna hart.

»Was war ich denn damals für eine Frau?«, rief Lydia aus. »Ich war ein verängstigtes Kind und wahnsinnig in Andrej verliebt! Da habe ich eben getan, was er wollte! Wenn Sie es genau wissen wollen, die Sorge, wie es dem Jungen geht, ob er immer genug zu essen hat, hat mich nie verlassen.« Sie winkte ab und bekam einen Hustenanfall, der klang wie unterdrücktes Schluchzen.

In Sinaida Samuilowna regte sich Mitleid. »Ist ja gut«, sagte sie sanft. »Für jede Dummheit muss man bitter bezahlen.«

Lydia ließ Sinaida Samuilownas Hand nicht los. »Du hast ja keine Ahnung!«, flüsterte sie. »Ich kann keinen kleinen Jungen ansehen, ohne dass sich mir das Herz umdreht. Dann denke ich: Meiner kommt jetzt auch schon zur Schule. Und die Mädchen, die verschiedene Männer bei mir abluden, habe ich nur behalten, weil ich glaube, dass ich so vielleicht ein bisschen von meiner Schuld tilgen kann. Wenn du wüsstest, wie ich leide!«

Lydia verstummte. Sinaida Samuilowna wusste nicht, was sie darauf antworten sollte. Die Stille wurde immer bedrückender. Da nahm sich die Ärztin ein Herz und sagte: »Wenn es dich beruhigt: Dein Junge wächst in einer guten Familie auf. Er hat Glück gehabt.«

»Kannst du mir nicht ihre Adresse geben?«, flehte Lydia. »Ich tue nichts Schlimmes, ich möchte ihn nur einmal sehen! Bitte, hab Mitleid mit mir! Du siehst doch, was mit mir los ist!«

Sinaida schüttelte den Kopf. »Entschuldige, ich habe weder einen Namen noch eine Adresse oder eine Telefonnummer. Solche Daten werden streng geheimgehalten. Das geschieht im Interesse des Kindes.«

Lydia senkte den Kopf und stieß leise hervor: »Geh bitte, lass mich allein …«

Die Ärztin wollte vermeiden, dass die Frau hysterisch

wurde, und zog sich rasch in die Wohnung zurück. Aber die Stimmung war ihr verdorben, und sie verabschiedete sich bald. Als die Gastgeberin sie zur Tür brachte, drang fröhliches Lachen an ihr Ohr. Lydias drei Mädchen und zwei Jungen einer anderen Familie waren bei einem lustigen Spiel. Unwillkürlich suchte der Blick der Ärztin Lydia. Die stand am Fenster und lächelte angestrengt. Aber ihre Augen blickten traurig.

»... Schreiben Sie also in Ihrem Artikel«, sagte die Ärztin mit Nachdruck, »ein Fehler, den man in der Jugend begeht, kann einen das ganze Leben verfolgen. Wenn man ein Kind verstößt, hat man es deshalb nicht aus seinem Gedächtnis gestrichen. Irgendwann, im ungünstigsten Augenblick kommt die Erinnerung an das winzige Wesen zurück, das man hilflos seinem Schicksal überlassen hat.«

»In welches Heim haben Sie damals die Kinder gegeben?«, fragte ich vorsichtig.

»Ins Kinderheim Nr. 148«, antwortete Sinaida Samuilowna ohne Zögern.

Ich brauchte dringend frische Luft. An der Straße vor der Klinik ließ ich mich auf einer Bank nieder und fuhr gedankenverloren mit der Schuhspitze durch den Staub. Was ich soeben gehört hatte, änderte alles. Wie war ich eigentlich darauf gekommen, dass Sofja Repnina unbedingt Opfer eines ihrer Liebhaber geworden sein musste? Das Mädchen hatte in der Tat ein sehr lockeres Leben geführt und sich auch bei Anja Werjowkina darüber beklagt, dass Michail sie geschlagen hatte. Andererseits hatte ihre ältere Schwester Vera mir gesagt, dass ihr neuer, unbekannter Kavalier sehr eifersüchtig gewesen sei. Wahrscheinlich brachte sie mit ihrem Verhalten die armen Männer so in Rage, dass die ihre Fäuste nicht im Zaum halten konnten. Da war schwer festzustellen, wen die größere Schuld traf – den Täter oder das »unschuldige« Opfer. Doch nun kam ein neuer Verdächtiger ins Spiel – Sofjas leiblicher Bruder! Aber warum sollte der seine Schwester umbringen?

Plötzlich wurde mir bewusst, dass ich vor Kälte zitterte. Eisiger Regen hatte eingesetzt, Pullover und Jeans waren völlig durchnässt. In diesem Aufzug konnte ich unmöglich in das Kinderheim fahren. Außerdem hatte ich kaum noch zehn Rubel in der Tasche, gerade genug, um nach Hause zu kommen.

Ich schüttelte mich wie ein begossener Pudel und lief, so schnell ich konnte, zur Metro. Als ich sicher im Wagen saß, schoss mir durch den Kopf: Das Motiv ist klar: Der verstoßene Sohn ist inzwischen erwachsen und sucht nach seinen leiblichen Eltern. Dabei stößt er zuerst auf Sofja. Die wirft ihm, wie es ihre Art ist, schnippische Bemerkungen an den Kopf. Der Junge verliert die Beherrschung und greift zum Messer. So musste es gewesen sein! Der Fall war fast gelöst. Jetzt brauchte ich nur noch den Mann zu finden. In diesem Jahr, genauer gesagt, in wenigen Tagen, musste er vierzig Jahre alt werden. Unvermittelt presste sich mein Herz zusammen. Der arme Wolodja hatte nicht das Glück gehabt, dieses Alter zu erreichen. Am 1. Oktober hätten wir seinen 40. Geburtstag gefeiert.

Vor Kälte zitternd und mit den Zähnen klappernd, kam ich zu Hause an.

»He, Tanja!«, rief Kira aufgeregt, ohne mich zu begrüßen. »Xenia hat aus der Klinik angerufen.«

»Und, was ist?«, fragte ich und riss mir dabei die nassen Sachen vom Leib.

»Sie hat sich gewundert, dass du ihr ein Päckchen gebracht und nicht ihren Zettel abgewartet hast. Das wird ja ein ganzer Kleiderschrank voll!«

»Für wen soll das sein?«, fragte ich verständnislos. Ich kam einfach nicht aus diesen nassen Jeans heraus.

»Na, für den Knirps natürlich«, warf Lisa ein. »Schau mal!«

Sie hielt mir das Blatt hin. »Zwei Jäckchen, Pampers, zwei Baumwollwindeln – eine dünne und eine dicke, eine flauschige Bettdecke, ein Wolltuch, zwei Mützchen, ein Deckchen mit Spitzen, hellblaue Bänder und ein Kleid mit Gürtel.«

»Wozu braucht das Kind ein Kleid?«, fragte ich verwundert. »Das wird sie dem Jungen doch nicht antun! Kaufen können wir es ja, wenn sie unbedingt will, aber für einen Jungen! Von der Entbindung ist Xenia wohl etwas …«

Lisa stöhnte auf. »Das Kleid ist für Xenia! Und den Gürtel will sie haben, damit man wieder etwas von ihrer Taille sieht!«

»Die Bänder sind dann wohl ebenfalls dafür gedacht?«

»Mit den Bändern macht man aus der Decke ein Steckkissen!«, rief jetzt Kira. »Meine Güte, Tanja, du hast aber auch gar keine Ahnung!«

»Stimmt«, antwortete ich verwirrt. »Woher denn? Ich hab noch nie ein Kind gehabt, und manches kommt mir wirklich komisch vor … Und was für ein Deckchen mit Spitzen?«

»Das ist so ein Tuch mit einer hübschen Borte«, erklärte Lisa nun schon geduldiger. »Ich hab übrigens auch keine Kinder … Noch nicht!«

Da stieg mir der Duft von etwas Gebratenem in die Nase.

»Oh, was riecht denn hier so gut?«

»Bratkartoffeln mit Schinken und Zwiebeln«, verkündete Kira stolz.

»Wer hat die gemacht?«

»Ich«, erklärte Lisa. »Xenia ist in der Klinik, und bei dir kann man ja glatt verhungern!«

»Lisa!«, rief ich tadelnd. »Ordentliche Mädchen sprechen nicht so mit der älteren Generation!«

»Da müsstest du mal hören, wie man in unserer Klasse spricht!«

»Na und? Du musst ja nicht alles nachmachen!«

»Menschen der älteren Generation«, fauchte Lisa zurück, »ich meine natürlich ordentliche Frauen über dreißig, setzen, erstens, ihren armen hungrigen Kindern etwas zu essen vor! Von Waschen, Bügeln und Hausaufgaben kontrollieren will ich schon gar nicht reden! Menschen der älteren Generation kommen, zweitens, nicht in klatschnassen Jeans nach Hause. Bist du etwa in die Moskwa gefallen?«

»Nein, in einen Platzregen gekommen!« Ich schnaufte, denn meine nassen Jeans war ich immer noch nicht los. »Ich habe auf einer Bank über einiges nachgedacht und nicht gemerkt, wie es zu regnen anfing.«

»So kriegst du die nie runter«, meinte jetzt Kira sachlich. »Leg dich aufs Bett und heb die Beine hoch!«

»Wozu denn das?«

»Na los, mach schon!«, kam es von Kira im Befehlston.

Ich legte mich gehorsam auf den Rücken und hob meine Beine an. Lisa packte ein Hosenbein, Kira das andere.

»Und jetzt – eins, zwei, drei!«, kommandierte das Mädchen.

Es gab einen mächtigen Ruck. Ich hatte ihn nicht erwartet, hielt mich nirgendwo fest und knallte schmerzhaft mit dem Rücken aufs Parkett.

»So macht man das!« Kira schüttelte triumphierend meine Jeans. »Und jetzt ab mit dir ins Bad. Dann kannst du was essen. Wir haben dir Bratkartoffeln übriggelassen.«

Die Kinder gingen aus dem Zimmer. Auf der Schwelle

drehte sich Lisa noch einmal um und sagte giftig: »Übrigens sitzen Erwachsene nicht in Schlüpfern auf dem Fußboden, und schon gar nicht in zerrissenen!«

»Red keinen Quatsch!«, gab ich ärgerlich zurück. »Meine Unterwäsche ist ganz, erst vor einigen Tagen gekauft.«

»Na, dann schau mal in den Spiegel«, meinte Kira kichernd. Die Kinder trollten sich.

Ich stand auf, lief zum Spiegel und bekam einen tüchtigen Schreck. Tatsächlich zierte das zarte Teil auf der linken Seite ein riesiges Loch. Das war wirklich zum Heulen! Ich hatte das Ding erst am Morgen aus der Verpackung geholt und frisch angezogen.

Vor Zorn schnaufend, lief ich ins Bad, duschte mich gründlich und ging dann in die Küche. Erst jetzt spürte ich, wie hungrig ich war. Mein Magen krampfte sich zusammen. Ich hatte den ganzen Tag nichts zu mir genommen. Bratkartoffeln mit Schinken und Zwiebeln waren jetzt genau das Richtige, noch dazu wenn man sie vorgesetzt bekam. Mir lief das Wasser im Munde zusammen.

19. Kapitel

Ich kam in die Küche, schaute auf den Tisch und wollte meinen Augen nicht trauen.

Als Katjas älterer Sohn Serjosha vor einigen Jahren Julia aus der Nachbarwohnung heiratete, entschloss sich Katja, beide Wohnungen zu einer einzigen umbauen zu lassen. Wie jede ehemals sowjetische Frau träumte sie von einer großen Küche. Die Wand zwischen den Küchen der beiden Wohnungen wurde herausgerissen, wodurch ein beeindruckender Raum von zwanzig Quadratmetern entstand. Die ganze Familie entschied, dass eine Toilette ausreiche. Die zweite wurde zu einer Abstellkammer und das zweite Bad zu einem Ankleideraum umfunktioniert. Allerdings gibt es bei uns morgens regelmäßig Rangeleien zwischen den Kindern, die zur Toilette streben. Vor allem dann, wenn unsere Katzen diesen »Raum des Nachdenkens« lange okkupieren. Aber unsere Küche ist eine Pracht, wie ich sie bei anderen noch nie gesehen habe. In der Mitte steht ein riesiger Tisch mit Stühlen. Daran haben zehn Personen Platz, und wenn wir noch die Hocker dazustellen, durchaus auch vierzehn. Als ich in die Küche trat, waren Stühle und Hocker leer, Kira und Lisa nicht zu sehen, stattdessen saß da jemand frech und unverschämt mitten auf der Tischplatte.

»Mulja!«, zischte ich. »Was tust du da?«

Die Möpsin schaute mich mit großen unschuldigen Augen an. Ihre kurze stumpfnasige Schnauze glänzte vom Fett, und an einem ihrer dreieckigen Ohren schaukelte ein wundervoll braun gebratener Zwiebelring. Die kurzen Beinchen hatte sie breit aufgestellt, so dass man ihren rosigen, prall gespannten Bauch bewundern konnte. Vor ihr stand die sauber ausgeleckte Pfanne. Von den wunderbaren Bratkartoffeln mit Schinken war kein Krümchen mehr übrig. Nur noch ihr Duft hing aufreizend in der Luft.

Unsere Möpsinnen Mulja und Ada sind Schwestern, aber sie könnten verschiedener nicht sein. Ada ist laut und quirlig, springt den ganzen Tag durch die Zimmer und will immerzu spielen. Sobald sie ihren Namen hört, saust sie herbei und wedelt wie wild mit ihrem dicken Ringelschwanz. Sie frisst für ihr Leben gern und leert jeden Napf, ehe man sich's versieht. Manchmal denke ich, sie würde auch Nägel verschlingen, wenn die dort lägen. Trotz ihres ungeheuren Appetits ist Ada schlank, ja fast mager. Wenn Gäste sie neben der dicken Mulja sehen, rufen sie meist entrüstet aus: »Nicht zu verkennen, wer der

Liebling der Familie ist! Die Kleine bekommt wohl gar nichts zu fressen?«

Bei all ihrer Quirligkeit und Spielfreude ist Ada gut erzogen und stibitzt nie etwas vom Tisch. Man kann sie seelenruhig mit frischgebratenen Bouletten allein lassen. Sie würde sie nie anrühren. Sie fängt höchstens an zu winseln, und das in einem Ton, dass man ihr die Leckerei freiwillig ins Maul schiebt.

Da ist Mulja von ganz anderer Art. Am liebsten verschläft sie den halben Tag, möglichst auf einem weichen Kissen unter einer Decke. Nach dem Frühstück schleppt sie sich, taumelnd vor Müdigkeit, zum nächsten Sessel und sucht sich dort unter dem Überzug ein warmes Plätzchen. Bis zum Abend sieht und hört man dann nichts mehr von ihr. Bei jedem Klingeln stürzt die ganze Meute zur Wohnungstür. Mulja jedoch schnauft nur böse auf, weil man ihre Ruhe stört. Trotz dieser Trägheit kann Mulja sehr ungehorsam sein. Wenn man sie ruft, ob freundlich lockend oder streng fordernd, und sie hat keine Lust zu kommen, dann rührt sie sich nicht vom Fleck.

Lässt man aber etwas zu essen auf dem Tisch stehen, zeigt die verschlafene Möpsin plötzlich, wie geschickt sie sein kann. Irgendwie gelangt sie auf die Tischplatte und verschlingt das Objekt der Begierde. Sie wickelt jede Praline aus, befreit jede Wurst von ihrer Pelle und zerrt den schwersten Deckel von der Pfanne.

Auch diesmal war es ihr offenbar gelungen, die von Lisa zubereiteten Bratkartoffeln, die mein Abendessen sein sollten, samt Zwiebeln und Schinken zu verputzen.

»Was bist du doch für ein ungezogenes Ding, Mulja!«, schimpfte ich, und mein Magen zog sich schmerzhaft zusammen. »Nichts hast du mir übriggelassen! Seit wann fressen Hunde Zwiebeln?«

Darauf ließ Mulja nur einen zufriedenen Rülpser hören.

»Runter vom Tisch!«, rief ich wütend. »Rülpst auch noch vor Vergnügen, und das arme Frauchen wird bald Hungers sterben. Geh mir aus den Augen! Ich will dich nicht mehr sehen!«

Mulja wollte aufstehen, aber der runde Bauch zog sie immer wieder nach unten. Sie ließ sich auf ihren dicken Hintern fallen und schnaufte fast wie ein schwer beladener Mensch. Ihre großen Augen blickten mich flehend an, als wollte sie sagen: Lass mich doch in Ruhe! Kann ich nicht gleich hier auf der Wachstuchdecke schlafen? Du siehst doch, ich kann keinen Schritt mehr tun!

Eigentlich hätte sie jetzt eine Abreibung verdient. Aber ich kann einfach nicht die Hand gegen ein solches Wesen erheben, das mich mit riesigen Kinderaugen anschaut. Daher packte ich den Fresssack an der Stelle, wo Hunde normalerweise die Taille haben, zerrte sie vom Esstisch herunter und ließ sie auf das Lager der Katzen fallen. Die Möpsin gähnte dankbar, und wenige Augenblicke später war die Küche bereits von ihrem leisen Schnarchen erfüllt.

Ich öffnete den Kühlschrank und schaute traurig in die leeren Fächer. Die Kinder hatten recht, hier war ein Großeinkauf fällig. Da lag noch ein winziges Stückchen Butter, im Gemüsefach fürchteten sich ein verwelktes Sträußchen Dill und eine alte Knoblauchknolle, in der Tür entdeckte ich ein einziges Ei, allerdings aus Schokolade, eines der berühmten Überraschungseier. Ich war am Ende meiner Kraft und hatte einen Bärenhunger. Natürlich hätte ich zur Metro laufen können, wo es ein rund um die Uhr geöffnetes Lebensmittelgeschäft gab. Aber draußen regnete es immer noch in Strömen. Am besten, ich setzte erst einmal Teewasser auf. Ob wohl noch Brot da war?

»Na, wie haben die Bratkartoffeln geschmeckt?«, fragte Kira.

Ich wollte ihn nicht enttäuschen. Daher sagte ich nur: »Hervorragend. Ich habe sie im Augenblick verschlungen.«

»Und die Pfanne auch noch sorgfältig ausgeleckt, was?«, meinte Kira spöttisch.

Ich öffnete das Brotfach und starrte auf den winzigen Kanten, auf dem sich schon blauer Schimmel zeigte. Ein Butterbrot entfiel also auch. Das Teewasser war fertig.

Ich gab gleich vier Stück Zucker in die Tasse. Vielleicht beruhigte die süße Flüssigkeit meinen Magen ein wenig. Dann wusch ich den Dill unter fließendem Wasser und kaute darauf herum. Er schmeckte widerlich nach Anis und erinnerte mich an den Hustensaft meiner Kindheit. Da mich oft Erkältungen geplagt hatten, war dieses Zeug mein ständiger Begleiter gewesen.

»Tanja«, rief Lisa, die gerade in die Küche kam, »was machst du denn da?«

Ich nahm einen Schluck von dem widerlich süßen Tee, um den Dill hinunterzuspülen. Dann brummte ich: »Hab gerade Appetit auf dieses Kraut gehabt. Lange keinen Dill mehr gegessen!«

Am nächsten Morgen Punkt zehn Uhr betrat ich das Kinderheim Nr. 148. Es war ein dreistöckiger Backsteinbau, der, nach dem Zustand der Fassade zu urteilen, bestimmt zwanzig Jahre lang keine Renovierung erlebt hatte. Drinnen sah es nicht besser aus. Auf dem Fußboden durchgescheuertes Linoleum, die Wände schmutzig und in abstoßenden Farben gestrichen: unten dunkelblau und oben hellblau. Die Türen, die einmal weiß gewesen waren, schmutziggrau … Und keinerlei Einlasskontrolle. Weder ein Wachmann noch ein Milizionär oder eine Pförtnerin waren zu sehen. Hier war gewiss auch nichts zu holen, außer vielleicht einem Säugling, den niemand haben wollte. Das Schild mit der Aufschrift »T. S. Kolpakowa, Leiterin« fand ich an einer riesigen Tür ganz am Ende des Korridors. Ich klopfte vorsichtig an und trat auf ein lautes »Ja?« ein.

Der Raum, in den ich kam, war erstaunlich hell, sauber und gemütlich. An einer Wand weiße Schränke, auf denen Plastikspielzeug stand. Gegenüber Regale voller Bücher und Aktenordner. Mit dem Rücken zum großen Fenster saß hinter einem riesigen Schreibtisch ein zartes junges Mädchen. Anfangs glaubte ich, sie sei kaum zwanzig Jahre alt. Als ich aber die feinen Fältchen in ihren Augenwinkeln, ein paar braune Flecken auf den Händen und die leicht welke Haut an ihrem Hals sah, wurde mir klar, dass sie ein paar Jahre älter sein musste als ich selbst. Der mädchenhafte Eindruck kam von ihrer zarten Figur. Wie eine Elfe – ging es mir durch den Kopf.

»Guten Tag«, begrüßte mich die Leiterin lächelnd. »Sie kommen von der Hygieneinspektion?«

»Nein«, sagte ich so freundlich wie möglich, »ich komme vom Institut für Hämatologie, wissenschaftliche Mitarbeiterin Tatjana Romanowa. Verzeihung, wie heißen Sie?«

»Tamara Sergejewna«, antwortete sie und fügte rasch hinzu: »Wenn Sie bei uns freiwillige Blutspender zu finden hoffen, dann können Sie sich die Mühe sparen. In unserer Einrichtung haben wir Kinder bis zu drei Jahren, denen man noch kein Blut abnehmen darf. Und die Mitarbeiter haben ein so geringes Einkommen, dass sie selber Transfusionen brauchten – von wohlhabenden, gut ernährten Menschen.«

Ich lächelte nachsichtig. »Die sehen wir bei unseren Blutspendeaktionen leider nicht. Zu uns kommen nur die Armen, die auf das kleine Entgelt aus sind, das wir zahlen, und auf ein freies Mittagessen. Aber ich bin wegen einer ganz anderen Sache hier.«

»Worum geht es Ihnen dann?«

»Ich schreibe eine Dissertation über Hämophilie. Ist Ihnen diese Krankheit geläufig?«

Tamara Sergejewna nickte. »Ich habe eine medizinische Fachschule absolviert.«

»Dann ist Ihnen auch die Bedeutung meiner Forschungen klar?«

Die Leiterin schaute mich zweifelnd an. »Schon, aber ich kann keinen Zusammenhang zu unserem Säuglingsheim erkennen.«

Ich blickte sie vielsagend an und spulte meine Legende ab, die ich mir am Abend zuvor ausgedacht hatte:

»In reiner Form kommt Hämophilie selten vor. Daher ist sie wenig erforscht und kann bisher kaum behandelt werden. Besonders interessant wird es für den Forscher, wenn in einer Familie, die seit vielen Generationen daran leidet, plötzlich ein kerngesunder Junge auftaucht. Ich kenne einige solcher Fälle, und mit ihnen befasst sich meine Arbeit. Aber das Material reicht noch nicht aus, verstehen Sie?«

»Ganz allgemein, ja.« Die Leiterin war immer noch misstrauisch. »Und was suchen Sie in unserem Heim?«

»1960 wurde bei Ihnen ein Junge aufgenommen, dessen Mutter aus einer Familie mit erblicher Hämophilie stammte. Sie übergab den Säugling an den Staat, weil sie befürchtete, dass er später an dieser Krankheit leiden könnte. Das Kind wurde adoptiert ...«

»1960 war ich noch gar nicht auf der Welt«, warf Tamara Sergejewna ein. »Wie ist der Name des Kindes?«

Ich zuckte die Schultern.

»Die Mutter heißt Lydia Saltykowa. Welchen Namen sie dem Jungen gegeben hat, weiß ich nicht. Er wurde am 29. September 1960 geboren und wahrscheinlich etwa eine Woche später hier eingeliefert.«

Tamara Sergejewna drückte einen Knopf.

»Ja?«, ertönte eine Stimme.

»Anna Michailowna, kommen Sie doch bitte einen Moment zu mir.«

Einige Minuten später stand eine betagte Frau, akkurat mit einem hellgrünen Kittel bekleidet, auf der Schwelle.

»Darf ich vorstellen, unsere älteste Mitarbeiterin, Anna Michailowna Kislowa. Im Frühjahr haben wir ihr 50-jähriges Dienstjubiläum gefeiert. Sie hat von Anfang an hier gearbeitet und war von 1958 bis 1988 Leiterin unseres Heimes. Sie ist längst im Rentenalter, aber wir lassen sie nicht gehen. Ohne sie kommen wir einfach nicht aus. Sie ist eine wandelnde Chronik dieses Hauses.«

Anna Michailowna wehrte bescheiden ab.

»Mach nicht so viel Aufhebens, Tamara. Aber mein Gedächtnis ist noch ganz in Ordnung. Worum geht's?«

Ich wiederholte noch einmal meine Geschichte von der Dissertation. Die ehemalige Leiterin seufzte auf. »Ist es denn so wichtig, den Jungen zu finden?«

»Natürlich!«, antwortete ich mit Nachdruck. »In seinem eigenen Interesse. Stellen Sie sich vor, was passiert, wenn seine Adoptiveltern ihm von seiner Herkunft nichts gesagt haben!«

»Was soll denn da passieren?«, fragte die alte Frau.

»Die Krankheit kann jederzeit ausbrechen. Wie soll ein Arzt darauf kommen? Der Mann kann schon bei einer kleinen Verletzung verbluten!«

Hätten meine beiden Zuhörerinnen wirklich Medizin studiert, dann wäre ihnen längst aufgefallen, was für einen Unsinn ich redete. In dem Lexikon der Pathologie, das ich in Katjas Zimmer fand, standen über Hämophilie nur wenige Zeilen. Den Rest hatte ich mir ausgedacht. Aber Tamara Sergejewna und Anna Michailowna hatten nie eine Universität von innen gesehen.

Die Frauen wechselten einen Blick, dann sagte die Ältere: »Das ist jetzt vierzig Jahre her. Vielleicht lebt er gar nicht mehr. So viel Zeit ist vergangen, seit Shanna und Igor ausgezogen sind.«

»Von wem sprechen Sie?«, fragte ich gespannt.

Anna Michailowna zog aus der Tasche ihres Kittels ein Schnupftuch und schnäuzte sich geräuschvoll.

»Ich rede von Shanna und Igor Semjonow, meinen Nachbarn in der Gemeinschaftswohnung, wo ich 1960 lebte. Als ich eines Abends nach Hause kam, fand ich Shanna in Tränen aufgelöst.«

Da die Nachbarn ruhige Leute waren, die sie noch nie hatte streiten hören, war Anna furchtbar erschrocken. »Was ist denn passiert?«

»Heute morgen ist Kostja gestorben!«

Anna stockte der Atem. Kaum eine Woche zuvor hatte Shanna einen Jungen geboren, den sie Kostja nannten. Erst am Montag war sie mit ihm aus der Klinik nach Hause gekommen.

»Wie konnte das geschehen?«, murmelte Anna Michailowna.

»Ein Herzinfarkt«, stieß Shanna hervor.

»Bei so einem kleinen Kerlchen?«, fragte Anna ungläubig.

»Es heißt, er hätte einen angeborenen Herzfehler gehabt«, gab Shanna schluchzend Auskunft. »Einen, der sehr selten vorkommt. Warum nur musste es uns treffen? Warum? Sag es mir, Anna!«

Darauf wusste Anna keine Antwort. Die Nachbarin tat ihr in der Seele leid. Sie verlor bald jedes Interesse am Leben, nahm nichts mehr zu sich, wusch und kämmte sich nicht, lag den ganzen Tag stumm auf ihrem Bett, das Gesicht zur Wand gekehrt.

Der besorgte Igor zog zunächst einen Internisten zu

Rate, der wiederum bat einen Psychologen, sich der Sache anzunehmen. Der rotwangige, wohlgenährte Bursche von höchstens fünfundzwanzig Jahren untersuchte Shanna und teilte dann mit: »Ihre Frau leidet an einer Depression.«

»Was bedeutet das?«, fragte der Mann.

»Ihre Frau ist nahe daran, den Verstand zu verlieren«, erklärte der »Fachmann«. »Der Stress war offenbar zu viel für sie.«

»Und was wird jetzt?«, stammelte Igor hoffnungslos.

»Tja«, sagte der Seelenklempner und kratzte sich am Kopf, »ich verschreibe ihr ein paar Tabletten.« Aber von den blauen Pillen wurde Shanna nicht besser.

Wenn man ein Kind adoptieren wollte, musste man auch damals lange warten. Jedes Paar wünscht sich natürlich ein Baby unter einem Jahr, das keine Erinnerung an seine leiblichen Eltern hat. Aber normale Menschen geben ihre Neugeborenen in der Regel nicht in ein Heim. Dort landen die Sprösslinge von Trinkern, Drogensüchtigen, Prostituierten, minderjährigen Mädchen oder Frauen, die die Zeit für eine Abtreibung verpasst haben. Werdende Mütter dieser Art trinken, rauchen, führen ein ausschweifendes Geschlechtsleben oder schnüren sich den Bauch ein, weil sie die Reaktion von Eltern und Vorgesetzten fürchten. Sie bringen denn auch häufig kranke Kinder zur Welt. Anna hatte schon so viel Elend gesehen, dass sie sich vor Überraschung und Freude gar nicht fassen konnte, als sie Lydia Saltykowas Sohn, diesen kerngesunden, kräftigen Schreihals, erblickte. Ein Kind, wie es sich jede Frau nur wünschen konnte.

Für sie war sofort klar, was sie zu tun hatte. Eigentlich musste sie den Jungen der Familie anbieten, die auf der Adoptionsliste ganz oben stand. Aber Anna setzte sich diesmal über alle Regeln und Vorschriften hinweg, packte den Jungen in eine warme Decke und nahm ihn einfach mit nach Hause. Sie musste ihrer Nachbarin helfen, die vor Kummer nicht mehr ein noch aus wusste.

20. Kapitel

Als sie nach Hause kam, ging sie als erstes in Shannas Zimmer und legte den Jungen in das leere Bettchen. Der krähte sofort los, denn er hatte tüchtigen Hunger. Shanna, die seit einer Woche das Bett nicht verlassen hatte, fuhr hoch und fragte: »Was ist das?«

»Na, so eine Frage«, antwortete Anna sachlich. »Dein Sohn schreit, er will trinken.«

Trotz all der Aufregung hatte Shanna immer noch Milch. Sie nahm das Kind aus dem Bett, drückte es an ihre Brust und rief: »Aber Kostja ist doch tot!?«

»Was weiß ich?«, gab Anna zurück. »Ich komme von der Arbeit, da höre ich bei dir den Kleinen schreien.«

Shanna wusste nicht, wie ihr geschah. Als Igor nach Hause kam, fiel sie ihm um den Hals. Im Unterschied zu ihr begriff er sofort, wie die Sache zusammenhing, und klopfte bei der Nachbarin.

»Da hast du dir ja was Schönes einfallen lassen!«, brummte er. »Shanna in ihrem Wahn denkt sich sonst was aus! Wir können den Jungen nicht behalten!«

»Warum denn nicht?«, fragte Anna nüchtern zurück. »Beantragt die Adoption …«

»Das sind doch ein Haufen Formalitäten …«, wandte Igor ein.

»Dabei kann ich euch helfen«, bot Anna ihm an. »Wenn du den Jungen auch magst, erledige ich das für euch im Handumdrehen.«

»Ein Prachtkerl«, sagte Igor seufzend, »sieht aus, als

wäre es Kostja. Vor allem ist Shanna nicht wiederzuerkennen, rennt im Zimmer hin und her, lacht und singt …«

Anna Michailowna hielt Wort und regelte die Adoption binnen zwei Wochen nach den geltenden Bestimmungen. Zwar musste sie gegenüber der Abteilung Volksbildung flunkern, Shanna und Igor seien nach der Warteliste an der Reihe, aber das kümmerte ohnehin kaum jemanden. Als das berechtigte Paar Lärm schlagen wollte, brachte es Anna mit dem Hinweis auf eine mögliche Hämophilie rasch zum Schweigen.

Der Junge trug kaum zwei Wochen den Familiennamen Semjonow, da erschien Shanna bei Anna und sagte: »Was du für uns getan hast, werden wir dir nie vergessen. Nimm das, bitte …«

»Was ist das?«, fragte Anna verwundert und blickte auf den zusammengefalteten Zettel.

»Unsere neue Adresse. Unser Kind soll nicht in einem einzigen Zimmer heranwachsen. Wir haben eine Zweizimmerwohnung an der Uliza Iljuschina gefunden. Das ist wie ein Sechser im Lotto.«

Anna dachte sich ihr Teil. Sie hatte erwartet, dass die Nachbarn sie nicht mehr gern in ihrer Nähe sahen. Es war ihnen unangenehm, dass jemand wusste, wie sie zu ihrem Sohn gekommen waren.

Zehn Tage später zogen Shanna, Igor und der Kleine aus. Die neuen Mieter ihres Zimmers waren eine stille, blasse Frau mit einer ebenso ruhigen Tochter. Sie waren angenehme Nachbarn, tranken nicht, feierten keine lauten Gelage, und Anna freundete sich bald mit ihnen an.

Familie Semjonow sah sie nicht wieder. Weder Shanna noch Igor oder später der Junge riefen je bei ihr an.

»Welchen Namen haben die Semjonows ihrem Sohn gegeben?«, fragte ich versonnen.

Anna schüttelte den Kopf. »Das weiß ich nicht.«

»Wieso?«, fragte ich erstaunt.

»Als sie auszogen, war der Junge noch keinen Monat alt. Sie stritten lange darüber. Igor wollte ihn Viktor nennen, aber Shanna bestand auf Kostja. Nur der Familienname Semjonow ist mir fest im Gedächtnis geblieben.«

Da hatte ich die Bescherung! Wie viele Männer waren wohl im Jahre 1960 geboren, die diesen einfachen russischen Namen trugen? So würde ich den Jungen nie finden!

»Können Sie sich an die neue Adresse erinnern?«

»Na, Sie haben vielleicht Ideen!« Anna winkte ab. »Den Zettel habe ich verlegt, zu Besuch bin ich bei ihnen nie gewesen … Obwohl …, das Haus und die Wohnung weiß ich noch …«

»Tatsächlich?«

»Meine neue Nachbarin Lena, die mit den Semjonows die Wohnung getauscht hat – sie ist leider auch schon tot –, kam immer wieder darauf zu sprechen, wie schlimm ihre frühere Wohnung war«, fuhr Anna fort. »Die reine Hölle, wenn man ihr glauben darf. Das Haus, ein fünfstöckiger Ziegelbau, stand dort, wo die Uliza Iljuschina in eine riesige Magistrale einmündet, auf der eine Straßenbahn fuhr.«

In der Wohnung konnte man einfach keine Ruhe finden. Sie lag im Parterre, und die Straßenbahn ratterte direkt vor den Fenstern vorbei zur nahe gelegenen Endstation. Dort drängten sich immer Menschen. Schlafen konnte man auf dieser Seite der Wohnung nicht. Und auf der anderen Seite war es nicht viel besser. Zwar gab es auf der Uliza Iljuschina keinen öffentlichen Verkehr, dafür befand sich direkt gegenüber eine Tankstelle. Im Winter war es noch auszuhalten, aber im Sommer nahm einem der Benzingestank die Luft.

»Wir wollten die Wohnung seit fünf Jahren tauschen«,

berichtete Lena. »Niemand wollte sie haben. Das konnte man auch verstehen. Bei dem Lärm! Und dann plötzlich dieser Glücksfall! Ein Zimmer in zentraler Lage, ruhig, fünfte Etage mit Fahrstuhl. Alle Geschäfte in der Nähe. Und dass es eine Gemeinschaftswohnung ist, gefällt mir sogar! Ich hatte noch nie so eine Freundin wie dich, Anna!«

Gegen 15.00 Uhr nachmittags war ich in der Uliza Iljuschina. Schon die Anfahrt war äußerst kompliziert. Zuerst nahm ich den Leningrader Prospekt bis zum Dynamostadion, dann musste ich bis zum Ende der Planetnaja Uliza fahren, danach nach links abbiegen. Als ich die enge Straße endlich erreicht hatte, wo sich hässliche fünfgeschossige Plattenbauten drängten, steckte ich den Kopf aus dem Wagenfenster und fragte die Jungen, die rauchend an einer alten Eiche standen: »Wo ist hier die Tankstelle?«

Ich hätte wohl besser nach der Straßenbahnhaltestelle fragen sollen, denn in den vierzig Jahren , die seit 1960 vergangen waren, konnte die Tankstelle längst verschwunden sein. Aber einer der Halbstarken antwortete höflich: »Am Ende der Straße. Links fährt die Straßenbahn, und rechts ist die Tankstelle.«

Froh darüber, dass man diesen Teil Moskaus noch nicht völlig auf den Kopf gestellt hatte, fuhr ich in die angegebene Richtung und hielt vor einem Fünfgeschosser aus hellem Backstein. Das Haus sah besser aus als die Plattenbauten ringsum, war aber in der Tat äußerst ungünstig gelegen. Die Semjonows mussten die neue Wohnung sehr nötig gehabt haben, als sie sich auf diesen Tausch einließen.

Ich parkte meinen Kleinwagen, betrat das Haus und klingelte an Wohnung Nr. 1 im Parterre. Große Hoffnung hatte ich nicht. Zu viel Zeit war seit jenem denkwürdigen

Jahr 1960 vergangen. Wer weiß, wie oft die Mieter hier inzwischen gewechselt hatten. Und um 15.00 Uhr nachmittags waren die meisten Leute ohnehin auf ihrer Arbeitsstelle.

Die Tür ging sofort auf. Es roch nach dem Leben fremder Leute. Hier wurde Fleisch gekocht, Wäsche gewaschen und eine Katze gehalten. Auch in unserer Wohnung leben zwei Katzen und ein Kater, aber das riecht man nicht schon auf der Schwelle. Vor mir stand eine junge, sehr füllige Frau. Ich gab ihr nicht mehr als dreißig Jahre, jedoch mindestens einhundert Kilogramm Gewicht.

»Zu wem wollen Sie?«, fragte sie und wischte sich die nassen Hände an der Schürze ab.

»Wohnt hier Familie Semjonow?«

»Ja, ich bin Frau Semjonowa.«

»Ich möchte Shanna sprechen.«

»Wen?«

»Shanna.«

»Die kenne ich nicht«, antwortete das junge Ding verwirrt.

»Wohnt Igor Semjonow hier?«, fragte ich hoffnungslos.

»Papa!«, rief da die Dicke, »komm mal her, hier will jemand zu dir.«

Ein ebenso runder, glatzköpfiger Mann in roter Turnhose oder Shorts steckte seinen Kopf in den Korridor.

»Was gibt's?«

»Sind Sie Igor Semjonow?«, fragte ich und konnte mich vor Freude kaum fassen.

»Ja.«

»Shannas Mann?«

»Was?«

»Ihre Ehefrau heißt doch Shanna, oder?«

»Nein«, erklärte der Mann abweisend, »Alewtina Petrowna.«

Nun war ich völlig durcheinander. »Und Sie haben nie zusammen in einer Gemeinschaftswohnung mit Anna Michailowna gewohnt, der Leiterin eines Kinderheims? Und der Junge Kostja …«

»Ach so«, sagte der Mann verdutzt. »Darum geht es. Das ist doch ewig her! Shanna, das Luder, ist mir doch schon 1961 davongelaufen! Mit einem Oberst! Hat sich einen Geliebten zugelegt! Und wer sind Sie?«

»Ich muss dringend den Jungen finden«, log ich, was das Zeug hielt. »Jetzt ist er natürlich ein Mann, aber 1961 war er gerade ein Jahr alt. Sie wissen schon, den Anna Michailowna Ihnen anstelle von Kostja gebracht hat.«

»Sie meinen Andrej?«, fragte Semjonow begriffsstutzig und kratzte sich unter der Achsel.

»So haben Sie ihn genannt?«, fragte ich erfreut.

Igor nickte.

»Sagen Sie mir doch bitte seine Adresse, wenn es irgend geht!«

Semjonow kratzte sich weiter, zuerst auf der Glatze, dann am Hinterkopf, dann im Genick...

»Ich habe sie nicht!«

»Was haben Sie nicht?«

»Die Adresse. Der Teufel weiß, wohin die gezogen sind. Mir haben sie es nicht gesagt.«

»Aber warum …«

»Na, darum!«, gab Semjonow böse zurück. Offenbar machte ihn die Erinnerung an diese alte Geschichte immer noch wütend. »Ich komme nach Hause, da liegt ein Zettel auf dem Tisch. ›Entschuldige, ich habe mich in einen anderen verliebt. Leb wohl, die Scheidung reiche ich ein.‹ Das war's. So ein Dreckstück! Den Fernseher hat sie mitgehen lassen, den Kühlschrank, Möbel und sogar die Gardinen. Ich musste alles neu anschaffen!«

»Wohin haben Sie denn die Alimente für das Kind geschickt? Erinnern Sie sich doch, bitte!«

»Nirgendwohin.«

»Aber …«

»Der Junge war nicht von mir! Er kam aus dem Heim!«

»Adoptivkinder sind leiblichen Nachkommen gleichgestellt. Sie waren nach dem Gesetz verpflichtet, für ihn Unterhalt zu zahlen!«

Igor fing wieder an, sich zu kratzen.

»Shanna hat keine Alimente eingeklagt, und ich hab sie ihr nicht aufgedrängt. Ihr neuer Kerl hatte Geld, ein Oberst. Als wir uns bei der Scheidung vor Gericht trafen, hätte ich sie beinahe nicht wiedererkannt! Karakulmantel, lederne Handtasche, frisch frisiert – eine echte Dame. Und was die dem Gericht alles vorgelogen hat! Ich hätte gesoffen, sie geschlagen und das Kind hungern lassen! Na, wissen Sie! Vielleicht hat sie ein paarmal was abgekriegt, aber da gab es immer einen Grund! Als Hausfrau taugte sie überhaupt nichts! Mein Lohn ging immer im Handumdrehen drauf für neue Kleider, Schuhe und solchen Kram, nur zu essen gab es wenig. Was eine richtige Familie ist, habe ich erst erfahren, als ich Alewtina geheiratet habe. Ein Glück, dass Shanna von selber abgehauen ist. Ich hätte sie sowieso irgendwann rausgeworfen.«

Plötzlich hörte er auf, sich die Brust zu kratzen, und fragte: »Wozu wollen Sie das eigentlich alles wissen?«

»Ich bin Andrejs Schwester. Ich möchte ihn so gern wiederfinden! Immerhin sind wir verwandt!«

Jetzt blitzte in Semjonows Augen Interesse auf. »Und seine richtige Mutter lebt auch noch?«

»Ja«, erklärte ich und nickte heftig mit dem Kopf. »Sie leidet sehr darunter, dass sie nichts von ihrem Sohn weiß. Sie möchte ihn wiedersehen, bevor sie aus dem Leben scheidet.«

Igors Gesicht verzog sich zu einem breiten Grinsen. Offenbar wurde ihm jetzt klar, wie unangenehm seiner Ex-Frau ein Besuch von Andrejs leiblicher Mutter sein musste. Nun war er bereit, mir weiterzuhelfen.

»Also gut! Geh in die vierte Etage, die Wohnung genau über uns«, empfahl er mir. »Dort wohnt Karina, die weiß bestimmt, wo man Shanna jetzt finden kann.«

»Wieso?«

»Weil sie genauso ein Dreckstück ist!«, blaffte Semjonow unerwartet böse. »Geh nur zu ihr! Wenn jemand was weiß, dann sie! Sie war Shannas beste Freundin. Sie hat ihr die Wohnung für Rendezvous mit diesem Oberst überlassen, die Nutte!« Und er begann sich wieder heftig zu kratzen, jetzt im Genick.

Dies musste mein Glückstag sein. Karina, eine nette Dame von etwa 65 Jahren, saß friedlich vor dem Fernseher und schaute eine Telenovela. Wahrscheinlich hörte sie schlecht, denn obwohl ihre Wohnungstür fest verschlossen war, schallte der leidenschaftliche Dialog der mexikanischen Helden bis ins Treppenhaus.

Ich drückte auf den Klingelknopf und ließ es lange läuten. Die Tür öffnete sich sofort. Mit den Worten: »Bist du wieder aus dem Hort abgehauen?« erschien Karina auf der Schwelle, eine rundliche, ältere Frau im Morgenrock.

Als sie meiner ansichtig wurde, lächelte sie freundlich und flötete: »Oh, entschuldigen Sie bitte, ich dachte, mein Enkel schwänzt wieder die Schule. Er soll in den Hort gehen, damit er seine Hausaufgaben ordentlich macht. Aber wenn die Aufsicht ihn nicht ständig im Auge hat, reißt er aus und sucht bei seiner Großmutter Unterschlupf. Wollen Sie zu mir?«

»Karina …«

»Jewgenjewna«, fügte die Dame ihren Vatersnamen hinzu. »Worum geht es?«

»Ich hoffe, dies ist für Sie kein unangenehmer Besuch ...«

Die Frau blickte mich erschrocken an. »Ist meinem Sohn Ljowa was passiert? Ein Autounfall?«

Als ich sah, wie ihr eben noch so freundliches Gesicht leichenblass wurde, sagte ich rasch: »Nein, nein, es geht um Shanna Semjonowa, Ihre Freundin, können Sie sich an die erinnern?«

»Natürlich«, antwortete Karina und fand langsam ihr Gleichgewicht wieder. »Bis zu einem bestimmten Zeitpunkt waren wir in der Tat eng befreundet. Und wer sind Sie?«

»Shanna hat einen Jungen adoptiert ...«

»Was Sie nicht sagen!«, kam es erstaunt von Karina. »Wann soll denn das gewesen sein? Sie hatte doch nur ein Kind: Andrej.«

»Um den geht es. Andrej ist aus dem Heim zu der Familie gekommen.«

»Na, wissen Sie!«, sagte Karina und schüttelte den Kopf. »Bringen Sie da nicht etwas durcheinander? Wir standen uns damals sehr nahe, waren fast wie Schwestern. Aber sie hat nie auch nur mit einem Wort erwähnt, dass Andrej nicht ihr leibliches Kind ist. Also, wenn Sie die Schuhe ausziehen, können Sie hereinkommen.«

Unter den wachsamen Blicken der Hausherrin zog ich meine Turnschuhe aus, erhielt peinlich saubere Badepantoffeln der Schuhgröße 43 und schlurfte damit Karina hinterher. Sie führte mich in eine vor Sauberkeit blitzende Küche und fragte: »Kaffee?«

»Lieber Tee.«

Plötzlich war da ein riesiger rothaariger Kater. Er sprang auf den Tisch und rieb seine schnurrbärtige Schnauze an meinem Kinn.

»Jagen Sie ihn weg, den Frechling«, sagte Karina. »Gleich springt er Ihnen an die Brust und lässt sein halbes Fell auf Ihrem Pullover zurück. Weg mit dir, Marquis!«

»Das macht doch nichts, ich habe auch drei Katzen zu Hause.«

»Soso, Sie sind eine Katzenfreundin«, sagte Karina erfreut und setzte mir eine blaue Tasse mit dünnem Tee vor. »Dann soll er meinetwegen sitzen bleiben. Er lässt sich gern streicheln. Und was wollen Sie von Shanna?«

»Ich bin die Schwester ihres Adoptivsohnes Andrej. Die Semjonows wollten damals nicht zwei Kinder haben. So sind mein Bruder und ich getrennt worden. Wir sind Zwillinge«, log ich frisch drauflos. »Mir geht es gut, aber ich möchte meinen Bruder wiedersehen …«

»Verstehe«, sagte Karina und nickte.

Von ihrer Freundlichkeit beflügelt, redete ich weiter: »Ich habe Igor Semjonow aufgesucht, der unten im Parterre wohnt. Ein ziemlich grober Kerl. Er hat mich zu Ihnen geschickt.«

»Ja, wohlerzogen ist Igor Semjonow nicht gerade«, pflichtete mir Karina bei und presste die Lippen zusammen. »Sie können sich nicht vorstellen, was er angestellt hat, als Shanna ihm davongelaufen war! Er hat meine Tür eingetreten! Er wollte mich verprügeln, der Unhold! Bis heute bin ich froh darüber, dass ich Shanna damals geholfen habe. Ich war gerade fünfundzwanzig, als die Semjonows hier einzogen. Ich war die erste Nachbarin, der sie begegnet sind.«

Karina arbeitete damals nicht, weil ihre Tochter noch kein Jahr alt war. Das ganze Leben richtete sich nach dem Kind – füttern, spazieren gehen, schlafen, füttern … Sie kam gerade mit ihrem karierten Kinderwagen aus DDR-Produktion von einem solchen Spaziergang zurück, als sie sah, dass von einem Lastwagen vor dem Haus Sachen abgeladen wurden. Das mussten die neuen Nachbarn im Parterre sein; Karina blieb stehen. Sie wollte unbedingt wissen, welche Dummköpfe sich auf diese Wohnung eingelassen hatten. Lena Jefimowa, die vorher dort wohnte, hatte mehrfach von der Hygieneinspektion gefordert, die Räume im Parterre für unbewohnbar zu erklären. Als sich herausstellte, dass sie auf diesem Wege keine neue Wohnung bekommen würde, hatte sie lange nach Tauschpartnern gesucht.

Karina betrachtete die einfachen Möbel, die Kleiderbündel und einen Kinderwagen, der ihrem aufs Haar glich. Eine junge Frau schleppte schwere Blumentöpfe ins Haus. Plötzlich erklang aus dem Kinderwagen der neuen Nachbarn ein kräftiges Stimmchen. Karina griff mechanisch zu und begann das fremde Kind zu schaukeln. Da kam auch schon die aufgeregte Mutter gelaufen und rief: »Haben Sie vielen Dank!«

»Keine Ursache«, erwiderte Karina lächelnd.

So begann ihre Freundschaft. Junge Mütter ohne Großmütter oder Kinderfrauen wissen, wie schwer es ist, allein ein Kind großzuziehen, wenn man von keiner Seite Hilfe erwarten kann. Selbst in den Supermarkt müssen sie den Säugling mitschleppen, denn sie können ihn ja nicht allein lassen. Shanna wohnte im Parterre und Karina in der vierten Etage. Das Haus war ohne Aufzug, und die arme Karina hatte den schweren Kinderwagen ständig hinauf und hinunter zu schleppen. Das erforderte eine besondere Logistik. Zuerst trug Karina den Wagen hinunter und ließ ihn am Eingang stehen. Dann rannte sie, so schnell sie konnte, nach oben, packte die in eine Decke gehüllte, Zeter und Mordio schreiende Swetlana und sauste mit ihr wieder hinunter, immer in Sorge, das schwitzende Kind könnte sich erkälten oder der Kinderwagen gestohlen werden. Wenn sie dann von ihrem Spaziergang zurückkehrte, folgte das Gleiche in umgekehrter Reihenfolge. Wenn ihr Mann zur Arbeit war, hatte Karina keinen Augenblick Ruhe. Swetlana brüllte zu jeder Tages- und

Nachtzeit. Auch wenn sie satt war, schlief sie nicht wie andere Kinder.

Als Shanna auftauchte, löste sich so manches Problem. Einkaufen gingen sie nun im Wechsel. Die eine besorgte, was beide brauchten, die andere hütete inzwischen die Kinder. Auch tagsüber verschafften sie sich ab und zu gegenseitig eine Pause. Karina konnte Swetlana bei Shanna lassen und sich ein Stündchen Schlaf gönnen. Abends war sie jetzt nicht mehr so erschöpft wie früher.

Bald gab es zwischen den beiden jungen Frauen keinerlei Geheimnisse mehr, zumindest glaubte das Karina. Shanna beklagte sich oft über Igor. Er hatte einen Hang zur Flasche und ging, wenn er betrunken war, mit den Fäusten auf sie los. Nachts kam Shanna einmal nur im Hemd und heulend vor Furcht zu Karina gelaufen. Valeri, Karinas Mann, musste den betrunkenen Kerl beruhigen. Außerdem verdiente Semjonow sehr wenig. Als Buchhalter in einem Betrieb bekam er nur 80 Rubel. Jeden Tag Punkt sieben Uhr abends fiel er zu Hause ein und ließ sich auf der Couch vor dem Fernseher nieder. Es kam ihm gar nicht in den Sinn, der müden und erschöpften Shanna im Haushalt zu helfen. Und wenn nicht sofort ein warmes Abendessen auf dem Tisch stand, dann brüllte er sie an: »Sitzt den ganzen Tag zu Hause rum, rührt keinen Finger, und ich kann mich auf der Arbeit abrackern!« Auf den schüchternen Einwand der Frau: »Ich habe kein Geld mehr!«, legte er erst richtig los: »Andere kommen mit viel weniger aus! Du bist einfach eine schlampige Hausfrau! Gibst meine schwer verdienten Rubel für Firlefanz aus! Was musstest du schon wieder Strümpfe kaufen?!«

»Die alten sind kaputt!«

»Dann stopfe sie!«, gab Igor böse zurück. »Oder bist du dir zu fein dafür?«

Für Andrej zeigte er keinerlei Interesse. Der Kleine

konnte sich das Herz aus dem Leibe schreien, Igor dachte gar nicht daran, aufzustehen und dem Kind den Schnuller wieder in den Mund zu stecken.

Je genauer Karina den Mann ihrer Freundin kennenlernte, desto mehr schätzte sie ihren Valeri, der drei verschiedene Arbeitsstellen hatte, keinen Tropfen Alkohol trank und das Familienleben liebte.

Als Shanna wieder einmal, in Tränen aufgelöst, bei ihr auftauchte, fuhr sie sie an: »Lass dich doch endlich von dem Kerl scheiden! Tausch die Wohnung, und dann hast du deine Ruhe.«

»Ich kann nicht allein für das Kind sorgen«, klagte Shanna. »Ich hab doch nichts gelernt! Soll ich vielleicht putzen gehen?«

Karina dachte bei sich, es wäre immer noch besser, mit Eimer und Lappen zu hantieren, als mit einem Mann wie Igor zusammenzuleben. Aber sie sagte nichts.

Dann hatte Shanna plötzlich einen Liebhaber. Wo sie den kennengelernt hatte, wusste Karina nicht. Eines Tages bat Shanna: »Karina, kann ich Andrej für zwei Stunden bei dir lassen?«

»Willst du einkaufen?«, fragte die Nachbarin.

»Nein«, erklärte ihr Shanna. »Ich gehe mit einem Mann ins Kino. Stell mir aber bitte keine Fragen, ja?«

Etwa ein halbes Jahr lang reichte Karina den Verliebten die helfende Hand, indem sie sich um den Jungen kümmerte, wenn es nötig war. Im Mai 1961 flatterte Shanna einmal überglücklich bei ihr herein und legte los: »So, jetzt ist es so weit! Ich verlasse Igor! Soll er doch sehen, wie er allein zurechtkommt, der blöde Kerl!«

»Wo willst du denn hin?«, fragte Karina erschrocken.

Nun konnte die Freundin nicht mehr an sich halten. Es sprudelte nur so aus ihr heraus. Der Neue sei ein wunderbarer Mann, ein Oberst, zärtlich und großzügig. Zwar

war er fünfzehn Jahre älter als sie, aber so vereinigte er die Leidenschaft des Liebhabers mit der Fürsorge des Vaters. Er war noch nie verheiratet gewesen. Bisher hatte er nur ein Zimmer in einer Gemeinschaftswohnung im Zentrum, dafür aber ein ausgezeichnetes Gehalt und Sonderversorgung. Er vergötterte Shanna, hatte ihr Herz und Hand angeboten. Andrej behandelte er, als sei er sein leiblicher Vater.

»Ich gehe auf der Stelle!«, erklärte Shanna. »Gleich wird der Wagen da sein. Dieser Semjonow mit seinen 80 Rubeln Lohn kann mir gestohlen bleiben!«

Karina vermochte gar nichts zu erwidern, denn die Freundin legte ihr einen Zettel mit der neuen Adresse auf den Tisch, versprach, sie unbedingt anzurufen, und war auch schon verschwunden.

Einen Monat später meldete sie sich tatsächlich und lud Karina zu sich ein. Aber da wurde Swetlana krank … Als Karina Shanna wieder anrief, hatte die gerade die Maler im Haus. Nun zeigte sich, dass das zwischen den beiden keine wirkliche Freundschaft gewesen war, sondern ein gutnachbarliches Verhältnis, das endete, als Shanna wegzog. Eine Weile riefen sie einander noch an und redeten über banale Dinge. Karina wusste, dass Shannas neuer Mann Andrej adoptiert hatte.

»Sie haben ihm einen anderen Namen gegeben«, teilte Karina mit.

»Sie meinen, er trägt den Familiennamen des neuen Vaters?«, fragte ich.

»Nicht nur das, er hat jetzt auch einen anderen Vornamen.«

»Warum das?«, fragte ich verwundert. »Ist das überhaupt so ohne weiteres möglich?«

»Shanna sagte, es hätte keine Probleme gegeben«, erklärte Karina. »Ihr Mann habe gewollt, dass der Junge nach seinem Vater heißt. Aber Sie müssen schon entschuldigen, ich habe sowohl den Vor- als auch den Familiennamen vergessen. Ich glaube, er heißt jetzt Viktor oder Wassili …«

Völlig konfus drehte ich die Teetasse in meinen Händen. Die Sache wurde immer verwickelter.

»Aber vielleicht haben Sie noch ihre Adresse?«

»Eins hat mich das Leben gelehrt: Nichts wegwerfen!«, sagte Karina lächelnd, setzte sich die Brille auf und holte aus einer Schublade fünf zerschlissene Telefonbüchlein hervor.

Zehn Minuten lang blätterte sie darin, dann folgte ein freudiger Aufschrei.

»Malaja Bronnaja Nr. 19a, Wohnung 6. Die Telefonnummer steht nicht dabei. Hier ist alles kreuz und quer übereinandergeschrieben.«

In diesem Moment klingelte es an der Wohnungstür. Karina ging hinaus, ich folgte ihr. Ein rotschopfiger Junge stürzte herein und rief: »Oma, was gibt's bei dir zu essen?«

»Gleich geht's los, mein Junge«, antwortete sie und begleitete mich hinaus.

21. Kapitel

Draußen war heller Sonnenschein. Mit meinem Wägelchen fuhr ich in Richtung Zentrum. Es ging auf 19.00 Uhr. Malaja Bronnaja Nr. 19a, Wohnung 6 … Etwas an dieser Adresse kam mir bekannt vor. War ich etwa schon einmal dort gewesen? Als das riesige graue Gebäude auftauchte und ich neben einer kleinen Bäckerei eine Parklücke fand, fiel es mir wie Schuppen von den Augen. In diesem Haus hatte Wolodja Kostin in einer Gemeinschaftswohnung gehaust, bis die großen Wohnungen mit den vielen Zimmern einem reichen Neurussen ins Auge stachen. Dem lag sehr daran, das Haus so rasch wie möglich leer zu ziehen. Damals überredeten wir unsere Nachbarin aus der Einzimmerwohnung zu einem Ringtausch. Sie wechselte in eine hübsche Zweizimmerwohnung am Stadtrand, und Wolodja übernahm ihr Miniquartier auf unserem Treppenabsatz.

Kopfschüttelnd über diesen Zufall ging ich hinein, fuhr zur dritten Etage und stand vor einer mit weißem Leder beschlagenen großen Tür. Merkwürdig, auch Wolodja hatte in der dritten Etage gewohnt. Ich war allerdings nur zweimal bei ihm gewesen und konnte mich nicht genau erinnern. Meist kam er zu uns auf Besuch. Nein, ich musste mich irren, Wolodjas Zimmer hatte ganz oben gelegen, im fünften oder sechsten Stock.

Ich drückte auf den Klingelknopf. Hinter der Tür erklang ein Triumphmarsch, gefolgt von wütendem Gebell. Die Tür ging auf. Ein junger Staffordshire-Terrier stürzte heraus, der unserer Rachel täuschend ähnlich sah. Der Hund starrte mich an und knurrte drohend. Ganz automatisch legte ich meine Hand auf seinen großen, schön geformten Kopf, der auf einem muskulösen Hals saß, und murmelte: »Na, na, wer wird denn so böse sein. Sag mir lieber, ob jemand zu Hause ist. Oder kannst du das Türschloss ganz allein öffnen?«

Der Staff erstarrte, begann dann mit dem Schwanz zu wedeln und seine braune feuchte Schnauze an meine Hand zu drücken. Er wollte eindeutig gestreichelt werden.

»Das ist ja toll!«, ertönte da eine hohe, aufgeregte Stimme.

Als ich den Blick von dem Hund hob, sah ich ein hübsches schlankes Mädchen in engen Jeans und kurzem T-Shirt vor mir stehen.

»Sie haben gar keine Angst vor Lord?«

»Nein«, sagte ich lächelnd, »vielleicht ist das sogar ein Fehler. Ich habe den gleichen Hund, besser gesagt, eine Hündin, sie heißt Rachel.«

»Sie sind die Erste, die bei seinem Anblick nicht kreischend auf die nächste Etage flüchtet«, sagte die Besitzerin lachend. »Zu wem möchten Sie? Oder haben Sie etwas zu verkaufen? Ich nehme es Ihnen ab, wenn Lord Sie schon so freundlich begrüßt!«

Ich biss mir ärgerlich auf die Lippen. Wahrscheinlich musste ich mein Äußeres wirklich ändern, damit man mich nicht dauernd für eine Bettlerin oder Hausiererin hielt.

»Danke für Ihre Hilfsbereitschaft, aber ich suche eine Frau mit Vornamen Shanna. Sie könnte Ihre Mutter sein.«

»Das ist sie leider nicht«, sagte Lords Frauchen immer noch lächelnd. »Meine Mutter heißt Jekaterina Pawlowna und lebt in St. Petersburg.«

So leicht ließ ich mich nicht abschütteln. »Verzeihen Sie«, fuhr ich fort, »die Shanna, die ich suche, hat in dieser Wohnung gewohnt – mit Mann und Kind. Er ist ein Oberst …«

»Wir sind erst vor kurzem hier eingezogen«, erwiderte das Mädchen bedauernd. »Über frühere Mieter wissen wir leider gar nichts.«

»Das ist aber schade«, sagte ich seufzend. »Vielleicht weiß ja Ihr Mann, wohin Ihre Vorgänger umgezogen sind.«

»Wo denken Sie hin! Das hat alles eine Agentur erledigt. Wir haben die Wohnung erst besichtigt, als sie schon leer war.«

»Dann entschuldigen Sie bitte die Störung«, sagte ich bedrückt und wandte mich zum Fahrstuhl.

»Einen Moment, warten Sie!«, rief die junge Frau.

»Ja?«

»Ist es Ihnen mit dieser Shanna sehr wichtig?«

»Ich muss sie unbedingt finden! Doch meine Chancen stehen schlecht. Ich kenne nicht einmal ihren Familiennamen, nur diese Adresse. Ich dachte, sie wohnt noch hier. Aber es soll wohl nicht sein.«

»Seien Sie nicht traurig«, sagte die Besitzerin von Wohnung 6 mitfühlend.

Ich seufzte tief. »Sie können sich gar nicht vorstellen, wie wichtig das für mich ist!«

»Man soll nie aufgeben!«, verkündete das Mädchen in optimistischem Ton wie das Radio um sieben Uhr morgens. »Ausweglose Situationen gibt es nicht! Fragen Sie doch bei der Hausverwaltung nach. Heute ist dort zwar niemand, aber morgen Nachmittag von 15.00–20.00 Uhr ist das Büro geöffnet.«

»Was soll mir die Hausverwaltung denn sagen? Wo sie doch ausgezogen sind!«

Das Mädchen sah mich aufmerksam an. »Da haben Sie recht, aber erstens müsste im Hausbuch die Adresse vermerkt sein, wohin sie gezogen sind, und zweitens finden Sie dort den Familiennamen dieser Shanna. Nehmen Sie eine große Packung Pralinen mit und bitten Sie die Frau, in der Meldeliste nachzuschauen. Sie können ihr doch zum Beispiel erzählen, Sie seien eine Verwandte aus der Provinz, die sie besuchen wollte und stünden nun ohne neue Adresse da. Die Mitleidstour zieht in der Regel. Und wenn Sie noch etwas Süßes nachschieben … Ich habe damit fast immer Erfolg.«

»Vielen Dank«, sagte ich, schon wieder etwas besser gestimmt. »Es war sehr nett, Sie kennenzulernen.«

»Ganz meinerseits«, gab das Mädchen lächelnd zurück. »Ich mag Menschen, die Lord mag. Wenn Sie von Ihrem Hundefräulein einmal Junge haben möchten, dann kann ich Ihnen Lord anbieten. Er ist ein großer Meister in solchen Sachen. Das ist übrigens auch das Einzige, was er kann. Warten Sie, ich hole Ihnen meine Visitenkarte.«

Sie verschwand in der Wohnung. Ich lehnte mich an die Wand und streichelte Lord. Wie manchmal zwischen den Menschen Sympathie aufkommt …

»Hier, bitteschön«, sagte das Mädchen und trat zu mir auf den Treppenabsatz heraus. »Rufen Sie mich an. Wie heißen Sie eigentlich?«

»Tanja«, antwortete ich.

»Was mich betrifft, steht alles auf der Visitenkarte«, sagte sie lächelnd, ging wieder hinein und schloss die Tür.

Ich fuhr ins Parterre hinunter. Als ich bereits im Wagen saß, holte ich die Karte hervor und las verwundert die kurzen Angaben , die in goldenen Lettern darauf gedruckt waren: Fedora Korostyljewa, Direktor, Detektei »Sherlock«.

Das erstaunte mich wirklich. Wer hätte gedacht, dass ein so junges Ding Privatdetektivin war und sogar eine eigene Firma hatte! Ob sie wohl Mitarbeiter brauchte? Bei der würde ich gern arbeiten. Sie gefiel mir über alle Maßen.

Am nächsten Morgen beschloss ich, einmal richtig auszuschlafen. Die Hausverwaltung war erst ab 15.00 Uhr zu sprechen, und auch das Wetter riss einen nicht gerade aus dem Bett. Es hatte sich stark abgekühlt. Aus grauen, schweren Wolken, die tief über Moskau hingen, tröpfelte ein widerwärtiger Nieselregen. Der Sommer ist vorüber, ehe er richtig angefangen hat. Bald werden wir wieder Wintersachen brauchen, dachte ich träge und wickelte mich noch einmal fest in die Bettdecke. Die dicke Mulja kam angekrochen und drückte sich an mich wie eine lebende Wärmflasche. Rachel schnaufte geräuschvoll in der Ecke, Ramik schlummerte noch im Sessel, die Katzen dachten gar nicht ans Aufstehen, und nur die ruhelose

Ada lief schon wieder auf dem Korridor hin und her und winselte ungeduldig. Beim Geklapper ihrer Krallen auf dem Parkett schlummerte ich friedlich wieder ein.

»He, Tanja«, erklang es plötzlich ganz nah an meinem Ohr. »Ich brauche Geld.«

Erschrocken fuhr ich hoch. Mulja rollte dabei auf den Fußboden und schnaufte empört. An meinem Bett stand Lisa.

»Lisa«, fragte ich streng, »wieso bist du nicht in der Schule? Bist du krank? Und wozu brauchst du Geld? Übrigens, das Pausenbrot ist bezahlt, und eine Metrokarte hast du auch. Eigentlich brauchen Kinder in deinem Alter gar kein Geld!«

Lisa brummte unzufrieden. »Tanja, du bist ja ein Megasaurier. Zu deiner Zeit hat man den Kindern vielleicht nicht mehr als fünf Kopeken in die Hand gedrückt, aber jetzt haben viele sogar Kreditkarten. Und außerdem – hast du daran gedacht, dass wir morgen Xenia aus der Klinik holen müssen?«

»Nein«, antwortete ich erschrocken. »Warum denn schon morgen? Sie hat doch gerade erst entbunden!«

»Das geht jetzt schnell«, teilte mir Lisa altklug mit. »Hast du die Sachen für das Baby gekauft?«

»Nein«, murmelte ich schuldbewusst. »Das habe ich glatt vergessen.«

»Das dachte ich mir«, sagte Lisa und seufzte schicksalsergeben. »Aber Xenia kann das arme Würmchen ja nicht in ein Handtuch wickeln! Wir brauchen ein Bett, einen Kinderwagen, Fläschchen, Nuckel, mit einem Wort, einen Haufen Sachen. Und wo soll Xenia überhaupt wohnen? Wenn sie sofort in Wolodjas Wohnung einzieht, müssen wir vorher dort saubermachen. Du weißt doch, wie es bei unserem Major aussieht! Wann kommt er überhaupt von seiner Dienstreise zurück?«

»Nicht so bald«, murmelte ich und zog mir den Morgenrock über.

»Wenn du mir Geld gibst, dann fahre ich ins Kinderkaufhaus und erledige alles«, erklärte Lisa sachlich.

»Nicht so schnell!« Ich musste das Zepter wieder in die Hand bekommen. »Das machen wir gemeinsam. Aber zuerst schauen wir uns bei Wolodja um.«

Wir nahmen die Schlüssel und öffneten die Wohnung des Majors. Schon in der Diele fanden wir einen von Kippen überquellenden Aschenbecher, einen zweiten in seinem Wohnraum und einen dritten auf dem Spülkasten in der Toilette. Nachdem wir die Kippen entsorgt und die Aschenbecher sorgfältig ausgewaschen hatten, schaute ich mich deprimiert in Wolodjas Wohnhöhle um. Der Major war selten zu Hause gewesen und hatte auf Komfort überhaupt keinen Wert gelegt. Gardinen gab es bei ihm nicht. Alle Versuche, die Katja und ich in dieser Richtung unternommen hatten, waren stets an seinem Widerstand gescheitert. »Wenn es im Zimmer finster ist, kann ich den Wecker nicht sehen«, war stets seine Antwort gewesen.

Auch einen Teppich lehnte er ab, denn den hätte er ja regelmäßig saugen müssen, wie er erklärte.

Wolodjas Wohnung war nie besonders gemütlich gewesen, jetzt aber empfand ich sie als einen verlassenen Ort des Unglücks. Sie war wie ein Hund, der in der Menge sein Herrchen verloren hat. Lisa musste es ähnlich gehen, denn sie flüsterte mir zu: »Ich denke, Xenia sollte erst einmal bei uns wohnen. Hier kann sie immer noch einziehen, wenn Wolodja wieder da ist.«

Ich nickte erleichtert, und wir gingen schnell zu uns zurück. Bevor wir uns aber ins Kinderkaufhaus auf den Weg machten, musste ich prüfen, was noch an Bargeld vorhanden war. Ich bewahre es in einem orangefarbenen Plastikköfferchen von der Größe einer Keksschachtel auf. Er war einmal die Verpackung eines Neujahrsgeschenks gewesen. Auf dem Deckel prangte die Zahl 1997 und die Aufschrift »Prosit Neujahr!«. Meine Barschaft betrug noch 6000 Rubel. Ich nahm vier Fünfhundertrubelscheine heraus. 2000 mussten eigentlich ausreichen, um alles Notwendige für den neuen Erdenbürger zu erwerben. Zwar hatte ich noch nie Kindersachen gekauft, aber ein paar Windeln und eine Bettdecke konnten doch nicht die Welt kosten.

Kaum waren wir im Kinderkaufhaus angekommen, da stürzte Lisa schon zum ersten Ladentisch. »Schau mal, die süßen Häschen!«

Das konnte ja heiter werden. Lisa war in den letzten drei Monaten stark gewachsen und hatte sich zu einem hübschen jungen Mädchen gemausert. Ich reichte ihr kaum noch bis zur Schulter. Sie trägt Jeans, die zwei Nummern größer sind als meine, und Turnschuhe Größe 40. Die Jungen drehen sich schon nach ihr um, aber sie scheint das nicht zu bemerken. In ihr steckt noch immer die Seele einer Siebenjährigen, die über ein hübsches Spielzeug außer sich geraten kann.

»Und der Teddy dort, der rosafarbene«, quietschte Lisa vor Vergnügen, »komm, den kaufen wir für den Kleinen!«

»Erst einmal alles Notwendige«, erklärte ich kategorisch, um ihren Eifer zu dämpfen. »Dann sehen wir weiter.«

In der zweiten Etage traten wir an einen langen Ladentisch. Beim Anblick all der hellblauen, gelben, grünen und rosafarbenen Sachen gingen mir fast die Augen über. Probleme beim Kauf der Ausstattung für den Kleinen waren hier nicht zu erwarten.

»Was darf ich Ihnen zeigen?«, fragte eine Verkäuferin höflich.

»Einen Moment«, antwortete ich und zückte meine Liste. »Also: eine Wolldecke.«

»Für einen Jungen«, warf Lisa ein, »die beste, die Sie haben! Es soll ein Geschenk für ein Neugeborenes sein!«

Die Verkäuferin nickte verständnisvoll und legte gleich mehrere flauschige Decken vor uns aus. Zwei wiesen Lisa und ich sofort zurück. Die erste, weil sie zu hundert Prozent aus Synthetik bestand, die allerdings Wolle täuschend ähnlich sah. Und die zweite, weil sie uns nicht warm genug erschien. Dafür war die letzte genau richtig – dick, weich, hellblau und mit einer Kante, auf der weiße Häschen und Bären herumhüpften.

»Die nehmen wir!«, bestimmte Lisa.

»Eine gute Wahl«, lobte die Verkäuferin.

Dann wühlten wir voller Begeisterung in einem ganzen Berg von Stramplern, Jäckchen und Mützchen. Nie hätte ich gedacht, dass allein schon das Betrachten der niedlichen Dinge so viel Genuss bereiten könnte. Völlig erschöpft schoben wir schließlich der geduldigen Verkäuferin einen ganzen Berg von Sachen hin. »Das soll es sein.«

Sie zückte ihren Taschenrechner, und während sie eifrig tippte, sagte ich: »Wenn wir hier fertig sind, kommen das Bettchen und der Kinderwagen dran.«

»Und der rosafarbene Teddy!«, fügte Lisa hinzu.

»Na, meinetwegen«, willigte ich ein.

»7422 Rubel und 8 Kopeken«, verkündete die Verkäuferin freundlich lächelnd und hielt uns den Kassenbon hin. »Die Kasse ist dort drüben.«

»Wie viel?«, fragte ich verdattert zurück. »7422 Rubel? So viel?«

Lisa zupfte mich am Ärmel. »Gehen wir.« Langsam näherten wir uns der Kasse. Entsetzt starrte ich auf die Zahlen. Siebentausend! Vierhundert! Zweiundzwanzig Rubel!! Und acht Kopeken!!! Besonders nett fand ich die Kopeken.

»Was machen wir jetzt?«, fragte ich und schaute Lisa ratlos an.

»Wir probieren es noch mal in einer anderen Abteilung«, meinte die.

»Und der Kassenbon?«

»Den wirfst du weg!«

Das Papierchen mit der Furcht erregenden Summe steckte ich erst einmal in die Tasche. Nachdem wir eineinhalb Stunden durch alle Etagen des Kaufhauses gewandert waren, war klar, dass wir dort überhaupt nichts kaufen konnten. Das billigste Bettchen kostete 2000 Rubel, und einen Kinderwagen bekam man erst für 8000.

»Das ist ja der reine Wahnsinn«, murmelte Lisa und löste sich widerwillig von dem Regal mit den rosafarbenen Teddybären. »1500 Rubel für so ein Stofftier! Wer soll denn das bezahlen?« Als wir auf die Straße traten, sahen wir in der Unterführung, die zur Metrostation Kusnezki Most führt, eine Menschenmenge.

»Lass uns doch dort mal nachschauen«, schlug ich vor. Und ich sollte recht behalten.

Hier boten Händlerinnen mit kreischenden Stimmen alles Nötige zu gemäßigten Preisen feil. Die Decke, die wir schließlich kauften, war zwar nicht italienischer, sondern ukrainischer Produktion, von einem nicht sehr hübschen Rot und ohne Kante, die Windeln und Jäckchen kamen aus Belorussland. Sie waren einfach und unverziert, dafür ausschließlich aus Naturfasern hergestellt und kosteten nur Kopeken. So kamen wir schließlich insgesamt mit etwa 500 Rubeln aus, was auch nicht gerade wenig ist. Aber im Vergleich zu den 7000, die sie im Kaufhaus von uns haben wollten, war das fast geschenkt. Das beste Schnäppchen aber stand uns noch bevor. Neben einem

Zeitungskiosk stießen wir auf eine nette Frau mit einem etwa dreijährigen rotbäckigen Jungen. Sie hielt ein Schild hoch, auf dem stand: »Verkaufe umständehalber Kinderbett und Kinderwagen in Bestzustand oder tausche beides gegen Kinderliege.«

»Warum wollen Sie die Sachen denn verkaufen?«, fragte ich.

Die Frau schaute uns mitleidheischend an, wies auf den Kleinen und jammerte: »Er ist zu groß dafür und braucht eine Liege. Aber ich habe kein Geld, ich stehe ganz allein da.«

»Das Bett ist wohl schon alt?«

»Wo denken Sie hin! Es ist wie neu.«

»Und wo befindet es sich jetzt?«

»Kommen Sie mit!«, sagte die Frau erfreut.

Wir gingen zu einem alten, völlig durchgerosteten Lada Niwa, wo sie uns ein recht gut erhaltenes Bett mit sauberer Matratze und einen Kinderwagen zeigte.

»Das ist es«, sagte die Frau. »Ich heiße übrigens Valja, und das ist Pawlik. Ich habe noch eine Menge Sachen von ihm – ein Pelzmäntelchen, einen Winteranzug, Schuhe … Alles getragen, aber in sehr gutem Zustand. Sie können es kaufen oder eintauschen.«

Ich murmelte: »Unsere Kinderliege ist auch gebraucht, der Junge, der darauf geschlafen hat, ist inzwischen groß und musste eine Liege für Erwachsene haben. Wir wollten das kleine Ding nicht wegwerfen, aber jetzt steht es uns nur im Weg.«

»Na wunderbar!«, rief Valja erfreut. »Wenn es Ihnen recht ist, komme ich gleich mit!« Als ich nickte, sprang sie in ihren Niwa und ließ den Motor an. Knatternd und klappernd setzte sich das alte Ding in Bewegung.

»Pawlik!«, hörte ich sie rufen, »halt das Bett fest, sonst verlieren wir es noch. Bist du nun ein Mann oder nicht?«

Der dreijährige Pawlik schob sich den Lutscher tiefer in den Mund und umklammerte mit seinen winzigen Händchen angestrengt das Gitter des Kinderbetts. Das Letzte, was ich von ihm sah, als ich zu meinem Lada lief, waren sein blasses, konzentriertes Gesicht und der Stiel des Lutschers, der ihm aus dem Mundwinkel schaute.

22. Kapitel

Fedora hatte mich richtig informiert. Die Hausverwaltung war geöffnet. Sie hatte ihr Büro im Kellergeschoss. Tageslicht fiel in den Raum nur durch ein kleines Fenster unter der Decke. An den Wänden schlängelten sich Rohre verschiedenen Kalibers. Auch die Einrichtung war mehr als bescheiden: Ein alter, abgeschabter Schreibtisch voller Papiere, ein paar schiefe, zusammengewürfelte Stühle und ein vorsintflutliches Telefon mit Wählscheibe. Das Bild vervollständigte ein uralter Safe, der mit dunkelbrauner Ölfarbe gestrichen war. Zu dem Interieur passte die Frau, die hinter dem Schreibtisch thronte. Ihr Alter war kaum zu bestimmen. Nach der schlaffen, auseinanderfließenden Figur, den fettigen Haaren, die nachlässig zu einem Knoten zusammengesteckt waren, und der reichlich mit Pailletten besetzten dunkelgrauen Strickjacke musste sie über sechzig sein. Ihr Gesicht aber war glatt und ohne Fältchen. Ein Namensschild kündete davon, dass sie Marina Fedjajewa hieß.

Als ich eintrat, empfing sie mich mit den Worten: »Wenn Sie zur Mietabrechnung kommen – die Buchhalterin ist erst ab sieben hier. Wenn Sie wollen, dann lassen Sie Ihre Papiere da, wenn nicht …«

»Entschuldigung«, warf ich schüchtern ein und schob eine Bonbonniere mit der Aufschrift »Tretjakow-Galerie«

vorsichtig zwischen die Papiere auf den Schreibtisch. »Entschuldigen Sie, dass ich Sie von wichtiger Arbeit abhalte, aber mich führt eine etwas delikate Angelegenheit her …«

Die Hausverwalterin seufzte gelangweilt. »Sie haben seit Monaten keine Miete bezahlt und möchten, dass ich das als Restzahlung buche, nicht wahr? Um die Strafgebühren zu sparen! Meine Güte, alle wollen immer dasselbe! Geben Sie schon her!«

»Nein, nein«, murmelte ich und schob die Pralinen näher an sie heran. »Ich möchte etwas ganz anderes. Ich wohne auch nicht hier, bin nicht einmal Moskauerin. Ich bin gerade aus Norilsk angekommen.«

»Möchten Sie eine Wohnung mieten?«, riet Marina weiter. »Davon haben wir jede Menge. Wie viele Zimmer brauchen Sie?«

»Nein, auch das nicht.«

»Also, was wollen Sie dann?«

»Wissen Sie, in Wohnung Nr. 6 hat meine Tante Shanna gewohnt. Ich bin aus Norilsk gekommen, um sie zu besuchen. Aber jetzt wohnen da plötzlich andere Leute.«

»Na und?«

»Ich wollte Sie herzlich bitten, in Ihren Akten nachzusehen, wohin meine Verwandten verzogen sind.«

Marina Fedjajewa schaute erst auf mich, dann auf die Bonbonniere, erhob sich ächzend, schritt zum Safe und holte ein dickes Registrierbuch heraus.

»Eigentlich«, erklärte sie dabei, »haben jetzt schon alle elektronische Mieterausweise. Nur wir arbeiten noch nach der alten Methode. Mir ist das egal, ob nun Buch oder Ausweis! Aber das Einwohnermeldeamt denkt sich ständig was Neues aus, damit die Leute nur immer schön beschäftigt sind! Ich werd vielleicht das ganze Buch in Ausweise umschreiben! Als ob ich nichts anderes zu tun hätte! Wichtig ist doch, dass die Information erhalten bleibt. Also: Wo haben Ihre Leute gewohnt?«

»In Wohnung 6.«

Marinas dicker Finger mit einem quadratischen Nagel, von dem der rote Lack schon etwas abblätterte, glitt langsam über die Zeilen.

»Unser Haus war immer sehr begehrt«, redete sie dabei weiter. »Zentral gelegen, sehr große Wohnungen, aber alle gemeinschaftlich genutzt. Da kommt ein Neurusse und lässt die Wohnungen leer ziehen. Die Leute sind froh, dass sie endlich Einzelwohnungen bekommen. Vom Staat ist doch heute nichts mehr zu erwarten! Wenn sie allein wohnen können, gehen sie auch an den Stadtrand, wo sich Fuchs und Hase Gute Nacht sagen. Das ist natürlich nicht die Twerskaja, aber viele sind damit zufrieden. Frische Luft, kein Lärm, und einkaufen kann man heute überall. Wohnung Nr. 6 hat Korostylew für sich frei gemacht. Also: Sergej Sabawin und Olga Tugrikowa sind auf die Wologodskaja Uliza umgezogen, Wladimir Kostin zum Projesd Sokolowa, Konstantin und Anna Minajew mit ihrem dreijährigen Sohn Jewgeni nach Nowokossino …«

»Und Shanna?«, unterbrach ich sie aufgeregt. »Wo ist Shanna abgeblieben?«

»Shanna Kostina ist schon 1982 verstorben«, stellte Marina verdutzt fest. »Sie hatten wohl gar keinen Kontakt mehr mit ihr? Wo Sie jetzt nach achtzehn Jahren zu Besuch kommen?«

Mir schwankte der Boden unter den Füßen, ich hielt mich krampfhaft an dem Schreibtisch fest und murmelte: »Und ihre Familienangehörigen?«

»Also«, brummte Marina, »das haben wir gleich. Oh, das ist ja interessant!«

»Was?«

»Na das hier: Das Zimmer von zwanzig Quadratmetern hat Iwan Kostin 1954 zur Miete erhalten. 1961 hat er geheiratet und seine Frau Shanna Semjonowa mit deren Sohn Andrej Semjonow, geboren 1960, zu sich genommen. Der war also nicht von ihm. Im Dezember 1961 hat er den Jungen adoptiert. Aber der hat dabei nicht nur einen neuen Familiennamen, sondern auch einen neuen Vornamen bekommen. Aus Andrej Semjonow wurde Wladimir Kostin. Vielleicht weiß der Betroffene von der ganzen Geschichte gar nichts.«

»Aber Wladimir oder Wolodja Kostins Geburtstag ist am 1. Oktober«, warf ich völlig verdattert ein, »und der des kleinen Semjonow war am 29. September!«

»Sehr richtig«, bestätigte die Hausverwalterin und wunderte sich überhaupt nicht, wieso ich so detailliert informiert war.

»Warum sie das wohl getan haben?«, fragte ich, immer noch völlig perplex von dieser überraschenden Wendung. »Den Namen kann man ja ändern, aber weshalb auch den Geburtstag?«

Marina schaute eine Weile nachdenklich in ihr dickes Buch. Dann verzog sich ihr Gesicht zu einem Lächeln. »Ist doch klar: Iwan Kostin, Shannas Mann, ist auch am 29. September geboren. Wahrscheinlich wollte er nicht gemeinsam mit seinem Sohn Geburtstag feiern.«

Mir brummte der Schädel von so vielen unerwarteten Neuigkeiten. Ich kletterte aus dem Kellerbüro auf die Straße und ging, tief in Gedanken versunken, zum nächsten McDonalds.

Derartige Etablissements suche ich selten auf. Erstens tut mir das Geld leid. Zweitens hat meine Mama mir von klein auf beigebracht, dass alles, was man nicht zu Hause kocht, mit schmutzigen Händen und aus überlagerten Lebensmitteln hergestellt wird. Meine Muter ist allerdings bereits 1990 verstorben und hat die modernen

Ketten wie McDonalds oder Pizza Hut nicht mehr kennengelernt. Und zu ihren Lebzeiten konnte es in der Tat riskant sein, auf der Straße einen Imbiss zu kaufen. Mich hat immer gewundert, dass es auf den Straßen Moskaus damals so wenige streunende Hunde und Katzen gab. Wohin mochten die verschwunden sein, und warum wurden überall so billige Piroggen mit Fleischfüllung angeboten?

Ich setzte mich an einen Tisch am Fenster und starrte auf den Cheeseburger in der weißen Serviette. Was wohl meine Mutter sagen würde, wenn sie mich jetzt hier sähe?

Also, Tanja, ermahnte ich mich selbst, du willst das Schreckliche einfach nicht wahrhaben.

Wolodja Kostin war also Lydia Saltykowas Sohn. Ich versuchte mir ins Gedächtnis zu rufen, was unser Freund über seine Kindheit erzählt hatte. Dieses Thema berührte er nur äußerst selten. Zumindest wussten Katja und ich, dass sein Vater Offizier gewesen und verstorben war, als er selbst sein siebentes Lebensjahr vollendete. Wolodjas Mutter war dem Vater gefolgt, als er die Juristische Fakultät absolviert und gerade seinen Dienst bei der Miliz angetreten hatte. Andere Verwandte, Onkel oder Tanten, hatte Wolodja Kostin nicht. Seine Eltern hatte er immer Vater und Mutter genannt. Wahrscheinlich wusste er nicht, dass er ein Adoptivkind gewesen war.

Plötzlich durchzuckte mich ein böser Gedanke. Sofja Repnina, das kokette, liederliche Weib, das Wolodja eine Zeitlang geliebt hatte, war in Wirklichkeit seine leibliche Schwester?

Nachdem ich fünfzehn Minuten lang vor dem vollen Tablett gesessen hatte, verließ ich das McDonalds, ohne den Cheeseburger, die Pommes und den Kakao auch nur probiert zu haben.

Als ich völlig erschöpft im Wagen saß, musste ich noch

denken: Ein Glück, dass die beiden tot sind und von dem Inzest nie etwas erfahren werden.

Meine Füße drückten mechanisch die Pedale, die Hand griff nach dem Schalthebel, aber mit meinen Gedanken war ich weit weg. Jetzt begriff ich, warum Wolodja und Sofja beide roten Kaviar so liebten und süßen Tee dazu tranken! Ein derart merkwürdiges Zusammentreffen bei so verschiedenen Menschen hätte mir von Anfang an auffallen müssen! Die beiden waren also Geschwister. Und Wolodja hatte sogar noch eine zweite Schwester, Vera. Auch seine leiblichen Eltern, die soviel Angst vor der Bluterkrankheit gehabt hatten, waren noch am Leben. Der Major war kerngesund gewesen und hatte fast das Alter von 40 Jahren erreicht, ohne je krank gewesen zu sein. Vielleicht sollte ich zu Lydia Saltykowa fahren und ihr von Wolodja erzählen?

Ich parkte den Wagen und ging, immer noch grübelnd, in die Wohnung hinauf. Dort fiel ich Lisa und Kira in die Hände, die mir viel zu erzählen hatten.

»Das Bettchen ist cool«, rief Lisa begeistert. »Nur an einer Stelle ist der Lack abgeblättert, aber man kann es ja streichen. Auch der Kinderwagen ist super! Sogar einen Autositz für Kleinkinder haben wir jetzt!«

»Meine Musiklehrerin hat mir eine Frage aufgegeben«, nörgelte Kira und versuchte mir sein Heft unter die Achsel zu schieben. »Wenn ich die nicht richtig beantworte, ist eine Vier fällig!

»Ich habe den Wagen erst mal bei Wolodja abgestellt«, fuhr Lisa eifrig fort. »Komm, schau ihn dir an!«

»Die Frage verstehe ich überhaupt nicht!«, jammerte Kira weiter. »Die ist hundsgemein …«

»Los, komm«, rief Lisa und zog mich am Arm.

»Schau doch mal drauf«, bettelte Kira.

Ich aber wurde meine düsteren Gedanken nicht los

und blaffte unfreundlich: »Waren die Hunde schon draußen?«

»Nein«, antworteten beide Kinder im Chor.

»Na, worauf wartet ihr also noch?«

»Aber der Kinderwagen ...«

»Ich trinke nur rasch einen Kaffee, dann gehen wir rüber!«

»Und was ist mit meiner Frage?«

»Ich werde doch wenigstens einmal durchatmen dürfen, bevor ich sie mir anschaue. Ach, lasst mich doch alle in Ruhe!«, rief ich plötzlich verzweifelt und spürte, wie mir die Tränen in die Augen stiegen. »Ihr geht mir auf die Nerven!«

»Du uns noch viel mehr!«, brüllte Kira zurück. »Eine Mutter, auch wenn sie nicht die richtige ist, muss ihren Kindern bei den Hausaufgaben helfen!«

Ich weiß nicht, was mehr auf mich wirkte – der Gedanke, dass Wolodja und Sofja verwandt waren, meine eigene Unfähigkeit, mit dieser Situation umzugehen, der Kauf gebrauchter Sachen für Xenias kleinen Sohn, der seinen Vater nie kennenlernen würde, oder die hässlichen Worte »nicht die richtige«, die Kira mir wütend entgegengeschleudert hatte ... Alles verschmolz zu einem dicken Knoten, der mir tief im Halse steckenblieb. Ich plumpste auf einen Küchenstuhl, ließ meinen Kopf auf die Arme sinken und heulte laut los wie ein Schlosshund.

Erschreckt stürzten die Kinder zu mir.

»Tanja!«, rief Kira erschrocken. »Du brauchst gar nichts zu machen! Gleich führe ich die Hunde aus.«

»Und ich spüle das Geschirr!«, erklärte Lisa.

»Soll ich dir schnell ein paar Bratkartoffeln machen?«, fragte Kira.

»Oder einen Tee?«, rief Lisa »Das dauert nur fünf Minuten.«

Ich hörte Geschirr klappern. Wenige Minuten später dampfte ein großes Glas Tee vor meiner Nase, und auf einem Teller lag eine Scheibe Brot mit duftender Konfitüre.

»Iss erst mal was«, rief Lisa geschäftig. »Wenn du willst, hole ich dir vom Prospekt ein Paket gefrostete Krabben und einen neuen Krimi von der Marinina!«

»Oder ein Glas Schwartau-Konfitüre und ein Schokoladeneis?«, fügte Kira hinzu.

Inzwischen hatte ich mich etwas beruhigt, wischte mir Augen und Nase mit einem Küchenhandtuch ab und schaute in ihre lieben, aufgeregten Gesichter. Was waren sie doch für gute Kinder! Alles, was ich mochte, war ihnen eingefallen.

»Krabben mit Konfitüre brauche ich nicht«, sagte ich. »Es ist alles in Ordnung, ich weiß selber nicht, warum ich hier rumheule.«

»Das sind die Wechseljahre«, meinte Lisa altklug. »Wenn der Hormonspiegel sich verändert, leidet eine Frau häufig an Stimmungsschwankungen!«

»Wo hast du denn das aufgeschnappt?«, fragte ich erstaunt. »Die Wechseljahre beginnen doch eigentlich erst ab fünfzig.«

»Sag das nicht«, dozierte Lisa weiter. »Ein frühes Klimakterium kann in jedem Alter einsetzen.«

»Wieso weißt du das alles?«

»Das haben wir in der Schule durchgenommen«, erklärte das Mädchen stolz.

»Das ist ja interessant! Und was habt ihr da noch behandelt?«

»Vieles – Aids, Kondome, Drogen und Sex in der Ehe.«

Ich kam aus dem Staunen nicht mehr heraus. Wie wohl meine Mutter reagiert hätte, wäre ihre Tochter mit Neuigkeiten über das Klimakterium, Kondome und Geschlechtskrankheiten aus der Schule gekommen?

»Was ist denn nun mit meiner Frage in Musik?«, warf Kira ein.

»Na, sag schon!«, willigte ich ein.

»Die Gitarre hat sieben, die Domra fünf und die Harfe auch fünf davon. Was ist das? Darüber zerbreche ich mir schon den ganzen Tag den Kopf.«

»Was heißt hier: davon?«

»Das ist ja gerade die Frage!«, brummte Kira. »Verstehst du denn nicht? Wovon hat die Gitarre sieben, die Domra fünf und die Harfe auch fünf Stück?«

Ich dachte nach. Das Einzige, das diese Instrumente gemeinsam hatten, waren die Saiten. Davon hat die Gitarre sechs, manchmal aber auch sieben. Die Domra dagegen hat nur drei. Irgendwann hat es auch eine Domra mit vier Saiten gegeben, die in Quinten gestimmt waren. Das Volksinstrument hat metallische Stege, einen Kopf mit Wirbeln, und das war's! Was die Harfe betrifft, die ich natürlich in- und auswendig kenne, so hat sie von 44 bis 47 Saiten. Die konnten in diesem Rätsel nicht gemeint sein. Nur, was dann? Da musste ich wohl das Musiklexikon zu Rate ziehen. Ich vertiefte mich in die Einzelheiten des Aufbaus von Gitarre, Domra und Harfe. Aber vergeblich. Eine Antwort auf die merkwürdige Frage fand ich nicht. Kira ließ alle Hoffnung fahren. »Wenn ich die nicht beantworte, kriege ich eine Vier! So gemein kann unsere Musiklehrerin sein!«

Ich weiß, dass der Musikunterricht in unseren Schulen zum Heulen ist. Bestenfalls singen die Kinder Lieder über Tanne und Häschen im Wald oder hören rührende Geschichten über Peter Tschaikowski. Mozart wird höchstens nebenbei erwähnt. Schlimmstenfalls läuft es so wie bei Kira. Seine Musiklehrerin, die betagte, halbblinde Natalja Michailowna redet mit ersterbender Stimme etwas über Noten und Intervalle. Schon in der ersten Bank kann man kaum noch etwas verstehen. Aber Natalja Michailowna ist ein gutmütiges Wesen. Als Einziges erwartet sie von ihren Schülern, dass die Ruhe halten. Was sie treiben, interessiert sie nicht, Hauptsache, es ist still in der Klasse. Während sie sich an der Tafel über die Tonleitern ergeht, erledigen die Schüler Hausaufgaben, lesen Bücher oder spielen »Schiffe versenken«. Beim ersten Klingeln verstummt Natalja Michailowna mitten im Satz und schlurft aus der Klasse. Bei ihr gibt es keine Hausaufgaben, keine Fragen an der Tafel und keine Kontrollarbeiten. Dafür erscheint im Klassenbuch auf geheimnisvolle Weise für alle Schüler die Bestnote Eins. Von Musik haben Kira und seine Freunde allerdings nicht den geringsten Schimmer.

»Hat sich denn Natalja Michailowna so verändert?«, fragte ich und griff nach dem Telefonbuch.

Kira verdrehte die Augen. »Die haben sie in Rente geschickt! Und jetzt ist so eine junge Verrückte bei uns aufgetaucht! Redet von Harmonie, Kakophonie, Oper … einfach zum Heulen! Heute haben wir in der Musikstunde irgendeinen Verdu gehört!«

»Der Mann heißt Verdi«, korrigierte ich und musste mir ein Lächeln verkneifen.

»Ist doch egal!«, rief Kira wütend. »Lesen kann man bei dem Getöse nicht, Matheaufgaben machen auch nicht. Auf volle Pulle hat sie diesen idiotischen Verdu aufgedreht … Und dann solche blöden Fragen. Dazu hat sie gekichert und gesagt: ›Kinder, das ist eine Aufgabe für Pfiffige!‹ Stolpern und den Hals brechen soll sie sich!«

»Na, mal langsam«, sagte ich. »Das haben wir gleich.«

»Und wie willst du das machen?«, frage Kira verständnislos.

Ich hatte schon gewählt. Im Telefonhörer erklang ein freundliches »Hallo?«

»Hallo, Ippolit Semjonowitsch«, sagte ich einschmeichelnd, »hier ist Tanja Romanowa, die Harfenistin.«

»Hallo, mein Kind!«, rief der Alte erfreut. »Von Ihnen habe ich ja lange nichts gehört! Wie geht es Ihnen? Und Ihrer Frau Mutter?«

Um ihn nicht unnötig zu betrüben, überhörte ich diese Floskeln und stellte sogleich meine Frage: »Ippolit Semjonowitsch, Sie sind der beste Fachmann für Saiteninstrumente, den ich kenne. Wissen Sie die Antwort auf folgende Frage …?«

Der alte Geigenbaumeister hörte aufmerksam zu und fragte dann vorsichtig zurück: »Die ist in der Schule gestellt worden? Ihrem Sohn?«

»Ja.«

»Ich glaube fast, es ist die Zahl der Buchstaben in den Namen der Instrumente gemeint. Urteilen Sie selbst: Die Gitarre hat sieben, die Domra fünf, wenn man sie nicht mit der Dombra verwechselt, und die Harfe auch fünf!«

Dass die Lösung des Problems so einfach sein sollte, wollte mir nicht in den Kopf. Daher fragte ich verdattert: »Halten Sie es für möglich, dass eine Lehrerin so eine Frage stellt?«

Ippolit Semjonowitsch seufzte ergeben. »Heute, meine Liebe, stellt man in der Schule gern Fragen für ›Pfiffige‹. Meine Enkelin studiert Theaterwissenschaft. Der haben sie das letzte Mal eine Fünf verpasst, weil sie eine Frage des Professors nicht beantworten konnte.«

»Und die lautete?«

Der Instrumentenbauer lachte.

»Hören Sie zu: 1544 wurde in Italien, in der Stadt Padua, ein Theater eröffnet, das bald in ganz Europa berühmt werden sollte. Es war ein ovaler Raum mit Zuschauerrängen. Und obwohl es bei jeder Vorstellung brechend voll war, wollte kein berühmter Künstler dort auftreten. Ganz im Gegenteil, alle versuchten, den Tag, an dem sie mit diesem Ort Bekanntschaft machen sollten, möglichst weit hinauszuschieben. Warum?«

Ich überlegte und murmelte dann unschlüssig: »Vielleicht hatten die Architekten gepfuscht, und es gab ein akustisches ›Loch‹ im Saal. Einen Ort, wo der Ton förmlich ›versackt‹. Das kommt manchmal vor. In Mailand musste so ein Theater geschlossen und ein neues gebaut werden.«

»Falsch!«, rief Ippolit Semjonowitsch und kicherte hämisch. »Aber solche Löcher gibt es tatsächlich. Ich rate zum Beispiel allen, im Bolschoi-Theater die zehnte Reihe zu meiden. Und der Kongresspalast im Kreml ist überhaupt ein einziges Loch. Also, was haben Sie noch auf Lager?«

»Es war ein Freilichttheater, es hat hineingeregnet oder -geschneit«, tippte ich.

Ippolit Semjonowitsch wurde immer vergnügter.

»Schnee in Italien! Eine merkwürdige Vorstellung! Und weiter fällt Ihnen nichts ein?«

»Ehrlich gesagt, nein.«

»Genau wie meiner Enkelin.«

»Und warum wollten die Sänger nun nicht auf diese Bühne?«

»Weil es ein anatomisches Theater war, meine Liebe!«

Das musste ich erst einmal verdauen. Dann fragte ich: »Sie meinen …?«

»Genau. In Padua wurde 1544 das erste anatomische Theater Europas eröffnet. Dort hat man öffentlich Leichen seziert.«

Nun konnte ich die berühmten italienischen Schauspieler und Sänger verstehen! In solch einem Stück hätte ich auch nicht die Hauptrolle spielen wollen.

23. Kapitel

Nachts wälzte ich mich wieder schlaflos im Bett und grübelte über meinen Fall nach. Ich wollte noch einmal die nette Fedora sprechen, die die Detektei »Sherlock« betrieb. Ihr Telefon war ständig besetzt, und ich kam wohl schneller mit ihr zusammen, wenn ich sie im Büro aufsuchte. Zuvor musste ich noch die Quarzlampe aus Wolodjas Wohnung holen. Gott weiß, warum er sich die einmal angeschafft hat. Aber jetzt konnte sie mir gute Dienste leisten, denn bevor Xenia aus der Klinik zurückkam, wollte ich ihr Zimmer in keimfreie Reinheit versetzen.

Als ich mit klapperndem Schlüsselbund in Wolodjas Diele trat, musste ich niesen. Es roch immer noch nach Zigaretten, genauer gesagt, es stank nach Kippen. Ich selber rauche selten und kann daher überquellende Aschenbecher nicht ertragen. Hatte ich nicht beim letzten Mal schon alle geleert? Offenbar nicht, denn in Wolodjas Wohnzimmer stand noch ein voller Aschenbecher mitten auf dem Tisch. Ich starrte auf die zerdrückten gelben Filter. Etwas daran kam mir merkwürdig vor, aber was?

Ich kippte den Inhalt des Aschenbechers in die Toilette, spülte, wusch den Aschenbecher sorgfältig aus, stellte ihn wieder auf den Tisch, nahm die Quarzlampe und ging.

Bei der Agentur »Sherlock« kam ich gegen elf Uhr an. Der Ort wirkte nicht sehr vertrauenerweckend. An der Tür zu einem riesigen sechsgeschossigen Bau in der Uliza Podlipowa verkündeten sechs Schilder: »Fenster nach Maß«, »Real«, »Eichentüren«, »Toto-Klub«, »Verband der Katzenfreunde« und »Gesellschaft der Vernunftbrüder«. Die Detektei »Sherlock« hatte ihr Büro ganz oben unter dem Dach. Nach der abgeschabten Tür zu urteilen, lief Fedoras Firma nicht gerade gut.

Auf mein Klopfen ertönte ein munteres »Herein!« Ich öffnete die Tür und blickte in ein Kämmerchen mit einem Kindertisch und zwei winzigen Stühlchen. Fedora, die am Fenster saß, hob den Kopf und rief erfreut aus: »Na, nun willst du wohl doch Hundenachwuchs haben!«

Ich bin nicht sehr gesellig und brauche, auch wenn ich freundlich wirke und schnell Kontakt bekomme, etwas länger, um mich wirklich mit jemandem anzufreunden. Ich kann mit jedem Fremden ein Gespräch anfangen, aber es muss ziemlich viel Zeit vergehen, bis ich mich in der Gegenwart eines Menschen völlig ungezwungen fühle und aufhöre, ständig idiotisch zu lächeln. Es gibt jedoch auch Ausnahmen, da die Sympathie plötzlich über mich kommt wie die erste Liebe. Das passierte mir mit Fedora.

Die sprang auf und bot mir sofort Tee an. »Magst du ceylonesischen?«, fragte sie. »Entschuldige, ich trinke keinen Instant-Kaffee. Ich finde, der schmeckt einfach scheußlich. Eigentlich wollte ich mir eine Espressomaschine zulegen, aber du siehst ja, wie wenig Platz hier ist. Entweder die Maschine, oder ich.«

»Ja, ein bisschen eng ist es schon. Hast du nichts Besseres gefunden?«

»Hier kann ich mir die Miete leisten. ›Sherlock‹ ist neu auf dem Markt und bisher nur wenig bekannt. Wenn es erst mal richtig läuft, dann werde ich mich auf der Twerskaja niederlassen. Vorläufig geht es auch hier.«

»Und wo sitzen deine Mitarbeiter?«

Fedora musste lachen. »Ich habe keine.«

»Wie das?«

»Im Moment arbeite ich noch als Ein-Mann-Betrieb.«

»Aber auf die Visitenkarte ›Direktorin‹ schreiben!«

»Das stimmt auch, ›Sherlock‹ gehört mir. Auf der Visitenkarte ist ja nicht angegeben, wie viele Mitarbeiter ich habe. Dass ich allein die Firma bin, muss ich ja nicht jedem auf die Nase binden. Das wird sich übrigens bald ändern.«

Über so viel Optimismus konnte ich nur staunen. Fedora goss Tee ein, schob mir eine Tasse hin und sagte dabei: »Ich bin sehr begabt, klug und findig. Im Moment arbeite ich an zwei Fällen, die mir bald eine hübsche Summe einbringen werden. Da wird Pljuschik aber staunen!«

»Wer ist Pljuschik?«

»Mein Göttergatte. Der leitet die Detektei ›Recherche‹. Mit eigenem Gebäude und einem Haufen Leute, darunter ich selbst. Das Ergebnis: Ich habe den Chef geheiratet. Aber kaum waren wir aus dem Standesamt heraus, da hat er mich entlassen! ›Bleib zu Hause, meine Liebe, und back Plinsen für mich.‹ Der Idiot! Dafür habe ich zwei linke Hände! Ich habe darauf bestanden, weiterzuarbeiten. Du wirst nicht glauben, was er gemacht hat.«

»Was denn?«

»Er hat dem Pförtner befohlen, mich nicht ins Büro zu lassen! Da war er bei mir an die Richtige geraten!«

»Und was hast du getan?«

»Ich habe meine Brillantohrringe verkauft. Die reißen sie einem sowieso eines Tages mitsamt den Ohren ab! Für das Geld habe ich meine eigene Agentur ›Sherlock‹ eröffnet. Anfangs hatte ich überhaupt nichts zu tun, aber jetzt arbeite ich schon an zwei Aufträgen. Pljuschik bleibt die Luft weg, wenn ich erst einmal mein Büro auf der Twerskaja eröffne! Und weshalb bist du hier? Falls ich deinen Mann beschatten soll, dann entschuldige. Das ist für mich uninteressant. Ich löse nur komplizierte Fälle!«

Ich trank den Tee aus und sagte: »Ich brauche deinen Rat. Was kostet eine Konsultation bei dir?«

Fedora musste lachen. »Ratschläge erteile ich gratis. Wenn ich richtig ermitteln soll, ist es etwas anderes. Was ist dein Problem?«

Ich seufzte tief auf und legte ihr, ohne Luft zu holen, meinen verwickelten Fall in allen Einzelheiten dar.

»Ja«, murmelte Fedora, »das klingt ja wie in einem Krimi. Ich glaube, du bist ganz richtig vorgegangen. Ich hätte es wohl nicht anders gemacht. Allerdings in einem Punkt ...«

»Ja?«

»Den Liebhaber dieser Repnina zu finden ist sicher sehr schwer, wo es so viele waren ... Aber wenn man die Sache nun von der anderen Seite betrachtet?«

»Ich verstehe nicht ...«

»Tatsächlich?« Fedora sprang von ihrem Stuhl auf. »Das liegt doch auf der Hand! Du gehst davon aus, dass der unbekannte Mörder, Sofjas Geliebter, seine Schuld auf Wolodja Kostin abwälzen will. Um das zu tun, muss er ihn doch kennen! Er musste irgendwie an Wolodjas Blut herankommen, es in der Wohnung verspritzen, es auf das Handtuch bringen ...«

»Unter Sofjas Fingernägeln hat man Hautpartikel von Wolodja gefunden! Und er selber hatte einen tiefen Kratzer im Gesicht!«

»Auch das spricht dafür, dass es sich um einen sehr guten Bekannten Wolodjas handeln muss.«

»Aber ...«

»Also«, warf Fedora ungeduldig ein, »jetzt sag mir klipp und klar: Hältst du ihn für den Mörder, oder nicht?«

»Natürlich nicht!«

»Dann musst du die Version von einem guten Bekannten Wolodjas auch akzeptieren. Und den Mörder nicht in Sofjas Umgebung, sondern unter Wolodjas Freunden suchen. Kennst du seine Kontakte?«

Ich zuckte die Schultern.

»Einige aus seinem Büro an der Petrowka schon, aber nicht alle. Und was seine Freundinnen betrifft, so haben

Katja und ich uns manchmal über sie lustig gemacht. Seitdem hat er uns nichts mehr über sie erzählt.«

»Ich glaube fast«, sagte Fedora nachdenklich, »die unglückliche Sofja musste nur dran glauben, um Wolodja hinter Gitter zu bringen.«

»Vielleicht hat es ja etwas mit den Fällen zu tun, an denen er gearbeitet hat.«

»Auch das kann man nicht ausschließen. Aber wie kommst du da ran?«

»Wenn Slawa endlich vom Dorf zurück ist, hilft er mir vielleicht.«

»Das schlag dir lieber aus dem Kopf!«

»Wieso?«, fragte ich hitzig. »Roshkow ist ein echter Freund. Er hat arrangiert, dass ich Wolodja in der Butyrka besuchen konnte!«

»Soso«, murmelte Fedora und zückte eine Packung »Sobranije«. »Willst du auch eine?«

Ich nickte und nahm mir eine von den grünen Zigaretten. Ein zartes Rauchwölkchen schlängelte sich zur Lüftungsklappe hinaus. Plötzlich schlug sich die Chefin der Detektei »Sherlock« mit der flachen Hand gegen die Stirn und rief: »Meine Güte, sind wir blöd!«

Vor Schreck hätte ich beinahe die glimmende Zigarette verschluckt.

»Wieso?«

»Du hast doch erzählt, dass der *Moskowski Komsomolez* einen Artikel über Kostin gebracht hat!«

»Stimmt. Ein abscheuliches Geschmiere unter dem Titel ›Der korrupte Bulle‹.«

»Und du sagst, der Ressortleiter wusste nicht, dass Wolodja bereits tot war?«

»Nein. Der widerliche Kerl hat sich auch noch darüber gefreut! Jetzt kann ihn ja keiner mehr verklagen!«

»Weißt du, was das bedeutet?«, fragte Fedora begeistert.

»Ehrlich gesagt, nein.«

Fedora fuhr sich aufgeregt durch das kurzgeschnittene Haar. »Na, du musst noch einiges lernen! Der Redakteur hat doch gesagt, den Artikel hätte ein freier Mitarbeiter geschrieben, nicht wahr?«

»Ja.«

»Dann müssen wir den finden und aus ihm herausholen, wer den Artikel bestellt und die nötigen Informationen geliefert hat. Ich wette eins zu hundert, dass das der Mörder ist! Oder einer, der ihm sehr nahesteht. Warum sagst du nichts?«

Ich starrte Fedora entgeistert an. So einfach war das! Warum war ich nicht selber darauf gekommen?

»Aber wie finden wir den?«

»Kein Problem. Du lässt dich bei der Redaktion anstellen.«

»Warum sollen die mich denn dort nehmen?«

»Na, du willst ja nicht gleich Chefredakteur werden!«, meinte Fedora kichernd, zückte ein dickes Telefonbuch und wählte eine Nummer. Ich schaute sie erwartungsvoll an.

»Hallo!«, zwitscherte sie los, »einen schönen guten Tag wünsche ich. Brauchen Sie vielleicht eine Putzfrau? Natürlich unversteuert, per Handschlag! Danke, ich bin gleich da!«

Mit kühnem Schwung warf sie das Telefonbuch auf den Schreibtisch und sagte im Kommandoton: »Ab mit dir zur Uliza 1905! Es ist ein hässliches graues Gebäude kurz vor der Uferstraße. Die brauchen jemand, der ihnen die Fußböden scheuert.«

Ich schaute auf die Uhr. Es war halb elf. Das konnte ich noch schaffen, bevor ich zu Xenia in die Klinik fuhr.

»He, nicht so schnell!«, rief Fedora, als ich schon fast zur Tür hinaus war.

»Was ist denn noch?«

»Ich expandiere bald und brauche Mitarbeiter. Möchtest du bei mir Abteilungsleiterin werden?«

»Oh, danke. Ich überleg es mir.«

»Aber nicht zu lange!«, sagte Fedora.

Ich lächelte und ging.

Ich bin eine sehr disziplinierte Autofahrerin, verletze keine Regeln, fahre nicht zu schnell und setze mich nicht betrunken ans Steuer. Daher war ich ziemlich verwundert, als mir ein dicker, rotgesichtiger Ordnungshüter kurz nach der Ausfahrt aus einem Straßentunnel mit seinem schwarzweißen Stab bedeutete, ich solle anhalten. Ich fuhr rechts ran, blieb stehen und kurbelte das Fenster herunter. Es regnete in Strömen. Wie bei Autofahrern üblich, hatte ich weder Schirm noch Regenmantel bei mir. Außerdem war ich schon für die Klinik zurechtgemacht. Eine Minute unter freiem Himmel, und ich würde aussehen wie eine gebadete Maus. Meine Haare sind sowieso eine einzige Katastrophe. Sie sind dünn, schnurgerade und stehen nach allen Seiten ab. Wenn ich sie nicht lange mit dem Föhn bearbeite, nachdem ich eine halbe Flasche Festiger daraufgekippt habe, sehe ich einfach schrecklich aus. Nein, bei diesem Wetter brachten mich keine zehn Pferde hinaus. Sollte doch der Kerl zu mir kommen.

Der aber dachte gar nicht daran und pfiff. Ich öffnete den Schlag.

»Was hocken Sie da drin?«, rief der Mann. »Ihre Papiere!«

»Aber es gießt doch so!«

»Na, aus Zucker werden Sie ja nicht sein!«, blaffte der Milizionär.

»Ich habe keinen Regenschirm und auch nicht so einen schönen Regenmantel mit Kapuze wie Sie. Können Sie nicht …«

»Ich stehe hier auf Posten!«, kam es zurück.

»Ach, seien Sie doch nicht so. Ich bin eine Frau und Sie vom starken Geschlecht! Sie haben Stiefel an den Füßen, und ich nur Sandalen.«

»Auf der Straße sind wir alle gleich!«, schnarrte der »Freund und Helfer«. »Her mit den Dokumenten! Wie lange soll ich noch warten?«

Mir blieb nichts anderes übrig, als mein gemütliches Wägelchen zu verlassen und durch eine riesige Pfütze zu dem Kerl zu waten. Auf der Straße hatte er das Sagen.

Der Verkehrsposten, von Kopf bis Fuß in Gummi gehüllt, studierte ausführlich meine Papiere. In seiner Montur wirkte er wie einer vom Ku-Klux-Klan. Der Regen störte ihn nicht. Ich dagegen, nach einer Minute völlig durchnässt, klapperte vor Kälte mit den Zähnen.

»Öffnen Sie den Kofferraum!«

»Wozu?«

»Mach auf, habe ich gesagt!«

Ich tat, wie mir geheißen.

»Wo ist das Warndreieck?«

»Hier.«

»Und der Feuerlöscher?«

»Unter dem Fahrersitz.«

»Das Paket der Ersten Hilfe?«

»Auf der Hutablage.«

»Na schön«, presste der Kerl durch die Zähne. Man sah ihm an, wie enttäuscht er war, dass er nichts bemängeln konnte. Dann schnaufte er und erkundigte sich: »Na, was machen wir jetzt? Klären wir die Sache unter uns oder willst du eine offizielle Strafe zahlen?«

»Was habe ich denn getan?«

»Beim Spurwechsel nicht geblinkt!«

Vor Zorn blieb mir das Wort im Halse stecken.

»Also«, wiederholte er, »entscheide dich, ich kann nicht so lange warten!«

»Wie viel, wenn ich gleich zahle?«
»50 Rubel.«
»So viel habe ich nicht bei mir!«
»Wie viel hast du denn?«
»40.«
»Na, dann eben die.«

Ich hielt dem Gesetzeshüter vier Zehnrubelscheine hin. Der steckte sie schweigend ein und wandte sich zum Gehen.

»He!«, rief ich empört. »Die Quittung!«
»Was?«
»Eine Quittung will ich haben! Schließlich habe ich für nichts und wieder nichts eine Strafe bezahlt!

Der Bulle richtete seine kleinen, versoffenen Äuglein im roten Gesicht auf mich. Sie kamen mir vor wie gebackene Kakerlaken, die man in einem aufgebrochenen Brötchen findet.

»Eine Quittung? Ich bin doch nicht die Sparkasse!«

Na, das war mir einer! Ich sollte dem Straßenräuber bei strömendem Regen mein letztes Geld überlassen, und er wollte es einfach einstreichen? Für eine Flasche nach dem Dienst oder eine Wurst für seinen Hund? Nein, solche Leute hielten keine Hunde, höchstens Stinktiere oder Schlangen. Wieder falsch! Solche Leute hassten Tiere!

»Also: Entweder mein Geld zurück oder eine offizielle Strafe!«

Der Kerl fluchte, schleuderte mir die zerknüllten Scheine entgegen, zückte einen Stift und begann zu kritzeln. Ich wartete geduldig, bis er den Prozess, der ihm offenbar Mühe bereitete, vollendet hatte.

»Das wird dir noch leidtun!«, zischte er.

Endlich konnte ich mich wieder auf meinen Sitz fallen lassen. Das klatschnasse T-Shirt klebte mir am Rücken. Im Spiegel konnte ich das Ergebnis der Begegnung bewundern. Ehrlich gesagt, unsere Katzen sahen nach einem Bad in der Wanne besser aus.

Immer noch schnaufend vor Empörung fuhr ich los. Nur wenige hundert Meter weiter fiel mir die Aufschrift »Sparkasse« ins Auge. Ich bin eine gesetzestreue Bürgerin, überquere die Straße nur bei Grün, halte alle Regeln ein, zahle meine Miete stets pünktlich und laufe immer gleich los, wenn ich die Telefonrechnung im Briefkasten finde. Solche Dinge nerven mich schrecklich. Katja dagegen lässt Rechnungen seelenruhig in einer Schublade verschwinden; ihre Sorglosigkeit kann ich überhaupt nicht verstehen.

Auch diese Angelegenheit wollte ich möglichst schnell hinter mich bringen. Ich hielt also vor der Sparkasse und ging hinein. Da ich zum ersten Mal in einer solchen Situation war, fragte ich die Frau am Schalter: »Wie zahlt man eine Strafe?«

»Dort auf dem Tisch sind Muster«, brummte die Dame, ohne den Kopf zu heben, »danach füllen Sie den Vordruck aus. Und dann gehen Sie damit zum Schalter für kommunale Dienstleistungen.«

Der Tisch, den sie meinte, stand am Fenster. Dort saß bereits ein Mann, einen Haufen zerknüllte Vordrucke neben sich. Ich trat heran und bat ihn: »Rücken Sie doch bitte ein wenig, ich muss hier eine Strafe bezahlen.«

»Geh doch zum ...«, knurrte der Mann böse und zerknüllte den nächsten Vordruck.

Ich blickte ihn tadelnd an. Die Erziehung meiner Landsleute lässt wirklich zu wünschen übrig. Zu dumm, um ein einfaches Formular auszufüllen! Aber was hatte eine intelligente Frau damit zu tun, die eine höfliche Bitte an ihn richtete? Ich setzte mich, schielte mit einem Auge auf das Muster und trug meine Angaben in das Formular ein. Also: Empfänger – das war einfach: das Ordnungsamt.

Weiter: das Aktenzeichen des Vorgangs. Ich starrte auf die Wahnsinnszahl 402800001765. Aber da war wohl nichts zu machen. Vor Anstrengung biss ich mir fast die Zunge ab. Schließlich hatte ich alle Ziffern akkurat übertragen und schaute auf die nächste Zeile. Die Kontonummer des Empfängers. Auch nicht schlecht: 77101810000891700 006! Irgendwann war ich selbst damit fertig. Dann wurde es etwas einfacher: Name und Code der Bank – MBAK SBRF. Buchstaben haben mir schon immer besser gefallen als Zahlen, daher übertrug ich sie mit Leichtigkeit auf mein Formular. Dann aber kam ein wahrer Alptraum: K/s 420 0081008199994333333, Bk 777778889000999 ... Während ich die Zahlen abzuschreiben versuchte, spürte ich, wie langsam Wut in mir aufstieg. Hatte sich das einer ausgedacht, um die Leute zu ärgern? Aber das Ende der Tortur schien bereits in greifbarer Nähe zu sein. Jetzt noch der Code BIC 248050009 ... Bic? War das nicht eine Kugelschreibermarke? Hurra, ich hatte es fast geschafft! Es fehlten nur das Datum und die Summe – neun Rubel, acht Kopeken.

Ich wischte mir den Schweiß von der Stirn, lief zum Schalter und schob der Angestellten das ausgefüllte Formular samt einem Zehnrubelschein hin. Das junge Mädchen, das dort saß, schaute mich melancholisch an und sagte: »Das kann ich so nicht entgegennehmen.«

»Warum denn nicht?«, zischte ich wie eine aus dem Winterschlaf geweckte Schlange. »Warum können Sie das so nicht entgegennehmen?«

»Sie müssen beide Teile ausfüllen – Zahlungsauftrag und Quittung.«

»Die Quittung behalte doch ich!«

»Das stimmt, aber dort können Sie ja hinterher sonst was reinschreiben.«

»Na, wissen Sie ...«

»So ist die Vorschrift.«

Diesem Satz konnte ich nichts entgegenhalten. Zwanzig Minuten später hatte ich auch die Quittung ausgefüllt. Aber das Mädchen war immer noch nicht zufrieden.

»Ich kann das nicht annehmen.«

»Und warum denn diesmal nicht?« Die nächste Runde war eröffnet.

»In der Kontonummer des Empfängers ist ein Fehler!«

»Ich habe exakt vom Muster abgeschrieben!«

»Es müssen zehn Nullen sein, nicht neun, außerdem ist die letzte Zahl eine 6.«

»Und da lässt du mich die Quittung ausfüllen, ohne mich auf diesen Fehler hinzuweisen?«

»Ich habe ihn nicht sofort bemerkt«, sagte das Weib achselzuckend. »Sie müssen alles noch einmal machen!«

»Können Sie denn die eine 0 nicht einfach drüberschreiben und aus der 8 eine 6 machen?«

»Aber, meine Dame, wo denken sie hin?« Beinahe wäre ihr der Kaugummi aus dem Mund gefallen. »Das ist ein Finanzdokument, kein Merkzettel am Kühlschrank! Hier handelt es sich um eine ernste Angelegenheit, um eine Einzahlung in die Staatskasse! Da hilft alles nichts, die muss exakt sein.«

Zähneknirschend malte ich noch einmal die endlosen Zahlenreihen. Aber Ärger ist ein schlechter Ratgeber. Als ich ein weiteres Mal mit meinen Papieren am Schalter aufkreuzte, zeigte sich, dass ich in dem geheimnisvollen BIC einen Fehler hatte. Dann wurde das Aktenzeichen beanstandet, und außerdem hatte ich irgendwo die Buchstaben F und H verwechselt. Nach etwa eineinhalb Stunden saß ich mitten in einem großen Haufen zerknüllten Papiers und bereute bitter, dass ich dem Bullen nicht meine 40 Rubel überlassen hatte.

»Entschuldigen Sie«, erklang es da neben mir. Der

Mann, den ich vor langer Zeit gebeten hatte, mir etwas Platz zu machen, schaute mich flehend an.

Meine Eltern waren intelligente Leute – mein Vater Akademiemitglied, meine Mutter Opernsängerin. Wahrscheinlich kannten sie jede Menge Schimpfwörter. In unserem Hause bekam ich jedoch nie auch nur ein einziges zu hören. Mein Vater hätte sich vielleicht manchmal gern vergessen, aber wenn er mich sah, biss er sich auf die Zunge und lief nur rot an.

Daher benutze ich nie russische Mutterflüche, kann aber jeden verstehen, der das zuweilen tut.

»Entschuldigen Sie«, sagte der Mann noch einmal. Ich fuhr zusammen und schrieb statt einer 7 eine 8. Wilder Zorn stieg in mir hoch. »Ach geh doch zum …!«, entfuhr es mir. »Jetzt muss ich wieder neu anfangen, verdammt noch mal!«

Der Mann seufzte betrübt. »Sehen Sie, so habe ich Sie vorhin auch angefahren! Ich sitze jetzt schon fast zwei Stunden hier. Vielleicht könnten wir zusammen …?«

Ich schaute auf seinen Haufen zerknüllter Formulare. »Und wie soll das gehen?«

»Zuerst diktiere ich Ihnen diese langen Nummern, und dann Sie mir!«

Der Gedanke leuchtete mir ein, und wir machten uns ans Werk. So ging es tatsächlich leicht und schnell. Erfreut liefen wir zum Schalter und legten unsere Ergebnisse vor. Die Angestellte warf nur einen kurzen Blick darauf und schob sie uns zurück.

»Was ist denn jetzt schon wieder?«, fragten wir beide im Chor.

»Der Betrag muss nicht in Ziffern angegeben, sondern ausgeschrieben werden!«

Mir blieb die Luft weg. Auch der Mann fand keine Worte. Schließlich nahm er sein Formular in doppelter

Ausführung, riss es langsam und genussvoll in kleine Stücke, ließ sie wie Konfetti auf den Fußboden regnen und erklärte so laut, dass die Leute in der Schalterhalle zusammenfuhren: »Der Staat, dessen Beamte sich Tausende Dollar in die Taschen stecken, wird nicht davon zusammenbrechen, wenn er auf meine zehn Rubel verzichten muss.«

»Recht hast du!«, schrie ich begeistert. »Wir verweigern die Zahlung! Und was gibt's dafür?«

»Nichts!«, erklärte der Mann.

»Also verschwinden wir von hier!«

Wir traten auf die Straße hinaus. Der Regen hatte aufgehört. Es schien sogar die Sonne. Mein Leidensgefährte stieg in seinen Wolga und rief mir zu: »Entschuldige schon, dass ich so grob zu dir war!«

»Macht nichts«, rief ich zurück und schloss meinen Lada auf. »Ich war ja auch nicht besser!«

24. Kapitel

Kaum zu glauben, aber der Rest des Tages verlief ohne weitere Zwischenfälle. Beim *Moskowski Komsomolez* erhielt ich einen Termin am nächsten Vormittag um zehn Uhr, und in der Entbindungsklinik gab man uns ohne Probleme Xenia heraus, die ein in unsere rotbraune Wolldecke gehülltes dickes Paket an sich presste. Kira wollte es unbedingt haben. »Gib den Kleinen mir, den trage jetzt ich.«

Als ich eine Ecke der Wolldecke aufschlug, fuhr ich zusammen. Wolodjas Augen blickten mich unverwandt an. Ich musste heftig schlucken. Um nicht laut aufzuheulen, klemmte ich mich wortlos hinters Steuer. Kurz darauf waren wir zu Hause.

Nun gab es jede Menge zu tun. Wir protestierten zwar heftig, aber Xenia musste uns als Erstes einen Berg Bouletten braten.

»Mir fehlt doch nichts, ich bin gesund wie ein Pferd!« Alle unsere Angebote, sie möge sich hinlegen und ausruhen, wehrte sie lachend ab. »Früher haben die Frauen ihre Kinder in der Ackerfurche gekriegt! Schmecken euch meine Bouletten nicht mehr?«

»Und wie die schmecken!«, rief Kira begeistert. »Liebe Xenia, ein Glück, dass du wieder da bist! Tanja lässt sich in letzter Zeit richtig gehen! Die macht uns nicht mal mehr Rührei!«

Xenia musste lachen und hantierte geschickt am Herd. Ich zuckte gekränkt die Schultern und zog mich in Katjas Zimmer zurück. Dort hatten sich alle unsere Hunde und Katzen um das Kinderbett versammelt. Als Rachel die Tür gehen hörte, knurrte sie böse. Aber bei meinem Anblick wedelte sie sofort schuldbewusst mit dem Schwanz.

»Das macht ihr richtig«, sagte ich. »Passt gut auf den Kleinen auf, ich hole jetzt den Kinderwagen.« Ich nahm die Schlüssel von Wolodjas Wohnung, trat auf den Treppenabsatz hinaus, schloss die Tür auf und … spürte sofort, dass es nach Zigaretten roch. Also nein, dieser Gestank war einfach nicht zu vertreiben! Ich nahm den Kinderwagen und wollte schon wieder gehen, da sah ich auf dem Tisch zwei Kippen im Aschenbecher liegen. Wie merkwürdig! Ich wusste doch genau, dass ich das Ding erst kürzlich geleert und gründlich ausgewaschen hatte. Wo kamen die jetzt her?

Ich nahm den Aschenbecher und starrte ihn verwirrt an. Dann beschaute ich mir die gelben Filter genauer. Neben dem Goldrand waren das Wort »Leicht« und die Zahl 21 zu erkennen. Diese Sorte hatte ich noch nie gesehen. Wolodja hatte nur »Parlament« geraucht, ehrlich gesagt, etwas teuer für einen nicht besonders gut verdienenden Kriminalbeamten. Aber, darauf angesprochen, hatte er nur gelächelt. »Ich trinke nicht und esse höchstens einmal in drei Tagen. Da werde ich mir doch wenigstens eine gute Zigarette leisten können.«

Ich starrte immer noch auf die stinkenden Kippen. »Parlament« hat einen weißen Filter. Aber schon gestern hatten hier gelbe gelegen. Sollte Wolodja die Sorte gewechselt haben? Das konnte ja sein, aber der Major war tot, und ich hatte erst einen Tag zuvor selber alle Aschenbecher geleert. Wo kamen jetzt diese beiden Kippen her?

»He, Tanja!«, hörte ich Kira von draußen rufen. »Wenn du nicht bald kommst, kriegst du keine einzige Boulette mehr ab!«

Ich schob den Kinderwagen hinaus und schloss hinter mir ab. Der Morgen ist klüger als der Abend, heißt es im russischen Märchen. Mit diesem Problem wollte ich mich am nächsten Tag näher befassen.

Vor dem Schlafengehen gab es in unserer Wohnung dann noch einen größeren Umzug. »Xenia wäre in deinem Zimmer besser aufgehoben«, sage Lisa und schaute mich bittend an. »Es hat einen Balkon.«

»Da hast du recht«, sagte ich zustimmend. »Sie kann den Kinderwagen an die frische Luft stellen. Dann ziehe ich eben zu Katja hinüber.«

»Um Gottes willen, bloß keine Umstände!«, rief Xenia erschrocken. »An der Küche ist auch ein Balkon!«

»Aber dort hast du die Nordseite«, wandte ich ein. »Meiner geht nach Osten, er hat Morgensonne! Keine Widerrede!«

Die Kinder schoben das Bettchen herüber, und die Hunde, die jetzt den Schutz des Kleinen als ihre wichtigste Aufgabe ansahen, kamen alle mit. Erst nachdem wir zugesehen hatten, wie Xenia ihr Söhnchen noch einmal stillte, wurde es allmählich ruhig in der Wohnung. Das Baby muckste sich überhaupt nicht, schlief zwischen den Mahlzeiten durch und ließ nur manchmal ein süßes Schnaufen hören.

Erst gegen halb eins löschte ich das Licht und starrte an die Decke. Ich konnte nicht einschlafen. Katjas Bett ist härter als meines, woran ich mich erst gewöhnen musste. Außerdem fehlte mir Mulja, die sonst immer bei mir lag und mir besser beim Einschlafen half als jede Wärmflasche. Sie hatte jetzt ihren Platz unter dem Bett des neuen Familienmitglieds.

Ich lauschte auf die friedlichen Geräusche der Nacht. Kira hüstelte ab und an. Dann hörte ich Lisa mit nackten Füßen zur Toilette schlurfen. Schließlich wurde es still. Nur von Zeit zu Zeit ertönten noch entfernte Seufzer. Das war Rachel, die über den Kleinen wachte und sich dabei von einer Seite auf die andere drehte. In der Küche tropfte der Wasserhahn. Wir hatten die kaputte Dichtung immer noch nicht gewechselt.

Plötzlich ein heftiger Schlag, als ob ein Stuhl umgefallen wäre. Ich fuhr hoch. Jetzt hörte ich deutlich schwere Schritte. Katjas Zimmer grenzt an Wolodjas Wohnung, und in diesen Häusern haben die Wände Ohren. Besonders nachts, wenn alles still ist. Ich sprang aus dem Bett und drückte mein Ohr an die Wand. In Wolodjas Wohnung ging eindeutig jemand umher. Ein Dieb! Aber was gab es bei dem Kriminalkommissar zu holen? Der Aschenbecher! Die Kippen! Ich packte den Schlüsselbund, lief auf die Treppe hinaus und schlich mich geräuschlos in Wolodjas Appartement. Vom Fenster hob sich deutlich eine schwarze Gestalt ab, die mir den Rücken zudrehte. Rasch schaltete ich das Licht ein und rief, so schneidend ich konnte: »Hände hoch, oder ich schieße!«

Der Mann gehorchte und drehte sich um. Mir fiel die

Kinnlade herunter. Vor mir stand … der Gefängniswärter Alexej Fjodorowitsch, den ich aufgesucht hatte, als Slawa Roshkow den Besuch bei Wolodja für mich arrangierte.

»Was, um alles in der Welt, machen Sie hier?«, fuhr ich ihn an.

Leicht verwirrt antwortete Alexej Fjodorowitsch: »Nichts Besonderes.«

Da sah ich auf dem Fußboden eine geöffnete Sporttasche stehen. Alexej Fjodorowitsch hielt Wolodjas warme Jacke in der Hand.

»Sie packen Major Kostins Sachen ein?«

»Das … kann man so sagen«, murmelte der Gefängniswärter.

»Wie sind Sie denn hier hereingekommen?«

Der Gefängniswärter wies einen Schlüsselbund vor, an dem ein Mercedesstern aus weißer Plastik baumelte.

»Wolodjas Schlüssel!«, rief ich. »Den Stern haben wir ihm geschenkt. Und noch gewitzelt, dass der Sechshunderter unten vor der Tür steht. Wo haben Sie den her? Heraus mit der Sprache!«

Alexej schwieg.

»Na schön«, drohte ich. »Dann rufe ich jetzt die Miliz. Ich bin an das nächste Revier angeschlossen. Die sind in ein paar Minuten hier.«

»Bitte nicht!«, bat der Mann. »Die Schlüssel hat mir Wolodja gegeben.«

»Major Kostin ist tot!«

«Das war vorher …«

»Und wozu?«

»Na …«

»Wozu!?«

»Er wusste doch, dass er bald sterben wird«, stammelte Alexej. »Da hat er mir eben die Schlüssel gegeben. ›Danke für alles‹, hat er gesagt. ›Ich hab nicht viel, aber nimm dir zum Andenken meine Jacke, meine Hosen und das Jackett. Wenn ich nicht mehr bin, werfen die sowieso alles weg.‹ Das wollte ich jetzt machen. Ich bin ein armer Hund, mein Gehalt reicht kaum zum Leben. Wenn ich die Sachen des Majors auftrage, werde ich an ihn denken.«

Von seinen Worten wurde mir ganz übel. Unwillkürlich trat ich einen Schritt zurück.

»Und warum machen Sie das nachts?«

»Tagsüber bin ich im Dienst. Und bis ich aus meinem Vorort mit dreimal Umsteigen hierherkam, war es schon Nacht ...«

»Nimm das Zeug und verschwinde!«, fuhr ich ihn erbittert an. »Und lass dich hier nie wieder blicken!«

Rasch stopfte Alexej die Sachen in die Tasche.

»Warst du auch gestern schon hier?«

Der Gefängniswärter nickte.

»Weshalb?«

»Woher weißt du überhaupt, dass ich hier war?«, antwortete der Kerl mit einer Gegenfrage und zog den Reißverschluss der Tasche zu.

In diesem Moment tauchte, völlig verschlafen, Kira auf. »Was ist denn hier los? Ich bin aufgestanden, weil ich Durst hatte. Da stehen alle Türen offen ... Brennt's wieder irgendwo?«

»Also, ich geh dann«, sagte Alexej schnell und schlüpfte wie ein Aal zur Tür hinaus. Sein widerliches Eau de Cologne stach mir heftig in die Nase.

»Was geht hier eigentlich vor?«, fragte Kira noch einmal und gähnte herzhaft. »Wer war das?«

»Ach, niemand.«

»Und was wollte dieser Niemand hier?«

»Es wird schon kalt, der Herbst ist da. Wolodja hat ihn gebeten, dass er ihm warme Sachen nach Norilsk schickt«, log ich, ohne lange nachzudenken.

»Soso«, brummte Kira misstrauisch. »Bisher hast du immer behauptet, Wolodja sei in Workuta.«

»Na und? Ist doch egal!«, gab ich böse zurück. »Geh schlafen! Morgen krieg ich dich wieder nicht aus dem Bett.«

»Und wie kommt der Mann jetzt mitten in der Nacht auf den Flugplatz?«, bohrte Kira weiter, während ich Wolodjas Wohnungstür verschloss.

»Überhaupt nicht!«, blaffte ich. Aber Kiras Frage gab mir zu denken. Das war in der Tat merkwürdig. Gerade noch hatte Alexej geklagt, wie lange er gebraucht hatte, um mit dreimaligem Umsteigen zu uns zu kommen. Und jetzt rannte er mitten in der Nacht, wo überhaupt nichts mehr fuhr, so einfach los ... Vielleicht hatte er ein Taxi gerufen ... Obwohl ..., wenn er so wenig Geld hatte, dass er auf die Sachen eines Toten angewiesen war ... Und außerdem .... Wolodjas Schlüssel waren alle an einem Bund – die von der Wohnung, vom Büro und ... von seinem Auto. Als Alexej sie in der Hand hielt, war mir der Zündschlüssel aufgefallen ... Wo sich wohl Wolodjas Auto jetzt befand? Verkaufen konnte man es sicher nicht mehr, alt und zerbeult, wie es war. Aber vielleicht ...? Wie der Blitz sauste ich auf den Balkon und kam gerade noch zur rechten Zeit. Soeben flammten unten an einem Auto die Scheinwerfer auf, und es rollte vom Hof. Bei der Dunkelheit konnte ich weder Fabrikat noch Farbe erkennen, sondern sah nur die roten Schlussleuchten rasch verschwinden. Aber etwas sagte mir, dass Wolodja Alexej nicht nur seine Sachen, sondern auch seinen Lada vermacht hatte. Was es bei der Staatsmacht nur für Raffkes gab! Und die Wohnung?! Ich lief ins Wohnzimmer, öffnete unseren Sekretär und fand dort Wolodjas Mietvertrag, dazu seine Erklärung, dass die Wohnung im Falle seines Ablebens mir gehören sollte. Gott sei Dank, die

Papiere waren, wo sie hingehörten. Niemand konnte sich den Wohnraum aneignen, der nun rechtmäßig Wolodjas Sohn gehörte. Wie sollte der überhaupt heißen? Mit diesem Gedanken ließ ich mich ins Bett fallen. Ich hatte kaum die Augen geschlossen, da ertönte ein unangenehmer Laut. Der Wecker meldete sich. Lisa und Kira mussten zur Schule.

Nachdem ich die beiden, die aus dem Gähnen gar nicht herauskamen, endlich aus dem Haus bugsiert hatte, griff ich zum Telefon und wählte Slawa Roshkows Nummer.

»Ja?«, ertönte Larissas verschlafene Stimme. »Wer ist da?«

»Ich, Tanja.«

»Was für eine Tanja?«, brummte Larissa, die ich wahrscheinlich gerade geweckt hatte. »Falsch verbunden!«

»Ich bin's, Tanja Romanowa! Entschuldige, dass ich so früh anrufe, aber ich muss ganz dringend Slawa sprechen.«

»Was willst du denn von meinem Mann?«, fragte Larissa, plötzlich munter geworden. »Vielleicht hast du die Güte und sagst es mir!«

Ich kann Larissa nicht ausstehen. Alles an ihr missfällt mir: dass sie sich ausstaffiert wie eine Barbiepuppe, dass sie zu kurze Röcke trägt und sich zu grell schminkt, dass sie nichts liest außer Klatschblättern, dass sie ihre blauen Augen ständig weit aufreißt und effektvoll mit den Wimpern klimpert, dass sie ungerührt zeigt, wie sehr ihr andere Menschen auf die Nerven gehen.

Auch Slawas Verhältnis zu ihr verwundert mich sehr. Er ist nicht gerade ein Engel, und viele Frauen, die auf einen Kriminalkommissar hereingefallen sind, beklagen sich später, dass sie so wenig von so einem Ehemann haben. Geburtstage und andere Familienfeste finden meist ohne ihn statt, denn er ist für ein miserables Gehalt permanent im Einsatz gegen die Verbrecherwelt. Oft genug kommt der Moment, da die enttäuschte Frau sich die Frage stellt, wozu sie sich das antut. Und ihn verlässt. Der Anteil der Scheidungen liegt in diesen Kreisen weit über dem Durchschnitt. Wie sagte doch die Ex-Frau von Mischa Koslow so treffend, als sie ihn hinauswarf: »Ich habe es satt, die alleinerziehende Mutter zu spielen, die eine Familienpension unterhält.«

Daher sind die meisten von Wolodjas Kollegen schon einmal, manche sogar zweimal geschieden. Aber Slawa Roshkow und Larissa leben seit fünfzehn Jahren zusammen. Zusammenleben kann man das allerdings wohl kaum nennen. Larissa ist krankhaft eifersüchtig, und Slawa gibt ihr jeden Anlass dafür. Mehrmals im Jahr laufen die beiden nach einem großen Streit auseinander. Genauer gesagt, Larissa packt ihre Koffer und verschwindet zu ihrer Mutter. Slawa tut dann so, als würde er schrecklich leiden. Ich weiß aber genau, dass er sich die Hände reibt und seine sturmfreie Bude weidlich nutzt. Kaum bekommt jedoch Larissa mit, dass ihr Mann sich eine neue Geliebte zugelegt hat, kehrt sie wie der Wind zurück, und mit Slawas Freiheit ist es vorbei.

Ich kann einfach nicht begreifen, weshalb die beiden sich nicht trennen. Aber vielleicht genießen sie ja die endlosen Skandale und Vorwürfe! Larissa nennt Slawa hinter seinem Rücken einen »Dummschwätzer« und er sie eine »Nervensäge«. Bestimmt sind an dieser Situation beide schuld. Ich finde Slawa jedoch sympathisch, und Larissa kann ich nicht ausstehen, sie mich übrigens auch nicht.

»Also, was willst du von Slawa?«, fragte Larissa scharf.

»Ich brauche ihn eben.«

»Du weißt doch, er ist auf dem Dorf und buddelt Kartoffeln aus. Er hat Urlaub!«

»So lange?«

»Was geht dich das an?«, kläffte Larissa. »Weck mich nie wieder so mitten in der Nacht!«

Sie legte auf. Erst eine Sekunde später hörte ich ein leises Geräusch im Hörer, dann ein Knacken und das Besetztzeichen. Am anderen Ende musste jemand auf einem zweiten Apparat mitgehört und zu spät aufgelegt haben. Die wütende Larissa war schneller gewesen. Verdutzt schaute ich auf das Telefon. War Slawa etwa doch zu Hause?

25. Kapitel

Zur vereinbarten Zeit stellte ich mich in der Redaktion des *Moskowski Komsomolez* ein. Mit Eimer, Schrubber, Lappen und einem Paar Gummihandschuhen bewaffnet, machte ich mich an die Arbeit.

Wenn man in einer Institution verdeckt ermitteln will, ist Putzfrau die ideale Tarnung. Zwei Chefs wollen ein delikates Problem bereden, von dem niemand wissen soll. Kommt ein Mitarbeiter herein, wechseln sie sofort das Thema und warten geduldig, bis der sich wieder entfernt hat. Taucht aber ein Geschöpf im blauen Kittel auf und klappert mit dem Eimer, dann stört das keinen. Es ist, als sei es ein wandelnder Schrubber, noch dazu ein taubstummer. Und das ist der Hauptfehler. Denn Putzfrauen hören in der Regel ausgezeichnet und sind sehr schwatzhaft. Aber so ist der Mensch nun mal eingerichtet, dass er nur die beachtet, die er für seinesgleichen hält.

Ich zog langsam durch die Redaktionsräume, leerte Papierkörbe und wischte den Staub von Schreibtischen. Kein Mensch kümmerte sich um mich. Dabei kam ich mir vor wie in einem Irrenhaus. Alle rannten durcheinander, Dialoge wurden in der Regel schreiend und mit solchen Ausdrücken geführt, dass ich meinen Ohren nicht traute.

»Weißt du, was du bist?«, brüllte ein stattlicher grauhaariger Herr in teurem Anzug und mit Goldrandbrille, »eine saublöde Gans, und deine … ist auch nicht besser! Wo bleibt das Material über diesen Schwachsinnigen? Warum hast du es noch nicht fertig, verdammt noch mal …?« Das Opfer dieser Tirade, ein dünnes, bedauernswertes Mädchen in abgerissenen Jeans, stand zitternd vor dem Schreibtisch dieses Herrn.

»Entschuldige, Kolja, das habe ich vergessen!«

»Wenn es in zehn Minuten nicht komplett beim Chef vom Dienst ist, dann reiß ich dir, du Zwerg, deine … ab und steck sie dir ins …!«

»Ich bin schon weg!«, stammelte das Mädchen und wurde noch kleiner.

Sie tat mir leid. Wie konnte er sich erlauben, so mit ihr zu reden? Der Kerl sprang auf, stieß noch einen saftigen Fluch aus und lief davon. Das Mädchen hörte auf zu zittern, fuhr sich, völlig unbeeindruckt, mit der Hand durch die Haare und sagte in Richtung Tür: »Kolja, du kannst mich mal … kreuzweise!«

Ich schleppte meinen Eimer weiter und wurde im nächsten Zimmer unfreiwillig Zeugin des nächsten heftigen Streits. Diesmal stürzte sich ein junges Ding, das kaum älter als Lisa sein konnte, auf einen gepflegten älteren Herrn, der mit Druckfahnen hantierte.

»Hier bist du ja endlich, du Hund!«, kreischte das Mädchen.

»Na, mal ruhig«, wehrte der Alte ab.

»Wie viel hast du mir für den Artikel angerechnet, he? Drei Kopeken? Soll ich in diesem Laden vielleicht umsonst arbeiten?«

»Also, mein Kätzchen«, gab der Alte seelenruhig zurück, »schau selbst, das sind doch kaum zwanzig Zeilen. Wozu der Lärm? Meinst du, woanders kriegst du mehr dafür? Alles, was unter zwanzig Zeilen liegt, geht überall fast für Null durch.«

»Das behauptest du!«, gab sie zurück. »Amalia Melter hat für zehn Wörter Tausende gekriegt! Eine goldene Nase hat sie sich damit verdient!«

»Bist du noch bei Trost?«, brummte der Alte. »Was das aber auch für Wörter waren! ›Heute ist Prinzessin Diana bei einem Autounfall ums Leben gekommen!‹ Damit war sie die Erste auf allen Sendern! Und bei dir geht's um eine Hundeausstellung!«

Bei diesen Worten hieb der Alte wütend mit der Faust auf den Tisch und hob den Kopf. Da sah ich, dass er kaum dreißig Jahre sein konnte. Nur sein Haar war künstlich grau gefärbt, er trug eine graue Weste und ein altmodisches, schmieriges Hemd.

»Das ist noch nicht alles!«, heulte das Mädchen wieder auf. »Mein Artikel hatte 300 Zeilen, und du hast ganze zwanzig übriggelassen! Ihr habt mir das Honorar versprochen! Und jetzt?«

»Lass mich in Ruhe!«, blaffte der junge Mann zurück. »Raus mit dir!«

»So einfach wirst du mich nicht los!«

Daraufhin rannte der junge Mann aus der Tür und rief über die Schulter zurück: »Verpiss dich, blödes Weib!«

Die so Gescholtene stieß vor Wut mit einem ihrer Pumps heftig gegen meinen vollen Wassereimer. Der kippte um, und die trübe Brühe ergoss sich über den Fußboden.

»He!«, rief ich empört. »Passen Sie doch auf!«

Als der wütende Blick der jungen Frau auf mich fiel, sagte sie unerwartet freundlich: »Entschuldigen Sie bitte vielmals, das ist alles wegen Leonid, diesem Dödel, der sich sonst was einbildet!«

»Was hat dich denn so aufgebracht?«, fragte ich mitfühlend und warf einen Lappen über die Pfütze.

»Das Honorar«, sagte das Mädchen und nahm eine Schachtel »Vogue« aus ihrer Handtasche. »Rauchst du?«

»Gern.«

Als unsere Zigaretten qualmten, legte sie los. »Den ganzen Tag habe ich mich auf dieser Hundeausstellung rumgetrieben. Der Artikel war zum Fingerlecken. Und was machen die? Zuerst hat der Abteilungsleiter ihn zusammengestrichen, dann der stellvertretende Redaktionssekretär, dann der Chefredakteur selber, und am Schluss ist das hier übriggeblieben!« Sie hielt mir eine Zeitungsseite vor die Nase, auf der nur noch Streichungen mit schwarzem Stift zu erkennen waren.

»Hübsch, nicht?«

Ich folgte ihrem Finger und entzifferte mit Mühe die kleine Überschrift: »Pudelausstellung in Moskau eröffnet«. Ein paar Zeilen weiter der Name der Verfasserin: A. Kotenotschkina. Quer über den Artikel stand von Hand geschrieben: »Für A. Tereschtschenko: 20 Rubel«.

»Verstehst du nun, warum ich so wütend bin?«

»Durchaus. Und was bedeutet diese Notiz?«

Das Mädchen warf seine Zigarette weg.

»Das ist das Honorar. Der Sekretär schreibt die Summe und den Namen des Verfassers direkt auf den Artikel. Das geht dann in die Buchhaltung, verstehst du?«

»Das heißt, du bist A. Kotenotschkina? Warum steht dann hier ein anderer Name?«

»Ich bin Antonina Tereschtschenko«, erklärte mir das Mädchen geduldig. »Für den Artikel über die Pudelausstellung habe ich ein Pseudonym gewählt. Das machen viele so. Aber für die Buchhaltung muss mein richtiger Name angegeben werden.«

»Das heißt, was auch immer unter einem Artikel steht, die Buchhaltung hat auf jeden Fall den richtigen Namen des Verfassers?«

»Na klar«, bestätigte Antonina, »da geht es doch um Geld!«

»Und wenn der Autor in der Redaktion nicht fest angestellt ist?«

»Dann muss er sich sein Geld in der Kasse abholen.«

»Aber bei euch kommt man doch ohne Passierschein nicht rein!«

»Das ist doch kein Problem«, meinte Antonina. »Wie bist du denn beim ersten Mal hereingekommen?«

»Ich bin zum Pförtner gegangen, der hat mich über das Haustelefon anrufen lassen, und dann wurde ich abgeholt.«

»Die Buchhaltung macht das genau so. Entweder sie schicken jemanden, oder man bekommt einen Passierschein. Honorare können aber auch überwiesen werden.«

Ich nahm meinen Eimer, klemmte mir den Schrubber unter den Arm, suchte mir als Nächstes einen großen Büroraum ganz hinten im Korridor, wo viele Leute durcheinanderliefen und fragte dort einen jungen Burschen: »Darf ich mal das Haustelefon benutzen?«

»Nimm dort das rote«, antwortete der, »aber fasse dich kurz.«

»Wissen Sie zufällig die Nummer der Buchhaltung?«

»4681«, brummte der Junge.

Ich wählte und hörte gleich darauf eine leise Stimme im Hörer: »Hallo.«

»Hier ist die Frau von Konstantin Rebrow.«

»Was wünschen Sie?«

»Er hat in Ihrer Zeitung einen Artikel veröffentlicht, aber das Honorar ist noch nicht da. «

»An welchem Tag ist der Artikel erschienen?«

»Anfang September.«

»Ressort?«

»Information.«

»Einen Moment, bitte.«

Man hörte Papier rascheln, dann sagte die Stimme: »Das Honorar ist per Post überwiesen worden.«

»Wohin?«

»Was heißt, wohin? An seine Adresse.«

»Können wir die einmal überprüfen? Wir sind vor kurzem auf die Uliza Pawlenko umgezogen. Welche Adresse steht denn bei Ihnen? Uliza Pawlenko Nr. 9, Wohnung 6?«

»Nein, eine ganz andere«, sagte die Buchhalterin. »Kisseljowski Projesd Nr. 12, Wohnung 95.«

»Das habe ich mir gedacht«, sagte ich mit gespielter Verzweiflung. »Was machen wir jetzt?«

»Das ist kein Problem. Wenn die Überweisung niemand entgegennehmen kann, kommt sie wieder zu uns zurück. Wir schicken sie Ihnen dann zu. Bitte sagen Sie mir noch einmal die richtige Adresse, damit ich sie notieren kann.«

Ich wiederholte meine Schwindelei und legte auf. In einer finsteren Ecke des Korridors stellte ich meine »Ausrüstung« ab und rannte zu meinem Wagen. Recht hat das Sprichwort: Es ist nichts so fein gesponnen …

Der Kisseljowski Projesd lag im Stadtteil Jassenjew. Nachdem ich lange zwischen absolut gleich aussehenden Blöcken herumgeirrt war, fand ich endlich das richtige Haus, fuhr in die zwölfte Etage hinauf und klingelte an der Wohnung Nr. 95. Ein Mädchen von etwa vierzehn Jahren öffnete mir.

»Zu wem möchten Sie?«

»Zu Konstantin Rebrow.«

»Mein Vater ist auf der Arbeit.«

»Und wo ist das?«

»Die Adresse weiß ich nicht«, sagte das Mädchen bedauernd.

»Hast du wenigstens eine Telefonnummer?«

»Einen Moment.« Sie verschwand in der Wohnung und war vorsichtig genug, die Tür hinter sich zu schließen. Nun galt es, eine funktionierende Telefonzelle ausfindig zu machen. Das kostete mich in dieser Gegend fast eine halbe Stunde.

»Maklerbüro ›Goldener Schlüssel‹«, ertönte eine Frauenstimme. »Alles über Immobilien. Was kann ich für Sie tun?«

»Ich möchte Konstantin Rebrow sprechen.«

»Einen Augenblick«, sagte die Dame, und es knackte. Während sie die Verbindung herstellte, ertönte aus dem Hörer eine süßliche Melodie. Endlich war das »Konzert« vorüber.

»Rebrow am Apparat«, erklang ein sonorer Bass.

»Befassen Sie sich auch mit dem Verkauf von Wohnungen?«

»Selbstverständlich.«

»Sie sind mir von Familie Iwanow empfohlen worden. Sie haben ihnen im Frühjahr geholfen, ein Zimmer in einer Gemeinschaftswohnung sehr günstig loszuwerden.«

»Iwanow, Iwanow …«, murmelte Rebrow, »ich kann mich nicht erinnern. Aber das ist nicht so wichtig. Was für eine Wohnung haben Sie? Wollen sie kaufen oder verkaufen?«

»Verkaufen, ein Zimmer.«

»Wie groß?«

»Vielleicht schauen Sie es sich erst mal an?«

»Wie ist es bei Ihnen morgen früh um neun?«

»Passt wunderbar.«

»Ihre Adresse, bitte.«

Ich teilte sie ihm mit und machte mich dann frohgemut auf den Nachhauseweg. Vor Freude konnte ich mich kaum fassen. Morgen würde dieser Mistkerl, der den verleumderischen Artikel geschrieben hatte, sich mir selbst in die Hände liefern. Das war ein Grund zum Feiern. Vor einem Markt stellte ich meinen Wagen ab. Ich wollte mir irgendetwas leisten, das es bei uns nicht alle Tage gab, Pralinen zum Beispiel. Auf dem Markt wusste ich einen Stand, wo man das einzeln in Papier eingewickelte Konfekt der Schokoladenfabrik »Roter Oktober« anbot, das sich seit der Sowjetzeit kein bisschen verändert hatte. Kira und Lisa schwärmten besonders für »Griljasch«, den sowjetischen Krokant.

Ich steckte mein Portemonnaie tief in die Jackentasche, behielt zur Sicherheit immer die Hand darauf und stürzte mich in die Menschenmenge. Ich weiß, dass nicht alle, die sich hier drängen, gut und preiswert einkaufen wollen. Manche haben es nur auf das Geld ihrer Mitmenschen abgesehen.

Der Krokant war frisch, der Preis schon wieder gestiegen, aber für 300 Gramm reichte mein Geld. Langsam ging ich wieder zum Wagen zurück und betrachtete dabei die Marktstände, die mit bunten Auslagen und großzügigen Versprechen für ihre Produkte warben: »Den besten Fisch haben wir!«, »Besseres Fleisch finden Sie nirgends!« oder »Unser Brot kommt direkt aus dem Ofen« … Lustig fand ich den Spruch: »Frische Milch direkt vom Produzenten«. Milch »produziert« immer noch die Kuh. Gibt sie auch solche, die »nicht frisch« ist? An einem LKW mit vielen Pappschachteln prangte stolz die Losung »Ihre Eier sind hier!«

Ich schaute mich um. Die Leute kauften, und keiner schenkte der Sichtwerbung auch nur einen Blick. Niemand schien sich zu amüsieren. Weder über das »Fleisch Russlands« oder das »Huhn – ein Freund des Magens«. Offenbar war den Leuten der Humor vergangen. Schmunzelnd verließ ich die Reihen mit den Marktständen. Am

Haupteingang fiel mir ein rothaariges Hündchen auf, das aussah wie ein Fuchs in Kleinformat. Ein streunendes Tier war der Kleine nicht, denn er wirkte gepflegt, und seinen buschigen Schwanz musste vor kurzem jemand sorgfältig gebürstet haben. Vielleicht war er verlorengegangen, der Arme.

Ich ließ mich auf die Fersen nieder und beschaute mir den Hals des Hündchens. Tatsächlich trug es ein hübsches Lederhalsband. Ich streckte meine Hand nach ihm aus, um nachzuschauen, ob dort die Adresse des Besitzers zu finden war. Der Kleine wedelte mit dem Schwanz und winselte.

»Weine nicht, mein Kleiner, bestimmt suchen dich deine Leute schon«, redete ich tröstend auf das »Füchslein« ein. Das warf sich auf den Bauch und stieß seine feuchte Schnauze in meine Handfläche. Ich strich ihm über das seidige Fell. Der Kleine, sicher ein verwöhnter Schoßhund, genoss das sichtbar. Dann steckte er plötzlich seine spitze Schnauze zuerst in die eine und dann in die andre Tasche meiner Jacke.

»Du hast wohl Hunger? Entschuldige, meine Taschen sind leer. Und mein Portemonnaie nützt dir nichts«, sagte ich.

Wahrscheinlich hätte ich auf den Markt zurückgehen und dem armen Kleinen etwas zu fressen kaufen sollen. Oder sollte ich ihn vielleicht mit nach Hause nehmen? So süß, wie er war …

In diesem Moment zog das Hündchen die Schnauze aus meiner Jackentasche. Aus den Augenwinkeln sah ich, dass es mein Portemonnaie zwischen den Zähnen hielt. Ich musste lachen. »Gib das her, du wirst dir doch nicht selber eine Wurst kaufen wollen!«

Aber der Kleine sprang auf und lief davon, was seine Beinchen hergaben, mein Portemonnaie fest gepackt. Der buschige Schwanz wedelte im Wind. Schockiert schaute ich ihm hinterher. Das feuerrote Fell blitzte noch einige Male zwischen den Beinen der Leute auf und war verschwunden. Aus dem Brotstand nebenan schaute die Verkäuferin heraus.

»Hat der Kerl ihr Portemonnaie stibitzt?«

Ich nickte völlig entgeistert.

»Ein richtiger Spitzbube!«, sagte die Händlerin böse. »Den hat jemand darauf abgerichtet! Ich sehe den Trick nicht zum ersten Mal! Früher habe ich Fleisch verkauft, da hat er sich auch schon herumgetrieben. Jetzt ist sein Revier offenbar hier. Und wie schlau der ist! Männer lässt er links liegen, er geht nur zu Frauen! Winselt, leckt ihnen die Hände, bis sie anfangen ihn zu streicheln ... Erwürgen sollte man den!«

»Was kann denn der Hund dafür?«, entgegnete ich. »Er ist nicht schuld, ein Mensch hat ihm das beigebracht.«

»Na, dann musst du eben in die Röhre gucken, wenn du so schlau bist!«, warf mir die Frau böse zu und zog sich in ihre Bude zurück.

Zu Hause angekommen, sagte ich den Kindern und Xenia nicht, dass ein winziger Hund mir mein Geld gestohlen hatte. Das höhnische Gelächter wollte ich mir ersparen. Aber sie waren ohnehin mit anderem beschäftigt. Lisa hatte Freundinnen zu Besuch. Kira saß, voller Zorn auf die Lehrer, die es wagten, Referate als Hausarbeit zu verteilen, in seinem Zimmer. Er brütete über Lexika und anderen dicken Büchern. Xenia hatte schon wieder einen großen Kuchen gebacken, saß jetzt am Bett ihres Kleinen und summte ihm leise etwas vor. Der schwieg und sah sie nur mit großen Augen an. Alle Hunde außer Mulja waren wieder um das Bett versammelt. Ihre leidenschaftliche Zuneigung zu unserem neuen Familienmitglied wurde allmählich zum Problem. Xenia berichtete, als am Vormittag die Kinderärztin aus der Poliklinik da gewesen sei, hätten Rachel und Ramik sie so wütend angebellt, dass sie die beiden in der Toilette einschließen musste. Ada hatte nichts gegen die Ärztin, war jedoch zu dem Baby ins Bett gekrochen und hatte es bereits »adoptiert«. Wenn es nicht bei ihr saugte, dann wollte sie es wenigstens wärmen. Nur bei Mulja war die Fresssucht größer als jede Kinderliebe. Sie saß still in der Küche und starrte auf den duftenden Kuchen, den Xenia zum Abkühlen vorsichtshalber nicht auf den Tisch, sondern aufs Fensterbrett gestellt hatte.

Ich ging in mein Zimmer und wählte wieder einmal Slawa Roshkows Privatnummer.

»Hallo!«, ertönte Larissas schneidende Stimme, »Was wollen Sie?«

Wie konnte man nur so unhöflich sein! Da verging einem gleich die Lust, weiterzusprechen. Ich legte auf und rief auf Roshkows Diensttelefon an.

»Koslow«, kam es vom anderen Ende. Mit dem groben Kerl, der mir letztens so dumm gekommen war, wollte ich schon gar nichts zu tun haben. Daher hielt ich mir mit den Fingern die Nase zu und piepste: »Geben Sie mir bitte Major Roshkow.«

Ich hatte schon mit der Auskunft gerechnet, dass er nicht anwesend sei, aber plötzlich erklang ein frischer Bariton: »Hier Roshkow.«

Vor Überraschung hätte ich beinahe den Hörer fallen lassen.

»Slawa! Endlich bist du wieder da!«

»Wer ist denn dort?«, fragte Wolodjas Freund streng.

Da erst wurde mir klar, dass ich mir immer noch die Nase zuhielt. Ich lockerte den Griff und antwortete: »Erkennst du mich nicht? Hier ist Tanja Romanowa.«

»Du? Was ist denn los?«

»Nichts Besonderes, aber ich möchte mit dir reden.«

»Worüber?«

»Darf ich gleich vorbeikommen?«

»Wohin willst du kommen?«

»Na, zu dir ins Büro«, erklärte ich geduldig.

»Dafür ist es schon ein bisschen spät!« Slawa wollte mich offenbar abwimmeln. »Kannst du mir nicht am Telefon sagen, was du willst? Ich wollte gerade gehen. Du weißt doch, wie Larissa sich immer aufregt …«

»Die hat mir heute Morgen erzählt, dass du noch auf dem Land im Kartoffelfeld wühlst, die Lügnerin!«

»Sie hat nicht gelogen.« Der Major ergriff die Partei seiner Frau. »Ich bin wirklich erst gegen zehn Uhr vormittags zurückgekommen und gleich zur Arbeit gefahren.«

»In schmutzigen Jeans und lehmigen Turnschuhen?«, fragte ich giftig. »Und woher weißt du überhaupt, dass ich schon vor zehn angerufen habe?«

Slawa stockte einen Augenblick und sagte dann: »Na, sag mal, Tanja, wird das jetzt ein Verhör beim KGB? Ich bin nicht in dreckigen Klamotten nach Moskau gefahren. Vom Dorf unserer Großmutter bis zur Stadt sind es eineinhalb Stunden mit dem Vorortzug. Sollen mich die Leute vielleicht für einen Obdachlosen halten? Ich hatte saubere Sachen mit. Und was deinen Anruf betrifft … Larissa hat mir erzählt, dass du sie morgens aus dem Bett geworfen hast. Die war immer noch sauer!«

Das brauchte er mir nicht unter die Nase zu reiben. Seine Larissa regt sich bei jeder Gelegenheit auf. Sie ist nur freundlich, wenn sie einen braucht.

»Und worüber willst du nun mit mir reden?«, fuhr Slawa fort. »Doch nicht über die Kartoffelernte.«

»Natürlich nicht. Kannst du herauskriegen, an welchen Fällen Wolodja zuletzt gearbeitet hat?«

»Wozu denn das nun wieder?«

»Ich möchte es gern wissen.«

»Das ist keine Antwort.«

»Ich weiß jetzt genau, dass Wolodja nicht Sofjas Mörder ist. Er ist hereingelegt worden, und da denke ich mir ...«

»Ich bin gleich bei dir, warte auf mich!«, sagte Slawa und legte auf.

26. Kapitel

Ich schlüpfte rasch in meine Jeans. Slawa Roshkow ist zwar unser Freund, aber so gut kennen wir uns nicht, dass ich ihn im Negligé empfangen würde. Wahrscheinlich hatte Slawa tatsächlich gerade sein Büro verlassen wollen, denn nach kaum einer halben Stunde klingelte es an unserer Wohnungstür. Die Hunde sprangen heran, und Slawa streichelte ihre Köpfe. Anders als seine Frau Larissa bemüht er sich, immer freundlich zu sein. Ich weiß genau, dass er Tiere nicht sehr mag, aber wenn er bei uns auftaucht, gibt er stets den Hundeliebhaber. Unsere Meute durchschaut solche Tricks jedoch und zeigt bei seinem Anblick keine große Begeisterung. Diplomatisch ausgedrückt: Zwischen Roshkow und unseren Hunden herrscht friedliche Koexistenz. Ich bat ihn in die Küche, goss ihm einen Tee ein und fragte: »Hast du schon etwas über Wolodjas Fälle in Erfahrung bringen können?«

Slawa suchte in seinen Taschen nach Zigaretten.

»Lass mich erst mal deine Theorie hören.«

Dazu hatte ich zwar gar keine Lust, erzählte ihm dann aber doch fast alles, was ich inzwischen herausgefunden hatte. Slawa rauchte in aller Ruhe seine Zigarette zu Ende, drückte die Kippe im Aschenbecher aus und meinte: »Tanja, ich verstehe ja, wie nah dir die ganze Sache geht. Ich würde auch alles daran setzen, dass Wolodja entlastet wird. Aber Fakten sind nun mal ein hartnäckig Ding.«

»Du hast mich nicht verstanden!« Ich ging zum Angriff

über. »Anton Seliwanow, der Wolodja mit seinen Aussagen am schwersten belastet, hat gelogen. An seinen Beschuldigungen ist kein Wort wahr! Und dann ist er plötzlich tot! Durch einen Stromschlag am Elektroherd! Ist das nicht seltsam? Ein Mann, der fast immer außer Haus isst, kommt plötzlich auf die Idee, sich ein Hähnchen in der Röhre zu braten!«

»Daran ist doch nichts Besonderes! Vielleicht hatte er eine Frau zu Gast, die ihn gebeten hat, die Pfanne aus der Röhre zu holen. Das muss ich bei Larissa immer machen, weil sie Angst hat, dass sie sich die Hände verbrennt!«, sagte Slawa gleichmütig.

»Und als ihr Geliebter am Boden lag, ist sie davongelaufen? Na, ich an ihrer Stelle hätte ...«

»Du hättest den Rettungswagen gerufen«, bestätigte Slawa. »Aber die ist eben abgehauen. Die Menschen sind verschieden.«

»Aber warum hat er gelogen, was Wolodja angeht? Und Nadja Kolesnikowa, die Frau, die Wolodjas Alibi hätte bestätigen können, die Frau, mit der er die letzten Tage verbrachte, hat ebenfalls gelogen. Und auch sie ist an einem Stromschlag gestorben, diesmal allerdings nicht von einem Elektroherd, sondern von einer defekten Geschirrspülmaschine ... Und der Artikel im *Moskowski Komsomolez*?«

Slawa Roshkow seufzte tief auf. »Entschuldige schon, Tanja, aber du weißt vieles nicht ...«

»Was denn, zum Beispiel?«

Slawa seufzte noch einmal. »Glaub mir, Wolodja war kein Engel. Ihr habt immer nur die eine Seite gesehen ...«

»Ich verstehe nicht ...«

Slawa kratzte sich am Hinterkopf. »Begreif doch endlich mal, dass Wolodja nicht ohne Fehl und Tadel war. Obwohl man ja Toten nichts Schlechtes nachsagen soll.«

»Tu dir keinen Zwang an!«

Slawa trommelte mit den Fingern auf die Tischplatte.

»Also gut, du hast es so gewollt. Aber mach mir keine Vorwürfe, wenn du Dinge zu hören bekommst, die dir bestimmt nicht gefallen werden.«

»Mach schon!«

»Weißt du, woher Wolodja sein Auto hat?«

»Nicht genau. Wahrscheinlich gekauft.«

»Und woher das Geld dafür stammt?«

»Na, dieses tolle Stück hat er sich, weiß Gott, zusammensparen können!« Ich lachte böse. »Du kennst die Karre doch! Eine Beule an der anderen, ein Wunder, dass sie überhaupt noch fährt!«

»Da liegst du falsch«, sagte Slawa kopfschüttelnd. »Den äußeren Eindruck beschreibst du richtig, aber du weißt nicht, was für einen tollen Motor der Wagen hatte. Auf freier Strecke machte der glatt seine 200 Sachen! Solche Autos benutzt man im kriminellen Milieu, um keinen Verdacht zu erregen. Ein Mercedes oder ein BMW fallen viel zu sehr auf, aber wer achtet schon auf einen zerbeulten Lada? Dabei konnte es diese Klapperkiste mit jedem ausländischen Schlitten aufnehmen. Das hat natürlich seinen Preis. So ein Auto besaß Wolodja, exakt die kriminelle Variante! Dazu nagelneue Reifen von Pirelli.«

Ich schwieg erschüttert. Wolodjas Methusalem hatte tatsächlich im vergangenen November neue Reifen bekommen. Der Major hatte mir das so erklärt: »Reifen sind einfach lebenswichtig. Lieber faste ich einen Monat, als weiter mit diesen abgekauten Dingern herumzufahren. Nun musste ich hören, dass die neuen Reifen von Pirelli waren – für hundert Dollar das Stück!

»Wo mag er wohl das Geld hergenommen haben?«, entfuhr es mir.

»Was die Reifen betrifft – das weiß ich nicht, aber den Wagen hat er von Kolka Gnus.«

»Von wem?«

»Von Kolka Gnus, einer bekannten Größe der Moskauer Unterwelt. Wolodja hat ihn auf frischer Tat ertappt. Leider kann ich dir dazu keine Einzelheiten mitteilen. Der Kerl hätte fünfzehn Jahre bekommen und wäre sein ganzes Vermögen los gewesen. Alle Indizien sprachen gegen ihn. Plötzlich aber fiel die Anklage in sich zusammen, und wir hatten einen anderen Hauptverdächtigen, einen gewissen Fedortschuk. Der ist dann hinter Gitter gegangen. Gnus dagegen wurde sogar mit einer Entschuldigung aus der Untersuchungshaft entlassen. Eine Woche später hatte Wolodja seinen Lada. So war das!«

»Willst du damit sagen ...«

Slawa zuckte die Achseln. »C'est la vie, wie es bei den Franzosen heißt. Wer von uns ist schon ohne Fehl und Tadel? Wolodja hat immer behauptet, er lässt sich nicht schmieren und hält sich streng an das Gesetz. Andererseits ..., an Geld hat es ihm nie gefehlt.«

Ich sagte nun gar nichts mehr, denn ungewollt stiegen Erinnerungen in mir auf. Manchmal war der Major bei uns erschienen, mit Paketen behangen wie der Weihnachtsmann. Süßigkeiten für die Kinder, Leckerli für die Hunde, Kriminalromane für mich, eine große Dose teuren Tees für alle zusammen ... Dann wieder tauchte er mit einem ganzen Sack Futter vom Feinsten für unsere Menagerie auf. Zu meinem Geburtstag schenkte er mir einmal ein sündhaft teures Parfüm. Ich fiel fast in Ohnmacht, als ich zufällig in einem Schaufenster den Preis entdeckte – 3000 Rubel. Sollte Slawa wirklich recht haben?

»Auch ich weiß nicht alles«, fuhr der ungerührt fort. »Einiges kann ich mir zusammenreimen. Und der Journalist, wie hieß er doch gleich ...«

»Konstantin Rebrow, nur arbeitet er seltsamerweise in einer Maklerfirma.«

»Das hat nichts zu sagen. Entweder verdient er sich etwas dazu, oder er schreibt, weil er sich gern gedruckt sieht. Jedenfalls hat dieser Rebrow Tatsachen ausgegraben.«

»Aber der behauptet doch, Wolodja hätte eine Vierzimmerwohnung!«

»Bist du sicher, dass es die nicht gibt? Wie oft hat er nicht hier in seiner Bleibe übernachtet!«

»Da war er entweder bei einer seiner Geliebten oder saß in einem Hinterhalt!«

Slawa musste grinsen. »Na, Hinterhalte legen wir nicht alle Tage. Was allerdings die Frauen betrifft ... Entschuldige schon, Tanja, für so naiv hätte ich dich nicht gehalten!«

»Was soll ich denn jetzt machen?«, fragte ich schließlich niedergeschlagen.

»Endlich mit deiner Schnüffelei aufhören«, antwortete Slawa. »Du willst Kostin seinen guten Namen zurückgeben, aber am Ende gräbst du Dinge aus, über die du selber nicht froh sein wirst!«

»Nein!«

»Wie du willst«, meinte nun Roshkow. »Ich würde das zumindest beherzigen. Aber du musst wissen, was du tust. Wolodja ist tot. Weißt du übrigens, was die Ursache für seinen Herzanfall in der Butyrka war?«

»Nein!«

»Der Ermittler hat ihm mitgeteilt, dass er sich die Akte Gnus aus dem Archiv kommen lässt. Das war offenbar zu viel für Wolodja. Und diese Sofja Repnina hat er umgebracht! Unter den Nägeln der Toten hat man seine Hautpartikel gefunden. Er selbst hatte, wie du weißt, einen tiefen Kratzer im Gesicht. Als die Spurensicherung Sofja die Fingernägel abschnitt, bin ich selbst dabei gewesen.«

»Du warst dort?«

Slawa brummte nur: »Ich wurde zu der Leiche gerufen. Aber als ich begriff, wohin die Reise geht, habe ich die Sache abgegeben. Schließlich war ich mit dem Hauptbeschuldigten befreundet. Verstehst du?«

Ich nickte benommen. Das begriff ich. Aber alles andere wirkte auf mich wie ein schwerer Alptraum. Nachts konnte ich wieder nicht schlafen. Mir war, als läge ich auf glühenden Kohlen. Die unwahrscheinlichsten Gedanken schossen mir durch den Kopf.

Ich habe Wolodja kennengelernt, als der Major gegen meinen Ex-Gatten ermittelte. Ich weiß nicht, wieso, aber wir waren einander sofort sympathisch. Später wurde eine Freundschaft daraus. Was weiß ich aber wirklich über ihn?

Dass er Würstchen und Haferbrei nicht mochte, dass er kaum trank, sich dafür aber teure Zigaretten leistete und bei Frauen Erfolg hatte, dass er kein Schmiergeld nahm und seine Arbeit sehr gern machte. Aber das hat er mir alles selbst erzählt! Wenn nun Slawa recht hätte? Wolodja war, was dienstliche Dinge betraf, wirklich nicht sehr gesprächig gewesen …

Eine völlig verfahrene Situation! Übrigens verschwand Slawa Roshkow, ohne meine Frage beantwortet zu haben, womit sich Wolodja in den Tagen vor seiner Verhaftung befasst hatte.

Mir wurde heiß, und ich stand auf, um das Fenster zu öffnen. Herr im Himmel, vielleicht stimmte ja, was er gesagt hatte? Was sollte ich dann tun? Wenn ich ehrlich war, musste ich zugeben, dass ich in der ganzen Angelegenheit schon längst keinen Durchblick mehr hatte und blind nach allen Seiten tappte wie ein Katzenjunges. Zuerst hatte ich angenommen, dass einer von Sofjas Liebhabern der Mörder sei. Bei näherer Betrachtung musste ich feststellen, dass das nicht stimmte. Zum Beispiel hatte ich völlig vergessen, dass ich noch mit General Pjotr Pantelejew sprechen wollte, dessen Frau die schöne Sofja, ihre Rivalin, im Blumengeschäft »Lilie« buchstäblich durch den Dreck gezogen hatte. Das war mir total entfallen! Vielleicht war der General über Sofja so wütend, dass er sie auf dem Gewissen hatte? Ich setzte mich ans Fenster. Nein, mein liebe Tanja, der General, der Sofjas Chefin Natalja anstandslos eine riesige Summe gezahlt und sogar noch 500 Dollar Schmerzensgeld für Sofja draufgelegt hatte, wollte diese unangenehme Sache ohne Aufsehen hinter sich bringen.

Und Wolodja Kostin hatte es bestimmt nicht fertiggebracht, sich für Schmiergeld heimlich Wohnung und Wagen zu kaufen. Das passte einfach nicht zu ihm. Slawa musste sich irren!

Ich schloss das Fenster und schaute auf die Uhr. Es war schon zwanzig vor acht, Zeit, Kira und Lisa aus dem Bett zu werfen. Ich öffnete die Tür zu Lisas Zimmer und rief: »He, aufstehen!«

In diesem Moment fasste ich einen Entschluss. In Kürze musste der Autor des Schmähartikels, Konstantin Rebrow, bei mir auftauchen. Ich wollte ihn nach allen Regeln der Kunst befragen. Er sollte mir sagen, wer ihm die Informationen über Wolodja geliefert hatte. Von dem wollte ich mir dann die Luxushöhle und den Jeep vorführen lassen, die dem Kommissar angeblich gehört hatten. Ich glaubte das alles erst, wenn ich es mit eigenen Augen gesehen hatte.

27. Kapitel

Konstantin Rebrow war pünktlich wie der Orient-Express. Exakt um neun Uhr klingelte es an der Tür von Wolodjas Wohnung. Ich öffnete. Draußen stand ein kleiner, schmalbrüstiger Mann mit der Figur eines Dreizehnjährigen.

Ihm war offenbar bewusst, wie er auf andere wirkte. Daher gab er sich alle Mühe, eindrucksvoller zu erscheinen. Seine Wangen und sein Kinn waren von schwarzem Gestrüpp überwuchert. Er hatte eine teure, supermoderne Brille auf der Nase und war in einen dunkelblauen Ledermantel gehüllt, der fast bis zum Boden reichte. Aber es nützte alles nichts. Der ganze Aufzug wirkte in seiner Einfalt nur lächerlich und Rebrow wie ein Halbwüchsiger, der sich als Erwachsener kostümiert hatte. Das einzig Angenehme war seine Stimme – ein kräftiger Bass. Ein hoher Tenor hätte besser zu ihm gepasst.

»Sie sind Tatjana Romanowa?«, donnerte Rebrow.

Ich nickte und bat ihn herein. Er schritt mit gewichtiger Miene durch die Wohnung.

»Die letzte Renovierung ist noch nicht lange her«, sagte ich schüchtern, »auch die Armaturen sind neu …«

»Das spielt keine Rolle«, bemerkte der Makler.

»Wieso nicht?«

»Weil jeder, der eine solche Wohnung kauft, sie nach seinem Geschmack neu gestaltet. Wichtig sind andere Dinge!«

»Zum Beispiel?«

»Die Lage des Hauses, die Etage, die Größe, ob Müllschlucker und Telefon vorhanden sind, die Höhe der Decken, ob Bad und Toilette getrennt sind oder nicht …«, dozierte Rebrow. Sein Urteil: »Man könnte mit 25000 einsteigen. Wenn sich kein Angebot findet, gehen wir mit dem Preis langsam herunter. Wollen Sie den Verkauf über das Maklerbüro abwickeln oder ihn mir persönlich übertragen?«

»Arbeiten Sie nicht im Maklerbüro?«

»Ich bin in der Tat beim ›Goldenen Schlüssel‹ angestellt«, gab Rebrow lächelnd zurück. »Manchmal betreue ich jedoch auch Kunden persönlich. Das wird für Sie günstiger. In der Agentur bezahlen Sie 1000 Dollar, bei mir nur 500. Aber machen Sie sich keine Sorgen, ich erledige alles genauso gründlich und besorge Ihnen auch sämtliche notwendigen Papiere. Ich brauche keinen schriftlichen Auftrag. Nur Ihren Pass möchte ich sehen.«

»Ich bin nicht hier gemeldet; ich habe diese Wohnung geerbt.«

»Schon vor längerer Zeit?«

»Mein Bruder ist Anfang September verstorben.«

»Ach, so ist das«, brummte Rebrow und schien sofort alles Interesse an der Sache zu verlieren. »Dann können Sie ein halbes Jahr lang gar nicht über diesen Wohnraum verfügen. Das ist schade. Ich habe gerade einen Kunden, der eine Einzimmerwohnung in dieser Gegend sucht. Aber es soll wohl nicht sein.«

»Möchten Sie einen Kaffee?«, fragte ich höflich.

Rebrow schaute auf die Uhr. »Warum nicht? Draußen ist es so ungemütlich, als hätten wir nicht September, sondern schon Ende November.«

Wir setzten uns in die Küche. Rebrow musterte das nackte Fenster, die unterschiedlichen Tassen, den bloßen Tisch und meinte: »Ihr Bruder war sicher Junggeselle. Gemütlich ist es hier ja nicht gerade.«

»Da liegen Sie richtig«, antwortete ich. »Eine Frau hatte Wolodja noch nicht gefunden.«

»Ist er jung gestorben?«

»Am 1. Oktober wäre er vierzig geworden.«

»Was ist ihm denn zugestoßen? Hatte er Krebs? Oder war es ein Unfall?«

»Er hat sich das Leben genommen. Im Gefängnis.«

»Das tut mir leid«, sagte Rebrow leise.

Ich schob die Tasse zurück und legte meine Hand auf seine, die sich schweißfeucht anfühlte.

»Sie haben meinen Bruder gekannt!«

»Das kann nicht sein«, entfuhr es Rebrow.

»Doch, doch«, antwortete ich. »Schau mal her, Konstantin!«

Wie gebannt starrte der Makler mich an. Ich hielt ihm einen Schlüssel vor die Nase, der an einem einfachen Schlüsselring hing.

»Was soll das sein?«, fragte Rebrow argwöhnisch.

»Das ist der Schlüssel der Wohnung, in der wir jetzt sitzen«, sagte ich und lächelte freundlich. »Ich habe die Tür von innen abgeschlossen. Und jetzt ...« Mit einem Schwung warf ich den Schlüssel zur offenen Lüftungsklappe des Fensters hinaus.

»Warum tun sie das?«, fragte Rebrow erschrocken.

»Das tue ich, mein Lieber, damit du nicht eher von hier wegkannst, bis ich weiß, wer dich beauftragt hat, Major Kostin zu verleumden und dieses Machwerk von Zeitungsartikel mit dem Titel ›Der korrupte Bulle‹ zu fabrizieren.«

Der Makler wurde weiß wie der Kühlschrank hinter ihm.

»Sie ... Sie ...«

»Ja, ich bin Wolodja Kostins leibliche Schwester. Er ist auf Grund falscher Anschuldigungen in die Butyrka gekommen. Dort hat man ihm euer Käseblatt mit deinem Werk vorgelegt. Daraufhin hat er seinem Leben ein Ende gesetzt. Auf seinem Tisch lag ein Zettel mit dem Satz: ›Für meinen Tod ist Konstantin Rebrow verantwortlich, der meinen ehrlichen Namen in den Schmutz getreten hat.‹ Ich kann dich wegen Anstiftung zum Selbstmord anzeigen.«

Mit zitternden Händen tastete Rebrow nach Zigaretten und Feuerzeug.

»Übrigens«, fügte ich hinzu, um ihn etwas zu beruhigen, »wenn du die Wahrheit sagst, wer diese Schmiererei bei dir bestellt hat, dann zeige ich nicht dich an, sondern den Auftraggeber! Also, woher hattest du die ›heißen Fakten‹?«

Rebrow wirkte nicht nur äußerlich wie ein Mäuschen, er hatte auch nicht viel mehr Mut als so ein kleines Nagetier.

»Was reden Sie da für einen Unsinn?«, murmelte er und steckte sich nervös eine »Goldene Java« an. »Was ich geschrieben habe, ist alles wahr, kein Wort gelogen.«

»Ach ja?«, fuhr ich ihn an. »Erstaunlich! Du hast dich doch gerade in dieser Wohnung umgesehen und hast selbst festgestellt, wie ungemütlich es hier ist. Wo sind denn deine vier Zimmer mit der feinen Ausstattung, he? Wo die teuren Möbel? Vielleicht habe ich ja das Ledersofa, das Kristall, die Bilder und Teppiche weggeschleppt, aber wo sind die Zimmer geblieben?«

Rebrow sprang von seinem Stuhl auf.

»Ich habe doch nicht diese Wohnung beschrieben!«

»Welche denn dann?«

Rebrow biss sich auf die Lippen und drückte mit heftigen Bewegungen die Zigarettenkippe im Aschenbecher aus.

»Heraus mit der Sprache!«, rief ich böse. »Wenn mein Bruder noch eine andere Wohnung hat, dann umso besser für mich. Für vier Zimmer kriegt man eine Menge Geld. Alle meine Probleme wären auf einen Schlag gelöst! Na, was ist? Du bist mir vielleicht einer! Wegen dir ist ein Mensch gestorben, kapierst du? So einen Palast hat Wolodja nie besessen!«

»Hat er doch!«, heulte Rebrow jetzt auf. »Was wollen Sie von mir? Ich bin selbst dort gewesen und habe alles so geschildert, wie ich es gesehen habe! Die Küchenmöbel aus Italien, ein Jakuzzi-Bad, Samtvorhänge an den Fenstern, verspiegelte Schränke, lederbezogene Sitzgruppen, handgeknüpfte Teppiche aus Turkmenien und die Hausbar voller französischem Kognak und schottischem Whisky ...«

Ich schnappte nach Luft. Eine solche Wendung der Dinge hatte ich nicht erwartet.

»Im Parkhaus hat er einen riesigen ›Lincoln-Navigator‹ stehen. Den kriegt man nicht für ein paar Kopeken! Dafür müsste ich mein ganzes Leben lang arbeiten!«

Verwirrt stieß ich hervor: »Aber davon hat Wolodja nie etwas erzählt!«

Der Knirps grinste hämisch. »Das wundert mich nicht. Bestimmt hat er befürchtet, dass du von dem Geld Wind bekommst und ihm dann auf die Nerven gehst. Verwandte können so gemein sein. Wenn meine zum Beispiel wittern, dass es in der Tasche ihres Sohnes und Enkels klimpert, sind sie sofort zur Stelle. Sie brauchen Medikamente, wollen mal was Gutes essen ... Ich kann diesen Major gut verstehen. Er wollte selber genießen, was er sich verschafft hatte!«

Die Wut, die in mir aufstieg, schluckte ich herunter und fragte: »Wer hat dir das alles über Kostin erzählt? Und wie bist du eigentlich zum Schreiben gekommen, als Makler?«

Rebrow schwieg.

«Was ist, hast du die Zunge verschluckt?«

»Schluss mit dem Gerede!«, knurrte er nun. »Um drei muss ich einen Vertrag unterschreiben. Der bringt mir 500 Dollar Provision, davon lebe ich.«

»Tut mir leid«, erwiderte ich. »Du weißt doch, hier kommst du erst raus, wenn du mir alles erzählt hast. Dann kriegt die Scheinchen eben ein anderer.«

»Was gibt es denn da zu erzählen?«, rief Rebrow jetzt empört. »Ich verdiene mir mit der Maklerei etwas dazu! Von Zeilenhonoraren kann man nicht leben!«

»Immer schön der Reihe nach, mein Freund«, sagte ich

barsch. »Es hängt ganz von dir ab, wann du hier wegkommst.«

»Und wie willst du die Tür ohne Schlüssel öffnen?«, fragte der Zwerg plötzlich.

»Das ist meine Sache! Deine ist es, reinen Tisch zu machen.«

Rebrow seufze ergeben und legte los: »Da gibt es gar nichts zu verbergen, denn ich habe nichts Unrechtes getan.« Wahrscheinlich lag ihm sehr an dieser Provision, denn nun spulte er eilig seinen ganzen Lebenslauf ab.

Einen Hang zum gedruckten Wort verspürte Rebrow schon immer. Es machte ihm einfach Spaß, ein leeres Blatt zu beschreiben. Mit eigener Hand, denn einen Computer konnte er sich nicht leisten. Er heiratete früh, hatte bald zwei Mäuler zu stopfen und daher nie Geld in der Tasche. Eine richtige Ausbildung hatte er auch nicht. Nach der Schule hatte er sich zwar an der Journalistikfakultät der Moskauer Universität beworben, aber ohne Beziehungen kam man da nicht ran. Auch am weniger begehrten Polygrafischen Institut nahmen sie ihn nicht. Da blieb ihm nur noch die Armee. Dort hatte er unerwartet Glück. Das Schicksal trug ihn in eine ganz gewöhnliche Einheit in der Stadt Wolokolamsk. Die schlimmen Quälereien neuer Rekruten durch Ältere, die damals in aller Munde waren, gab es dort nicht, die Offiziere waren freundlich, die Unteroffiziere streng, aber gerecht, und sogar das Essen schmeckte. Außerdem hatten sie dort eine winzige Druckerei, wo eine Zeitung mit dem schlichten Namen »Auf Wacht für die Heimat« hergestellt wurde. Rebrow war bald ihr fleißigster Korrespondent und schließlich sogar ihr Chefredakteur. Er machte seine Sache so gut, dass Oberst Michaljow, der Kommandeur der Einheit, ihn nach Beendigung seines Dienstes nach Moskau empfahl. Michaljows Bruder gab dort in einem Forschungsinstitut, das für die Rüstungsindustrie arbeitete, eine Zeitung mit beträchtlicher Auflage heraus. So begann Rebrows Aufstieg zu den Höhen der Inlandspresse. Weit kam er dabei allerdings nicht. Meist arbeitete er für unbedeutende Blätter, die auf schlechtem Papier in kleiner Auflage erschienen. Aber er wurde Mitglied des Journalistenverbandes, was ihm das Recht verschaffte, sich eine Visitenkarte mit der Aufschrift zuzulegen: »Konstantin Rebrow, Literat, Mitglied des Journalistenverbandes der UdSSR«.

Dann fiel dieses große Land auseinander. Wie Tausende anderer Leute war auch Rebrow plötzlich arbeitslos. Zahllose Zeitungen stellten geräuschlos ihr Erscheinen ein. Und bei den neuen Druckerzeugnissen, die wie Pilze aus dem Boden schossen, wollte ihn niemand haben. Da wuchs eine ganz andere Generation heran. Jeder Chefredakteur stellte die gleichen Fragen: »Sind Sie perfekt auf dem Computer? Welche Fremdsprachen beherrschen Sie? Welche Hochschule haben Sie absolviert?«

Nach vielen deprimierenden Absagen fand Rebrow schließlich Arbeit bei einer Maklerfirma. Vom Schreiben aber wollte er trotzdem nicht lassen. Er betätigte sich als freier Korrespondent, bot dieser und jener Redaktion seine Artikel an. Er wurde sogar gedruckt, leider nicht sehr oft. Leben konnte er davon nicht. Seinen Unterhalt bestritt er vor allem mit dem Kauf und Verkauf von Immobilien. Aber in der Firma war man stolz auf ihn, als sei er ein zweiter Tolstoi. Jede Publikation wurde feierlich ans Schwarze Brett geschlagen, und der Chef machte einen Werbegag daraus. »Das hat einer unserer Makler geschrieben, der ist sogar Mitglied des Journalistenverbandes!«, ließ er jeden Kunden wissen. Das verlieh der Firma Seriosität und Glaubwürdigkeit. Alle waren rundum zufrieden.

Ende August rief dieser Chef namens Andrej Rebrow zu sich.

»Was sagtest du gerade, wie ist sein Name?«

»Andrej Malachow«, wiederholte Rebrow. »Dem gehört die Maklerfirma. Warum fragen Sie?«

»Ach, nichts«, murmelte ich, »sprich nur weiter.«

Andrej Malachow fragte: »Hast du Kontakt zur Redaktion des *Moskowski Komsomolez*?«

»Bekannte habe ich überall«, antwortete Rebrow achselzuckend. »Worum geht es denn?«

»Ich möchte denen einen Artikel unterjubeln«, meinte Malachow grinsend, »über Korruption in der Miliz. Da gibt es einen gewissen Major ...«

Der Chef redete ziemlich lange und fragte dann unvermittelt: »Willst du dir mal eine Wohnung anschauen?« Und als Rebrow verwundert zustimmte, fuhren sie auf der Stelle los. Es ging nach Kunzewo. Dort erhob sich in wunderbar grüner Umgebung ein nagelneues großes Haus mit Luxuswohnungen und Tiefgarage. Die beiden besichtigten eine der Wohnungen, zu der ein mächtiger Jeep in der Garage gehörte.

»Hör mal«, fragte Rebrow seinen Chef, als der in aller Ruhe die Wohnung verschloss, »wo hast du eigentlich die Schlüssel her?«

Malachow lachte. »Meine Schwester Dascha hat eine Weile mit diesem Kostin zusammengelebt und wollte ihn sogar heiraten. Aber er hat sie abgeschoben und eine andere genommen. Dafür will ich ihm eins auswischen! Hat er meiner Schwester so übel mitgespielt, soll er jetzt was erleben, der korrupte Kerl. Die Schlüssel habe ich von Dascha, sie hat sich vor dem Rauswurf eine Kopie anfertigen lassen. Als sie sich bei mir ausheulte, sagte sie: ›Wolodja, der Schuft, weiß von den Schlüsseln nichts. Dem werde ich es zeigen! Wenn er mit meiner Nachfolgerin ins Bett steigt, stehe ich plötzlich in der Tür. Die Fresse will ich sehen!‹ Ich habe ihr die Schlüssel abgenommen«, erklärte Andrej, »und ihr versprochen, das ich das für sie erledige.«

»Wir sollten schnell von hier verschwinden«, sagte Rebrow erschrocken. »Am Ende taucht der Bulle auf und zeigt es uns!«

»Keine Angst!«, meinte Malachow, als sie in den Fahrstuhl stiegen. »Tagsüber ist der immer im Dienst!«

Rebrow rief Ressortleiter Schlykow beim *Moskowski Komsomolez* an. Dem sagte das Thema zu, und Rebrow machte sich an die Arbeit. Der Artikel geriet ihm prächtig, er war mit spitzer Feder geschrieben und spannend zu lesen. Rebrow erhielt ein hübsches Honorar. An dem Tag, als sein Werk in der Zeitung erschien, rief ihn Andrej Malachow in sein Büro und schenkte ihm eine große Flasche feinsten Kognaks im Pappkarton. »Danke für deine Unterstützung. Dascha hat sich sehr gefreut. Trink einen auf den Erfolg!«

Rebrow bedankte sich und wollte die Flasche mit seinen Kollegen leeren. Als er sie auspackte, sah er, dass ein Umschlag mit grünen Scheinen dabei lag. Ein guter Tag für ihn, und wieder waren alle zufrieden. Malachow, weil er seiner Schwester einen Gefallen getan hatte, Rebrow, weil sein Chef so viel von ihm hielt. Und das Geld war auch nicht zu verachten.

»Ich habe mir bei der ganzen Sache nichts vorzuwerfen!« Mit diesen Worten schloss Rebrow seinen Bericht. »Wer konnte ahnen, dass sie so ausgeht. Weshalb ist er denn hinter Gitter gekommen? Hat man ihn mit Schmiergeld erwischt?«

Das überhörte ich und fragte meinerseits. »Erinnerst du dich an die Adresse?«

»Welche Adresse?«

»Na, die von der Wohnung meines Bruders in Kunzewo!«

»Warte mal, die muss ich irgendwo aufgeschrieben haben.«

Er zückte ein dickes Notizbuch, blätterte darin herum und sagte plötzlich erfreut: »Na bitte, hier ist sie: Uliza Karpowa Nr. 8, Wohnung 26.«

»Noch eine Frage: Hat es in eurer Firma einen Anton Seliwanow gegeben?«

»Anton? Ja, aber der ist kürzlich verstorben. Ganz merkwürdig, an einem Stromschlag. Woher kennst du den?«, frage Rebrow verwundert.

»Wir sind uns mal begegnet«, antwortete ich ausweichend. »So, jetzt kannst du verschwinden. Ich muss auch zur Arbeit.«

»Und wie komme ich hier raus?«, fragte Rebrow verblüfft.

»Durch die Tür, wie sonst?«, erwiderte ich giftig. »Sie ist nicht verschlossen.«

Rebrow fuhr zusammen, warf mir einen wütenden Blick zu, sprang dann aber auf und lief schnellen Schritts durch die Diele. Ich wartete, bis draußen der Fahrstuhl abfuhr, und steckte mir zufrieden eine Zigarette an. Jetzt blieb mir nur noch eines zu tun: Ich musste zur Uliza Karpowa fahren und herausfinden, wem diese verdammte Wohnung gehörte.

28. Kapitel

Um die Mittagszeit war ich an Ort und Stelle. Aus einem Meer von Grün ragte stolz ein heller Klinkerbau hervor. Die frühen Septemberfröste hatten dem Laub noch nichts anhaben können. Für die Reichen machte offenbar selbst die Natur eine Ausnahme.

Ich stellte meinen zerbeulten Lada verschämt am äußersten Rand des Parkplatzes ab und schritt zum Eingang, den natürlich eine Wechselsprechanlage zierte. »Diensthabender – 000« stand auf einem blitzenden Metallschild über dem Zahlenfeld. Ich drückte das Knöpfchen dreimal. Eine Melodie ertönte, und danach fragte eine strenge Frauenstimme höflich: »Zu wem möchten Sie?«

»Wohnung 26.«

Es klickte, und die Tür öffnete sich automatisch. Ich trat in ein großes Vestibül, das mit beigefarbenem Teppichboden ausgelegt war. Wie sie das wohl machten, dass der so sauber blieb? Hier mussten doch viele Menschen mit schmutzigen Schuhen ein- und ausgehen. Aber nein, die meisten fuhren sicher im Wagen vor. Vor einem riesigen Panoramafenster stand zwischen Kübeln, in denen mir unbekannte exotische Pflanzen mit fleischigen Blättern wuchsen, ein gewaltiger Schreibtisch. Dort erhob sich jetzt eine Dame von etwa vierzig Jahren. Nach Figur und Aufmachung konnte sie glatt einem Hochglanz-Magazin entstiegen sein. Vor allem das Kostüm aus englischem Tweed fiel mir auf. Am Revers trug sie ein kleines Schild mit ihrem Namen: Jelena Milowanowa. Unwillkürlich fiel mir Oma Sina ein, die sicher gerade vor unserer Haustür an einem Pullover strickte. Bei dem Vergleich musste ich lächeln.

»Guten Tag«, sagte ich, so freundlich ich konnte.

»Guten Tag«, kam es von Jelena.

»Ich möchte zu Wohnung 26. Können Sie mir sagen, ob dort jemand zu Hause ist?«

Die Empfangsdame zögerte einen Moment und sagte dann: »Entschuldigen Sie, ich bin erst seit zwei Wochen hier und kenne noch nicht alle Mieter persönlich. Außerdem stehen hier mehrere Wohnungen leer, wir haben viele Umzüge. Wie ist der Name des Besitzers von Nummer 26?«

»Wolodja Kostin, so ein großer Blonder ...«

Jelena hob entschuldigend die Hände. »Den kenne ich leider nicht. Fahren Sie doch einfach hinauf und klingeln Sie.«

»Ist dies ein neues Haus?«, fragte ich noch, als ich auf den Fahrstuhl wartete.

»Die ersten Bewohner sind im Juli eingezogen«, erklärte mir Jelena freundlich. »Wir haben 129 Wohnungen. Über die Hälfte steht zur Zeit noch leer. Die Preise sind wirklich sehr hoch.«

Ich trat in einen geräumigen Lift, dessen eine Wand ganz verspiegelt war, und drückte auf einen Knopf. Die Tür schloss sich leise, und ich schwebte nach oben. In dem großen Vorraum der sechsten Etage, von dem fünf Wohnungstüren abgingen, stand ... eine Tischtennisplatte. O ja, den Bewohnern fehlte es hier wohl an nichts. Wohnung 26 erfreute das Auge mit einer Stahltür, die man mit feinem Leder in der Farbe frischen Salats beschlagen hatte. Ich sah mich um. Auffällig war, dass alle Wohnungstüren einander glichen wie ein Ei dem anderen: grünes Leder und darauf die Wohnungsnummer in blinkendem Messing.

Ich legte mein Ohr an das Schlüsselloch von Nr. 26. Drinnen war es totenstill. Ich betätigte die Klingel. Ein Triller wie von einer Nachtigall rollte durch die Räume, aber niemand reagierte. Das Vögelchen strengte sich umsonst an, es schien niemand da zu sein.

Nun ging ich eine Etage tiefer und stellte fest, dass hier die Türen verschieden gestaltet waren. Offenbar hatten die Bewohner der sechsten ihre Türen alle von einer Firma beschlagen lassen. Das erleichterte meine Aufgabe. Ich lief wieder hinauf und klingelte mit Unschuldsmiene an Wohnung 27.

»Wer ist da?«, ertönte es hinter der Tür. Über mir schaltete sich eine grelle Lampe ein, die mich sicher von Kopf bis Fuß anstrahlte.

»Entschuldigen Sie, ich wohne unter Ihnen auf der fünften Etage …« Mehrere Schlösser klickten, und auf der Schwelle erschien eine rundliche Dame in knallrotem Pullover und einer Hose in ähnlich greller Farbe. Für diese Figur sehr ungünstig, dachte ich bei mir. Von weitem wirkte sie wie ein Feuerlöscher.

»Ist was passiert?«, fragte sie mit melodischer Stimme. »Ich hoffe, ich habe Sie nicht unter Wasser gesetzt?«

Ich lachte angestrengt. »Nein, wo denken Sie hin! Ich komme wegen der Tür.«

»Wegen der Tür?«

»Ja, hier auf der sechsten Etage sind alle Türen so hübsch beschlagen. Die auf der fünften gefallen mir überhaupt nicht. Können Sie mir vielleicht die Telefonnummer der Firma sagen, die für Sie gearbeitet hat? Natürlich nur, wenn es nicht zu viel Mühe macht.«

»Ach wo, das macht doch keine Mühe«, antwortete die Dame lächelnd. »Treten Sie bitte näher.«

Ich gelangte in eine riesige, geradezu gewaltige Diele. Damit die Frau nicht auf dumme Gedanken kam, sagte ich rasch: »Wie kalt es jetzt schon ist! Dabei haben wir gerade erst Mitte September. In Pantoffeln habe ich mich gar nicht aus der Wohnung getraut und auch gleich noch die Jacke übergeworfen, um mich nicht zu erkälten.«

»Ich habe mir auch einen dicken Pullover und sogar Wollsocken angezogen. Hier ist es kalt wie in einem Sarg! Mein Mann hat gestern sogar einen Hexenschuss bekommen. Die könnten wirklich langsam anfangen zu heizen!«

Ich sah zu, wie sie mit gepflegten, ringgeschmückten Händen ein elegantes Notizbuch durchblätterte und blieb bei dem beliebten Thema. »Oberbürgermeister Lushkow will die Heizperiode erst Mitte Oktober beginnen lassen.«

»Das ist jedes Jahr dasselbe«, sagte der Feuermelder stirnrunzelnd. »Im April war es draußen schon warm, da kochten die Heizkörper förmlich. Außerdem, Häuser wie dieses, wo die Wohnungen so teuer sind, könnten wirklich eher geheizt werden. Bei den Preisen kann man wohl eine Sonderbehandlung erwarten. So, hier haben wir die Firma ›Festung‹.«

Die Dame schrieb eine Telefonnummer auf einen Zettel und reichte ihn mir.

»Tausend Dank, das war wirklich riesig nett von Ihnen!« sagte ich überschwenglich.

»Keine Ursache«, antwortete die Dame. »Wo wir jetzt Nachbarn sind, müssen wir uns doch gegenseitig helfen.«

Ich trat wieder auf den Treppenabsatz hinaus, klingelte an der Nachbarwohnung und sagte dabei: »Leider denken nicht alle so! Hier wohnt zum Beispiel so ein Typ ohne alle Manieren! Als ich bei ihm geklingelt habe, hat er in der Unterhose aufgemacht! Offenbar war er nicht ganz nüchtern. Er wollte überhaupt nicht mit mir reden. Kennen Sie ihn?«

Die Dame schüttelte den Kopf. »Nein, wir haben uns noch nicht bekannt gemacht. Ich habe ihn erst zweimal gesehen. Ein interessanter Mann – blond, jung und wahrscheinlich unverheiratet.«

»Tatsächlich? Wie kommen Sie denn darauf?«

»Weil er jedes Mal eine andere Dame bei sich hatte«, teilte mir die Nachbarin mit. »Einmal eine Blondine und dann wieder eine Brünette.«

»Keine Manieren!«, sagte ich kopfschüttelnd und stieg in den Fahrstuhl.

Als ich wieder im Auto saß, überlegte ich, wie ich nun weiter vorgehen sollte. Wie konnte ich herausbekommen, ob die Wohnung tatsächlich Wolodja gehörte? Am besten bei der Hausverwaltung, die sicher im selben Gebäude saß. Und wirklich, neben dem Eingang sah ich eine weitere Tür mit dem Schild: Geöffnet von 9.00–18.00 Uhr.

Drinnen fand ich die gleichen Grünpflanzen und den gleichen Schreibtisch vor wie im Vestibül, nur thronte hier eine ziemlich betagte Person mit einem Namensschild auf dem ausladenden Busen, das verkündete: Diensthabende Margarita Litwinowa.

Die musterte mich erst einmal von Kopf bis Fuß und fragte in strengem Ton: »Was wünschen Sie?«

»Wissen Sie«, begann ich ein wenig schüchtern, »man hat mir in diesem Haus eine Wohnung angeboten.«

»Sehr schön!« Die Frau belebte sich sichtlich. »Eine sehr gute Wahl. Viel Grün, kein Lärm, gute Verkehrsanbindung. Und die Wohnungen sind einfach super. Greifen Sie zu, Sie werden es nicht bereuen.«

»Das mag ja alles sein«, sagte ich in leicht nörgelndem Ton, »nur mein Mann ist Akademiemitglied, ein berühmter Wissenschaftler, aber schon recht betagt. Er wünscht sich vor allem Ruhe. Was, wenn in der Nachbarschaft ein Trinker haust?«

»Wo denken Sie hin!«, erwiderte Margarita lächelnd. »Solche Typen bekommen bei uns keine Wohnung.«

»Sagen Sie das nicht«, parierte ich. »Wir wohnen jetzt in der Uliza Usijewitscha, in einem Haus, das einmal für Schriftsteller gebaut worden ist. Alles Eigentumswohnungen. Als wir dort gekauft haben, glaubten wir, wir kämen unter lauter ruhige, gebildete Leute. Und dann? In eine Räuberhöhle sind wir geraten! Parties und Besäufnisse Tag für Tag! An Arbeit oder Erholung gar nicht zu denken! Wir müssen dort weg und haben natürlich Angst, dass wir vom Regen in die Traufe kommen. Können Sie mir zum Beispiel sagen, wer in Wohnung 27 wohnt?«

»Einen Moment«, antwortete Margarita und holte ein dickes Registrierbuch aus ihrem Safe. »Also, Wohnung

27: Oleg Kowalenko, geboren 1939, und Anna Kowalenko, geboren 1949. Er ist Mitarbeiter der Präsidialadministration, und sie Hausfrau. Wenn Sie mich fragen, solide Leute, die keinen Ärger machen.«

»Und in der 25?«

»Einen Moment. Serafima Anofrijewa, geboren 1917, Rentnerin. Von der ist absolut nichts Böses zu erwarten. Da hat jemand seine Schwiegermutter abgeladen. Nr. 25 ist nur eine Zweizimmerwohnung, für eine Großmutter gerade richtig. Die verhält sich bestimmt still.«

»Das freut mich aber«, verkündete ich strahlend. »Das klingt ja alles recht gut. Könnten Sie nur zu meiner Beruhigung auch noch bei der 26 nachschauen?«

»Kein Problem«, meinte Margarita lächelnd. Ihre Augen flitzten über die Zeilen. Aber dann stockte sie. »Ich glaube, ich muss sie enttäuschen …«

»Jetzt sagen Sie bloß nicht, dass dort ein Rocker, vielleicht der Sänger der Gruppe ›Pauki‹ wohnt!«, rief ich erschrocken.

»Nein, nein«, wehrte Margarita ab. »Zumindest hoffe ich das nicht, denn mit dem hätten wir schon Ärger gehabt. Aber zu meinem tiefen Bedauern kann ich Ihre Frage zu Wohnung Nr. 26 nicht beantworten.«

»Wieso, steht sie leer?«

»Nein, dort wohnt ein einzelner Herr, obwohl es vier Zimmer sind. Heute gibt es ja keine Wohnraumzuteilung mehr. Man muss nur genug Geld haben.«

»Und wo ist das Problem? Ist er nicht hier gemeldet?«

»Doch, doch.«

»Wer ist es? Wollen Sie es mir nicht sagen?!«

»Ich kann nicht. Ich habe hier nur seine Kontonummer. Das wird manchmal gemacht, wenn ein Bewohner anonym bleiben will. Zum Beispiel ein Popsänger, der sich vor aufdringlichen Fans schützen möchte, verstehen Sie?«

»Da haben wir es!«, schrie ich auf. »In Wohnung 26 wohnt also ein Sänger! Das fehlte gerade noch!«

»Das glaube ich nicht.« Margarita suchte mich zu beruhigen. »Solche Leute sind laut und sehr extrovertiert. Der wäre uns längst aufgefallen. Ich denke in eine ganz andere Richtung ...«

Sie verstummte und blickte mich vielsagend an.

»Also«, drängte ich sie, »wer ist es?«

Margarita legte ihr Gesicht in nachdenkliche Falten. »Wissen Sie, ich habe mein ganzes Leben lang in Hausverwaltungen gearbeitet und schon alles Mögliche erlebt. Die Miliz unterhält an manchen Orten operative Wohnungen ...«

»In so einem Haus? Dafür dürften die Mittel nicht reichen!«

»Das kann sein, muss aber nicht«, sagte die Frau achselzuckend. »Vielleicht ist es auch der FSB ... Der Mann macht den Eindruck, als hätte er etwas mit denen zu tun, so ein ruhiger, unauffälliger Typ. Wenn dort ein Sänger wohnte, dann hätten schon mal die Wände gewackelt!«

Ich bedankte mich bei der entgegenkommenden Dame, stieg in mein Wägelchen und rollte langsam vor mich hin. Hier kam ich erst einmal nicht weiter. Aber so schlimm war das nicht. Als Nächstes wollte ich mir die Maklerfirma »Goldener Schlüssel« vornehmen, mich bei deren Chef Andrej Malachow anmelden und mich über ihn an diese Dascha heranpirschen, Wolodjas verflossene Geliebte, die es fertiggebracht hatte, seine Wohnungsschlüssel heimlich nachmachen zu lassen.

Aber bei der Maklerfirma erwartete mich eine Überraschung. An der Eingangstür hing ein Zettel mit der Mitteilung: »Aus technischen Gründen geschlossen«. Vor dem Haus standen zwei Milizwagen. In der Firma hatte es also Ärger gegeben, und bestimmt nicht, weil sie ihre Strom- oder Telefonrechnung nicht bezahlt hatte. Ich wollte gerade Malachows Telefonnummer wählen, als jemand herauskam und mir beinahe die Tür vor den Kopf geschlagen hätte.

»He, he!«, entfuhr mir ein Schrei der Entrüstung. »Können Sie nicht aufpassen? Sie hätten mich beinahe umgebracht!«

Der Mann, der es so eilig hatte, wandte sich mir zu, und ich schaute in die unangenehme Physiognomie von Wolodjas Kollegen Mischa Koslow.

»Tanja!«, sagte er und lächelte. »Wie kommst du denn hierher? Und was willst du hier?«

Für einen Moment verschlug es mir die Sprache. Der wusste wohl nicht mehr, wie frech er mir beim letzten Mal gekommen war? Aber Koslow schien sich über die Begegnung wirklich zu freuen. Und da ein schlechter Frieden immer besser ist als ein guter Streit, antwortete auch ich friedlich: »Ich will meine Datsche in Aljabjewo verkaufen. Warum haben die hier geschlossen?«

Mischa machte ein ernstes Gesicht. »Der Chef ist tot, ein Herr Malachow.«

»Das ist ja'n Ding!«, rief ich. »Wann ist es denn passiert?«

»Heute morgen«, teilte Koslow mit. »Direkt an seinem Arbeitsplatz! Und nur, weil er zu geizig war!«

»Zu geizig?«

»Hm«, brummte Mischa und sagte dann: »Komm in mein Auto, lass uns eine rauchen.«

Wir stiegen in seinen nagelneuen Lada, der noch nach Maschinenöl roch.

»Hier ist gründlich rekonstruiert worden. Alles nach dem letzten Schrei: tiefhängende Decken, überall Teppiche, Tapeten aus Deutschland … Nur an den Stromleitungen haben sie gespart«, erklärte Mischa. »Haben einfach die alten drin gelassen. Und das hat er nun davon …«

»Er ist an einem Stromschlag gestorben?!«, murmelte ich.

»Genau!«, bestätigte Mischa. »Er hat den Wasserkocher eingeschaltet, und dabei ist es passiert. Vielleicht war das Ding defekt. Aber das werden wir bald wissen.«

Ich schwieg erschüttert.

»Wie geht es euch denn?« Mischa wechselte das Thema, als ob nichts geschehen wäre. »Was machen Kira und Lisa? Hunde und Katzen alle gesund? Ich wollte längst mal wieder vorbeischauen, aber die Arbeit lässt uns nicht los, nimmt uns die Luft zum Atmen. Warum sagst du nichts? Wie geht es den Kindern?«

»Alles in Ordnung«, murmelte ich und zitterte am ganzen Leib.

»Was ist mir dir?«, fragte Mischa verwundert. »Bist du krank?«

»Ja!«, flüsterte ich. »Ich hab eine Grippe erwischt.«

»Hier, nimm den Schal«, sagte Mischa besorgt. »Du solltest dich etwas wärmer anziehen.«

Er griff nach hinten, angelte vom Rücksitz einen gestrickten braunen Herrenschal und legte ihn mir über die Jacke. Ich hätte beinahe aufgeheult. Der Schal duftete stark nach dem Rasierwasser von »Gillette«, das Wolodja benutzte, und nach seinen Zigaretten. Wie oft hatte ich dieses Gemisch in der Nase gehabt, wenn ich nahe bei ihm stand.

»Lass das!«, sagte ich scharf und riss den Schal herunter.

»Was ist denn jetzt schon wieder?« Mischa starrte mich entgeistert an.

Als ich in seine erstaunten Augen schaute, immer noch diesen Duft in der Nase, drehte ich plötzlich durch.

Ich riss die Tür auf, sprang auf die Straße, warf den

unschuldigen Schal zu Boden und trampelte mit den Füßen darauf herum. Dabei schrie ich: »Schweinehund! Schweinehund!«

»An wen geht das jetzt?«, fragte Mischa begriffsstutzig.

»An dich! An dich, du Unmensch! Wo ist Wolodjas Grab? Auf welchem Friedhof habt ihr ihn verscharrt? Wie konntest du zulassen, dass er sofort verbrannt wurde? Hattest du Angst, als Freund eines Mörders dazustehen? Was bist du bloß für ein Dreckskerl! Ich hasse dich!«

»Tanja!«, sagte Mischa leise, aber mit tiefer Entrüstung. »Mich trifft keine Schuld!«

»Wolodja trifft keine Schuld!«, kreischte ich weiter, jetzt völlig von Sinnen. »Ihn haben sie reingelegt! Schöne Freunde seid ihr, du und Slawa! Ihr habt ihn hängenlassen! Jetzt ist er tot, aber du fährst in einem neuen Auto herum und kippst sein Rasierwasser auf deinen Schal! Ach, geh doch zum Teufel!«

Außer mir vor Wut, Verzweiflung und Kummer riss ich meinen Autoschlüssel aus der Jackentasche und zog ihn einmal von vorn bis hinten über die Karosse von Mischas nagelneuem Auto. Dann tat ich das Gleiche auf der Motorhaube. Mischa saß da und sagte keinen Ton.

»He, he, was machst du da?«, rief jemand hinter mir.

Ich wandte mich um. Aus der Tür der Maklerfirma stürzte ein fülliger junger Bursche herbei, den ich nicht kannte. Als er näher kam, steckte ich den Schlüssel in die Tasche und fragte: »Du bist der Neue auf Kostins Stuhl, stimmt's?«

»Was?«, fragte der Mann verständnislos.

»Sei auf der Hut, Mischa Koslow verrät dich bei der ersten besten Gelegenheit. Mit dem würde ich mich nicht nachts über den Hinterhof trauen«, sagte ich, drehte mich um und ging zu meinem Wagen.

»Halt, bleib stehen!«, rief der Kerl.

Ich drehte mich nicht einmal um.

»Major Koslow«, rief er jetzt Mischa zu, »warum sagen Sie nichts? Sie können diese Verrückte doch nicht einfach laufenlassen!«

»Lass sie gehen, Juri«, sagte Koslow leise. »Lass sie gehen.«

Ich schaltete den Motor an und fuhr los. Neben Mischas Lada stoppte ich noch einmal. Unser ehemaliger Freund warf mir durch das geschlossene Seitenfenster einen traurigen Blick zu. Da wusste ich nicht mehr, was ich tat. Mit abgrundtiefer Verachtung spuckte ich gegen Koslow aus. Der fuhr unwillkürlich zurück. Langsam lief der Speichel die Autoscheibe herunter. Mir kamen wieder die Tränen. Ich trat aufs Gas. Nur weg von hier, damit ich diese widerliche Visage nicht mehr sehen musste.

29. Kapitel

Zwei Stunden blieb ich in meinem Auto sitzen, um einigermaßen zu mir zu kommen. So lange dauerte es, bis ich meine Nerven im Griff hatte, meine rote Nase zu ihrer normalen Färbung zurückgekehrt war und man mir wieder in die Augen sehen konnte. Mit Creme und Puder bearbeitete ich mein Gesicht und griff dann entschlossen nach dem Steuer. Ich musste unbedingt noch einmal die Firma »Goldener Schlüssel« aufsuchen.

Der Zettel an der Tür war verschwunden, und ich kam ohne Probleme hinein. Im Sekretariat schaute mich ein sympathisches blondgefärbtes Mädchen mit großen grauen Augen freundlich an und wollte mich wohl gerade nach meinem Begehr fragen, als ich mit eiserner Stimme schnarrte: »Kriminalpolizei, Akustiklabor.«

»Ihre Leute sind schon lange wieder weg«, stammelte das Mädchen.

»Sie sind weg, und wir sind da! Geben Sie mir die Privatadresse von Andrej Malachow! Wir müssen dort Messungen vornehmen!«

»Dritte Etage, Wohnung 98«, murmelte die Sekretärin erschrocken.

»Straße und Hausnummer hatte er wohl nicht?«

»Er wohnt hier in diesem Haus! Der Eingang ist vom Hof.«

Ohne der Sekretärin für die Auskunft zu danken, lief ich in die angegebene Richtung und drückte energisch auf den Klingelknopf. Ein junger Mann von etwa dreißig Jahren öffnete. Ich lächelte freundlich.

»Kriminalpolizei. Der verstorbene Andrej Malachow hat hier gewohnt?«

»Ja«. Der Gefragte nickte.

»Meine Kollegen waren wohl gerade hier, ein Major Koslow.«

»Stimmt«, bestätigte der Junge. »Kommen Sie herein.«

»Entschuldigen Sie bitte«, sagte ich und ging durch die geräumige Diele. »Unser Kollege Koslow ist ein zerstreuter Professor, dem geht immer mal was verloren. Dann bekommt er Ärger mit dem Chef … Auch jetzt hat er wieder eine Notiz verlegt. Deshalb muss ich Sie noch einmal stören.«

»Was sein muss, muss sein«, sagte der Bursche ergeben.

»Ich hätte gern noch einmal die Namen, Adressen und Telefonnummern von Malachows engsten Angehörigen gehabt. Wir brauchen sie zur Vervollständigung der Akten.«

Hier zeigte sich wieder, wie gut es ist, dass die meisten Moskauer juristisch völlig unbeleckt sind. Dem jungen Mann kamen keinerlei Zweifel an meinen Worten.

»Notieren Sie«, sagte er.

Jetzt saß ich in der Klemme. Ich hatte weder Stift noch Notizbuch bei mir. Wieder musste ich mich herausreden.

»Ach, nun habe ich ein frisches Formular vergessen. Geben Sie mir doch bitte irgendein Blatt Papier und einen Stift.«

Der Junge hielt mir ein Notizbuch hin und sagte: »Das können Sie sogar im Kopf behalten. Er hat nur mich. Ich bin sein jüngerer Bruder Nikolai Malachow. Und ich wohne zusammen mit ihm in dieser Wohnung. Das ist alles.«

»Wie, alles?«, fragte ich entrüstet. »Und was ist mit Dascha?«

»Was für eine Dascha?«

»Na, Ihre Schwester!«

»Eine Schwester haben wir nicht. Wir waren nur zwei – Andrej und ich.«

»Und wie heißt Andrejs Frau?«

»Andrej war nicht verheiratet!«

»Hatte er eine Geliebte?«

»Das wird schwierig. Jeden Tag hat er eine neue angeschleppt! Die letzte hieß entweder Lena oder Olga, aber bestimmt nicht Dascha.«

»Hatte er vielleicht eine Bekannte dieses Namens?«

Nikolai schüttelte den Kopf. »Von einer Bekannten weiß ich nichts. Könnte es eine Kundin gewesen sein?«

Schon wieder war ich völlig durcheinander. In Gedanken versunken ging ich zu meinem Auto zurück und rauchte erst mal eine. Mein Zigarettenverbrauch war in der letzten Zeit stark gestiegen … Malachow hatte also Rebrow angelogen, als er von der Schwester erzählte, die der korrupte Major verlassen haben sollte. Ich spürte es förmlich: Dieser Andrej Malachow wusste genau, wem die gemütliche Klause in Kunzewo gehörte. Nur konnte ich ihn jetzt nicht mehr fragen. Wie nun weiter? Das lag doch auf der Hand! Ich musste mir Zugang zu dieser Wohnung verschaffen und mich dort umschauen. Vielleicht fand ich ja in einer Schublade Hinweise auf den geheimnisvollen Besitzer, der so sorgfältig darauf achtete, dass sein Name nirgendwo auftauchte. Aber wie sollte ich ohne Schlüssel hineinkommen? Sie war mit einer Stahltür verschlossen. Die Tür! Das einfachste von der Welt, Watson!

Ich ließ den Motor an und schaute das erste Mal im Leben nicht nach links, als ich losfuhr. Dank der netten Dame aus Wohnung 27 hatte ich die Adresse der Türfirma »Festung«.

In den kleinen Raum, in dem sich Regale mit den verschiedensten Metallwaren drängten, stürmte ich mit dem Schrei: »Helfen Sie mir!«

»Was ist denn passiert?«, fragte ein Mann von etwa sechzig Jahren in einem blauen Overall.

»Ich habe den Schlüssel von meiner neuen Wohnung verloren!«

»Rufen Sie den städtischen Notfallservice.«

»Das habe ich schon versucht, aber die machen mir ohne meinen Pass nicht auf!«

»Und wo haben Sie den?«

»Der liegt zur Ummeldung bei der Miliz.«

»Dann kann ich Ihnen auch nicht helfen.«

»Ich bitte Sie!!! In der Wohnung ist mein Hund!!!«

»Wo wohnen Sie denn?«

»In Kunzewo, in dem großen Haus mit den verspiegelten Fenstern.«

Der Mann warf mir einen abschätzenden Blick zu. »Das wird aber teuer.«

»Wie viel?«

»200 Dollar, und zwar Vorkasse. Einverstanden?«

»Aber mein Portemonnaie liegt auch in der Wohnung«, versuchte ich mich herauszureden.

»Ihr Problem«, sagte der Handwerker achselzuckend. »Ohne die Grünen rühre ich keinen Finger. Ich kenne solche Leute. Man rackert sich ab, und statt Geld kriegt man ein Dankeschön.«

»Rühren Sie sich nicht von der Stelle«, flehte ich. »Ich beschaffe das Geld.« So schnell mein Wägelchen konnte, mit mindestens 80 Sachen, fuhr ich nach Hause, holte zwei grüne Hunderter aus dem Geheimfach und raste wie der Blitz zu der Türfirma zurück. Als der Mann das Bild des amerikanischen Präsidenten erblickte, belebte er sich.

»Fahren wir«, sagte er geschäftig. »Das haben wir gleich.«

Diesmal saß im Hauseingang statt der damenhaften Jelena die rundliche Margarita aus der Hausverwaltung.

»Wo ist denn Jelena ?«, fragte ich.

»Sie hat gerade Pause, da vertrete ich sie immer«, antwortete die Frau.

»Wir gehen die Wohnung anschauen, ich denke, ich habe mich entschieden.«

»Das machen Sie richtig«, sagte Margarita aufmunternd. »Eine sehr gute Wahl.«

Vor der Tür von Nr. 26 holte der Schlosser aus seiner Hosentasche ein ganzes Bund verschiedenster Dietriche, Haken und anderer Werkzeuge hervor. Nachdem er mit mehreren davon im Schlüsselloch herumgestochert hatte, drückte er die Tür mit einer heftigen Schulterbewegung auf und sagte: »Treten Sie ein.«

»Das war alles?«

»Ja«, brummte der Mann und ging bereits zum Fahrstuhl.

»200 Dollar für eine Minute Arbeit?«

»Meine Dame«, sagte der Schlosser und trat in den Fahrstuhl, »ich habe mich auch nicht dafür interessiert, was Sie in dieser Wohnung suchen.«

»Ich wohne hier!«

»Wer's glaubt ...«, erwiderte der Mann mit einem Grinsen und fuhr ab.

Vorsichtig trat ich in die halbdunkle Diele. Ich sah mir das Schloss genau an. Als ich festgestellt hatte, dass man die Tür von innen auch ohne Schlüssel leicht öffnen konnte, ließ ich sie zuschnappen. Das war in der Tat eine fürstlich ausgestattete Behausung. Schon in der Diele standen Ledersofas herum, hingen Kronleuchter von der Decke und Bilder in schweren bronzenen Rahmen an den Wänden. Das Wohnzimmer erstrahlte im Glanz von Kristall. Die Schränke waren bis zum Rand mit teurem Geschirr gefüllt. In der Küche Technik jeglicher Art, im Badezimmer Berge von Pflegemitteln für Haut und Haar, allerdings sämtlich für den Herrn. In einem Glas eine einsame Zahnbürste. Dieser Mann liebte sich selbst über alle Maßen und leistete sich nur das Teuerste. Ich zählte allein acht verschiedene Rasierwasser von so bekannten Marken wie Kenzo oder Cartier. Das preiswerte Gillette fand sich nicht darunter. Wo er wohl seine Papiere aufbewahrte? Vielleicht im Schlafzimmer? Aber dort gab es nur ein riesiges quadratisches Bett, einen Nachtschrank und einen Fernseher mit Videogerät. Natürlich waren da auch Teppiche – ein großer auf dem Fußboden und zwei an den Wänden. Man kam sich vor wie in einer Nomadenjurte. Wie es sich wohl in einer solchen Umgebung lebte?

Der nächste Raum war offenbar das Arbeitszimmer. Ein riesiger Schreibtisch, ein Computer und eine ganze Wand voller Schränke mit mannshohen Türen. Ich zog alle Schübe des Schreibtischs auf, aber von Dokumenten keine Spur, nur Berge von CDs und DVDs. Vielleicht in den Schränken?

Ich drückte gegen eine der Türen. Die rollte leicht zur Seite, aber meinem Blick boten sich nicht Bücher in Regalfächern, sondern Kleidungsstücke auf Bügeln. Als ich einige zur Seite schob, erstarrte ich vor Schreck und zerrte sie sofort wieder zurück. Dafür hatte ich allen Grund. Denn in der hintersten Ecke, an die Wand gedrückt, stand … Wolodja Kostin.

Jetzt ganz ruhig bleiben, Tanja, sagte ich mir. Bloß nicht nervös werden! Wolodja ist dir schon mehrfach erschienen, einmal im Traum und einmal in einem Fußgängertunnel … Das ist auch so eine Erscheinung!

Vorsichtig schob ich die Sachen noch einmal zur Seite. Kostin war immer noch da. Plötzlich öffnete er den Mund und sagte: »Tanja, schrei jetzt nicht los und fall nicht in Ohnmacht, sondern setz dich ganz langsam in einen Sessel.«

So weit war es also gekommen! Jetzt redeten meine Halluzinationen schon mit mir und gaben sogar Anweisungen. Ich gehorchte, warum, weiß ich selber nicht, und ließ mich in einen der üppigen Ledersessel fallen.

»Vor allem Ruhe bewahren«, sagte der Geist und kletterte aus dem Schrank. »Gut machst du das. Mischa, komm raus!«

Jetzt öffnete sich die nächste Tür des Schranks, und heraus kroch Mischa Koslow.

»Da hast du ja was Schönes angerichtet, Tanja«, blaffte er mich böse an. »Mein neues Auto zu zerkratzen und anzuspucken! Deine Spucke muss ein schlimmes Gift sein! Selbst mit den stärksten Mitteln hab ich sie nicht weggekriegt!«

»Mischa«, fragte ich schüchtern, »hattest du einen Verkehrsunfall?«

»Wieso?«, fragte Koslow verwundert zurück. »Wie kommst du darauf?«

»Wann bist du denn gestorben?«, fragte ich.

»Jetzt ist's aber gut!«, empörte sich Koslow. »Ich bin so lebendig wie eh und je!« Er nahm meine eiskalte Hand in seine warmen Pranken und wieherte los.

»Also Tanja, nach der Körpertemperatur zu urteilen, wird es mit dir bald aus sein!«

»Du bist also lebendig«, stammelte ich, denn in meinem Kopf ging alles durcheinander. »Und Wolodja, siehst du den auch?«

»Genau so wie dich«, nickte Mischa. »Da steht er, wie er leibt und lebt, nur seine Hose ist arg zerknautscht.«

»Können denn zwei Menschen die gleiche Erscheinung haben?« Ich fand mich überhaupt nicht mehr zurecht.

»Tanja«, warf jetzt Wolodja leise ein, »hast du's immer noch nicht begriffen? Ich bin am Leben.«

30. Kapitel

Man sollte mir Gerechtigkeit widerfahren lassen. Ich schrie nicht auf, fiel nicht in Ohnmacht, sondern lief einfach nur auf Wolodja zu und drückte mein Gesicht in seinen Pullover, der so herrlich nach Gillette-Rasierwasser roch.

»Du lebst?«

»Ja«, kam es von Wolodja und Mischa im Chor.

»Und diese Wohnung gehört dir?«

»Nein.«

»Wem dann, wo ihr beide hier drin seid?«

»Was willst du eigentlich hier?«, fragte jetzt Wolodja.

»Einen gemeinen Schuft finden.«

»Vielleicht warten wir ja auf denselben«, brummte jetzt Koslow. »Wir haben ihm hier einen Hinterhalt gelegt.«

»Und wer ist es?«, fragte ich.

»Einer unserer besten Freunde«, antwortete Wolodja.

Da wurde die Wohnungstür aufgeschlossen. Wolodja packte mich, stopfte mich in den nächsten Schrank und schob die Tür leise zu. Nun stand ich zwischen lauter Herrenanzügen, die nach dem Parfüm Fahrenheit rochen. Merkwürdig, früher fand ich diesen Duft toll, jetzt stach er mir süß und widerlich in die Nase, als ob irgendwo in der Ecke seit Wochen eine tote Maus läge.

Schwere Schritte kamen näher. Die Tür meines Verstecks ging auf, Männerhände schoben die Kleiderbügel hin und her. Unvermittelt schaute ich in das völlig verblüffte Gesicht von … Slawa Roshkow.

Die Spannung fiel von mir ab.

»Slawa!«, rief ich erfreut, »habt ihr ihn?«

»Wen?«, fragte Roshkow und wich ein paar Schritte zurück.

»Na, den angeblich so guten Freund! Wolodja sagt, ihr hättet hier einen Hinterhalt!«

»Welcher Wolodja?«, stotterte Slawa.

Ich drohte ihm mit dem Finger. »Lass den Quatsch, ich weiß alles! Wolodja Kostin ist am Leben. Er und Mischa Koslow sitzen hier in den Schränken. Und überhaupt, dass ihr euch nicht schämt! Ich hab mir fast die Augen aus dem Kopf geheult …«

Aber Slawa verhielt sich merkwürdig. Statt mir bis zum Ende zuzuhören, rannte er zum Ausgang. In diesem Augenblick gingen die anderen Schranktüren auf. Mischa und Wolodja sprangen heraus. Aus der Diele drangen Flüche und Poltern an mein Ohr. Ich rannte los, aber Mischa und Wolodja waren schneller. Den Treppenabsatz erreichte ich als Letzte. Am Boden, das Gesicht nach unten und die Hände bereits auf dem Rücken gefesselt, lag Roshkow. Über ihm standen Wolodja Kostin, Mischa Koslow und …

Alexej Fjodorowitsch, der Gefängniswärter. Erst jetzt dämmerte mir allmählich, wie es sich wirklich verhielt. Der Besitzer der Luxuswohnung und offensichtlich auch des Jeeps, das Ungeheuer, das Sofja Repnina ermordet und Wolodja ins Gefängnis gebracht hatte, der ach so gute Freund, der sich als Verräter entpuppte, war Slawa!

Dann ging alles sehr schnell. Plötzlich war das Haus voller Leute in Uniform und Zivil, wurden Zeugen hinzugeholt und ein Protokoll aufgesetzt.

Wolodja führte mich in die Küche, hieß mich auf einem Sofa Platz nehmen, gab mir eine Zeitung und befahl: »Bleib hier sitzen und rühr dich nicht vom Fleck.«

Ich drückte mich in die hinterste Ecke und verschwand hinter dem *Moskowski Komsomolez*. Die Zeit verging wie im Fluge. Irgendwann gegen acht Uhr wurde es still in der Wohnung. Wolodja kam in die Küche, schaltete den Wasserkocher ein und fragte sachlich: »Möchtest du etwas essen?«

Ich nickte stumm. Ich war wie betäubt.

Wolodja öffnete den eleganten Kühlschrank und ließ einen Pfiff hören. »Hat sich's hier aber gutgehen lassen, die falsche Schlange ... Fisch, Wurst, Käse, sogar Kaviar, alles da. Was wünschen Sie, meine Dame?«

»Gar nichts«, murmelte ich. »Höchstens einen Tee. Von dem Zeug krieg ich keinen Bissen runter!«

»Ich hab Hunger!«, verkündete Wolodja. »Habe den ganzen Tag nichts gegessen. Dein Stolz in allen Ehren, aber mein Magen ist mir im Moment wichtiger.« Geschickt öffnete er eine Dose roten Kaviar, kippte den Inhalt auf ein Tellerchen und fragte: »Willst du immer noch nichts?«

Ich schüttelte nur den Kopf und sah einige Minuten zu, wie Wolodja den Kaviar mit dem Löffel verschlang und dabei vor Genuss stöhnte. Als er das letzte Kügelchen verputzt hatte, fragte ich leise: »Warum hat er nur die arme Sofja umgebracht? Aus Eifersucht? Und wie ist dein Blut in das Bad gekommen und deine Hautpartikel unter Sofjas Fingernägel?«

»Am Ende hängt alles am Geld«, sagte Wolodja und atmete schwer. »Wie viele solcher Verbrechen habe ich schon untersucht, wie viele Leichen gesehen ... Liebe? Hass? Sie sind meist nur die Anlässe. Wenn man tiefer gräbt, geht es immer wieder um Geld. Das war auch bei Slawa nicht anders, unserem lieben, teuren Freund ...«

»Was war nicht anders?«, fragte ich.

»Die Geldgier«, konstatierte Wolodja. »Sei mir nicht böse, ich habe jetzt keine Zeit, über all das mit dir zu reden. Ich muss zum Dienst.«

»Aber ...«

»Sei morgen früh um neun in meinem Büro.«

»Du kommst nicht wenigstens zum Schlafen nach Hause?«

»Dafür ist jetzt keine Zeit.«

»Doch ...«

»Alles Weitere morgen«, sagte Wolodja in einem Ton, der keinen Widerspruch duldete.

»Aber zu Hause ...«

»Was ist zu Hause?«, gab der Major jetzt schon etwas gereizt zurück. »Zu Hause kann warten! Ich sag dir doch: Ich hab zu tun!«

Ich schaute ihn schweigend an. Wahrscheinlich hätte ich sagen müssen: »Du hast einen Sohn!« Aber der Satz kam mir nicht über die Lippen. Also gut, wenn morgen, dann eben morgen. Du wirst Augen machen, Wolodja!

Am nächsten Tag Punkt neun Uhr morgens saß ich in Wolodjas Büro und hörte voller Staunen die ganze Geschichte.

Andrej Malachow hatte seine Maklerfirma vor fünf Jahren gegründet. Einige Zeit war er ehrlich bemüht, auf dem Immobilienmarkt Fuß zu fassen. Als gesetzestreuer, vorsichtiger Mann hielt er sich von kriminellen Machenschaften fern. Bald zeigte sich aber, dass man schnell Bankrott gehen konnte, wenn man nur nach Recht und Gesetz agierte. Die Konkurrenz war hart, und Maklerfirmen schossen wie Pilze aus dem Boden. Man brauchte einen besonderen Service, um Kunden anzulocken. Malachow hatte Glück. Er stieß auf eine Goldader – die Wohnungen verstorbener alleinstehender Moskauer.

Von Anfang an war klar, dass man für derartige Geschäfte eine ordentliche Deckung bei der Miliz brauchte. Andrej überlegte nicht lange, sondern bot seinem guten Freund und ehemaligen Schulkameraden Slawa Roshkow an, sich an seiner Firma zu beteiligen.

Der zögerte nicht lange. Sein kleines Gehalt reichte hinten und vorn nicht, denn Slawa war ein berüchtigter Schürzenjäger. Er liebte die Frauen, aber die erwarteten teure Geschenke von ihm – Blumen, Konfekt und Einladungen in schicke Restaurants. Und zu Hause saß Larissa, die Nervensäge, die ihren Mann ständig mit Geldsorgen nervte. So ließ sich Slawa Roshkow, um es amtlich zu formulieren, auf eine kriminelle Verschwörung mit dem Immobilienmakler Malachow ein.

Diese erwies sich als sehr einträgliche Geldquelle. Die Wohnungen fielen den umtriebigen Geschäftsleuten fast umsonst in den Schoß und brachten ihnen hohen Gewinn. In der Firma tauchte Slawa nicht auf. Seine Aufgabe bestand darin, die notwendigen Papiere zu beschaffen.

Es begann eine glückliche Zeit des Wohlstands. Slawa ließ auch Larissa an seinen Einkünften teilhaben, die er mit einem Zweitjob bei einer Sicherheitsfirma erklärte. Er legte sich die teure Wohnung zu, leistete sich elegante

Sachen und erlesene Delikatessen. Nach der Arbeit fuhr er oft nicht nach Hause, sondern an seinen komfortablen Zufluchtsort, wo er sich jung, ungebunden und wohlhabend fühlte. Dorthin brachte er Frauen mit, die keine eigene Wohnung hatten. Das sollte aber die Ausnahme bleiben. In der Regel besuchte Slawa seine Geliebten auf deren Territorium. Manchmal hatte er große Lust, sich von Larissa scheiden zu lassen, den nervtötenden Dienst bei der Milz zu kündigen und endlich offen das Leben eines reichen Mannes zu führen. Aber leider hätte er dann für den geschäftstüchtigen Makler jeden Wert verloren. Er musste also in seinem Doppelleben verharren. Und keine Geldsorgen zu haben war auch nicht gerade zu verachten. Im Frühjahr dieses Jahres brachte Sofja Repnina ihren Geliebten Anton Seliwanow, einen Mitarbeiter von Malachows Firma, mit ihren Spielchen zur Weißglut. Ihm rutschte die Hand aus, sie verlor auf ihren hohen Absätzen das Gleichgewicht, schlug hin und brach sich dabei eine Rippe.

Die rachsüchtige Sofja lief zuerst zur Unfallstelle, ließ sich dort die Verletzung bescheinigen und zeigte Anton dann bei der Miliz an. Unsere ruhmreichen Organe ziehen die Bearbeitung eines solchen Falles lange hin, wenn es sich um einen prominenten Vertreter der Verbrecherwelt handelt. Der schleppt als Erstes einen gewitzten Anwalt an, der den Bullen zeigt, wo der Hammer hängt. Handelt es sich jedoch um einen unbescholtenen Bürger, dann kann die Miliz sehr schnell sein.

Anton wurde sofort verhaftet und in die Mangel genommen. Aber zu einer Anklage kam es nicht, denn Malachow rief Slawa Roshkow an und bat ihn, seinen besten Mitarbeiter herauszuhauen.

Slawa suchte die Beteiligten auf, legte ein gutes Wort ein, und Anton sollte bereits entlassen werden, da erschien Sofja auf der Bildfläche, die von Seliwanows Frau gebeten worden war, ihre Anzeige zurückzuziehen.

Als Slawa Roshkow des wunderschönen Blumenmädchens ansichtig wurde, war es um ihn geschehen. Und er gefiel Sofja auch. Hier nahm eine Affäre ihren Anfang, die ein lohnendes Sujet für einen Film des frühen italienischen Realismus hätte sein können. Heiße Liebe und wilder Streit wechselten einander ab. Sofja, die sich zum ersten Mal im Leben wirklich verliebt hatte, machte ihrem Verehrer hysterische Szenen. Slawa war auf jeden Mann eifersüchtig, der sie nur ansah, und ließ es sie kräftig spüren. Zur selben Zeit kam ihm zu Ohren, dass seine Dienststelle sich für Malachows Firma zu interessieren begann und Wolodja Kostin bereits mit Ermittlungen beauftragt war.

Slawa horchte den Freund vorsichtig aus. Der sagte ihm offen, ein gewisser Lew Schmeljow sei bei der Miliz vorstellig geworden. Sein Vater, der bei seiner Hausverwaltung als alleinstehend galt und nach seinem Tode auf Staatskosten beerdigt worden war, hatte kein Testament hinterlassen. Die Wohnung war Malachow zugefallen. Schmeljow junior regte sich gewaltig auf. »Mein Vater und ich hatten zwar keinen Kontakt miteinander, aber die Wohnung gehört mir. Sie kann doch nicht einfach weg sein!«

»Da stimmt etwas nicht«, konstatierte Kostin. »Ich kümmere mich darum.«

Slawa bekam einen gehörigen Schreck. Wolodja galt als hartnäckiger Kriminalist. Wenn der einen Fall übernahm, dann ließ er nicht locker, bis er die Wahrheit herausgefunden hatte.

Roshkow hatte noch keinen Plan, wie er der zuschnappenden Falle entgehen konnte, da folgte bereits die nächste Katastrophe. Sofja …

»Er hat sie umgebracht!«, rief ich dazwischen, »der Mistkerl, und dich hat er beschuldigt!«

»Nein, so war es nicht«, sagte Wolodja und schüttelte bedauernd den Kopf. »Er hat sie nicht umgebracht.«

»Wer denn dann?« Vor Erregung sprang ich von meinem Stuhl auf. »Wer?«

»Sofja Repnina«, fuhr Wolodja fort, »war zwar mit betörender Schönheit gesegnet, zugleich aber auch mit einem niederträchtigen Charakter. Es machte ihr Spaß, ja, sie genoss es geradezu, anderen Menschen übel mitzuspielen. Sie war sehr geschickt darin, deren Schwachstellen herauszufinden.

Slawa war zwar heftig in Sofja verliebt, dachte aber gar nicht daran, sich von Larissa scheiden zu lassen. Die passte in vieler Hinsicht besser zu ihm, und er sagte Sofja auch ganz offen: »Rechne nicht damit, Frau Roshkow zu werden.«

Solche Erklärungen nahm Sofja nicht ernst. Sie war gewohnt zu kriegen, was sie wollte. Hatte sie sich einmal etwas in den Kopf gesetzt, nahm sie auf nichts und niemanden Rücksicht. Als ihr Ende August klar wurde, dass Slawa seine Frau nicht verlassen würde, rief sie Larissa an, spielte die Einfältige und lud die Ehefrau ihres Liebhabers zu sich ein. Larissa, eifersüchtig wie Othello, lief sofort zu ihr. Worüber die beiden sprachen, ist nicht bekannt. Aber Sofja muss Larissa so in Wut gebracht haben, dass die sich ein Küchenmesser griff und auf die Rivalin einstach.

Eine Chirurgin hätte den Stoß nicht exakter führen können. Sofja war sofort tot, und Larissa lief heulend zu ihrem Mann.

Slawa Roshkow erschrak tief. Mord war eine schwerwiegende Angelegenheit. Eine Leiche ist keine Geldbörse, und als Profi wusste Slawa, dass es nicht einfach sein würde, sich der Toten zu entledigen. Außerdem hatte Sofja Familie, Freunde und Kollegen. Ein Glück, dass der Mord an einem Sonnabend geschehen war. In dem Blumengeschäft würde es also erst am Montag auffallen, dass Sofja nicht zur Arbeit erschien. Auch die Verwandten würden kaum sofort Verdacht schöpfen, denn sie wussten, dass Sofja am Wochenende mit Männern im Bett lag. Das heißt, Slawa blieb etwas Zeit, um die Spuren zu verwischen.

Als Erstes brüllte er die schluchzende Larissa an, sie möge sich zusammennehmen. Roshkow war ein erfahrener Ermittler und wusste, wie viele Fälle unaufgeklärt blieben. Jetzt hieß es vor allem, Ruhe bewahren und nicht in Panik verfallen. Täter verraten sich in der Regel durch Eile, Hektik und die eigene Dummheit.

Nach einigem Nachdenken reifte in seinem Kopf der geniale Plan, wie er zwei Fliegen mit einer Klappe schlagen konnte. Es müsste ihm doch gelingen, einerseits den teuren Freund Wolodja Kostin loszuwerden, der ihm mit seinen Ermittlungen im Nacken saß, und andererseits seiner Frau zu helfen, einer langen Gefängnisstrafe zu entgehen.

Was Wolodja betraf, so hatte er bereits die ersten Schritte eingeleitet. Da er wusste, dass Kostin wie viele Junggesellen einer hübschen Frau nicht widerstehen konnte, gab er Nadja Kolesnikowa den Auftrag, den Major scheinbar zufällig kennenzulernen.

Nadja blieb nichts übrig, als diese Aufgabe zu übernehmen. Mitte August hatten zwei wild gewordene Frauen, denen Nadja und ihre Freundin den »Magen der schwangeren Eselin« aufschwatzen wollten, die beiden zur Miliz geschleppt. Slawa, der die Anzeige entgegennahm, musste grinsen und entließ die Betrügerinnen mit der Auflage, die Stadt nicht zu verlassen und sich regelmäßig bei der

Miliz zu melden. Sollte es zur Anklage kommen, musste Nadja allerdings mit einer Freiheitsstrafe rechnen. Wenn sie Slawa zu Willen war, versprach er ihr, die Sache niederzuschlagen.

Nadjas Aufgabe bestand darin, Wolodja Kostin kennenzulernen, nach Hause abzuschleppen, ihm leidenschaftliche Liebe vorzugaukeln und seinen Dienstausweis an sich zu bringen. Der Verlust dieses wichtigen Dokuments war eine ernste Sache, wofür man Wolodja voraussichtlich eine Zeitlang vom Dienst suspendieren und ein Disziplinarverfahren gegen ihn einleiten würde. Ihm konnte sogar Entlassung drohen. Slawa kannte Fälle, da man Mitarbeiter wegen derartiger Unachtsamkeit auf die Straße gesetzt hatte. Kostin war allerdings ein hochgeschätzter Ermittler. Aber zumindest seine aktuellen Fälle bekamen andere Kollegen auf den Tisch. Die wehrten sich in der Regel dagegen, so gut sie nur konnten, denn sie waren alle mit eigenen Fällen mehr als ausgelastet. Wenn also Wolodja zeitweilig vom Dienst suspendiert werden sollte, wollte Slawa den Fall »Goldener Schlüssel« an sich ziehen. Ihm würde schon etwas einfallen, um ihn so rasch wie möglich im Sande verlaufen zu lassen.

Nadja Kolesnikowa erledigte ihren Auftrag mit Bravour. Ihrer Nachbarin und guten Freundin gaukelte sie einen Urlaub in Griechenland vor. Sogar ein in Moskau gekauftes T-Shirt mit der Aufschrift »Athen« schenkte sie ihr. In Wirklichkeit hatte sie mit ihrem neuen Kavalier ein stürmisches Wochenende verbracht. Und damit dieser sich nicht wunderte, weshalb die Affäre so schnell zu Ende war, log sie ihm vor, sie sei verheiratet und erwarte ihren Mann in drei Tagen zurück. Mit einem Wort, an dem Samstag, da Larissa Sofja erstach, war Wolodja gerade bei Nadja. Slawa hatte inzwischen seinen Plan geändert. Er rief Nadja an und gab ihr neue Instruktionen. Den

Dienstausweis sollte sie lassen, wo er war, stattdessen aber am Sonntagmorgen Wolodja rein zufällig das Gesicht zerkratzen. Dann sollte sie die Hand, mit der sie ihn verletzt hatte, in einen Handschuh stecken und sofort zu ihm kommen. Nadja begriff überhaupt nichts, willigte aber in alles ein. Was blieb ihr auch anderes übrig?

Slawa Roshkow machte den nächsten Schritt. Er fuhr in Sofjas Wohnung und untersuchte das Messer. Zufällig war es ein ganz einfaches Exemplar russischer Produktion mit einem Plastikgriff, wie man es in fast jeder Moskauer Küche findet. Slawa selbst hatte so ein Ding im Büro, wo er damit Brot schnitt.

Slawa wusch das Messer sorgfältig ab. Ihm war aber klar, dass die Spurensicherung zwischen Klinge und Griff auf jeden Fall ein paar Blutreste finden würde, auch wenn das Ding äußerlich blitzsauber wirkte. Er nahm das Messer mit ins Büro, tauschte es gegen seins aus und bat Wolodja Kostin, als beide beschäftigt und sehr hungrig waren, ein paar Brote zu machen. Damit hatte er das erste Indiz produziert – Wolodjas Fingerabdrücke auf der Tatwaffe. Als Nächstes schnitt sich Slawa selbst in die Hand und benetzte mit seinem Blut das Handtuch und die Bodenfliesen in Sofjas Badezimmer.

»Moment mal!«, rief ich aus. »Was heißt, er hat sich selbst in die Hand geschnitten? Das Blut im Bad war doch von dir!«

»Lass mich bitte ausreden«, wehrte Wolodja ab, »und unterbrich mich nicht. Ein anderer hätte das nicht hingekriegt, aber Roshkow arbeitete bei der Miliz und hatte seine Möglichkeiten.«

Slawa konnte jederzeit im Labor auftauchen und mit den Leuten dort reden. Niemanden wunderte das, denn er gehörte schließlich dazu. Niemand wusste aber, dass in seiner Tasche ein Plastiktütchen mit Fingernägeln lag, die er Nadja abgeschnitten hatte. Die Tüte trug den Namen ... Sofja Repnina. Außerdem hatte Slawa ein Reagenzglas mit seinem eigenen Blut bei sich, das er mit »Kostin« beschriftet hatte.

In einem geeigneten Moment tauschte er die Proben von Blut und Fingernägeln im Labor aus. Der Kollege, der das Beweismaterial untersuchte, merkte davon nichts. Nur Slawa Roshkow wusste, wessen Blut und wessen Nägel tatsächlich im Labor lagen. Die Tatwaffe schmuggelte er in den Kofferraum von Wolodjas Wagen. So kamen die »unwiderlegbaren Beweise« für Kostins Schuld zusammen.

Als Slawa all das erledigt hatte, wurde er etwas ruhiger. Am Sonntag hatte er sogar noch Zeit, mit Anton Seliwanow zu sprechen und den dazu zu bewegen, der Miliz eine Komödie vorzuspielen. Slawa brauchte einen Mann, der über das Verhältnis von Sofja und Kostin aussagen konnte. Anton weigerte sich zuerst, aber Slawa hatte ihn in der Hand. Er drohte ihm, für seine Entlassung aus der Maklerfirma zu sorgen, wenn er nicht mitspielte.

Seliwanow, der sich inzwischen an das gute Leben gewöhnt hatte, fürchtete nichts mehr auf dieser Welt, als wieder arm und arbeitslos zu werden. Daher musste er sich fügen.

Die Schlinge um den Hals des nichts ahnenden Kostin wurde immer enger. Nach der Gegenüberstellung mit Seliwanow war er völlig durcheinander. Noch mehr erstaunte ihn Nadja, die der Miliz, ohne mit der Wimper zu zucken, mitteilte: »Ich bin krank und liege mit Fieber im Bett. Wenn Sie etwas wollen, müssen Sie sich schon zu mir bemühen.« Dem Mitarbeiter, der sie zu Hause aufsuchte, erklärte sie: »Einen Wolodja Kostin kenne ich nicht.«

Die Sache des Majors stand schlecht. Da trafen die

Ergebnisse der Laboruntersuchungen ein. Die Experten gingen fest davon aus, dass das Blut im Bad mit dem identisch sei, das man ihnen in dem Reagenzglas mit der Aufschrift »Kostin« geliefert hatte. Und die Nägel mit Wolodjas Hautresten stammten von der Toten. Damit gab es keinen Zweifel mehr. Der Fall war aufgeklärt. Die Maschine der Justiz nahm, mit den rostigen Rädern quietschend, langsam Fahrt auf. Wolodja wurde in Untersuchungshaft genommen. Slawa rieb sich die Hände, denn für ihn lief bislang alles nach Plan. Larissa war außer Gefahr. Jetzt musste er nur noch den Fall »Goldener Schlüssel« in die Hand bekommen.

31. Kapitel

An diesem Punkt beging Slawa jedoch einen verhängnisvollen Fehler. Die Spannung ließ nach, und er begann unüberlegt zu handeln. Es genügte ihm nicht, den Freund des Mordes zu bezichtigen. Er wollte ihn auch noch als einen durch und durch korrupten Kerl hinstellen, der ein Doppelleben führte. Er galt zwar als Kostins Freund, neidete ihm in Wirklichkeit aber den Erfolg. Er selbst musste seinen materiellen Wohlstand verbergen und den unbestechlichen Milizionär spielen. Wolodja aber war wirklich ein unbestechlicher Milizionär, was Slawa überhaupt nicht verkraften konnte. Deshalb bat er Malachow: »Sag deinem ›Autor‹ Rebrow, er soll einen Artikel über einen scheinheiligen Bullen schreiben. Wenn er konkretes Material braucht, zeig ihm die Wohnung und den Jeep. Hier sind die Schlüssel!«

Im Hochgefühl seiner Überlegenheit ging Slawa einen Schritt zu weit. Aber bisher war ihm alles gelungen! Und Rebrow tat, was man von ihm verlangte. Der Artikel erschien, allerdings etwas zu spät. Zu diesem Zeitpunkt war die Nachricht von Wolodja Kostins Tod bereits überall angekommen.

»Musstest du denn unbedingt sterben?«, rief ich empört. »So eine Kinderei aber auch!«

»Schöne Kinderei«, brummte Kostin. »Hör nur weiter.«

Plötzlich war Roshkows Glückssträhne zu Ende. Erstens erhielt den Fall »Goldener Schlüssel« Fedja Selesnjow, der für seine Beharrlichkeit und Pedanterie bekannt war. Keiner mochte ihn – von den Putzfrauen, denen er schlechte Arbeit vorwarf, bis zu den anderen Ermittlern. Niemand hatte vergessen, wie Wenja Sokolow im Winter eine Mappe mit Dokumenten auf dem Schreibtisch hatte liegenlassen, weil er dringend aufs Klo musste. Als er nach zehn Minuten zurückkam, war die Mappe fort. Fjodor hatte sie bereits dem Chef mit der Erklärung auf den Tisch gelegt: »Ich komme ins Büro, niemand da, und die Mappe liegt ganz offen auf dem Tisch!«

Es gab einen Riesenskandal. Sokolow hatte natürlich gegen die Dienstvorschrift verstoßen und unüberlegt gehandelt. Aber alle litten mit dem Betroffenen, und Selesnjow machte sich nur noch unbeliebter. Ungeachtet dieser Charakterzüge, oder vielleicht gerade ihretwegen galt Fedja Selesnjow als ausgezeichneter Fachmann, dessen scharfem Auge nichts entging. Ihm fielen denn auch als Erstem die kleinen Ungereimtheiten in Antons Aussage auf. Seliwanow behauptete, Sofja habe zur Arbeit gehen wollen und erklärt: »Sonst wirft mich mein Chef raus!«. Anton habe den Chef angerufen und die Sache geregelt. Das Blumengeschäft hatte aber eine Leiterin, deren Stimme mit der eines Mannes nicht zu verwechseln war. Anton hatte also gelogen. Fedja fragte Natalja Konstantinowna: «Vielleicht hat Anton mit einem Mann aus Ihrem Geschäft gesprochen, der sich als der Chef ausgab?« Aber

Natalja schüttelte nur den Kopf. »Der einzige Mann in unserem Laden ist der Türsteher, und der geht nicht ans Telefon.«

Dann behauptete Seliwanow über das Verhältnis von Wolodja und Sofja: »Die arme Sofja hat mir erzählt, welch schreckliche Szene Kostin ihr machte, als sie sich zu ihrer Mutter geflüchtet hatte.« Lydia Saltykowa, danach befragt, zuckte nur mit den Schultern. »Wladimir Kostin? Nie gehört! Außerdem hat kein Liebhaber der Tochter je unser Haus betreten!«

Auch in diesem Punkt hatte Anton also nicht die Wahrheit gesagt. Kleine Lügen nähren bekanntlich großes Misstrauen. Ganz und gar unglaubwürdig war dann Antons Behauptung, Sofja habe ihre Freundin Mascha Solomatina zu Besuch erwartet, die in asiatischer Kampfkunst bewandert war. Mit der für ihn typischen Akribie untersuchte Fedja Sofja Repninas Umfeld. Nirgends fand sich dort eine Mascha Solomatina. Mehr noch, die flatterhafte Sofja war absolut auf das starke Geschlecht fixiert und hatte nicht eine einzige Freundin. Ihre Bekannten waren ausschließlich Männer. Wieder hatte sich Seliwanow ein Detail selber ausgedacht. Da stellte sich Selesnjow natürlich die Frage, ob die Aussage des ehrenwerten Anton nicht von Anfang bis Ende gelogen war.

Mit diesem Verdacht im Kopf fuhr der Ermittler zu Kostin in die Butyrka. Auch dort war man nicht untätig geblieben. Im Untersuchungsgefängnis stieß Wolodja auf Alexej Fjodorowitsch, einen guten Bekannten. Der sorgte erst einmal dafür, dass Wolodja in einer kleineren Zelle für fünf Personen untergebracht wurde, wo nur Leute mit Wirtschaftsdelikten einsaßen. Hier drohte Kostin keine Gefahr, und Alexej fuhr nach dem Dienst beruhigt nach Hause. Aber am nächsten Morgen wurde ihm mitgeteilt, dass man Wolodja mit fadenscheiniger Begründung in die

Zelle Nr. 100 verlegt hatte, einen riesigen Raum, wo es von Gewaltverbrechern nur so wimmelte. Schon in der ersten Nacht hatte es dort eine Schlägerei gegeben, bei der Messer gezückt wurden. Einer der Insassen war verletzt, zum Glück nur leicht: Wolodja Kostin.

Alexej hatte noch gar nicht recht begriffen, was das bedeutete, da kam Fedja Selesnjow mit seinen Überlegungen. Die beiden sprachen lange miteinander. Von ganz verschiedenen Seiten gelangten sie zu dem übereinstimmenden Schluss: Jemand hatte Kostin mit fingierten Beschuldigungen ins Gefängnis gebracht und trachtete ihm jetzt nach dem Leben...

Fedja informierte seine Vorgesetzten. Als Erstes forderte er, Kostin Blut abzunehmen und dieses zu untersuchen. Bald stellte sich heraus: Die »Beweise« waren eindeutig manipuliert. Das konnte nur einer aus den eigenen Reihen getan haben. Aber wer? Koslow? Sokolow? Roshkow? Ljalin?

Nun erdachte Fedja einen Plan, in den er – nicht ohne Vorbehalte – Mischa Koslow einweihte.

»Warum glaubte er, dass Mischa sauber sei?«, fragte ich.

Wolodja musste lächeln. »Mischa ist durch die Büros gelaufen und hat gebrüllt: ›Man kann Kostin für blöd halten, aber so blöd ist er nicht – Blut im Bad, Fingerabdrücke auf dem Messer zu hinterlassen und mit einem Kratzer vom Opfer in der Fresse herumzulaufen! Ist das nicht ein bisschen viel?‹ Und dann beschaffte er mir einen Anwalt.«

»Aber Slawa hat mir erzählt, den Anwalt hätten er und Mischa gemeinsam bezahlt!«

»Das war gelogen.«

»Slawa hat für mich den Besuch bei dir organisiert und mich mit Alexej Fjodorowitsch bekannt gemacht, damit ich dir was zu essen bringen konnte!«

Wolodja zückte eine Schachtel »Parlament«, steckte sich ohne Eile eine Zigarette an und antwortete: »Erinnere dich, dass du mich überreden solltest, alles zuzugeben! Und was die Esserei betrifft – jeder wusste, dass Slawa mit mir befreundet war, vor allem du. Wie hätte es ausgesehen, wenn er sich nicht um seinen Freund im Gefängnis gekümmert hätte? Er hat die Sachen zusammengekauft, um zu zeigen, dass ich ihm leidtue. Mir kam es übrigens gleich merkwürdig vor, dass er dich vorgeschickt hat und nicht selber gekommen ist, um mich zum Aufgeben zu überreden. Wahrscheinlich hätte er mir nicht in die Augen sehen können.«

»Wolodja«, sagte ich plötzlich mitten hinein in seine Überlegungen, »hat dein Lada Reifen von Pirelli?«

»Was?«

»Na, diese teuren Dinger.«

»Nein, ganz normale russische. Sie sind allerdings neu.«

»Und fährt er auf der Autobahn 200 Kilometer Spitze?«

»Meine Klapperkiste? Um Gottes willen, Tanja, der fällt schon bei achtzig fast auseinander! Aber wieso interessierst du dich so für mein Auto?«

»Slawa hat behauptet, ein gewisser Gnus hätte dir einen frisierten Lada geschenkt – von außen einen Klapperkiste, aber innen ein Rennwagen.«

»Und das hast du geglaubt?«

»Nein!«, rief ich, »nicht eine Minute lang! Außerdem hat er gesagt, die Wohnung in Kunzewo gehöre dir! Aber in der Hausverwaltung hatte man keine Angaben über die Identität des Besitzers!«

»Klar«, sagte Kostin, »er ist eben ein Schwein. Doch dort oben muss einer sitzen, der sich nicht bestechen lässt. Und so war auch die Glückssträhne eines Kerls wie Slawa einmal zu Ende.«

Mit Nadja Kolesnikowa fing es an. Die war kein wirklich schlechter Mensch, sie wollte nur viel Geld haben, ohne etwas dafür zu tun. Daher auch die Idee, den »Magen der schwangeren Eselin« gutgläubigen Frauen anzudrehen. Der superschlaue Slawa hatte bei ihr etwas Einfaches nicht bedacht. Der offene, sympathische Wolodja gefiel dem Mädchen. Nachdem sie ihn so hereingelegt hatte, fühlte sich Nadja furchtbar unwohl. Sie schwankte noch einige Zeit, dann aber wollte sie sich Tanja anvertrauen.

»Warum denn das? Und woher wusste sie eigentlich, dass es mich überhaupt gibt?«

»Ich hatte ihr von dir erzählt«, sagte Wolodja achselzuckend. »Wie wir alle – du, Kira, Lisa, die Hunde und Katzen zusammen leben, dass du meine beste und treueste Freundin bist ...«

Direkt zur Miliz zu gehen traute sich Nadja nicht, aber mit einer Frau zu sprechen, die Wolodja fast wie eine Schwester war – das schien ihr der Ausweg zu sein. Bestimmt hätte sie auch den Kratzer erwähnt ...

»Ich war nicht zu Hause, und sie musste unverrichteter Dinge wieder gehen.«

»Ich weiß«, sagte Wolodja. »Danach kam sie doch zu uns ins Büro gelaufen. Sie rief Fedja Selesnjow vom Pförtner übers Haustelefon an und erzählte ihm alles.«

Aber das war offenbar nicht Nadjas Glückstag. Es war nicht Fedja, mit dem sie das Gespräch geführt hatte, wie sie glaubte, sondern Slawa. Er begriff sofort, welche Gefahr Nadja nun für ihn darstellte.

»Er hat sie umgebracht!«, flüsterte ich erschrocken. »Aber wie?«

»Das war nicht schwer«, stellte Wolodja deprimiert fest. »Slawa war vor einem Jahr in Spanien im Urlaub. Von dort hat er sich einen Elektroschocker mitgebracht, eine Art Stock, der Stromstöße aussendet. Die Polizei von Madrid und Barcelona hatte diese Dinger eine Zeitlang zur Selbstverteidigung in Gebrauch. Als es dabei wiederholt zu Todesfällen kam, wurden sie verboten. In Waffengeschäften kann man sie allerdings immer noch kaufen. Sie sind zwar teuer, aber Slawa stand schon lange der Sinn nach so einem »Spielzeug«. Die Stromstärke kann man regeln, also einen Menschen nur erschrecken oder auch töten.«

»Wie hat er das Ding denn durch den Zoll gekriegt?«

»Das ist nun gar kein Problem«, meinte Wolodja. »Er hat ihn sich einfach in die Jacke gesteckt. Da er nicht aus Metall ist, reagiert der Detektor nicht darauf.«

Nadja Kolesnikowa ermordete Slawa, ohne zu zögern. Er suchte die Sache so zu arrangieren, als hätte sie von der defekten Geschirrspülmaschine einen Schlag erhalten. Zu diesem Zweck manipulierte Slawa einen der Schalter.

Der Nächste, den er beseitigen musste, war Anton Seliwanow. Der wusste einfach zu viel. Für dessen Tod fand Slawa eine geradezu elegante Lösung. Er kaufte in einem Kiosk an der Metro ein Brathähnchen und schob es in die Röhre des Elektroherdes. Aber das war ein Schritt zu viel. Das Hähnchen weckte endgültig Fedja Selesnjows Jagdinstinkt.

»Weshalb?«

»Hast du schon einmal Hähnchen in Folie gegrillt?«

»Ich mag überhaupt kein in Folie gegartes Fleisch.«

»Warum nicht?«

»Weil es nicht knusprig wird. Jedes Hähnchen kommt dort blass und unansehnlich heraus.«

»Genau. Aber das Hähnchen, das Anton, sorgfältig in Folie verpackt, in die Röhre geschoben hatte, war zum Anbeißen knusprig. So kam ein kleiner Fehler zum anderen.

Slawas letztes Opfer war Andrej Malachow. Auch der steckte zu tief in der Geschichte drin. Beim Chef der Maklerfirma liefen am Ende alle Fäden zusammen. Er wusste als Einziger, was Slawa bisher für den ›Goldenen Schlüssel‹ getan hatte. Slawa hatte ihn und Rebrow in die Wohnung nach Kunzewo geschickt. Erst jetzt wurde Roshkow auch klar, wie töricht die Idee gewesen war, den Artikel im *Moskowski Komsomolez* zu lancieren. Damit war auch das Schicksal von Slawas altem Schulfreund besiegelt.«

Wieder glaubte Roshkow, nun sei alles im Lot. Die Zeugen waren beseitigt und konnten seine Kreise nicht mehr stören. Die Maklerfirma übernahm Malachows jüngerer Bruder, zu dem Slawa ein ausgezeichnetes Verhältnis hatte. Es sah aus, als könnte er ungestört weiter leben wie bisher. Nur wusste er nicht, dass alle seine Machenschaften kurz vor der Aufdeckung standen, dass Wolodja lebte, dass Selesnjow und Koslow ihm dicht auf den Fersen waren.

»Aber warum musstet ihr euch die Geschichte mit deinem Tod ausdenken?«, rief ich empört.

»Beruhige dich«, sagte Wolodja ernst. »Meine Verlegung in die große Zelle und die nächtliche Messerstecherei waren schon sehr verdächtig. Fedja Selesnjow begriff sofort, dass man mich umbringen wollte. Da kamen wir auf die Idee, die Absicht zur Tatsache zu erklären und mich dahinscheiden zu lassen.«

An diesem Punkt war ich mit meinen Nerven am Ende. Heiße Tränen liefen mir über die Wangen, ich stammelte zusammenhanglos: »Wie konntest du das tun? Auf so eine Idee zu kommen! Du bist mir sogar im Traum erschienen – im weißen Laken, mit kahlem Kopf und einer Dornenkrone darauf!«

Wolodja wirkte ganz ernst. »Ich kann mir vorstellen, wie sehr du dich erschrocken hast, als du mich so sahst – nackt und auch noch mit kahlem Kopf! Wirklich, ein Alptraum!«

»Ich bin allen Männern um den Hals gefallen, die dir ähnlich sahen!«

»Wirklich allen? Na, na!«

Ich verschluckte mich fast vor Empörung. Wie konnte er sich auch noch über mich lustig machen?

»Und Mischa Koslow habe ich angespuckt, obwohl er gar nichts dafür konnte!«

Nun musste Wolodja doch lachen.

»Sein armes zerkratztes und bespucktes Auto. Tanja, unter deinen Vorfahren müssen Kamele gewesen sein!«

»Und von Alexej Fjodorowitsch hab ich schlecht gedacht …«, sagte ich reuevoll.

»Er hat es mir erzählt. Du hättest ihn so angefunkelt, dass ihm angst und bange wurde. Stell dir vor, die schweren Jungs in der Butyrka fürchtet er nicht, aber du hast ihm einen Schrecken eingejagt!«

»Was wollte er überhaupt in deiner Wohnung?«

»Beim ersten Mal hat er mir ein paar Papiere geholt.«

»Der ist mir aber ein Spürhund!«, zischte ich. »Bricht in eine fremde Wohnung ein, raucht dort wie ein Schlot und lässt auch noch die Kippen liegen! Und was sollte sein zweiter ›Besuch‹?«

Wolodja nahm alle Schuld auf sich. »Ich hatte vergessen, ihm zu sagen, dass du auch einen Schlüssel hast. Deshalb hat er die Kippen so sorglos liegenlassen, denn er dachte, in die Wohnung kommt niemand. Du kannst dir seinen Schreck vorstellen, als du plötzlich aufgetaucht bist. Er hätte beinahe die Sachen fallen lassen.«

»Was wollte er denn damit?«

»In Moskau war es inzwischen ziemlich kalt. Und ich hatte nur meinen Anzug. Entschuldige schon, aber ich habe gefroren, brauchte den Pullover und eine warme Jacke«, sagte Wolodja spitz.

»Dass ich nicht selber auf Slawa gekommen bin!«

»Darüber musst du dich nicht grämen, meine Liebe. Das war auch für uns nicht so einfach.«

»Nein, nein«, beharrte ich. »Manches ist mir ja seltsam vorgekommen. Als er mich in die Butyrka gebracht hat, war er schrecklich nervös. Dann dieser Urlaub bei der Großmutter, die Kartoffelernte. Als ich ihn zu Hause angerufen habe, nahm Larissa ab und log mir vor, er sei noch nicht da. Er hat auf einem zweiten Apparat mitgehört. Das Knacken ist mir aufgefallen, aber ... Ich hab mich wirklich zu blöd angestellt!«

»Lass gut sein«, meinte jetzt Wolodja. »Da nun alles klar ist, können wir auch nach Hause fahren. Meine Rückkehr ins Leben muss doch gefeiert werden!«

Ich schaute ihn schweigend an. Nein, Wolodja, du weißt nicht die ganze Wahrheit. Und ich hoffe, du wirst sie nie erfahren. Jedenfalls werde ich niemandem ein Wort darüber sagen, dass du mit Sofja verwandt bist und dass deine Eltern noch leben. Halte nur ruhig weiter Shanna für deine Mutter und Iwan Kostin für deinen Vater. Wenn sie dir nicht die Wahrheit gesagt haben, dann habe ich schon gar kein Recht, es zu tun. Und im Übrigen ist die wahre Mutter nicht jene, die einem das Leben geschenkt, sondern jene, die einen großgezogen hat. Nein, diese Bürde werde ich dem Freund nicht aufladen. Die Toten haben ihr Geheimnis mit ins Grab genommen.

Nach Hause fuhren wir zusammen in Wolodjas Wagen. Vor der Abfahrt rief ich an und sagte zu Kira: »Wolodja und ich kommen jetzt nach Hause. Bereitet die Überraschung vor!«

»Was für eine Überraschung?«, fragte Wolodja, der zugehört hatte. »Was hast du den Kindern überhaupt gesagt?«

»Gar nichts«, sagte ich achselzuckend. »Immer wieder habe ich Anlauf genommen, ihnen zu eröffnen, das du tot bist, aber ich habe es nicht übers Herz gebracht. Ein

Glück, dass ich Katja nicht telegrafiert habe. Ich wollte zuerst Sofjas wirklichen Mörder finden und dann allen die Wahrheit sagen. Vor allem kam mir nicht über die Lippen, dass du im Gefängnis sitzen solltest. Und etwas in mir hat immer daran geglaubt, dass du noch am Leben bist. Der Gedanke war nicht zu vertreiben. Auch unseren Gast habe ich im Unklaren gelassen, um ihn nicht zu beunruhigen.«

Wolodja musste lachen. »Also, Tanja! Gerade hast du noch etwas ganz anderes gesagt! Wie war das mit dem Traum? Und dem Mann im Fußgängertunnel? Außerdem, was für einen Gast habt ihr überhaupt?«

Ich biss mir auf die Lippen. Das durfte ich ihm nicht zu früh verraten. Ich wollte so gern sein Gesicht sehen, wenn er Xenia und seinem neugeborenen Sohn gegenübertrat. Vielleicht begriff er dann, wie es mir ergangen war.

Zu Hause angekommen, zog ich Wolodja ins Wohnzimmer, drückte ihn auf die Couch und rief: »Los, Kinder, euer Auftritt!«

Die Tür ging auf, und herein schritt eine malerische Gruppe: Zuerst kam Lisa mit dem in das Spitzentuch eingewickelten Baby im Arm. Ihr folgte Kira, der die fein herausstaffierte Xenia führte. Die junge Mutter hatte sich zu der Gelegenheit frisch frisiert und sogar leicht geschminkt.

»Schau her!«, sagte ich stolz. »Das ist unsere Überraschung!«

Es wurde ganz still im Raum. Wolodja und Xenia starrten einander an. Die Kinder schwiegen erwartungsvoll, und nicht einmal die Hunde mucksten sich, als ob sie die Bedeutung des Augenblicks erfassten. Als mir die Pause zu lang wurde, nahm ich die Sache in die Hand. Offenbar hatte es den beiden Hauptakteuren vor Glück die Sprache verschlagen.

»Na, Wolodja!«, sagte ich aufmunternd zu Kostin, »willst du Xenia nicht umarmen?«

»Warum?«, antwortete unser Freund unerwartet.

Nun wurde ich ernsthaft böse.

»Warum? Weil das deine Frau und dein Sohn sind.«

»Was sollen sie sein?« Wolodja benahm sich nun wirklich wie der letzte Idiot.

»Herr im Himmel!«, rief ich aufgebracht. »Das ist doch Xenia! Und du, Xenia, warum sagst du kein Wort?«

»Den Mann kenne ich nicht«, stammelte das Mädchen schließlich. »Ich sehe ihn zum ersten Mal. Das ist nicht mein Wolodja!«

»Wieso nicht dein Wolodja?«

»Ganz einfach, er ist es nicht«, antwortete Xenia.

»Jetzt verstehe ich überhaupt nichts mehr!«, brüllte nun Kira los.

»Aber«, stotterte ich, »als du ankamst, hast du doch selber gesagt, dass Wolodja dich erwartet!«

»Klar erwartet er mich!«, bestätigte Xenia, und Tränen stiegen ihr in die Augen. »Aber nicht dieser hier!«

»Wahnsinn!«, stieß jetzt Lisa hervor.

»Ganz ruhig«, warf Wolodja ein. Offenbar hatte er die Sprache wiedergefunden. »Jetzt setzt euch hin und erzählt der Reihe nach.«

In der nächsten halben Stunde redeten wir alle durcheinander, schließlich aber versiegte unser Redeschwall.

»Die Sache ist klar«, fasste Wolodja zusammen.

»Wieso?«, fragten wir im Chor.

»Entweder hat der Mann Xenia bewusst die falsche Adresse gegeben…«

»Das kann nicht sein«, rief die aufgeregt dazwischen, »mein Wolodja ist nicht so einer!«

»… oder …« – der Major wies mit dem Finger zum Fenster hinaus auf das Nachbarhaus, das unserem zum

Verwechseln ähnlich sah –, »welche Nummer hat das Hochhaus dort?«

»8a!«, riefen Kira und Lisa wie aus einem Mund.

»Und unseres?«

»8«, murmelte ich und schrie plötzlich: »Los, nichts wie hin!«

Wir stürzten alle auf die Straße. Schuhe und warme Jacken waren vergessen. Vornweg rannte Kira, als zweite lief Xenia, gefolgt von Lisa, die den Kleinen immer noch an sich presste. Dann kamen ich und Wolodja, der sich am wenigsten aus der Ruhe bringen ließ. Die Hunde, die in der Eile niemand an die Leine gelegt hatte, nutzten die unerwartete Freiheit und umkreisten uns mit wildem Gebell. Den Schluss machte die dicke Mulja, die verzweifelt schnaufte, um nicht den Anschluss zu verlieren. Da sie spürte, dass etwas Außergewöhnliches passierte, hatte die apathische Möpsin ihre Lieblingsbeschäftigung, den süßen Schlaf im Sessel, aufgegeben und sich dem Marathonlauf angeschlossen.

Ohne ein Wort fuhren wir in »unsere« Etage hinauf und klingelten an der Tür.

Sie ging auf. Vor uns stand ein großer blonder Mann.

»Xenia!«, rief er. »Wo hast du nur die ganze Zeit gesteckt? Ich bin ja kein Mensch mehr!«

»Wolodja!«, rief das Mädchen, heulte auf und warf sich ihm an den Hals. »Wolodja!« Wir standen alle schweigend um sie herum.

»Aber wie kann das sein«, flüsterte ich schließlich, »der Kleine hat die Augen von unserem Major!«

Kostin brummte leise: »Ach, Tanja, du wolltest einfach, dass es meine Augen sind.«

Plötzlich fing Kira an zu heulen. Ich drückte seinen zerzausten Kopf an meine Brust. Nie hätte ich gedacht, dass der Junge so empfindsam sein konnte.

»Beruhige dich, es ist doch alles gut ausgegangen. Xenia hat ihren Mann gefunden und der Kleine seinen Vater. Was gibt es da zu heulen?«

Kira wischte sich die Nase an meinem Ärmel und jammerte: »Xenia geht weg, und keiner kocht uns mehr so tolle Sachen! An einen Napfkuchen gar nicht zu denken!«

Ich rief entrüstet: »Dir geht's ums Essen?«

Kira stöhnte auf. »Vielleicht kommst du, Tanja, mit einer Scheibe Brot am Tag aus! Aber mein heranwachsender Organismus braucht Eiweiße, Fette und Kohlenstoffe!«

»Kohlehydrate«, korrigierte ich mechanisch.

Da wandte uns Xenia ihr glückliches Gesicht zu. »Keine Angst, Kira! Ich lass euch doch nicht im Stich! Wenn du willst, kriegst du jeden Tag einen Napfkuchen, den mache ich im Handumdrehen.«

Der frischgebackene Vater verfolgte die Szene mit großen Augen und fragte schließlich: »Xenia, wer sind die Leute?«

Das löste die Spannung, und wir lachten alle zusammen laut los. Es musste im ganzen Haus zu hören sein.

»Das erkläre ich dir«, sagte Xenia beruhigend. »Ich fürchte nur, du wirst es nicht glauben.«

In der Stille war plötzlich ein angestrengtes Schnaufen zu hören. Die kurzbeinige Mulja, die am Fahrstuhl zu spät gekommen war, hatte die Treppe nehmen müssen und den Schauplatz der Ereignisse kurz vor Schluss nun auch noch erreicht.

Epilog

Der Herbst hat inzwischen dem Winter das Feld überlassen. Ich gebe mir immer noch Mühe, Kindern die Musik ein wenig näherzubringen. Kira und Lisa gehen zur Schule. Hunde und Katzen sind, Gott sei Dank, gesund. Nur Mulja, die spürt, dass die abscheuliche kalte Jahreszeit da ist, würde am liebsten in den Winterschlaf fallen. Unter ihren Decken und Kissen kommt sie nur noch hervor, um zu fressen und Gassi zu gehen. Xenia hat ihren Wolodja geheiratet. Er ist ein angenehmer Kerl, den wir gern in unseren Freundeskreis aufgenommen haben. Das Versprechen, für Kira Napfkuchen zu backen, erfüllt die junge Mutter gewissenhaft. Der Junge saust ständig zwischen den beiden Häusern hin und her, zu uns mit dem Kuchen, zurück mit der leeren Form. Der Kleine, den sie Philipp genannt haben, scheint nicht täglich, sondern stündlich zu wachsen. Aus dem runzligen Neugeborenen ist ein rundes, rotbäckiges Baby mit Fettwülstchen an Armen und Beinen geworden.

Mischa Koslow hat mir die Beschädigung seines Ladas verziehen und kommt manchmal zum Tee vorbei. Nicht zu glauben, aber immer öfter bringt er Fedja Selesnjow mit. Der ist gar nicht so übel, er hat einfach nur seine Grundsätze und versucht andere davon zu überzeugen. Alexej, der Gefängniswärter, ist verheiratet und hat zwei kleine Jungen, die nach Tieren ganz verrückt sind. Wenn wir unsere Möpsinnen in diesem Winter Hochzeit feiern lassen, dann kriegt Alexej ein Junges von Ada. Von ihr sind seine Söhne ganz begeistert, weil sie Fußball spielen kann.

Der *Moskowski Komsomolez* hat einen riesigen Artikel mit dem Titel »Der beste Freund« gebracht. Der schlaue Redakteur Schlykow erzählt darin unsere ganze Geschichte, wobei sein Blatt groß herauskommt. Dem nichtsahnenden Leser wird Major Kostin als Held präsentiert. Der neue Artikel ist allerdings keine Gegendarstellung zum »Korrupten Bullen«. Das ist er deshalb nicht, weil das Boulevardblatt behauptet, seine Mitarbeiter wären von Anfang an in die Aktion eingeweiht gewesen und hätten kräftig dabei mitgeholfen. Da die wahren Täter gefasst wurden und auf ihren Prozess warten, könne die Zeitung nun die Wahrheit veröffentlichen. Mit einem Wort: »Lesen Sie unsere Zeitung, denn nur bei uns erfahren Sie wirklich die Wahrheit!«

Ich habe mir verkniffen, in der Redaktion anzurufen und einen Streit vom Zaune zu brechen. Immerhin habe ich mein Ziel erreicht, Wolodjas guten Namen wiederherzustellen. Leuten, die ihr Geld mit der Produktion von Zeitungsenten verdienen, ist wohl nicht zu helfen.

Slawa sitzt jetzt in der Butyrka. Tja, wer anderen eine Grube gräbt … Er bewohnt die Großraumzelle, in der Wolodja verletzt wurde. Alle seine Untaten hat er gestanden, bis auf eine: Um nichts in der Welt will er zugeben, dass er Wolodja in der Untersuchungshaft umbringen lassen wollte. Auch Larissa sitzt, aber in einer anderen Anstalt. Wo genau, weiß ich nicht. Es interessiert mich nicht sonderlich. Ich habe nicht die Absicht, die beiden zu besuchen und ihnen Päckchen zu bringen. Ich kann nicht einmal Mitleid für sie empfinden. Immerhin bekommen sie jetzt, was sie verdient haben. Dabei kann unsere blinde Göttin der Gerechtigkeit bei Mördern zuweilen sehr nachsichtig sein.

Wolodja tut weiter seine Arbeit. Nach diesem schrecklichen September habe ich ihm sein Ehrenwort abgenommen, nein, ich habe ihn sogar auf das Strafgesetzbuch schwören lassen, dass er von nun an alle seine Geliebten zu uns zum Essen einlädt. »Ich werde Piroggen mit Fleisch backen und mich ordentlich benehmen. Auch Lisa und Kira werden nie mehr ihre Späße treiben«, musste ich ihm in die Hand versprechen.

»Na, wir werden ja sehen«, knurrte Wolodja.

Aber offenbar hält er sein Versprechen, denn heute hat er per Telefon mitgeteilt: »Um sieben sind wir da.«

»Wer ist wir?«, fragte Lisa neugierig.

»Swetlana und ich«, sagte Wolodja nur und legte auf.

Punkt 19.00 Uhr nahmen wir alle Platz. Lisa und ich hatten getan, was wir konnten. Auf dem Tisch prangte eine große Platte mit duftenden Hühnerschenkeln und ein großes Tablett mit einem Berg von Piroggen. Darum waren mehrere Schüsseln mit verschiedenen Salaten gruppiert. Kristallgläser, blinkendes Silberbesteck und gestärkte Leinenservietten vervollständigten das Bild.

Alle saßen ordentlich um den Tisch herum und lächelten. Kira benutzte Messer und Gabel, wobei er den kleinen Finger abspreizte, als wollte er Harfe spielen. Dabei war er nur bemüht, seine gute Erziehung zu demonstrieren. Artig begann er das Tischgespräch: »Liebe Swetlana, wo arbeiten Sie?«

»In der Tretjakow-Galerie«, antwortete die Frau ahnungslos.

»Das gibt's doch nicht!«, entfuhr es Kira, und das Messer fiel ihm aus der Hand.

Lisa krümmte sich vor Lachen.

»Oh, ich kann nicht mehr, erst die ›Schatzkammer‹ und jetzt die ›Tretjakow-Galerie‹ ...!« Ich suchte mich zu beherrschen, aber als ich sah, wie die Kinder sich vor Lachen bogen und wie böse Wolodja sie anfunkelte, hielt auch ich es nicht mehr aus. Vor Anstrengung liefen mir Tränen über die Wangen. Die »Tretjakow-Galerie« fragte verständnislos: »Was hat das zu bedeuten?«

»Gar nichts, meine Liebe, alles in Ordnung«, sagte Wolodja mit seinem süßesten Lächeln und trat mir unter dem Tisch kräftig ans Schienbein. »Diese ungebildeten Leute gehen nicht in Bildergalerien!«

Polina Daschkowa: »Atemberaubend gut« Freundin

Keine beschreibt das moderne Russland so packend wie sie: Polina Daschkowa, geb. 1960, studierte am Gorki-Literaturinstitut in Moskau und arbeitete als Dolmetscherin und Übersetzerin, bevor sie zur beliebtesten russischen Krimiautorin avancierte. Für die Polizei erstellt sie psychologische Tätergutachten. Polina Daschkowa lebt mit ihrem Mann und zwei Töchtern in Moskau.

Die leichten Schritte des Wahnsinns
Bravourös meistert die Journalistin Lena die Tücken ihres Alltags in Moskau – bis ihre Freundin Olga mit einer Hiobsbotschaft auftaucht. Ihr Bruder Mitja, ein bekannter Liedermacher, soll sich im Drogenrausch erhängt haben. Aber nicht nur Olga hat Zweifel an Mitjas Tod, der – anders als seine Frau – niemals Drogen nahm. Auch Lena stößt auf allerlei Ungereimtheiten.
»Das ist große Kriminalliteratur.«
Literaturen
Roman. Aus dem Russischen von Margret Fieseler. 454 Seiten. AtV 2372

Club Kalaschnikow
Katja Orlowa hat nicht den besten aller Ehemänner. Obschon sie eine attraktive Primaballerina ist, wird sie von ihm ständig betrogen. Als reicher Casinobesitzer verkehrt er in den höchsten, aber auch zwielichtigsten Kreisen Moskaus. Eines Abends wird er vor ihren Augen erschossen. Die Tatwaffe findet die Miliz bei der Geliebten des Toten. Doch Katja zweifelt an ihrer Schuld – erst recht, als ein zweiter Mord geschieht.
»Unglaublich dicht und spannend.«
Brigitte
Roman. Aus dem Russischen von Margret Fieseler. 445 Seiten. AtV 2379

Lenas Flucht
Lena fürchtet um ihr noch ungeborenes Baby. Es ist zwar kerngesund, aber es gibt Leute, die es ihr nehmen wollen. Instinktiv flieht sie aus der Klinik. Die Miliz glaubt ihr nicht. Doch offenbar geht es hier um weit mehr als eine medizinische Fehldiagnose. In all ihrer Bedrängnis begegnet Lena, bekannt aus »Die leichten Schritte des Wahnsinns«, dem Mann ihres Lebens.
»Es gibt wenige Bücher, die mir beim Lesen Gänsehaut verursachen. Polina Daschkowa hat es geschafft.«
Gabriele Krone-Schmalz
Roman. Aus dem Russischen von Helmut Ettinger. 233 Seiten. AtV 2381

Mehr unter www.aufbauverlagsgruppe.de oder bei Ihrem Buchhändler